혁명이냐 쿠데타냐를 가늠하는 _{...}다.

혁명은 "①헌법의 범위를 벗어나 _{...}, 조직을 급하게 근본적으로 고치는 일. _{...}의 왕통(王統)을 뒤집고 다른 왕통이 대신하여 통치자가 되는 것"이라고 되어 있고, 쿠데타는 "지배 계급 내의 일부 세력이 무력에 의해 정권을 비합법적으로 빼앗는 일"이라고 설명되어 있다.

사전에 적힌 바를 따르면 위화도에서의 회군을 단행한 이성계 장군이 고려 왕조의 주궁인 수창궁을 에워싸고, 라이벌 최영 장군을 죄인으로 단죄하는 것을 기화로 왕위까지 찬탈하였다면 그의 행적은 쿠데타가 된다. 그러나 이성계는 왕위에 오르는 길을 사양하면서 이 후, 3년간에 걸쳐 전제의 개혁을 비롯한 고려왕조의 부패를 일소하는 것으로 '혁명의 조건'을 모두 갖추고서야 왕위에 오른다.

지금 우리의 처지에서도 곱씹어 볼만한 대목이 아닐 수 없다.

소설 『혁명의 조건』은 위화도 회군을 단행한 이성계가 평생의 은인이나 다름이 없는 최영 장군을 처단하고, 고려 말 부패의 원천인 전제의 개혁을 완결하면서 새 왕조를 창업하여 왕위에 오르는 과정을 되도록 픽션(虛構)을 배재하고 사실에 근거하여 집필되었다.

따라서 이 소설에 등장하는 대부분의 인물은 실제의 인물이며, 그들 주변에서 일어나는 음모, 배신 등의 이합집산까지도 역사적 사실에 근거하고 있다.

그러므로 이 소설을 읽음으로써 고려 말의 정사(正史)를 정확하게 살필 수 있는 실리도 챙길 수가 있고, 또 소설을 읽는 재미까지도 만끽할 수 있으리라고 확신한다.

오랜 세월 동안 대하 역사드라마와 실록 대하소설을 써 온 필자에게는 사실과 픽션의 관계에 확실한 기준을 세워 두지 않을 수가 없었다.

'아무리 잘 짜여진 픽션도 사실(史實)을 능가할 수는 없다.'

필자의 신념이자 집필 방향이다. 따라서 이 소설 『혁명의 조건』을 대하는 많은 독자들에게도 역사의 준엄한 흐름에 의존한 문학적 서술임을 간곡히 전하면서 감히 일독을 청하지 않을 수가 없다.

혁명의 조건

신봉승

1933년 강릉에서 출생하여 강릉사범학교, 경희대학교 국어국문학과 및 동 대학원을 졸업하였다. 〈현대문학〉에 시·문학평론을 추천받아 문단에 나왔다. 한양대·동국대·경희대 강사, 한국시나리오작가협회 회장, 대종상·청룡상 심사위원장, 공연윤리위원회 부위원장, 1999년 강원국제관광EXPO 총감독 등을 역임하였으며, 현재 대한민국 예술원 회원, 추계영상문예대학원 석좌교수로 재직 중이다. 한국방송대상·서울시문화상·위암 장지연상·대한민국 예술원상 등을 수상하였고, 보관문화훈장을 받았다. 저서로는 《대하소설 조선왕조 5백년》(전 48권)·《난세의 칼》(전 5권)·《임금님의 첫사랑》(전 2권)·《이동인의 나라》(전 3권)·《소설1905》(전 2권) 등의 역사소설과 시집 《초당동 소나무 떼》·《초당동 아라리》 등과 역사 에세이 《역사 그리고 도전》·《양식과 오만》·《문묘 18현》·《조선의 마음》·《직언》·《일본을 답하다》 외 《TV드라마 시나리오 창작의 길라잡이》, 자전적 에세이 《청사초롱 불 밝히고》 등이 있다.

지은이 **신봉승** | 발행인 **김윤태** | 발행처 **도서출판 선** | 북디자인 **디자인이즈**
등록번호 제15-201 | 등록일자 1995년 3월 27일 | 초판 1쇄 발행 2012년 10월 30일
주소 서울시 종로구 낙원동 58-1 종로오피스텔 1409호 | 전화 02-762-3335 | 전송 02-762-3371

값 14,500원
ISBN 978-89-6312-461-2 03810

신봉승 實錄歷史小說

혁명의
조선

이성계의 위화도 회군

혁명의 조선

비 내리는 위화도

하늘에 구멍이 뚫리지 않고서야 이렇게 쏟아질 수가 있나.

이성계는 벌써 며칠째 중얼거리기만 할 뿐, 그야말로 천지 자연의 섭리 앞에서는 무력해질 수밖에 없다.

명장 이성계. 삼남지방을 침공한 왜구의 무리라면 그 수나 장소를 가리지 않고 섬멸, 격퇴하였던 용장이라, 떼쓰며 울던 어린아이도 '이성계 장군이 왔다'면 울음을 그쳤다는 일화를 남길 만큼 그의 용장됨은 고려 왕국 구석구석까지 인지되어 있지만, 억수 같은 폭우를 쏟아 붓고 있는 하늘의 시새움 앞에서는 그 역시 일개 범부에 불과할 뿐이다.

압록강 하구에 떠 있는 위화도威化島는 이미 강물에 잠길 위험에 노출되어 있다. 명나라를 쳐야 한다는 정명론征明論에 휘말리어 본의 아니게 개경을 떠나 위화도에 진을 친 이성계 휘하의 병력 3만도 위화도가 범람하고서는 살아날 방도가 없다.

땅 위에서 싸우는 육전에서라면 단 세 사람의 목숨도 자신의 목숨처럼 소중히 여겼던 명장 이성계이지만, 지금은 3만여 명의 대군을 수장해야 할지도 모르는 최악의 위기에 몰렸으면서도 아무 대책도 세울 수 없는 무력함이 야속할 따름이다.

하늘에서 땅까지 이어지는 밧줄 같은 장대비는 여전히 쉬지 않고 쏟아지고 있다. 벌써 닷새째 계속되는 비바람이다. 이성계는 3만여 명 휘하 장병들의 안위 때문에 잠을 이룰 수가 없다. 그는 군막의 휘장을 열어둔 채 핏발이 곤두선 눈빛으로 쏟아지는 빗줄기만 바라보고 있다.

이성계가 휘하 장병 3만 명을 거느리고 둔을 친 위화도란 대체 어떤 곳인가.

평안북도 의주군 위화면의 대부분을 차지하는 압록강 하구에 떠 있는 섬이라 하여 하중도河中島라고도 하고, 더러는 같은 뜻으로 중지도中之島라고도 한다. 의주에서 하류 쪽으로 2킬로미터, 신의주 쪽에서는 상류 2킬로미터 지점에 위치하고 있다.

위화도는 압록강이 상류에서 운반해 온 토사의 퇴적으로 형성된 섬으로, 길이 9킬로미터, 평균 너비 1.4킬로미터, 주위 21킬로미터의 길쭉한 형태로, 면적은 11.2평방킬로미터이다.

오늘 서울의 한강 가운데에 떠 있는 여의도의 면적 7평방킬로미터의 두 배에서 조금 모자라는 넓이라면 결단코 작은 섬이랄 수는 없지만, 병사 3만여 명이 진을 치고 있다면 발 들여놓을 틈도 없다는 표현이 옳다. 게다가 쏟아지는 폭우가 섬을 집어삼킬 위세라면 천하명장 이성계라도 밤잠을 못 이루는 시름에서 헤어날 수가 있겠는가.

지난 5월 7일.

이성계와 휘하의 3만여 고려 병사들이 북쪽 땅의 끝자락 육지(의주)를 지나 강변에 이르렀을 때는 위화도를 잇는 부교가 설치되어 있지 않았다. 위화도에 진을 치기 위해서는 압록강을 건너야 하는데, 부교를 놓지 않고는 진격이 불가능하다. 위화도에서 요동도사遼東都司와의 거리는 5백 60리, 전투지역을 가시거리에 둘 수 있는 최적의 입지적 조건이 아닐 수 없다.

개경을 떠나 황해도 황주와 평양을 거치면서 여기까지 오는 동안 얼마나 큰 고초를 겪었던가. 지친 병사들은 탈영하여 달아나기 시작하였다. 우왕은 대열을 이탈하는 병사들을 가차없이 처단하라는 엄중한 왕명을 내렸지만, 그 수가 점점 늘어나면서부터는 왕명마저 시들해지고 말았다. 그런 와중에도 강풍을 동반한 폭우는 그칠 줄을 모르고 쏟아지고 있다.

위화도에서 요동 땅으로 진격하자면 건너야 할 부교를 또

놓아야 한다. 설혹 부교를 설치하여 요동 땅에 발을 들여놓는 다 한들 명나라와의 전쟁은 불가피하다. 전세가 불리하여 후 퇴하고자 했을 때, 만에 하나라도 부교가 떠내려가고 없다면 고려의 원정군 3만여 병사는 요동 땅에서 떼죽음을 당할 수밖 에 없다.

이성계는 이 점을 심각하게 고려하지 않을 수가 없다. 그 난관은 지금이라 하여 다를 것이 없다. 만에 하나라도 위화도 까지 설치되어 있는 부교가 범람하는 격류에 유실되고 만다면 장마철이 끝날 때까지 꼼짝없이 위화도에 갇혀 있어야 한다. 거기에 질병이라도 돌게 되면 휘하의 삼만 병사들은 싸워보지 도 못하고 개죽음을 당할 것이 아니겠는가.

— 어찌하나. 회군을 해야 하나!

회군을 한다면 왕명을 거역하게 된다. 결과는 중벌뿐이다. 그냥 중벌이 아니라 극형에 처해질 게 분명하다.

이성계의 심중은 무겁고 답답하기만 하다. 자기 한 사람의 극형을 면하기 위해 3만의 병사들을 죽음의 골짜기에 쓸어 넣 어야 하나, 아니면 자신이 중벌을 받더라도 3만여 명의 소중 한 목숨들을 그들의 부모처자 곁으로 돌려보내야 하나.

— 결단은 용장의 조건이라는데……!

이성계는 자신의 결단에 채찍을 가하고 있으면서도 선뜻 결단하지 못한다. 앞뒤의 여러 사정이 실타래처럼 꼬여 있었기 때문이다.

빗소리는 다시 거세지기 시작한다. 지금 자신이 서 있는 위화도를 공중에서 내려다본다면 …… 문득 그런 생각도 해본다.

노한 격류가 거친 파도를 일으키며 도도히 이어져 흐르고 있으리라. 그 가운데 손바닥만 한 위화도는 바다 한가운데 떠 있는 나뭇잎처럼 보일 것이 분명하다. 위화도 쪽으로 시선을 좁힌다면 수많은 군막들이 바람에 펄럭일 테고, 허둥거리는 3만여 병사들은 개미 떼로 보이리라. 그리고 위화도 남쪽에서 의주 쪽으로 이어지는 부교는, 흘러내리는 격류에 비한다면 한 가닥 명주실 정도가 아니겠는가.

결국, 그런 의지할 데 없는 섬 한가운데에 갇혀 있다는 비감만 더해진다. 그것은 전율이나 다름없다.

쏴아 하며 쏟아지는 빗소리가 다시 들리면서 사람들의 목소리도 우렁우렁 들려온다. 퉁두란, 조영규, 조인벽이 군막 안으로 들어섰다. 모두 투구를 썼어도 비에 흠뻑 젖은 모습들이다. 이성계는 그들의 면면을 빠르게 살핀다. 모두 눈에 핏발이 서 있는 몰골이다. 아니나 다를까, 퉁두란이 이성계의 의표를 찌르듯 침중한 목소리를 토해낸다.

"장군! 회군하자요. 더 이상은 안 되갔어요!"

이성계는 묵묵부답이다. 퉁두란은 이성계와 함께 전장을 누비고 다녔던 아우와도 같은 여진의 장수라 누구보다도 이성계의 속내를 잘 읽는다. 이성계는 성격이 불과도 같은 퉁두란에게 내심을 드러낼 수가 없다. 뒷일을 감당하기가 버거워서다.

"장군, 물에 빠져 죽은 병사가 벌써 백 명을 넘었습니다!"

조영규도 퉁두란의 회군론에 동조하고 나선다. 조인벽인들 잠자코 있을 까닭이 없다.

"며칠 안에 비바람이 멈추지 않는다면 위화도는 물바다가 된다니까요!"

세 사람의 표현은 각각 다르다 하더라도 위화도에서의 회군을 채근하고 있다는 점에서는 다를 것이 없다. 이성계는 직설적인 대답을 피하면서도 이들의 내심을 건드려본다.

"비가 오는 것도 다행이고, 위화도에 들어와 있는 것도 다행으로 여겨야 할 때가 아니오."

"그 무슨 당치 않은 말씀이외까. 다행이라뇨! 병사들이 죽어가고 있어요. 또 군량이 썩어가고 있는 판국에 다행이라뇨!"

퉁두란은 더 못 참겠다는 듯 소리치고 나섰지만, 이성계는 오직 이들의 격해진 마음을 달래볼 생각뿐이다.

"비가 와서 다행인 것은 진군이 늦춰졌음이요, 만일 빨라졌다면 우린 벌써 달포 전에 명나라 군사들의 창칼에 쓰러졌을 게 아닌가!"

"……."

세 사람은 잠시 머쓱해진다. 막상 듣고 보니 그럴 수도 있겠다는 생각이 들어서다.

"또 위화도에 들어온 것이 다행인 것은, 진군이 늦어진 만큼 생각을 가다듬을 수가 있었질 않았는가."

생각해보면, 지장智將은 눈앞의 실리보다 멀리를 내다보는 것으로 수하들의 안위를 도모해야 한다. 퉁두란은 고사하고 조영규, 조인벽으로서는 꿈에도 생각해보지 못한 일이다. 이들이 용맹만으로 명성을 떨치고 있었다면, 이성계의 지장됨은 이들과 비교할 수 없을 정도로 치밀하고 섬세한 것이 당연하다.

"조 장군!"

"예."

조영규와 조인벽이 거의 동시에 대답한다. 조영규는 호군護軍이요, 조인벽은 동북면 원수였지만 성이 똑같은 조씨이기 때문이다.

"군진을 세세히 살펴보도록 하시오. 어진 장수가 되자면 병사들의 고초를 함께할 줄 알아야 해요……."

조영규와 조인벽은 활기찬 대답을 남기고 군막을 나간다. 그제야 이성계는 퉁두란에게 다정한 목소리를 건넨다.

"앉아요, 퉁 장군. 너무 오래 서 있었구만……."

퉁두란은 말없이 자리에 앉는다. 그러나 퉁명스럽게까지

보이는 표정은 그대로다. 이성계는 그런 퉁두란의 내심까지 정확히 읽을 수 있었기에, 더 적극적인 의견 개진을 기대해본다. 퉁두란 역시 그런 이성계의 내심을 정확하게 읽을 수 있기에, 조금 전보다 더 강해진 어조로 내뱉기 시작한다.

"장군. 회군하자요. 이젠 다른 방도가 없지를 않습네까!"

"그건 왕명을 거역하는 일이 된다니까!"

"왕명이 아니라, 최영의 명을 어기는 일일 테지요. 애시당초 잘못된 명이었다면 끝장을 보아서라도 바로잡아야 하질 않겠습네까!"

"하면, 나더러 최영 장군과 일전을 벌이라는 말인가?"

"최영의 명을 따르면 장군은 살아남질 못해요. …… 장수가 싸움터에서 죽으면 모를까, 조정의 모함 때문에 죽는다면 그보다 더 수치스러운 일은 없어요."

"……!"

이성계는 짧은 한숨을 놓는다. 퉁두란의 논리를 반박할 수가 없어서다.

"이따위 일을 겪자고 그 많은 싸움터를 전전하였습네까. 도리 없어요, 끝장을 보고 말자요!"

이성계는 퉁두란의 진언에 아무 하자가 없음을 너무도 잘 알고 있다. 그러나 화두를 더 끌어갈 엄두가 나질 않는다.

"급히 서둘지 말아요. 나도 지금은 회군령을 기다리고 있는 심정이외다."

퉁두란의 반응은 마치 용수철처럼 날카롭게 튕겨져 나온다.

"거 가당치도 않은 말씀 그만 하시라요. 최영이라는 자가 어떤 작잔데 새삼스럽게 회군령을 내려요. 장군께서 죽기를 기다리는 자가 바로 그 작자외다!"

"그렇지가 않아요. 그분도 용장인데, 나 이성계가 위화도에서 꿈쩍하지 않는다면 회군령을 내려야지 어쩌겠소."

"헛참, 최영이 누굽네까. 두고 보면 알아요. 장군께서 끝내 버틴다면 지체 없이 달려와서 장군의 등을 밀어서라도 요동으로 쫓아낼 위인이 바로 노회한 최영입네다. 아시갔습네까!"

"……!"

이성계는 보일 듯 말 듯 고개를 끄덕인다. 퉁두란은 자신의 의견이 관철되고 있다고 믿었는지 더욱 거친 어조로 밀고 나온다.

"회군을 하는 것도 기회를 잡아야디요. 최영이 그 사실을 눈치 챘다면 한걸음에 달려올 것이 아닙네까. 회군은 그 전에 이루어져야 승기를 잡을 수가 있어요!"

이성계는 조용히 부연하는 것으로 퉁두란의 거친 진언을 가로막아 본다.

"그 일보다는 먼저 전력해야 할 소중한 임무가 있어요."

퉁두란은 펄쩍 뛰듯 반발한다.

"그거이 대체 무슨 임무입네까. 우리가 회군을 해서 최영부터 때려잡는 일 말고 무슨 급한 임무가 또 있어요!"

이성계의 말은 조용히 이어진다. 마치 인자한 아버지의 자애로움이 담긴 듯한 어조다.

"병사들을 돌보는 일이지. 싸움이 없는 군진에서 병사들이 죽는 것은 모두 장수의 책임 아니겠소. 병사들을 소중히 보살폈다가 그들을 기다리고 있는 부모 동기들에게 돌려주는 것도 장수의 소임이오. 더구나 지금은 장마철인데다가 자칫 돌림병이라도 돌게 되면 걷잡을 수가 없게 돼요."

"……."

퉁두란은 입맛을 쩍 다신다. 강골이면서도 논리에 밀리면 한발 물러 설 줄 아는 퉁두란이다. 이럴 때면 이성계는 언제나 정겨운 미소로 고마움을 표하곤 한다.

날이 밝아도 비는 멎질 않는다. 강물은 더욱 불어나 요동치며 흘렀고, 땅은 질퍽거렸다. 그러면서도 잠시 햇볕이 들 때면 습기 찬 무더위에 숨이 막힌다.

이성계는 병사들을 보살피는 일을 소홀히 하지 않는다. 그가 군막을 돌 때면 병사들이 묻곤 한다.

"강은 언제쯤 건너게 되옵니까?"

"싸움은 언제 시작하옵니까?"

이 같은 병사들의 물음이 있을 때마다 이성계는 그들의 어깨를 다독이며 대답한다.

"참는 게 이기는 것이라 했느니라. 대장부 한평생이 바로 참는 게 아니겠느냐."

마치 자신에게 하는 듯한 다짐이지만, 병사들은 잊지 않고 찾아주는 이성계의 따뜻하고 자상한 손길에 감동만 더해가고 있다. 그러나 기다려도, 기다려도 도강하라는 군령은 내려지지 않는다.

회군만이 살길이다. 그러나 그 회군이 평생의 은인과도 같은 최영 장군을 처단해야 하는 일이라면 이성계로서는 고통이 아닐 수가 없다. 동북면(지금의 함경도) 출신인 시골무사 이성계가 고려 조정의 신진세력을 아우를 정도의 위치에 이르게 된 것은 최영 장군의 지지와 보장이 따르지 않고서는 불가능한 일이다. 그렇다고 하더라도 부패로 얼룩진 훈구세력을 제거하지 않고서는 고려왕조의 앞날을 가늠할 수가 없다.

명장 최영이 그 부패세력인 훈구의 우두머리라면 이성계를 지지하는 신진 개혁세력에게는 제거의 대상이 된다. 바로 이 점이 이성계에게는 험난하기 그지없는 고통의 길이 아닐 수 없다. 위화도에서의 회군은 바로 평생의 은인인 최영을 제거하는 일이나 다름이 없기 때문이다.

비는 폭포처럼 쏟아져 내린다. 여기서 더 회군의 기회를 놓치다면 위화도는 범람하는 압록강의 흙탕물 속으로 잠겨들게 된다. 3만 명의 병사들과 함께…….

정명론

　이성계가 쫓기듯 위화도에 진을 치게 된 데는 최영이 주도하는 정명론征明論에 휘말리는, 그야말로 뼈아픈 사연이 있다. 망해가는 원나라를 계속 섬겨야 한다는 친원론이 이른바 고려 조정의 원훈들, 다시 말하면 정권을 장악한 훈구대신들이 주류를 이루는 보수세력의 주장이었다면, 욱일승천의 기세로 떠오르는 명나라와 교유하면서 고려 조정의 부패를 척결하여 새로운 시대를 열어가야 한다는 신진 진보세력은 친명론을 주장하고 있다. 예나 지금이나 보수세력과 진보세력의 갈등과 대립은 생사를 건 싸움으로 번지고, 때로는 국가의 위기를 자초하기도 한다.

정명론!

조정의 부패로 혼조昏朝의 기미마저 보이는 처지에 욱일승천의 기세로 떠오르는 명나라를 쳐야겠다고 생각한 것은, 고려 왕실의 혈통이 원나라에 치우쳐 있었고 바로 그런 원나라의 세력을 등에 업은 훈구세력들이 고려 조정에 득실거리고 있었기 때문이다.

그 뿌리도 고려의 역사나 다름없다.

왕건王建이 고려를 창업한 지 4백 70여 년이 흘렀어도 정치적 격변은 쉼 없이 되풀이되고 있다. 정중부의 난이 일어나는가 하면, 최충헌의 세도를 기반으로 그의 아들 이(怡, 혹은 瑀)의 시대에 이르러서는 나라의 모든 정무가 최씨 집안 사랑방에서 처결되는 이른바 정방정치도 있었다. 게다가 몽고군의 침략을 피해 왕도王都가 강화도로 옮겨 가기도 했었다.

1231년 몽고군의 1차 침공 이래, 1257년에 이르는 동안 도합 일곱 번의 침공으로 고려 강토는 쑥밭으로 변하였고, 고려국의 24대 왕으로 등극한 원종元宗은 즉위한 이듬해에 태자 심諶을 원나라에 인질로 보내면서 양국의 갈등을 봉합하려 했다. 그러나 인질이 된 태자 심은 몽고의 여인과 혼인하게 된다. 결국 부왕이 세상을 떠나고 그가 고려로 돌아와 왕위를 계승하게 되면서, 몽고국의 여인이 고려국의 왕비로 등장하게 되었다.

그동안 고려국은 전예에 따라 모두 일곱 사람이나 되는 몽고 여인을 왕비로 섬겨야 했고, 그렇게 몽고 여인과 결혼한 임금의 이름에는 하나같이 충렬왕忠烈王, 충선왕忠宣王, 충숙왕忠肅王 등과 같은 '충' 자를 썼다. 공민왕에 이르기까지 무려 백여 년 동안 원나라로부터 정치적으로 유례없는 간섭을 받아 고려국의 자주성은 훼손당했고, 원나라의 부마국으로 전락하면서 왕통까지 혼혈화 되지를 않았던가.

친원을 내세운 보수세력이 백성들의 토지를 강탈하여 치부, 부패하게 되면서 그와 같은 난정을 척결하여 백성들의 삶을 윤택하게 하자는 진보세력들에 의해 '친명론'이 대두된 것은 시대의 흐름이나 다름이 없다.

공민왕의 뒤를 이어 왕위에 오른 우왕은 처음부터 말썽의 소지를 안고 있었다. 개혁승 신돈의 비첩인 반야의 소생이었던 탓에 왕씨가 아니라 신씨라는 풍설이 끊임없이 나돌았으나 공민왕의 왕자로서 강녕대군으로 봉군되어 있었기에, 고명顧命을 받은 이인임은 태후 홍씨와 시중 경복흥慶復興의 반대를 무릅쓰고 그를 등극시켰다.

우왕은 열 살의 어린 나이로 왕위에 올랐다. 조정 중신들은 어린 우왕에게 여자를 알게 했다. 자신들의 세도를 유지하기 위해서는 그 길이 최선이었기에 수시중 이인임의 세도는 자연스럽게 열려간다. 우왕은 십오륙 세가 되면서 대궐의 담장을 넘나들기 시작했다. 민가의 닭이나 개를 마구 쏘아 죽이는 일은 다반사였고, 길 가는 여인들을 닥치는 대로 욕보이기도 했다. 이러한 일들이 밤낮으로 이어지자 백성들은 임금을 보면 달아나는 게 예사였고, 예쁜 첩이나 딸을 둔 백관들은 한시도 마음 편할 겨를이 없었다.

우왕은 때 없이 말 달리기와 격구擊毬를 즐겼고, 그러지 않으면 백관의 기첩이나 백성들의 노비 따위를 빼앗아 궐 안으로 데려다 놓고 비妃나 옹주翁主로 삼았다. 이 같은 여인들에게 남장을 시킨 다음 활을 메게 하여 사냥에 데리고 다니는가 하면, 여름철에는 이들 궁녀들과 더불어 냇가에 나가 옷을 홀랑 벗은 채 욕희浴戱를 즐기면서도 부끄러운 줄 몰랐다.

임금의 방탕이 이 같은 지경에 이르렀을 때, 남쪽 지방의 해안은 왜구들에 의해 쑥밭이 되어갔다. 왕에게 올려진 직언이 아주 없었던 것은 아니지만, 그때마다 우왕은 폭언을 서슴지 않았다.

"듣자 하니 사관들이 내 잘못을 기록한다고 하는데, 그런 자가 발각되면 내 기필코 그놈을 죽이고야 말겠다."

임금으로서 입에 담을 수 없는 폭언이요, 위협이 아닐 수 없다. 하늘이 침침하고 땅에 습기가 차면 독버섯이 자라게 마련이다. 이인임의 심복이라 할 수 있는 임견미, 염흥방, 지윤

등은 우왕을 타락의 길로 유도해 놓고 자신들 임의대로 정사를 펼쳐 나간다. 이들의 행패를 반대하면 어김없이 파직 당했고, 그로 인해 생겨난 빈자리는 그들의 주구들로 메워져가는 것도 상례화 되었다.

주인이 날뛰면 그 머슴들도 설쳐대는 게 세상 이치이다. 세도가의 머슴들까지 조정 요직의 관원들을 매질하는 등 기세가 등등해지면서 오래 누적된 고질들은 정치 부패와 기강 문란으로 이어졌고, 권문세가의 창고에는 금은보화가 흘러넘쳐도 국고는 날로 비어간다.

살길을 잃은 백성들이 일손을 놓을 판국이면 흉년이 드는 것도 당연하다. 굶어 죽은 사람들의 시체가 거리에 즐비했고, 버림받은 아이들의 울음소리가 귀청을 울린다.

왕실이 썩으면 조정이 부패하고, 조정이 부패하면 중신들이 치부에 열을 올리게 되는 것이 고금의 이치다. 그 결과가 전제田制의 문란으로 이어지면서 권문세도들은 무지렁이 백성들의 땅을 마구잡이로 빼앗아 사유화했고 수많은 사찰에서도 공전公田을 사전寺田/私田화하여, 날이 가면 갈수록 무지렁이 백성들은 거리로 쫓겨나면서 초근목피로 연명하는 것 외엔 달리 살아갈 방도가 없게 된다.

- 누군가 나와서 이 빌어먹을 놈의 세상을 발칵 뒤엎어 주면 좋으련만!

민심의 변화는 때로 급격한 변혁을 요구하기도 한다. 빼앗긴 땅을 되찾고자 하면 새로운 세력의 등장을 갈망할 수밖에 없다. 그 새로운 세력이 해야 할 가장 시급한 일은 전제田制의 개혁이다.

동북면(함경도) 출신의 시골 장수 이성계가 조정에 발을 들여놓으면서 느낀 좌절감은 이루 헤아릴 길이 없었다. 누군가가 나서서 전제를 개혁하지 않고서는 고난에 허덕이는 백성들의 삶을 구할 방도가 없다.

이성계는 그런 고통을 안고 조정의 2인자격인 수문하시중의 지위에 올랐으나, 자신의 주위에 사람이 없음을 절감하지 않을 수 없다. 높기만 한 보수의 벽을 뛰어넘기 위해서는 뜻을 같이할 동지가 있어야 하지만, 아직 이성계의 능력으로는 언감생심일 수밖에 없다.

조정이 부패하면 능력 있는 신하들이 설 자리를 잃는다. 부패한 세력들에게 무고를 당하면서 밀려나기 때문이다. 그렇게 밀려난 지식인들은 개혁을 주도할 지도자를 물색하게 된다. 이성계의 정직한 무장됨이 소외당한 사람들의 희망으로 떠오르기 시작한 것은 시대의 흐름이었고, 그 흐름의 요체는 더 말할 나위도 없이 전제의 개혁으로 압축된다.

부패한 조정으로 인해 좌절을 거듭하고 있던 당대의 준재들인 삼봉 정도전과 송당 조준, 포은 정몽주 등이 새로운 지도자로 이성계를 지목했으나 아직 내색할 단계는 아니었고, 당사자인 이성계 쪽에서도 그들의 학문과 인품에 관심을 가지면서도 포섭할만한 명분을 내세울 처지도 아니었다. 물론 누가 시켜서 되는 일이 아니라 시대의 흐름이 제 길을 찾는 것과 조금도 다르지 않은 맥락이다.

이성계가 전제 개혁의 명분을 내세우면서 사람을 모으려면 시대의 소명이 필수적이다. 그러나 시대의 소명은 사람의 소관이 아니라 하늘의 뜻을 받아야 한다. 정도전, 조준 등 당대의 준재들이 알게 모르게 이성계의 곁으로 다가서고 있는 것도 그로 하여금 시대의 소명을 앞당기게 하는 불씨나 다름이 없다.

바로 이런 사회적 욕구가 이성계라는 새로운 지도자를 갈망하게 했고, 부패한 조정을 개혁하기 위해서는 원나라의 세력을 배격하고 욱일승천의 기세로 떠오르는 명나라를 지지할수밖에 없다.

보수와 진보의 대결, 수구와 개혁세력의 대결은 알게 모르게 최영과 이성계의 대립을 통해 표면화 되어갈 기미를 보인다. 아무리 고려왕조가 보수 성향이라 하더라도 가까운 거리에서 치솟아 오르는 명나라의 국력을 과소평가할 수는 없다.

결국 국경지대의 안전을 위해 1384년(우왕 10년)을 전후하여 정몽주가 두 차례에 걸쳐 명나라를 다녀 온 뒤로 두 나라의 관계는 그런대로 원만해지는 듯했다. 그러나 그것은 표면적인 관례일 뿐이고, 고려 왕실이 원나라에 대한 의리를 저버리지 않고 있음을 눈치 챈 명나라 태조(주원장)는 과다한 공물을 요구하는 것으로 고려 조정의 향배를 묻곤 했다.

마침내 1387년(우왕 13년) 4월, 고려 조정은 말 5천 필을 보내라는 명나라의 요구를 거절하고 나섰다. 명나라가 이 같은 사실을 묵과할 까닭이 없다. 그해 11월, 견명사遣明使 장방평, 이구, 이종덕 등이 요동까지 갔다가 입국을 거절당한 채 되돌아오게 된다. 그때 명나라 태조가 요동도사에게 내린 조칙은 다음과 같다.

— 고려의 접정신接政臣은 사휼詐譎하여 신용할 수 없고, 통빙通聘한 뒤로 백 가지 약속을 했으나, 기일을 어기지 않으면 분량을 어기는 등 도대체 성의를 보이지 않으니, 이제부터 절교하고 왕래하지 않을 것이다!

이 무렵의 고려는 이인임의 권세 하에 있었던 터라 뜻 있는 사람들이 이 일을 크게 고심하기는 하였으나, 친명에 대한 의견은 감히 거론도 할 수가 없다. 왕실이 친원이요, 이인임 또한 친원이기 때문이다. 게다가 명나라가 고려를 침공해 올 것이라는 소문도 심심치 않게 나돌던 시절이다.

요동 땅에서 도망해 온 사람들 중 최영을 찾아와 그런 사실을 고자질하는 무리도 있다.

"명나라 태조가 장차 고려를 침공해 처녀와 수재秀才 및 환자宦者 각 1천 명과 소, 말을 각 1천 필씩 요구해 올 것입니다."

최영은 그런 자들을 첩자로 단정하여 단호하게 처단하면서도 고려의 반응을 살피러 온 것이라고 믿었기에 때로는 역정보까지 흘린다.

"명에서 그 따위 생각을 하면 고려에서 먼저 군사를 일으켜 단호히 응징할 수도 있을 것이니라!"

그러나 이때만 해도 서로 왈가왈부하긴 했어도 명과의 관계가 그리 심각한 편은 아니었다. 그러면서도 명나라의 공격에 대비해 한양산성을 수축하고, 전함의 건조를 명하면서 각 도의 원수를 늘리고 초군抄軍을 나누어 파견했으며, 매 연호煙戶마다 정병 1명씩을 내게 했으며, 관원들에게는 군량을 공출케 하고, 또 중외의 명문들이 소유한 토지를 줄여 군수전軍須田을 확충하기도 했다. 이같이 임전 태세를 갖춰가고는 있었으나, 이미 문란해진 토지제로 인해 명령 체계까지 문란해질 기미가 보이자, 알게 모르게 '친명론'이 대두되기에 이르렀다. 골수 보수 세력인 훈구대신들로서는 실로 난감한 노릇이 아닐 수 없다.

우왕 14년, 그러니까 금년 초에 정몽주가 요동에 이르렀으나 다시 입국을 거절당하고 돌아오자, 고려의 훈구세력들은 극단적인 방법으로라도 돌파구를 열어가고자 하였다.

"이젠 명나라를 칠 수밖에 다른 방법이 없지를 않소!"

우왕은 최영에게 명나라를 공략할 것을 요구한다. 대담한 발설이기는 했어도 후속 조처는 고사하고 임금의 체통이 무너진 마당이라 왕명이 설 까닭이 없다. 실제로 우왕은 정무를 살피는 일과 비빈들의 치마폭에 싸이는 일을 구분하지 못했다. 그가 내리는 왕명이 허공을 맴도는 것은 비빈이 아닌 또 다른 여인들과의 음란한 놀음이 언제나 도를 지나치고 있기 때문이다.

바로 이 무렵 설장수薛長壽가 명나라에서 돌아와 이른바 명 태조의 말을 전하게 된다. 그 내용은 고려를 맹렬하게 비난하고 있었는데, 그 중에는 차마 입에 담기 어려운 구절도 포함되어 있었다. 고려 조정에서 놀란 구절은 그 마지막 대목이었다.

─ 철령 이북은 본래가 원나라 땅인지라 모두 요동으로 돌리게 하고, 그 나머지 개원, 심양, 신주 등지의 국민에게 복업復業할 것을 명하노라!

참으로 어이없는 생떼나 다름이 없다. 이 같은 억지 주장에 고려의 중신들은 한결같이 두 주먹을 불끈 쥐면서 분노한다. 철령이라면 함경도와 강원도의 경계가 되는 지역이다. 철령 이북이 원나라 땅이라니, 이게 어디 말이나 되는가. 거센 회오리바람이 불어 닥칠 기미까지 보이는 불안한 징조가 아닐 수 없다.

하늘은 맑고 바람은 싱그럽다. 주변 정세는 일촉즉발의 위험을 안고 있어도 천지자연의 조화는 변함없이 흘러간다. 보리 이랑이 파도처럼 출렁이는 밭두렁 길을 옷자락을 펄럭이며 빠른 걸음으로 걷고 있는 중년 사내의 얼굴은 준수하고 눈빛은 형형하다. 삼봉 정도전이다. 고려 말과 조선조 초기에 최고의 경륜과 문장을 자랑했던 정도전은 등과 후, 성균관에 나아가 성리학을 강론, 장려하였고, 외교적으로는 권문세족에 대항하여 명나라와의 외교론을 주장하다가 여러 번 파직과 복직을 반복했던 준재 중의 준재가 아니던가.

이성계는 은밀하게 그를 청하여 '전제개혁안'을 마련해 줄 것을 간곡히 당부하였다. 그 순간 정도전은 이성계가 하늘의 소명을 받은 사람으로 믿었다. 고려 조정이 부패에서 깨어나서 새로운 기풍을 진작하기 위해서는 전제개혁이 선행되어야 한다. 그러나 훈구세력과 싸워서 이기지 않고서는 전제개혁은 불가능하다. 그 불가능할 일을 하겠다는 이성계의 용단 앞에 천하의 준재 정도전이 무릎을 꿇은 것이 바로 시대의 소명에 무릎을 꿇은 것이나 무엇이 다르던가.

　- 이 일이 성사되질 않고서는 고려왕조는 구원받을 수가 없어요.

정도전은 흔쾌히 이성계의 뜻에 부응한다. 아니 시대의 흐름에 뛰어든 것이나 다름이 없다. 정도전은 이 사실을 절친한 친구이자 당대의 수재인 조준에게 알리면서 함께 참여할 것을 종용하였다.

주위에 사람이 없음을 개탄하던 이성계에게 정도전과 조준과 같은 준재의 출현은 하늘의 뜻이 아니고는 불가능하다. 이성계가 부패한 고려왕조의 기강을 바로잡으면서 새로운 시대를 열어가고자 하는 열정에 정도전과 조준의 가세는 가히 하늘의 뜻을 포용하는 것과 다름이 없다.

보리밭 이랑이 바람에 다시 한 번 크게 출렁인다. 정도전의 발걸음이 나는 듯 가벼워진다. 그의 준수한 얼굴에 웃음이 담긴다.

　- 따라 주셔야 할 텐데…….

정도전은 포천의 재벽동滓壁洞 농장으로 가고 있다. 거기에 이성계의 본부인 한씨와 자제들이 살고 있어서였고, 특히 오늘의 행보는 이성계의 맏아들 방우와 둘째 방과로 하여금 개경으로 나와 아버지를 도와야 한다고 설득할 요량에서다.

당시 고려의 풍속으로 살피면 입신에 성공한 사람들은 대개가 두 사람의 부인을 거느리고 있다. 입신하기 전 고향에서 맞이한 부인을 향처鄕妻라 하였고, 도성살이의 불편함을 덜기 위해 또 한 사람의 처를 얻는 경우가 허다하였으니, 이렇게 맞이한 둘째 부인을 경처京妻라 하였다. 엄격히 따지면 본처와 첩실의 처지이지만, 그같이 명료한 구분이 없이 지내는 게 당시의 관행이나 다름없었다.

이성계에게는 포천 재벽동 농장에 자식들을 거느리고 사는 향처 한씨가 있었고, 개경의 추동楸洞에서 경처 강씨와 살고 있었던 셈이다.

이성계의 향처 한씨의 본관은 안변安邊이었고, 이성계와의 사이에 여섯 아들과 두 딸을 두고 있다. 첫째가 방우이고, 둘째가 방과, 셋째가 방의, 넷째가 방간, 그리고 다섯째가 방원, 여섯째가 방연이다. 이 중 다섯째인 방원은 이미 개경으로 나가 아버지 이성계를 백방으로 돕고 있는 사내 중의 사내였다.

경처인 강씨 소생으로는 방번, 방석 두 아들 형제와 후일 경순공주로 불리는 고명딸이 있었는데, 이성계는 이들 강씨 소생을 특히 애지중지하였다. 늙어서 얻었기 때문이기도 했지만, 늘 가까이 있어 정을 더하게 된 덕분이리라.

재벽동 농장에 도착한 정도전은 뜻밖으로 한가하다는 느낌을 받는다. 장성한 아들들이 북적거릴 것이라는 생각이었는데 막상 울안에 들어서자 적막강산과도 같은 정적이 감돌고 있어서다.

내당으로 인도된 정도전은 초면인 한씨 부인의 모습이 너무도 정숙하여 조심스러워지기까지 한다. 정중한 인사를 올린 정도전은 느닷없이 찾아오게 된 속내를 입에 담는다.

"자제분들을 개경으로 모셔야겠기에 불원천리하고 찾아뵙게 되었습니다."

한씨 부인의 반문은 조용하면서도 정연하다.

"…… 장군께서도 아시는 일입니까."

"아직은 모르고 계시는 일입니다만 …….

정도전은 이성계의 주변에 사람이 없음을 입에 담고 싶었으나 한씨 부인의 흐트러짐이 없는 정연함에 얼마간 주눅 드는 심정을 떨쳐내지 못한다.

한씨 부인은 조용하고 차분한 어조로 출타하고 없는 자식들을 불러 올 것을 하인들에게 명한 뒤, 손수 다과상을 마련하는 등 찾아온 내객에게 지극한 정성을 아끼지 않는다. 정도전이 목을 축이고 한참을 더 기다린 뒤에야 큰아들 방우와 둘째아들 방과가 헐레벌떡 돌아왔다.

"기다리시게 해서 송구하기 그지없습니다."

방과가 사죄의 말을 입에 담았으나 방우의 얼굴에는 반항하는 기미가 완연하게 드러나 보인다. 그러나 정도전은 고려 조정의 사정이 날로 어려워지고 있음을 입에 담았고, 정명론으로 인해 아버지 이성계 장군의 처지가 날로 어려워지고 있음을 소상하게 설명한다.

정도전이 짐작한 대로 방우나 방과의 반응에 앞서, 한씨 부인이 조금은 떨리는 목소리를 토해낸다.

"아니, 그게 무슨 당찮은 말씀이십니까. 철령 북쪽이 원나라 땅이라니요. 그 땅을 송두리째 빼앗겠다면 이 나라 땅덩이의 반을 갖겠다는 게 아닙니까."

과연 용장의 아내다운 형세 판단이다.

"말도 안 되지요. 그 말도 안 되는 일로 조정이 두 쪽 나고 말았습니다."

"조정이 두 쪽 나다니요. 그건 또 무슨 말씀이신지요?"

한씨 부인의 목소리가 떨리고 있다. 행여나 지아비 이성계의 신상에 해가 미칠까 두려워하는 기색이 완연하다.

정도전의 설명이 명쾌하기 그지없는 것은 한씨 부인을 설득하기 위한 게 아니라, 방우와 방과에게 현실인식을 확고히 해두려는 생각에서다.

"명나라의 행패를 더 두고 볼 수 없으니 일전을 불사해서라도 버릇을 가르쳐야 한다는 반명反明과 어떻게 해서든지 명나라와 화친을 해야 한다는 친명 …… 이렇게 두 쪽으로 갈릴 수밖에요."

"하면 …… 우리 이성계 장군은 어느 쪽이랍니까?"

한씨 부인의 목소리가 다급해지고 있다.

"이 장군께서는 명나라와 화친해야 한다는 생각을 굳히고 계십니다."

"하면 최 장군께서는요, 최 시중侍中 대감은요?"

"반명해야 한다는 쪽이지요. 명나라와 싸울 궁리를 하고 계십니다."

"······!"

순간 한씨 부인의 얼굴이 창백하게 바래진다. 한평생 최영 장군을 존경하면서 살아온 지아비 이성계의 성품을 잘 알고 있는데, 이제 늘그막에 이르러 최영 장군과 뜻을 달리하는 대결국면으로 들어선다면 장차의 일이 가늠할 수 없게 되지 않겠는가. 그러나 큰아들 방우의 얼굴에는 비웃음만 가득 담겨 있을 뿐이다.

정도전은 불길한 생각이 들어서 그에게 묻는다.

"자넨 어찌 생각하시는가? 자네도 철령 이북이 원나라 땅이라고 생각하시는가?"

방우는 잠시 생각에 잠겼다가 퉁명스럽게 뱉어낸다.

"저 같은 것이 무엇을 알겠습니까만 ······ 철령 북쪽의 땅을 어떻게 찾았는데 이제 와서 다시 저들에게 내준다는 말씀입니까!"

그제야 정도전은 안도하면서 말을 이어간다.

"그래서 내가 이렇게 찾아왔네. 아버님 처지가 여간 어렵게 된 것이 아니야. 땅덩이를 도로 내줄 수도 없고, 그렇다고 해서 명나라와 싸울 수도 없고 …… 최 시중 대감은 기어이 싸우고자 할 것인데, 아버님에게는 결단코 싸울 의사가 없어. 이 어려운 마당에 아버님을 도와드릴 궁리는 아니하고 허구한 날을 술타령으로 보내고 있다기에 내가 이렇게 찾아오지를 않았나."

"……."

방우에게는 대꾸할 말이 없다. 술기운이 일시에 가시는 느낌이 들 정도다. 방우가 주춤거리는 것을 본 정도전은 다시 목소리에 힘을 실으면서 채근한다.

"내 오늘은 자네의 확답을 듣고 갈 생각일세. 대체 언제까지 술타령이나 하고 있을 참인가!"

"……!"

방우의 고개가 점점 밑으로 떨어지고 있다. 한씨 부인이 부연한다.

"애. 방우야. 얼마나 고마우신 말씀이냐. 동기간에도 하기 어려운 말씀을 하셨질 않느냐."

방우는 시선을 다시 허공으로 던지며 아무 반응이 없다. 정도전은 기어이 마음에 묻어둔 이야기를 입에 담고야 만다.

"자네들 선대 때만 해도 철령 북쪽에 쌍성총관부雙城摠管府

가 설치되어 있질 않았나. 그 쌍성총관부를 때려 부술 때, 자네 조부님께서 고려에 내응을 하셨기에 아버님이 개경으로 진출하시는 게 가능했던 것 아니었나. 만일 그때 그런 일이 없었다면 자네 집안은 지금쯤 원나라의 녹을 받고 있을 게 아닌가."

"……!"

방우는 눈을 부릅뜨고라도 정도전의 논리에 반발하고 싶지만, 한씨 부인이 순순히 수긍하고 나선다.

"이르다 뿐이겠습니까. 우리 집안이 오늘 이만큼이라도 살게 된 것은 애들 할아버님께서 선왕마마께 충절을 맹세한 덕분이고, 또 이 애 아버님이 전장을 맴돌면서 그 충절을 이어갔기에 이 정도로라도 편히 살고 있는 게지요."

정도전은 한씨 부인의 회한에 찬 이야기가 끝나기를 기다렸다가 다시 방우를 타일러본다.

"여보게, 대장부의 뜻을 세우기 위해서라도 아버님을 도와드려야 하네."

순간, 방우의 입에서는 그간에 쌓인 원한의 덩어리가 쏟아져 나온다.

"돕다니요, 제가 왜 도와야 하는데요!"

"……!"

정도전은 흠칫 놀란다. 아버지 이성계에 대한 방우의 반감이 너무도 거세다는 생각이 들어서다.

"생각해보면 아실 일이 아닙니까. 제 처 말입니다. 제가 왜 충주 지씨의 가문으로 장가를 들어야 했습니까. 제 동생들의 처가도 마찬가지 아닙니까. 여흥 민씨, 경주 김씨 …… 모두 아버님의 출세를 위해 희생된 게 아닙니까. 아버지의 출세를 위해서 자식들이 모두 정략결혼을 하질 않았습니까!"

방우의 반항적인 말투에 정도전의 타이름은 더욱 냉랭해진다.

"당연하질 않은가. 동북면 출신의 젊은 시골 장수가 그렇게 하지 않고 고려 조정의 신임을 받을 수 있었다고 생각하는가. 또 자네들도 명문의 서랑들로서 지금 이만큼이라도 어엿하게 살고 있고……!"

한씨 부인은 방우의 눈치를 살피면서도 정도전의 뜻에 동조한다.

"그렇다마다요. 명문들과 사돈을 맺은 덕분에 그나마 이만큼 사는 게지요."

방우를 향한 정도전의 타이름은 집요하게 이어진다.

"거두절미하세. 자네 만사를 접더라도 이젠 아버님을 도와야 하네. 방원이 하는 일을 자네가 못할 까닭이 없지를 않은가!"

정도전의 입에서 아우 방원이 거론되자 방우의 항변이 더 거세진다.

"못 합니다. …… 전 어차피 방원이만 못해요. 또 경처 따위에게 어머니란 소리는 죽어도 못 하고요!"

"애, 방우야…….."

한씨 부인의 목소리가 촉촉하게 젖어든다. 큰아들 방우의 성품을 이해하면서도 야속한 마음을 가눌 길이 없어서이다. 따지고 보면 방우의 불만은 어제 오늘의 일이 아니다.

아우 방원이 추동에 드나들면서 경처 강씨를 어머니라고 부르더라는 풍설을 듣고부터 방우는 아우 방원에게 혹독한 불신을 드러내더니, 방원이 재벽동에 나타났을 때는 '첩년에게 어머니라고 부를 양이면 다시는 재벽동에 나타나지 마라'고 호되게 나무란 일도 있었다.

한씨 부인이 옷고름으로 회한의 눈물을 닦는 모습을 지켜보면서 둘째 방과가 조심스럽게 입을 연다.

"형님, 개경으로 가세요. 아버님 일 아닙니까. 게다가 삼봉 선생께서 일부러 찾아오시질 않으셨습니까."

"가려면 너나 가거라. 난 어머님을 모실란다!"

말을 마친 방우는 거친 숨결을 뿜어내며 방을 뛰쳐나간다. 정도전은 착잡해지는 심경을 가눌 길이 없다.

"여보게, 방과. 어서 나가서 형님을 찾아보게. 이젠 더 이상 때를 놓칠 수가 없음일세."

방과는 한숨을 놓으면서도 방을 나선다. 그제야 한씨 부인은 억장이 무너지는 한숨을 토하며 어미의 속내를 토로한다.

"모두 제 불찰입니다. 평생을 지아비만 기다리며 사는 제 꼴을 지켜본 자식들이라 속이 좁아서요. 아이들에게 잘못이 있다면 모두 제 탓으로 압니다."

"달라지겠지요. 좀더 기다려보겠습니다."

"애들 아버지께는……."

한씨 부인은 물기 가득한 속내를 털어놓는다. 오늘 일을 지아비 이성계에게 알리지 않았으면 하는 모정이 담긴 소망이다.

"심려치 마십시오. 어린애가 아니지 않습니까."

"삼봉 어른만 믿겠습니다. 이런 꼴을 보여드린 것은 사죄드리고요."

가없는 어머니의 심정이며, 지아비에게로 향한 지어미의 애틋한 사랑이다.

정도전은 조준을 떠올려본다. 두 사람은 오늘 아침 서로 할 일을 분담하기로 했었다. 정도전은 재벽동 농장으로 달려가 방우와 방과를 설득하기로 했고, 조준은 방원과 그의 절친한 친구인 박석명의 주변을 확대하는 계책을 마련해보기로 했었다.

지금쯤 조준이 방원의 집에 있을 것인데, 그쪽의 결과가 몹시 궁금하다. 방원은 우락부락한 성품을 내세우면서 성균관의 젊은 세력들을 규합하고 있었고, 그의 주위에는 언제나 그림자와 같은 박석명이 있다.

두 사람 모두 고려 말의 대석학이자 존경의 대상인 운곡耘谷 원천석元天錫의 수제자들이었고, 특히 박석명은 빈틈없이 치밀한 성품과 잘 닦은 학문으로 성균관에서도 군계일학으로 빛날 만큼 덕망까지 갖춘 젊은이다.

정도전의 예견대로 조준은 이방원과 박석명을 불러놓고 성균관 생도들이 생각하는 현실의 문제를 조심스레 타진해보고 있다.

"자칫 혼조昏朝로 접어들 기미까지 보이질 않나. 자네들 생각을 들어보자고 여기까지 왔네. 성균관의 분위기라도 좋고……!"

혼조가 무슨 뜻인가. 나라의 운명이 황혼에 잠겼다는 뜻이며 고려왕조의 끝이 보인다는 뜻이기도 하다. 방원과 석명의 시선이 불꽃을 튕기며 교차한다. 아무리 젊기로 시대의 흐름을 외면하고 있대서야 말이 되는가. 방원이 먼저 열변을 토한다.

"…… 이 나라 백성들이 눈을 시퍼렇게 뜨고 있는데, 국토를 유린당하다니요. 저들이 철령 북쪽을 원나라 땅이라고 한다면, 개원이나 심양은 고구려의 땅 아니오이까. 설사 일전을 불사한다 해도 단 한 치의 땅도 내줄 수 없어요!"

아버지의 성품과 판이하게 다른 방원의 일면이다. 아버지 이성계는 답답할 정도로 심사숙고하는 편인 데 비해 이방원은 언제나 직설적이면서 더구나 행동까지 수반하고 있다. 조준은 그런 방원의 울분을 식히고 싶다.

"아직은 일전불사라는 말을 쓸 형편은 아닐세. 욱일승천의 기세로 떠오르는 명나라와 싸운다는 것은 상상할 수도 없지만, 그렇다고 한 치의 땅인들 저들에게 내줄 수가 없는 데는 재론의 여지가 없지 않겠나."

역시 젊음 탓인가, 박석명이 즉시 반발한다.

"일전불사를 생각하지 않고서야 어떻게 국토를 지켜갈 수가 있소이까. 만일 저들이 무력을 동원하여 이 땅을 유린해 와도 일전불사를 내세울 수 없다면, 대체 어른께서는 무엇을 생각하고 계십니까!"

조준은 잠시 침묵할 수밖에 없다. 젊은 혈기를 식혀야 했기 때문이다. 방원과 박석명은 뜨거운 시선을 이글거리며 조준을 쏘아보고 있다. 이윽고 조준이 입을 연다.

"자네들이 말하는 대로 그 일전불사론이 시중 대감의 명분일세. 최 시중은 바로 그 점을 노리고 있어. 허나 이 장군께서는 그렇게 생각을 아니 하고 계시네."

방원은 그제야 정신이 번쩍 든다. 아버지 이성계의 의사보다 자신의 혈기를 먼저 내세운 것이 경솔했다는 생각이 들어서다.

"이 장군의 의향을 전하겠네. 싸움이란 승산이 없을 때는

아니 하는 것이 최선이며, 계란으로 바위를 때리는 것은 바보
나 멍청이들이 하는 짓거리라고 하셨네."

"그러시다면 …… 저들이 먼저 공략해 올 때는 어찌하리까.
그때도 가만있어야 한다는 말씀입니까!"

박석명이 날카롭게 반문한다. 조준은 어조를 낮추며 되도
록 소상히 부연한다.

"이 나라 고려가 친명 화친하고 있음을 분명히 해야 하지
않겠나. 명나라는 고려가 반명친원 한다고 믿고 있어. 외교로
전쟁을 방지할 궁리를 해야 하는 판국인데 …… 외교는 생각
지 아니하고 요동 공략을 먼저 생각한다면 결국 저들에게 전
쟁의 구실을 제공하는 꼴이 아닌가."

이방원과 박석명도 짐작은 하고 있었던 일이지만 국론을
정하는 조정의 공론이 어느 쪽으로 기울고 있는지 궁금하기
그지없었던 터이다. 수상격인 문하시중 최영과 부수상 격인
수문하시중 이성계의 의중은 어느 쪽인지, 만에 하나라도 두
분의 의견이 대립해 있다면 고려 왕국의 운명은 어떻게 되는
지 불안한 노릇이 아닐 수가 없다.

마침내 조준은 바로 그 점을 거론하고 나선다.

"이색 대감을 비롯한 덕망 높은 유학자들도 한결같이 친명
화친해야 한다고들 하시질 않는가. 이는 앞날의 일을 내다보
는 대학자들의 혜안일세. 게다가 이 장군께서는 승산 없는 싸

움이 될 것이라고 단정하셨네. 학문이 그러하고 전술이 그러하다면, 요동 공략은 거론할 수 없음이 분명하게 되지 않았나. 내가 자네들에게 부탁하는 것은 성균관의 젊은 유생들도 이 점만은 알고 있어야 한다는 점일세."

방원과 박석명은 머리를 숙여 조준의 당부에 경의를 표한다. 그러나 조준은 오늘의 화두를 더 명확하게 매듭지어 둔다.

"자칫 잘못되면 조정이 두 동강이로 갈리게 되네. 국론이 둘로 갈리면 왕조는 망할 수밖에 없어. 국론은 하나이어야 하질 않겠나!"

조준의 당부가 단호하게 매듭지어진다 하더라도, 실제 사정은 또 다르게 흘러간다. 고려 조정의 국론이 두 동강으로 갈리는 것은 명분상으로는 보수와 진보의 대결이지만, 실제로는 최영과 이성계의 대결로 좁혀진다.

이 같은 명분론과 현실론의 갈등은 좀처럼 사그라지지 않는다. 그저 최영과 이성계가 대결하리라는 불길한 기운이 왕도 가득 흘러넘치고 있을 뿐이다.

고려 조정은 밀직부사 박의중을 명나라에 다시 보내 고려의 뜻을 분명히 했다.

─ 철령 이북의 문천, 고원, 영흥, 정평, 함흥 등의 제주諸州를 거쳐 공험진에 이르기까지는 예부터 본국의 땅이다.

이 같은 통고를 해 놓고 그 회답을 기다리는 동안, 고려 조정에서는 마침내 친원론과 친명론의 대립이 표면화되기에 이른다. 명나라를 쳐야 한다는 정명론은 우왕의 의중을 정점으로 삼아 최영의 뜻이 반영된 것이지만, 설혹 우왕의 채근이 아니라 하더라도 훈구세력의 두령격인 최영으로서는 친원정책에서 한 치도 물러설 수 없다. 모든 이해득실상, 친원 함으로써만 실익을 얻을 수 있기 때문이다.

이성계의 뜻은 이와 다르다. 동북면 출신의 보잘것없었던 일개 시골 장수가 나라에 대공을 세우고 조정에 입사하여 지금은 2인자의 지위에 올랐다. 그는 고려의 기득권 세력이 누리는 야합과 부정을 개혁하여 날로 피폐해지는 백성들의 안위를 보살피고자 했으나, 보수세력의 두터운 벽을 뛰어넘지 못하고 있다. 그러나 천만다행으로 이색, 이숭인, 정도전, 정몽주 등 학문이 높은 젊은 유학자들이 친명론의 편에 섰다는 사실이 특히 이성계에게는 고무적인 일이 아닐 수 없다.

설혹 그렇기는 하더라도 정명론의 우두머리가 최영이요, 친명론의 우두머리가 이성계라는 사실은 5백년 고려왕조의 운명을 가름하는 조건이 되고도 남는다. 관직으로만 보아도 최영이 문하시중, 이성계가 수문하시중이라는 서열 1, 2위를 차지하고 있고, 그 명성으로 보아도 용호상박의 대립이 아니고 무엇인가.

천만다행히 아직 노골적인 대결 현상은 보이지 않고 있다 해도, 구태여 비유한다면 속으로 곪아가는 현실이고, 또 언젠가는 터지고 말리라는 긴장감으로 팽배해 있는 정국이다.

절기는 멈추질 않고 초여름으로 접어든다. 만물에 생기가 돌아도 때로는 생각이 무디어지기 쉬운 계절이다. 서북면 안무사 최원지로부터 놀라운 장계가 다시 올라옴으로써 고려 조정은 아연함과 긴장감에 휩싸이게 된다.

요동도사에서 두 명의 장수가 1천여 명의 병사를 거느리고 강계에 내려와서 곧 철령위를 설치한다 하옵니다. 명 태조가 이미 고려에 철령위를 설치하기로 결정하여 진무관 등이 벌써 요동에 와 있다 하옵고, 요동으로부터 철령에 이르기까지 7십 참站을 두게 되고, 각 참에는 1백 호를 둔다고 하옵니다.

문하시중 최영이 장계 읽기를 마치자 우왕은 탁자를 내리치며 자리에서 벌떡 일어선다. 어전에 부복해 있던 이색, 우현보, 정몽주 등 친명을 표방하는 문신들은 숨을 죽일 수밖에 없다.

우왕은 미친 듯이 소리치며 최영을 닦달하고 나선다.

"최 시중! 그렇게 내가 뭐라고 했소, 서둘러 명을 치라고 하지를 않았소! 경은 언제나 과인의 면전에서는 그리하겠다고 맹세를 하면서도 서둘지 않는 까닭은 무엇이오! 대체 그동안 무엇을 하였소이까. 이젠 왕명을 거역하면서까지 날 능멸하자 는 것이오, 무엇이오!"

임금이 격노하는 것을 진노震怒라고 한다. 우왕의 진노는 최 영 만을 나무라는 게 아니라 모든 대소신료들에게까지 노여움 을 토하고 있다. 또 그것은 당장 결판을 내라는 강명이나 다 름없다.

"이젠 한 시도 미룰 수가 없어요. 당장 서두르시오!"

우왕은 불 같은 노여움만 남겨놓고 협실로 사라진다. 실로 난감한 노릇이 아닐 수 없다.

최영이 참담해진 심정으로 잠시 숨을 고르자, 동석한 이색, 우현보, 정몽주 등은 몸둘 바를 몰라 한다.

"이 판삼사사……."

최영은 이색을 부른다. 마른입에서 나오는 목소리라 조금 은 갈라진 듯 들린다. 그러면서도 노장군의 결단이 담긴 단호 함이 배어 있다.

"내일 아침 어전에서 이 일을 의논할 것이오. 대소신료들에 게 단단히 일러두시오!"

"명심하겠습니다."

이색의 확답이 끝나자 최영도 자리를 뜬다. 천근의 무게가 담긴 노장군의 명에서는 시퍼런 서슬이 풍겼다.

정몽주의 시선이 이색의 얼굴에서 멈춘다. 이색은 친명을 주장하는 사람, 그렇다면 최영의 뜻을 거역하지 않으면 안 된다. 정몽주는 그것을 확인하고 싶은 모양이다. 그러나 이색의 얼굴에는 표정이 없다. 설혹 그렇다 하더라도, 조정의 의견은 두 갈래로 갈리지 않을 수 없게 되었다. 그것도 바로 내일 아침 어전에서.

꼬이는 정국

아직은 날이 밝기 전인데도 개경 거리는 술렁거리기 시작
한다.

게다가 어전회의가 열리자면 한참을 더 기다려야 하는데
도, 어찌된 영문인지 명나라를 치기 위해 군병을 동원할 것이
라는 풍설로 도성 안이 들끓고 있다. 무지렁이 백성들은 최영
장군이 행사하는 절대 권력을 믿고 있으며, 아직은 이성계 장
군의 친명론이 조정의 훈구세력들을 설득하여 물리치기에는
역부족이라고 믿는 판국이다.

전쟁이 나면 어찌되는가. 힘없는 백성들은 알토란 같은 자
식들을 싸움터로 보내야 하는데, 떠나간 자식들이 살아서 돌

아오리라는 기약이 없다면 좌절감은 더해갈 수밖에 없다. 게다가 작은 나라가 큰 나라를 쳐서 이겼다는 이야기도 아직은 들어보지 못한 백성들이다.

개경 거리는 날이 밝으면서 더욱 소란해진다. 이미 출진하라는 어명이 내렸다는 소문까지 난무하는 판국이면 피해갈 방도가 없기에, 불안함과 조정에 대한 분노가 뒤섞인 혼란 상태라면 어떨지.

최영은 지난밤을 뜬눈으로 보냈다. 오늘 관철해야 하는 어전에서의 과제는 평생을 들여 세운 장부의 공헌을 한순간에 무너뜨릴 수도 있기에, 결단과 궁리가 뒤범벅이 되어 잠을 이룰 수가 없었다. 그 혼란의 반은 우왕의 우유부단 때문이기도 하였다.

최영은 희붐하게 밝아오는 새벽 기운을 뚫으며 입궐을 서두른다. 영비寧妃를 통해서라도 지난밤 우왕의 심중을 헤아려 두어야 했기 때문이다. 영비는 최영이 젊어서 관계했던 촌녀村女의 몸에서 태어난 천한 신분으로, 음탕한 우왕이 그녀를 강제로 데려가려 했을 때 최영은 '차라리 머리를 깎고 중이 되겠다'면서까지 버티었으나 결국 왕명을 거역하지 못해 강제로 빼앗기다시피 하였다. 그러나 지금 생각해보면 그 딸이 우왕의 지근에 있다는 게 얼마나 다행한 일인지 모른다. 그러나 다른 한편으로는 '딸을 팔아 영화를 누리는 노회한 늙은이'로 폄하당하는 것이 께름칙하기 그지없는 노릇이기도 하였다.

수창궁의 새벽은 싱그럽기 그지없다. 기화요초가 뿜어내는 향기로움 때문이다. 이윽고 사가의 아버지가 입궐했다는 전언을 받은 영비가 빠른 걸음으로 최영의 곁으로 다가서면서 입을 연다.

"전하께서는 지난밤을 거의 뜬눈으로 지새우셨사옵니다."

"그러시겠지……!"

"이성계 장군이 순순히 응해주어야 할 텐데 …… 하시면서 여러 차례 탄식도 하셨고요."

우왕의 심중이라 하여 최영의 마음과 다를 것이 없다. 명나라를 치기 위해서는 이성계를 선봉에 세워야 한다. 오직 그 일만이 최영에게는 살길을 여는 일이다. 그러나 이성계가 친명의 수괴라면 출진에 응할 까닭이 없다. 만에 하나라도 그런 사태가 벌어진다면 이성계는 파직을 면키가 어렵다. 또 이성계가 끝까지 왕명을 거역하면서 죄인을 자처하고 나선다면 당연히 최영이 선봉장으로 나서야 하지만, 칠십 노구에 다시 투구를 걸친다 하여 예전의 용맹이 되살아 날 리도 없다.

최영은 시름으로 가득한 한숨을 쏟아놓으면서 마지막 당부를 입에 담는다.

"어전에서의 전하의 모습은 흔들림 없이 단호해야 할 것으로 압니다. 아시겠습니까!"

"명심하고 있습니다."

"마마만 믿고 다시 입궐하겠습니다."

최영은 영비에게 마지막 당부를 하고서야 천천히 노구를 돌린다. 어쩌면 일생일대의 파경을 자초하게 될지도 모른다는 비감에 젖은 모습이 아닐 수 없다.

정도전과 조준이 이성계의 거처인 추동을 찾은 것도 같은 무렵이다. 우려했던 사달이 눈앞의 현실로 드러났기 때문이다. 그렇다고 이미 결론이 난 일을 다시 거론할 만큼 소심한 세 사람은 아니다. 오로지 이성계의 결단에만 의지할 뿐이라면, 그것을 확인해 두는 게 마음 편한 일이리라.

정도전이 먼저 입을 연다. 직설을 피한 우회적인 화법이다.

"대감, 아무리 전제개혁이 시급해도 뒤로 미룰 수밖에 없게 되지 않았습니까."

"미루다니요. 민생을 뒤로 하고도 나라의 기강이 선답니까!"

사태의 심각함을 모를 까닭이 없을 것인데도 이성계의 반응은 뜻밖으로 단호했다. 정도전은 화두를 앞당겨야 할 때라고 판단한다.

"오늘 아침 어전에서 정명을 국론으로 정할 것이라고 합니다. 모든 중신들이 임석한 자리에서요!"

명나라를 치는 것을 어전에서 정한다면 원정군 편성이 논란이 될 게 당연하다. 그런 경우라면 이성계가 원정군의 선봉이 되는 것은 불을 보듯 뻔한 노릇이다. 그러나 이성계의 대답은 그지없이 태연하게 흘러나온다.

"허허헛. 그와 같이 몽매한 짓거리는 문신들이나 입에 담을 일인데 …… 최 시중과 같은 천하의 용장의 입에서 그런 황당한 말이 나올 것이라고 생각하는가."

이성계는 진심을 토로하고 있다. 평생을 존경해온 용장 최영이 아니던가. 병법으로 따져도 될 일이 아닌데, 아무리 지향하는 바가 다르다 해도 최영의 입에서 그런 무모한 말이 흘러나올 것이라고는 상상도 할 수가 없기 때문이다.

"허허허. 싸움이란 승산이 있을 때 하는 것이에요. 지는 싸움을 자초하는 것은 바보나 멍청이들이 하는 짓거리지. 계란으로 바위를 친다는 무모함도 이를 두고 하는 소릴 테고. 나는 천하의 최 시중 대감께서 그런 무모한 일에 앞장서리라고 믿지 않아요. 그러니 두 분께서는 아무 걱정 말고 전제개혁안을 서둘러 매듭지어 주셔야 합니다. 맹자에도 있지 않소이까. 안거낙업이라고요."

이성계는 나라를 경영하는 일을 정확히 알고 있다. 그가 맹자의 가르침을 인용한 것도 그 때문이다.

ㅡ 국궁진력鞠躬盡力, 안거낙업安居樂業.

'다스리는 자가 두 손을 가지런히 잡고 백성들의 뜻을 존중

하면, 백성들은 생업을 즐기고 만족할 것이라'는 말은 치자治
者들이 간직해야 할 도리이자 귀감이 분명하다. 하지만 대부
분의 치자들이 오만하여 그 가르침을 따르지 않는 것이 고금
의 역사 아니던가.

정도전은 이성계의 태연함이 내심 놀랍기는 했어도, 당장
오늘 일이 잘못된다면 만사휴의가 되고 만다. 그래서 어투가
조금 거칠어진다.

"설혹 전제개혁안이 마련된다 해도 쓰일 일이 아득하지를
않소이까!"

"허허허. 조급하게 서둘지 말아요. 전제의 개혁은 반드시
이루어져야 하고, 또 우리 대에 못 이루면 다음 대에서라도
꼭 이루어야 하지 않겠소. 국가의 백년대계를 뒤로 미룬대서
야 말이 됩니까. 그러니 서두를 밖에요."

조준은 '우리 대에 못 이루면 다음 대에서 이루어야 하지
않겠소.'라는 이성계의 의지를 받들지 않을 수가 없다. 잠시
뒤에 일어날 어전에서의 일이 심히 걱정되는데도 조준은 조용
히 머리를 숙인다.

"대감, 공산부원군께서 드셔 계시옵니다."

강씨 부인의 나직한 전언에 이성계는 자리에서 일어선다.
정도전과 조준도 따르지 않을 수가 없다.

공산부원군 이자송이 들어선다. 노기가 들끓는 안색이다.

"아니, 이게 얼마 만이오. 공산부원군."

이성계의 어투에는 반가움이 넘쳐흘렀으나, 이자송의 목소리에는 노성이 이글거리고 있다.

"지금이 어디 이러고 계실 때 오이까. 요동을 치겠다는 판국인데 이 장군이 이러고 계시면 백성들은 누굴 의지하고 살아요!"

대단한 일갈이 아닐 수 없다. 이성계는 안색을 바꾸며 좌정하기를 청한다. 공산부원군 이자송은 자리에 앉으면서도 불같은 노기를 뿜어낸다.

"모두 최영 그놈의 농간이에요. 이젠 탐욕만 남아서 앞뒤를 가리지 못하는 추물이 되었질 않습니까. 첩의 딸년을 왕비로 삼아서 영화를 누리겠다니. 그 모두가 요동 정벌을 염두에 둔 탐욕이었어요. 그런 추물의 농간에 장군이 희생된대서야 어디 말이나 되느냐 이 말이에요!"

이자송의 말투는 이미 이성을 잃고 있다. 정도전과 조준은 막혔던 기도가 뚫리는 듯한 시원함을 맛보면서도 이성계의 반응을 살피지 않을 수 없다.

"말씀이 좀 지나치십니다. 제가 최 시중 대감을 존경하는 마음은 변치 않아요. 그 어른의 배려가 아니었다면 오늘의 이성계는 있을 수 없어요. 그야말로 평생을 갚아야 할 은혜를 입고 있기도 하고요."

"이 장군, 예전의 최영이 아니라니까. 예전의 최영이면 첩년의 딸을 왕비로 헌납하지 않아요. 더구나 그 딸년의 입을 빌려 권세를 탐하다니! 요동 공략은 이 장군을 제거하자는 수작이에요. 민심이 이 장군을 따르는 게 겁이 나서가 아닙니까. 이 장군을 요동 벌판으로 내몰아 죽게 한다면 세세연년 권세를 누릴 수 있으리라는 망상에 젖어 있다니까!"

"설사 그렇더라도 요동 공략은 아니 됩니다."

"허어, 이거야 원. 이 장군을 사지로 몰아넣으려는 음모라니까!"

"......!"

이성계는 약간 고개를 돌리면서 한숨을 놓는다. 요 근자 무수히 오갔던 화두이기는 했어도, 속마음으로는 최영 장군에 대한 믿음이 변치 않아서다. 설혹 최영이 노탐에 빠져 있다 해도 병법에 어긋나는 작전은 수행하지 않을 것이며, 게다가 이성계를 사지로 몰아넣기 위해 단 한 치의 승산도 없는 전쟁을 일으킬 것이라는 사실을 도저히 인정할 수가 없어서이다.

그때 이자송의 거친 목소리가 다시 터져 나온다.

"어찌 되었거나 내 오늘은 최영과 단판을 짓고야 말겠소!"

"단판이라니요?"

"첩의 딸년을 후궁으로 들였다 해서 조정의 대사가 제 마음대로 되지 않는다는 사실을 모든 신료들이 있는 앞에서 분명히 하겠다는 말씀이오이다."

"……!"

이성계는 짧은 한숨을 놓을 뿐 구체적인 반응을 보이지 않는다. 그러나 정도전과 조준은 아쉬움을 감출 수가 없다. 공산부원군의 거친 항변을 통해서라도 이성계의 내심이 드러나기를 기대하였던 때문이다.

바로 그때 이자송이 몸을 일으키며 더 거칠어진 목소리를 토해낸다.

"나 최영의 집으로 갑니다. 뒷일은 이 장군이 수습해 주시오. 요동을 치면 고려가 망하기에 하는 소리이외다. 이 나라 고려왕조는 이제 이 장군의 두 어깨에 달려 있어요!"

말을 마친 이자송은 숨 쉴 틈도 주지 않은 채 튕겨지듯 방을 나간다. 이성계가 황급히 뒤따라가면서 만류를 거듭해 보았으나 이자송은 마치 신들린 사람처럼 대문을 차고 나갈 뿐이다.

공산부원군 이자송. 절의 높은 문신으로 때로는 군무軍務도 보았다. 이미 오래전의 일이다. 1364년공민왕 13년, 원나라는 덕흥군을 고려로 돌려보내면서 원나라에 있는 모든 고려인들로 하여금 덕흥군을 받들고 귀국하기를 강요하였다. 그때 이자송은 연경에 있었으나 몸을 숨기면서까지 그 일에 응하지 않았다. 그리고 얼마 후 이자송은 단신으로 귀국하였다.

이 사실을 알게 된 조정은 물론 백성들까지도 그의 절의를 높이 칭송하였다. 그 뒤 밀직부사가 되고, 단성보조공신端成輔祚功臣으로 추대되었으며, 동북면의 존무사存撫使가 되어 안변 등지에 침입한 왜구를 섬멸하는 대공을 세우기도 했다. 우왕이 주색에 빠지자 여러 차례 임금의 체통을 찾으라고 직간하다가 도리어 미움을 사게 되어 홀연히 모든 공직에서 물러났다. 공산부원군으로 피봉된 것은 그 후의 일이다.

"공산부원군께서 드셔 계시옵니다."

노복의 고함이 채 끝나기도 전에 이자송은 최영이 거처하는 후원으로 성큼성큼 들어서고 있다. 참으로 뜻밖이라는 생각에 최영도 긴장하지 않을 수 없다.

"아니 이게 누구요. 공산부원군이 아니시오?"

주객이 바뀌었다는 속언처럼 이자송의 대꾸가 퉁명스러워진다.

"세상 소문이 어찌나 어수선해야지요. 될 일을 하셔야지 …… 좌우간 어서 드십시다."

최영은 미처 할 말을 찾지 못하고 있는데, 이자송은 성큼성큼 별채로 옮겨간다. 주객이 전도된 꼴이 아닐 수 없다.

두 사람은 자리를 정돈할 여유도 찾지를 못한 채 얼굴부터 붉히고야 만다.

"상께 요동을 공략해야 한다고 은밀히 진언하였다는 게 사실이오이까!"

이자송이 찌르듯 물었지만 최영의 대답은 여유만만하다.

"공이 알고 있는 일을 어찌 은밀하다고 하겠소이까."

"……!"

이자송은 최영의 결의가 만만치 않음을 깨닫는다. 그렇다고 여기서 밀릴 생각은 추호도 없다.

"허어, 어떻게 장수의 생각이……!"

최영으로서도 이자송의 반발에 물러설 생각은 추호도 없다. 어차피 국론으로 밀고 나가야 할 중대 사안이 아니던가.

"명을 쳐서 이 나라의 실지失地를 회복하고, 더욱 확장해 나가는 것이 이 늙은 최영의 마지막 꿈이에요!"

"언제는 그게 남의 땅이었소이까. 진작부터 우리 땅이었소이다!"

"허나, 지금 그 땅에 누가 살고 있소이까. 이 나라의 백성들이 살고 있는 것이 아니라 오랑캐의 족속들이 살고 있어요!"

"이것 보시오, 최 장군. 우리 땅에 들어와 사는 오랑캐의 무리는 내쫓으면 되는 일이 아니오. 그런데 왜 명나라를 치려는 전쟁을 획책하느냐 이 말이외다!"

"이렇게 답답한 노릇이 있나. 저들이 철령 북쪽에 7십 개의 참을 놓으려는 판국이에요. 이건 명백한 침공이 아닌가. 적국의 침공은 단호하게 응징하는 것이 주권국가의 권리이자 의무가 아니냐, 이 말이에요."

최영은 언성을 높이면서 형형한 눈빛을 굴리고 있다. 그러나 이자송의 처지로서도 한순간도 밀릴 수가 없는 사안이다. 국가의 위중지란과 관계된 일이기 때문이다.

"장군, 조정의 대신들은 명나라와 화친하는 것이 고려의 살길이라고 믿고 있어요. 이게 공론이 아니오이까. 어찌하여 장군께서는 공론을 무시하면서까지 병마의 동원을 상께 진언할 수가 있다는 말씀이오!"

"이렇게 답답한 사람을 보았나. 명나라의 간섭에서 벗어나는 일은 나라의 자위권을 확립하는 일이에요. 공론이란 언제나 만들면 되는 것이지, 공론이 어디 따로 있답니까!"

이자송은 최영의 삐뚤어진 자만을 더 두고 볼 수가 없다. 공론을 무시하는 독선을 뿜어내다가 불리해지면 새로운 공론을 만들면 된다는 발상을 용납할 수가 없어서다. 급기야 이자송의 목소리에서 쇳소리가 울리기 시작한다. 최영과의 승부가 고려왕조의 앞날에 연계되기 때문이다.

"이 나라 고려는 장군 혼자 사는 곳이 아니질 않소이까. 무엇 때문에 그와 같은 막중대사를 대감의 독단으로 처결하고자 하느냐 이 말이에요. 어느 시대고 독단은 어불성설이에요!"

"독단이라니. 그게 어째서 독단이야. 주상 전하의 어의가 또한 거기에 있다면 당연히 받들어야 하질 않겠는가!"

"못 해요! 조정의 공론이 한 곳으로 모이기 전에는 못 할 일이에요!"

"합니다. 최영이 한다면 해야 합니다. 이 최영 혼자서 잘 살겠다면 모를까, 이 나라 억조창생의 안위가 걸린 일이며, 국토를 넓히는 일이라면 물불을 가리지 않고서라도 해야 합니다. 또 늙은 내가 종묘사직에 바치는 마지막 충절이라면 아무도 왈가왈부해서는 안 됩니다!"

"이보시오, 장군. 자고로 내가 아니면 아니 된다는 생각으로는 아무 일도 성사된 게 없어요. 또 성사되었다 하더라도 결국은 실패하고 말았는데 …… 왜 장군의 충절은 입에 담으면서 내 충절을 무시하려 드시오. 명나라와 화친을 주장하는 사람들에게도 충절이 있어요. 또한 내 충절도 장군보다 조금도 못하지 않아요. 아시겠소이까!"

"……!"

순간 최영은 두 주먹을 불끈 쥐며 온몸을 부르르 떤다. 머리끝까지 화가 치밀어 오른 모습이다. 그러나 이자송의 어조는 송곳과 같이 예리하게 최영을 다시 자극한다.

"장군, 백성들의 원성을 귀담아 들으시오. 첩실의 딸을 팔아서 권력을 탐하였다는 누항의 풍설에서 그만 좀 헤어나시오!"

"이런 못된, 닥치지 못하겠는가!"

"틀린 말이 아니질 않소이까!"

"아니 저런, 닥치라 일렀거늘!"

"틀린 말이 아니기에 하는 소리외다!"

"허어……!"

평생을 전쟁터에서 산 것이나 다름이 없는 최영이다. '황금 보기를 돌같이 하라'는 아버지의 유언에 따라 부정한 일에는 근처에도 다가서지 않았던 고매한 인품 아니던가. 이제 국가 중대사를 놓고 이자송 따위에게 비아냥거림을 당한다는 것은 최영에게는 돌이킬 수 없는 수모이고도 남는다. 그러나 이자송의 항변은 도를 더할 뿐이다.

"장군, 요동 공략을 중지하시오. 정히 싸우겠다면 장군이 몸소 나가 싸우시오. 친명을 주장하는 이성계 장군을 더 이상 곤경에 빠뜨리지 마시오. 이것이 하늘의 뜻임을 명심하시오!"

이자송의 입에서 이성계의 이름이 거론된다면 최영으로서는 더욱 참을 수가 없다. 자신의 치부가 드러난 것 같은 자격지심이 출렁이기 때문이다. 마침내 최영은 노성 일갈을 토해 낸다.

"여봐라. 밖에 누구 없느냐!"

하인 노복들이 달려오는 어지러운 발소리가 들린다. 최영은 단숨에 장지문을 열어젖히면서 다시 소리친다.

"당장 이자를 포박하여 순군옥에 보내렷다!"

장정과 병사들이 방 안으로 달려든다. 문하시중의 사저를 지키는 호위병사들이다. 이자송은 그들보다 먼저 몸을 일으키며 최영에게 마지막 말을 남긴다.

"명을 치면 천벌을 면치 못할 것이요. 또 장군의 명성에 오명을 남길 것이니 내 말 명심하시오!"

이자송은 태연히 말을 마치고 방을 나선다. 최영의 집을 지키는 호위병들은 이자송의 서슬 앞에서 숨도 제대로 못 쉬는 형국이 되고 만다.

"……!"

혼자 남은 최영은 전신에 감겨오는 외로움을 느낀다. 또 그것은 불길한 예감으로 번져온다. 곧 입궐하면 어전회의를 주도해야 하는데, 참여한 중신들이라 하여 모두 명나라를 선공하자는 데 동의할 까닭도 없다. 잠시 전에 있었던 이자송과 뜻을 같이하는 신료들의 집단적인 반발도 예상해야 한다. 게다가 수문하시중 이성계의 의향도 감안해야 하고, 그를 따르는 이색, 정몽주 등 문신들의 동태도 무시할 수 없다.

서둘러 다시 어전으로 달려간 최영은 이자송의 치죄부터 서두르는 걸로 국론의 분열을 차단하리라 다짐한다.

"공산부원군의 치죄라니요?"

"전하, 이자송을 엄중 치죄하지 않는다면, 친명하자는 무리들이 벌떼같이 들고일어날 것이옵니다."

"친명하자는 무리들이 그렇게 많다는 말씀인가요?"

우왕의 우유부단함은 조석으로 변한다. 밤마다 비빈들과 온갖 음란한 유희에 흠뻑 젖고 나면 다음 날 아침에 으레 딴소리로 주위를 황당하게 하곤 한다. 최영은 다시 아슬아슬한 심정이 되면서 우왕의 심기가 상하지 않도록 유도할 수밖에 없다.

"전하, 이자송을 중벌로 다스리지 않는다면 …… 친명 화친하자는 무리들이 벌떼같이 일어날 것이옵니다. 유념하소서."

"친명 화친하자는 문신들이 뜻밖으로 많다는 것은 과인도 들어서 알고 있어요."

최영은 위기감을 느낀다. 만에 하나라도 신료들이 임석한 어전에서 이같이 유약한 어의를 드러낸다면 자신의 정명론을 관철하기가 어려워지질 않겠는가.

"이자송이 친명 화친하자고 했다 하여 치죄한다면 명분이 서지를 않사옵니다. 바라건대 임견미의 족당으로 몰아 부정부패로 다스린다면 일거양득의 효과가 있을 것으로 아옵니다."

"설혹 그렇기로 조정의 중신들이 이자송의 속내를 모를 까닭이 있겠습니까?"

우왕의 반문은 최영을 당황하게 하고도 남는다. 오늘 새벽에 영비를 통하여 자신의 의향을 확고하게 알았을 것인데도 묻고 대답하는 말은 언제나 자기중심이다.

"아는 것도 나쁘지 않을 것으로 아옵니다. 조정 중신들에게는 친명 화친하는 것에 경종을 울릴 수가 있사옵고, 또 백성들에게는 임견미의 일당을 가차 없이 다스리고 있음을 보여주는 것이 아니리까. 윤허하여주소서."

"알겠소. 이자송에게 곤장부터 치시오. 그래서 초죽음이 되거든 서둘러 부처하시오!"

친국親鞠은 아니었지만 치죄는 엄중했다. 국론을 정한다는 조건이 맞물려 있기 때문이다. 이자송은 임견미의 족당으로 몰리면서 곤장을 무려 107대나 맞는다. 그러나 피투성이가 된 이자송은 명나라와의 전쟁이 있어서는 아니 된다는 사실을 절규하듯 외친다. 국문에 참여한 중신들은 이자송의 외침으로 국론의 분열이 심각한 수준에 와 있음을 비로소 실감하게 된다.

이자송은 그날로 전라도 내상內廂에 안치하라는 왕명을 받았으나 미처 떠나기도 전에 장독으로 세상을 뜨고야 만다.

이젠 더 뒤로 미룰 계제가 아니다. 급기야 이성계는 입궐 차비를 마친다. 물론 오늘 있을 어전회의에서 자신의 거취가 정해질 것임을 모를 까닭이 없다. 천길 절벽에 외발로 서 있는 외로움을 견디면서 이 중차대한 일을 마지막으로 점검해야겠다는 심정일 때, 정도전, 조준이 달려왔고, 퉁두란도 결기를 뿜어내는 모습으로 동석한다.

조준이 먼저 입을 연다.

"공산부원군을 때려죽인 것은 친명 화친하려는 신료들의 입을 막자는 최후의 수작으로 압니다."

"그러하오이다. 조정 공론을 최 시중의 의향대로 몰아가려는 저의가 아니옵니까. 마땅히 판삼사사를 불러 대책을 강구하는 것이 옳을 것으로 아옵니다."

판삼사사는 이색을 일컫는다. 친명도 친명이려니와 높은 학문과 맑은 지조가 조정 신진관료들의 귀감이 되어 있으니, 그의 영향력을 결코 과소평가할 수가 없다. 퉁두란이 이에 동조하는 것도 그 때문이 아니겠는가.

"백지장도 맞들면 가벼워진다는 속언이 있디를 않습네까. 아무리 천하의 최 장군도 신진들이 따르는 목은의 의향을 무시하지는 못할 것으로 압네."

"그렇습니다. 목은이야 어차피 친명이지만, 지금 이 판국이면 장군님에게는 큰 힘이 되지를 않겠습니까."

이성계는 그제야 주위를 천천히 둘러보며 자신의 속내를 개진하지만, 그 어조와 내용은 예전에 비해 달라진 게 없다.

"아무리 생각해도 모를 일이오. 지금 요동을 치는 것은 무모하기 짝이 없는 일인데 …… 그 이치를 모를 까닭이 없는 최 시중께서 정명하는 일에 집착하시는 것을 싸움터에서 잔뼈가 굵은 나로서도 알 길이 없어요."

"이거야 원, 같은 얘기를 몇 번이나 하면 알아들으시갔습네까. 요동을 치는 것을 빌미로 장군을 제거하갔다는 음모라니까요!"

"허나 그건 ……."

"글쎄 다른 말 할 것이 못 된다니까요. 장군께서 요동으로 나가시면 살아서 돌아오지 못합네다. 그게 바로 고려 조정의 부정과 부패를 옹호, 장려하겠다는 속내이고, 최영이라는 노회한 늙은이에게 살길을 열어주는 거야. 이걸 모른다 하시면 이 장군이 백성들에게 등을 돌리는 일이 됩네다!"

퉁두란의 목소리에는 이성계의 우유부단함을 힐책하는 힘이 담겨 있다. 오랜 세월 동안 함께 전장을 누비면서 살아온 노老 전우의 충고가 아니고 무엇인가. 그러나 이성계의 표정에는 아무 변화가 없다. 자신이 지켜온 원칙에 변화를 줄 수 없다는 장부의 일념이 살아 꿈틀거리고 있을 뿐이다.

"그렇지 않은가. 나라가 태평하고 국력이 부강할 때도 전쟁만은 피하는 것이 옳은 법인데, 지금의 고려는 조정은 부패했고 백성들은 도탄에 빠져 있어요. 병사들의 사기가 오를 까닭이 없지를 않습니까. 그런 병사들이 싸움터에 나가면 이기는 싸움을 할 수가 없어요."

조정 안팎의 복잡 미묘한 사정을 감안하더라도 이성계의 논리에는 아무 하자가 없다. 더구나 그의 뇌리에는 최영을 존경하는 마음이 굳건히 살아 있었음에랴.

"내 말을 알 만한 문관들에게 전해주시오. 특히 판삼사사 목은에게 전해주시오. 앞으로는 절대로 친명 화친론을 입에 담아서는 안 될 것이라고 말이오. 특히 오늘 어전에서는 더욱 안 된다고 단단히 당부해주시오."

"······!"

"뿐만이 아니오. 그대들 삼봉이나 송당도 앞으로는 이 일을 거론하지 않도록 명심하시오. 거론하면 다쳐요. 나는 그대들이 다치는 것을 원치 않아요."

어느 사이엔가 이성계는 정도전, 조준과 같은 준재들을 휘하에 거느리고 있다는 책임감까지 느끼고 있다. 그들의 식견과 능력이 고려 조정에 쓰인다면 그보다 더 바랄 나위가 있겠는가. 그러나 조준의 젊은 혈기는 줄어들지 않는다.

"장군, 국록을 받고 있는 조정 관원이 어찌 옳지 않은 일을 보고서도 입을 닫을 수가 있소이까. 소신이 있으면 당당히 밝히고, 그 뜻이 이루어지지 않는다면 당당히 물러나는 것이 식자의 도리라고 배웠소이다."

"송당, 당연히 그래야지요. 그러나 이번 일에 나섰다가는 크게 다치고 말 것이오. 지금 우리에게는 전제개혁안을 완성하는 일이 절체절명이오. 삼봉이나 송당의 능력이 아니면 그야말로 백년하청인데 어떻게 중단할 수가 있습니까. 천명이라 생각하시고 자중하세요. 전제를 개혁하지 않고서는 고려왕조가 살아날 수가 없어요. 또 두 분이 아니고는 그 일을 해낼 사람도 없다는 점을 명심하시오."

"하오나 장군……!"

"친원을 하든 정명을 하든 그런 싸움터의 일은 내게 맡기면 되지를 않겠습니까. 내가 다치면 나 한 사람의 일로 끝나지만, 공들이 다치는 것은 나라의 미래가 막히는 일이에요. 백성들의 삶이 어려워진다는 뜻입니다. 아시겠습니까."

비로소 미래를 내다보는 이성계의 안목이 확연히 드러나고 있다. 큰일에 책임을 진다는 것, 그것을 자신 있게 표명할 지도력과 실천력을 갖춘다는 것은 결단코 쉬운 일이 아니다. 천하의 대문장이자 경륜의 덩어리인 삼봉 정도전은 큰 인물과 손을 잡고 있다는 생각으로 내심 지극히 만족한다. 조준이라 하여 다를 것이 없다.

"그만들 헤어집시다. 공들도 들를 데가 있지 않겠소?"

정도전과 조준은 이성계의 뜻을 따르지 않을 수가 없다. 오히려 자신들보다 이성계가 짊어진 중책을 도와야 한다는 생각으로 두 사람은 추동을 뒤로하였다.

햇볕은 눈 뿌리를 시큰거리게 할 만큼 강렬하다. 입궐하는 대신들이 늘어나면서 수창궁은 술렁거리기 시작한다. 일촉즉발의 위기감이 감돌고 있어서다.

분주하게 움직이는 환관들의 발걸음도 전과는 다르다. 뭔가가 터져오를 듯한 위기감이 팽팽하면서도, 한편으로는 애매하기 짝이 없는 움직임, 그러면서도 서로 대놓고 물어볼 수도 없는 술렁거림만 도를 더하고 있어서다.

이색과 정몽주도 회랑을 돌고 있다. 두 사람은 귀엣말을 나누면서 걷고 있었지만 표정은 그늘져 있다. 뒤이어 우현보의 모습도 보인다. 그 역시 무거운 걸음이다. 이들의 모습이 사라지고서야 이성계가 모습을 드러낸다. 조준이 곁에 바짝 붙어 있다. 두 사람의 표정이 무거운 것도 나무랄 수가 없다.

이성계는 잠시 전 추동을 떠나올 때 경처 강씨가 입에 담았던 말을 상기해본다.

"최 시중께서 요동 공략을 국론으로 밀고 나오신다면, 당신이 요동 공략의 선봉에 서시게 됩니다!"

이성계는 경처 강씨가 비록 아녀자이긴 해도 사리를 읽을 줄 아는 영특한 여인이라고 믿고 있다. 그녀는 또 부연하였었다.

"어쩌면 장군과 최 시중 대감의 싸움이 될 것으로 압니다."

이성계는 한숨을 놓으면서 회랑을 돌고 있다. 그때까지 조준은 아무 말도 하지 않았다.

조정 중신들이 임석한 편전은 무겁게 가라앉아 있다. 부수상 격인 수문하시중 이성계의 긴장한 얼굴은 보였어도 아직 수상인 최영의 모습은 보이지 않는다. 물론 우왕을 인도하고 들어설 것임을 모르는 사람이 있을까.

이성계는 두 사람이 마지막 계략을 짜고 있으리라고 짐작한다. 그럴 수밖에 없다. 만에 하나라도 우왕과 최영의 말이 빗나가기라도 하는 날이면 요동 공략은 수포로 돌아갈 것이며, 그런 불행한 사태가 생긴다면 조정의 주도권은 급격히 이성계 쪽으로 옮겨 오게 될 수도 있다. 따라서 훈구세력 쪽에서는 사활을 걸지 않을 수 없다.

이성계는 소리 없는 한숨을 놓는다. 자신을 향하고 있는 문신들의 시선이 오늘따라 따갑기 그지없다. 논리로 밀려서도 아니 되려니와 힘으로 밀려도 끝장이라는 생각이 꼬리를 문다.

일각이 여삼추와 같이 흘러가는데도 우왕은 모습을 드러내지 않는다. 천하의 용장 이성계도 초조해지기 시작한다. 바로 그때다.

"주상 전하, 듭시오."

환관의 해맑은 목소리가 꼬리를 길게 이어간다.

최영이 먼저 들어서고 그 뒤를 우왕이 따르는 형국이다. 신료들은 몸을 일으켜서 우왕이 좌정하는 것을 지켜본다. 우왕의 용안은 시름에 잠겨 있는 듯 보였고, 최영은 언제나 처럼 위풍당당한 모습이다.

― 급기야 올 것이 왔구나 …….

이성계는 운명을 가늠하듯 중얼거려본다. 오늘 이 순간에 빚어질 우여곡절 때문에 얼마나 많은 사람들의 조언을 들어야 했던가. 그러나 잠시 뒤면 모든 일이 일거에 매듭지어지고 말 리라.

급기야 우왕이 입을 연다.

"나라의 흥망이 풍전등화와 같은 지경에 이르렀소. 모두 과인의 부덕함에서 기인된 것이오만 …… 오늘은 최 시중의 말씀을 잘 들으시고 이 나라 고려가 나아갈 길을 정하도록 하시오."

예상했던 것과 조금도 다름이 없는 진행이다. 그렇더라도 좌중의 시선은 최영에게 쏠릴 수밖에 없다.

최영은 헛기침을 한 다음 실로 오랜 시일을 가다듬어 온 자신의 소회를 입에 담는다. 목소리는 크지 않았어도 좌중을 압도하는 위엄은 나무랄 데가 없다.

"제공들도 알 것이오. 명 태조가 이 나라 고려의 숨통을 조여 오고 있음을 말이외다. 과다한 공물을 바치라는 것은 참고 견딜 수가 있소이다마는 …… 저들이 이 나라 고려의 국토를 유린하고자 함에는 분노가 앞설 따름이오. 압록강 북쪽이 뉘 땅이었소. 이는 고구려의 땅 아니었소. 고구려의 땅을 차지하고 있는 무리들이 철령 북쪽을 마치 제 땅인 양 역참을 세우려 들고 있지를 않소. 이는 분명한 영토의 침공이외다! 적의 침공을 받으면 어떻게 대처하여야 할 것인지는 제공들이 나보다 더 소상히 알고 있으리라 믿어요. 저 오만방자한 명나라의 침공에 대한 대처 방안을 논의해 주시오!"

최영의 어조에는 예상을 넘어서는 강경함이 실려 있다. 대소신료들의 시선이 우왕에게로 옮겨간다. 우왕의 부연 역시 논리적인 하자는 고사하고, 군왕으로서의 체통에도 모자람을 보이지 않는다.

"한 나라를 경영하고 다스리는 데도 자주력을 갖추는 것이 시급한 일이고, 또한 국권을 수호하기 위한 일이라면 목숨을 내걸어도 부끄러움이 없어야 할 것으로 알아요. 과인은 경들의 결기를 듣고 싶을 뿐입니다!"

아, 최영의 가르침 덕분인가. 이미 우왕의 모습은 비빈들의 치마폭에서 헤어나지 못하는 색동이 아니다. 신료들은 최영의 가르침이 골수에 박혀 있는 거라고 믿을 수밖에 없다. 우왕과 최영의 의지가 이러하다면 명나라를 선제공격하는 것은 국론이나 다름이 없지 않겠는가.

"판삼사사 이색 아뢰옵니다."

어전에는 긴장감이 돌 수밖에 없다. 젊은 관원들의 존경을 한몸에 받고 있는 이색은 명나라와 화친해야 한다는 생각을 고수하고 있다. 만에 하나라도 이색의 과격한 진언이 우왕이나 최영의 뜻을 거스른다면 뜻밖의 사태를 빚어낼 수도 있다. 이성계가 정도전이나 조준을 통해 특히 이색으로 하여금 말조심하게 해야 한다고 경고해 두었는데, 이성계에 앞서 강경론을 개진한다면 그의 신변에 해를 끼칠 수도 있지 않겠는가.

이성계는 이색에게 약간 손을 들어 보이면서 제지의 뜻을 전했으나 이색을 아랑곳하지 않는다.

"전하, 자주력을 기르고 국토를 지키는 일이라 하여 반드시 병을 동원해야 하는 것이 아닐 줄로 아옵니다. 나라와 나라 간에 어려운 일이 생기면 외교의 힘을 빌려서 해결하는 것이 선책인 줄로 아옵니다. 통촉하소서."

최영은 단호한 어조로 이색의 진언을 묵살하고 나선다.

"외교라니! 우리가 보낸 사신조차도 받아들이지 않은 명나라의 무례함을 그대는 모르는가. 사신의 내왕이 불가한 지경인데 외교라니! 판삼사사는 쓸개도 없는가!"

무서운 일갈이 아닐 수 없다. 최영은 요동 공략을 기정사실로 밀어붙이고자 한다. 이성계는 이런 일을 미연에 방지하기 위해 오늘 어전회의에서만은 최영의 의견에 반발하는 진언을 삼가줄 것을 젊은 신료들에게 당부하지 않았던가.

지금으로서는 이색을 몰아세우는 최영의 어조를 누그러뜨

리는 것이 이성계의 소임이다.

"수문하시중 이성계 아뢰옵니다."

최영은 올 것이 왔구나 하는 심정으로 이성계를 노려본다.

"승산이 없는 싸움은 아니 하는 게 옳은 줄로 아옵니다. 게다가 작은 나라의 병력으로 큰 나라를 치는 것은 병법에도 없음을 유념하소서."

"이 장군⋯⋯!"

이성계의 뜻을 살려두고서는 조정의 위신이 서질 않는다. 따라서 최영의 어조에 서슬이 담기는 것은 당연하다.

"고려의 영토를 수복하려는 기상을 고사하더라도, 저들이 철령 북쪽에 역참을 두려고 나서는데, 내 땅을 빼앗기면서까지 명나라와 화친할 의향이면 마침내는 나라를 송두리째 내주게 되지를 않겠는가. 이 장군은 이 점에 대한 뜻을 분명히 밝혀야 할 것으로 알아요!"

이성계는 밀릴 수가 없다. 여기서 밀리면 끝장이라는 것을 모를 까닭이 없어서다.

"원나라는 멀리 있는 쇠퇴한 나라이고, 명나라는 가까이에 있는 강성한 나라가 아니오이까. 이 나라 고려는 원나라와의 의리만 생각하였지 명나라와의 화친은 추호도 생각한 일이 없지를 않습니까. 명나라는 바로 이와 같은 고려 조정의 외교를 트집 잡고 있음을 유념하셔야지요. 이제라도 고려 조정이 친

명 화친을 국론으로 정하고, 이를 명나라에 알린다면 명나라
는 기필코 철령 북쪽이 제 나라 땅이라고는 아니 할 것으로 압
니다."

부복한 신료들이 다소 술렁거린다. 판삼사사 이색을 중심
으로 한 정몽주 등 소장학자들의 시선이 다시 최영에게 머문
다.

"이 장군, 그건 궤변이오. 저들은 이미 전단을 보이기 시작
했어요!"

"대감. 시생은 평생을 대감의 전법을 따르는 휘하의 막장으
로 자처하고 살아왔습니다만 …… 이번만은 대감의 본의를 살
피고 싶습니다. 고려가 병을 동원하여 요동을 친다면 이길 수
가 있겠는지요! 또 싸워서 이겼다고 가정을 한다 해도 2, 3만
의 병력으로 저 광활한 중원 땅으로 진격할 수가 있다고 보시
옵니까. 바로 그러한 때에 왜구가 삼남 쪽에 창궐한다면, 삼
남은 고사하고 도성의 방비를 해나갈 수가 있겠는지, 이에 대
한 확답을 들려주셨으면 하옵니다."

이성계는 정면대결을 해서라도 전쟁을 방지해야 한다고 생
각하고 있다. 그러나 그 대상이 최영이라는 데 문제가 있지
않던가. 더구나 학식이 넉넉한 젊은 신료들이 지켜보고 있었
음에랴. 다만 한 가지 철령 북쪽을 회복하여야 한다는 최영의
포부를 나무랄 수가 없는 것이 난처한 문제이기도 했다.

최영의 기침 소리가 전각을 크게 울린다. 체모를 세우면서 조정의 공론을 자신의 뜻으로 몰아갈 모양이다. 그 순간 우왕이 불쑥 내뱉듯 말하면서 자리를 뜬다.

"알겠소. 내일 다시 논의합시다."

어쩌면 다행인지 모른다. 궁지에 몰릴 위험을 감지했던 최영도 한숨을 놓으며 몸을 일으킨다. 그리고 천천히 우왕의 뒤를 따른다. 젊은 신료들은 아쉬움을 참을 수밖에 없다. 이성계가 승기를 잡았으면서도 끝내 의지를 관철하지 못한 것을 아쉬워하면서 한 사람, 한 사람씩 편전을 물러나기 시작한다.

"끄응……!"

이성계는 신음을 뱉어내면서도 몸을 움직일 수가 없다. 내일 다시 의논하면 뭘 하는가. 최영이 정명론을 접을 까닭이 없음은 불을 보듯 뻔한 노릇이기 때문이다.

― 이제부터가 시작인 것을!

이성계는 어금니를 씹으며 자리에서 일어난다. 그리고 텅 빈 전각을 뒤로하고 천천히 밖으로 나선다.

새순이 돋아난 나뭇가지에 싱그러운 바람이 스치고 지나간다. 이성계는 눈 뿌리가 시큰해지는 감흥에 젖는다. 이성계가 전각들을 이어주는 회랑 모퉁이를 돌아서자 조준이 기다리고 있다. 이성계의 걸음이 주춤 멎는다.

"대감, 판삼사사 대감께서 고맙다는 말씀을 전하라 하셨습니다."

이성계는 대답 없이 걸음을 옮기고 있다. 조준은 말없이 그의 뒤를 따를 수밖에 없지만 속내는 오늘 어전에서 있었던 이성계의 늠름했던 모습을 한시바삐 정도전에게 전하고 싶은 마음뿐이다.

이성계는 자비에 오르고서야 무겁게 입을 연다.

"송당."

"예, 장군……."

"내일은 떠나게 될 것으로 압니다. 삼봉과 같이 추동에 들러주세요!"

내일 떠나다니, 대체 그게 무슨 소린가. 조준이 그 진의를 살펴보려 하였으나 이성계를 태운 자비는 이미 빠르게 멀어지고 있다.

조준은 잠시 멈칫거리지만 이성계가 뱉어낸 말이 무슨 뜻인지를 헤아릴 길이 없다.

– 내일 떠나다니, 대체 어디로 떠난다는 말인가!

조준은 두근거리는 가슴을 안고 정도전의 집으로 빠른 발걸음을 재촉한다.

퉁두란은 추동 이성계의 집을 벗어날 수가 없다.

강씨 부인도 방원도 안절부절못하는 것이 완연하였지만 그렇다고 같은 말을 몇 번이고 되풀이한다 하여 달라질 것도 없다.

"저놈이 필시 마늘을 먹은 게로군……!"

퉁두란이 마당을 내다보면서 중얼거린다. 곁에 있던 조영규가 덩달아 마당으로 시선을 돌린다. 장닭 두 마리가 목털을 곤두세우며 싸우고 있다. 날개를 퍼덕이며 한 마리가 달려들면 뒤로 주춤 물러서는 듯하던 다른 한 마리가 재빨리 반격을 시도한다. 격렬한 싸움이 아닐 수 없다. 밀리기만 하던 한 마리의 볏이 찢어진 듯 피까지 흘리고 있다.

"저놈들 장닭이야 마늘을 먹으면 싸움에 이긴다지만 사람은 무엇을 먹어야 싸움에 이기나……!"

퉁두란은 히죽히죽 웃으며 장난같이 말했지만, 조영규에게는 심상치 않게 들린 게 분명하다.

"기어이 일이 잘못될 모양입니까?"

퉁두란은 아무 대답도 하지 않았으나 조영규의 불안감은 이만저만이 아니다. 싸움터로 나가야 하는 것은 이성계가 최영에게 밀렸을 때나 가능하다. 또 그것은 생사를 가늠하는 일이기에 조영규의 시선은 퉁두란의 굳은 얼굴에 멈추어 있다.

"어차피 한 번은 겪어야 하느니……."

비록 여진에서 귀화한 장수라 하더라도 이성계의 마음을 구석구석까지 읽어낼 수 있는 퉁두란이다. 여진 병사들이 고려군으로 투항하는 경우가 있으면 하나같이 이성계의 휘하로 몰려온다. 퉁두란이 이성계의 그림자와 같은 막장이기 때문이고, 최영 휘하의 병사들이 하나같이 보병인 데 비하여 이성계 군은 대부분 기병으로 구성되어 있다. 그 또한 퉁두란이 이성계의 휘하에 있기 때문이다. 이성계를 모함하는 무리들이 그의 가계가 여진족이라고 비하하는 것도 따지고 보면 퉁두란에게서 연유했다. 그런 두 사람의 관계라면 이성계의 내심을 빈틈없이 읽어내는 사람 또한 퉁두란이 아니겠는가.

"대감마님 환저십니다."

퉁두란과 조영규는 재빨리 마당으로 내려선다. 이성계는 자비에서 내려서며 뱉듯 명한다.

"영규는 갑옷을 손질해야겠다!"

"아니, 출전하십니까?"

조영규가 확인하려 들었을 때 이성계는 이미 신을 벗고 마루에 오르고 있었고, 퉁두란이 말없이 그를 뒤따르고 있다. 때를 같이하여 강씨 부인이 창백해진 얼굴로 달려나와 동석을 한다.

"갑옷을 손질하라면 출전이 아니외까. 요동으로 말씀입네까!"

퉁두란은 마치 군진에서처럼 거친 목소리를 토해낸다.

"물러설 명분이 없어!"

이성계는 아무 감정이 섞이지 않은 마른 어조로 탄식하듯 말한다.

강씨 부인이 다급하게 다시 묻는다.

"하면 조정 공론이 그리 정해졌다는 말씀입니까?"

이성계는 조용히 고개를 가로젓는다. 그렇게 정해진 것이 아니라는 분명한 반응이다. 퉁두란은 어전에서의 논란을 짐작하겠다는 표정이었지만, 강씨 부인의 초조함은 도를 더할 뿐이다.

"직간을 하시지요. 절대로 불가하다고요. 백성들이 대감의 거취를 지켜보고 있는 줄로 압니다!"

"……"

이성계는 대답 대신 어금니를 질끈 문다. 턱밑 살이 꿈틀하고 움직인다. 마침내 퉁두란이 찌르듯 묻는다.

"아직 공론으로 정해진 일이 아닌 것 같은데 …… 장군은 출진할 뜻을 내비치질 않으셨습네까!"

"……그것 참. 최 시중께서 이런 일을 어디 그냥 넘기실 어른이신가!"

"아니 넘기면 …… 대체 무엇을 어찌하겠다는 것이외까!"

"몰라서 묻는가. 사냥을 가겠다고 할 것일세. 임금도 함께 떠나는 대대적인 사냥을 떠나겠다면 물러설 방도가 없어."

"원 세상에……!"

강씨 부인은 정신이 혼미해질 정도로 아찔했으나, 이성계의 모습은 뜻밖으로 담담하다. 적어도 퉁두란은 그렇게 읽었다.

"…… 어려운 때요. 임자."

"예."

"서둘러 방원을 불러 주시오."

강씨 부인이 급한 동작으로 물러나자 이성계는 비로소 퉁두란에게 군령을 전하는 엄한 목소리를 뿜어내기 시작한다.

"출진 차비를 서둘러 주게. 가기는 사냥을 가되, 목적은 사냥이 아니라 전쟁이네. 병사들의 활을 잘 살펴서 장마철에 대비하라는 말씀일세. 활의 아교 칠이 풀어지면 무용지물이 될 것이기에 하는 소리일세."

이미 이성계는 완벽한 임전태세에 돌입해 있다. 그러나 퉁두란은 다시 확인할 수밖에 없다.

"사냥을 떠나서 바로 싸움터로 간다는 말씀이외까?"

"당연히 그렇게 될 것으로 아네. 아직 이 나라 고려에는 최 시중만 한 장수가 없어. 개경 거리에도 명나라의 첩자가 있지를 않겠는가. 싸움을 하기 위해 병마를 동원한다면 당연히 명나라에도 알려져 대비하게 될 것이 아니겠나. 그래서 사냥을 가자고 할 것일세. 나는 요동 공략에는 얼마든지 불참할 수가 있어. 그러나 임금의 사냥 행차에는 불참할 수가 없다는 게지. 바로 이 점이 최 시중 대감의 능란한 전술이 아니겠나. 설혹 내가 최 장군의 처지라도 이 방법밖에 없어. 내가 아는 것을 최 장군이 모르려니 생각한다면 그게 어디 말이나 되겠는가.”

천하의 지장智將이 입에 담은 말이다. 용병도 전술이라고 하질 않았던가. 퉁두란은 이성계의 명석한 판단에 고개를 숙이지 않을 수가 없다.

이성계의 생각은 적중하였다. 최영은 영비를 거느리고 우왕의 침전에 들어 요동 공략의 마지막 점검에 임하고 있다. 물론 후궁들의 출입도 통제되었다.

“전하, 명분은 사냥이옵니다. 해주의 백사정까지 주력병마를 옮겨 놓는다면 출진은 어렵지 않을 것으로 사료되옵니다.”

“아까 이성계의 완강한 반대를 보시고도 그런 말씀을 하시오!”

“전하께서 친히 납시는 사냥이옵니다. 누구도 거역할 수 없을 줄로 아옵니다. 통촉하소서.”

“…….”

잠시 침묵이 흐른다. 영비가 초롱초롱한 눈빛으로 우왕을 대신해 묻는다.

“사냥을 가시면, 시일은 얼마나 걸릴지요?”

“신이 몸소 전하의 어가를 모신다 하더라도 병마를 지휘하자면 다소의 시일은 걸릴 것으로 압니다.”

"그렇다면 세자와 비빈들은 어찌하시고요?"

영특한 영비가 아닐 수 없다. 비빈들이 없이는 하루도 견디지 못하는 우왕에게는 사냥보다도 몇 배 더한 관심사였기에 그 또한 채근하는 눈빛으로 최영의 대답을 기다린다.

"세자마마와 비빈들은 한양성으로 이어하셔야 할 것으로 아옵니다."

"하오시면 저는요?"

최영의 대답은 단호하게 흘러나온다.

"당연히 한양성으로 가셔야지요. 비빈들의 귀감이 되어야 하지를 않겠습니까."

영비는 눈물을 글썽이며 우왕을 바라본다. 헤어지기 싫다는 표정이 온 얼굴에 넘쳐흐르고 있다.

"영비만이라도 같이 갔으면 좋겠소."

"전하, 사냥은 명분일 뿐이옵니다. 어찌 군진에서 비빈과 함께 계시고자 하시옵니까."

"……!"

우왕은 서운한 얼굴로 영비에게 시선을 옮긴다. 아버지 최영을 졸라서라도 함께 가고 싶다는 소망이 담긴 표정이다. 영비는 우왕의 당부가 아니더라도·함께 떠나고 싶은 마음을 달랠 수가 없다.

"아버님. 소녀도 함께 갈 것이옵니다. 한 사람의 비빈도 거느리지 않으신다면 전하께오서는 단 하루도 무사히 지내지 못할 것으로 압니다. 통촉하소서."

"……끙!"

최영은 영비의 말이 틀리지 않음을 알고 있다. 그러나 다른 비빈들을 한양성에 보내고 자신의 딸만 동행하게 하는 것은 구설이 될 뿐이다. 또 그것은 자신을 향한 원성이 되어 돌아올 것임도 잘 알고 있다.

"마마, 아니 되옵니다. 군진에 아녀자란 있을 수 없음을 각별히 유념하소서."

"아버님, 백성들은 사냥으로 알고 있사옵니다. 사냥을 떠나면서 어찌 비빈의 동행을 막으려 하시옵니까?"

영비의 눈에 눈물이 흥건하게 고인다. 그 눈물이 의미하는 바를 최영이 모른대서야 말이 되는가. 이윽고 우왕은 결단하듯 왕명을 내린다.

"영비의 일은 과인에게 맡기시고 떠나실 채비를 서두르시오."

최영은 대답하지 않는다. 우왕이 그리 생각한다면 물줄기는 이미 그렇게 흘러가고 있음이 아니겠는가.

옹주(후궁) 칠점선七点仙은 수창궁이 혼란에 빠진 틈을 타서 재빨리 궐문을 빠져 나왔다. 물론 이와 같은 급보를 방원에게 알리기 위해서다.

추동으로부터 전갈을 받은 방원이 막 중문을 나서고 있을 때 칠점선이 다급하게 들어서는 것이 보인다.

"큰일 났사옵니다."

칠점선이 숨 가쁜 소리를 토해낸다. 그녀는 방원의 대답이 있기도 전에 다시 말을 이었다.

"저희는 내일 아침 세자마마를 뫼시고 한양성으로 가옵니다."

"무슨 소리야, 그게!"

"전하께서는 사냥을 떠나신답니다."

방원은 다급해진 심정을 다스리지 못한다. 그는 칠점선의 손을 잡아끌며 빠른 걸음으로 내당으로 든다. 민씨 부인도 황급히 따라 들어갈 수밖에 없다.

"어디라더냐, 사냥터가?"

"해주 백사정이라 하옵니다. 명분은 사냥이나 사실은 요동 공략을 위해 병마를 북쪽으로 옮기는 일이라 하옵니다."

"……!"

방원은 전신에 맥이 풀려오는 것을 느낀다. 이젠 끝장이라는 생각이 들어서다.

"세자마마와 비빈들의 호종은 우현보 대감께서 맡은 것으로 아옵니다."

방원은 넋을 놓고 멍청히 앉아 있다. 무엇을 어떻게 해야 될지 묘안이 떠오르지 않아서다. 언제나 그러하듯이 민씨 부인이 실마리를 풀어간다.

"여보, 큰일이 아닙니까. 전라, 경상 양도는 왜구의 소굴이 되고 서북면, 동북면은 또다시 명나라의 땅이 된다는 소문으로 어수선한 때가 아닙니까. 게다가 경기, 교주, 양광도는 병사들이 성을 수축하는 일에 동원되어 지칠 대로 지쳐 있다는 소문입니다. 이럴 때 병마가 동원된다면 사기가 말이 아닐 것임은 불을 보듯 뻔한 노릇이 아니옵니까."

방원은 한참 후에야 결단하듯 입을 연다.

"칠점선은 한양성으로 갈 게 아니라 내 집에 머물도록 해라."

"……!"

말이 되는가. 사단이야 어찌 되었건 간에 임금이 총애하는 후궁을 자신의 집에 머물게 하다니. 일이 잘못되는 날이면 당사자인 칠점선은 물론 방원까지도 극형에 처해질 수도 있는 일이다. 그러나 다시 이어지는 방원의 말에는 어떤 결단에 실려 있음이 완연하다.

"한양성에 갔댔자 네게는 할 일이 없질 않느냐. 또 돌아와도 세상은 이미 달라져 있을 것이니라!"

민씨 부인은 숨이 막힌다. 돌아오면 세상이 달라지다니. 이어지는 방원의 말에는 어떤 결단이 실려 있는 것으로 들린다.

"그리 알고, 마님을 뫼시고 있으면 될 것이니라."

"여보……!"

민씨 부인은 두근거리는 가슴을 진정할 수가 없다. 입궐하기 전 칠점선은 방원에게 몸을 맡긴 여인이었다. 칠점선을 우왕에게 빼앗긴 것은 방원이 파놓은 함정에 우왕이 걸려들었기 때문이 아니던가. 영리한 칠점선은 우왕의 총애를 받는 만큼 방원의 첩자 노릇도 나무랄 데 없이 수행해 왔던 터이다.

"추동에 다녀오리다."

방원은 더 구체적인 언질도 없이 급하게 방을 나간다. 민씨에게는 어찌해 볼 수도 없는 숨 가쁜 순간이 아닐 수 없다.

"어찌 하오리까, 쇤네는요?"

칠점선은 난감한 듯이 묻는다. 민씨 부인은 칠점선의 손을 잡으며 타이르듯 말한다.

"서방님의 말씀을 따라야지요. 뉘 말씀이라고 거역을 합니까."

칠점선은 점점 질려간다. 아무리 방원의 신세를 졌기로 임금의 총애를 받은 몸이 아니던가. 그런 몸이 임금의 허락 없이 사가에 머무르다가는 살아남을 것 같지 않아서다. 민씨 부인이라 하여 다를 것이 없다. 오직 격류에 휩쓸리고 있다는 두려움에 가슴이 두근거릴 뿐이다.

위장 전술

　추동 이성계의 집은 대낮같이 밝다. 조영규, 곽충보 등의 대호군大護軍이 아니고도 벌써 십여 명의 부장들이 모여들어 있다. 비록 부장의 지위이기는 해도 이들의 눈에는 이미 핏발이 서 있다. 누구에게서 들었는지 이성계의 처지가 별로 좋지 않다는 사실을 이심전심으로라도 감지하고 있음이 분명하다. 그 중 두어 사람은 이미 갑옷 차림이다.

　퉁두란은 방원이 오기만을 기다리고 있다. 그간의 은밀한 활동을 미루어서도 방원의 생각이 곧 민심일 수가 있기 때문이다. 방 안에 정도전, 조준이 와 있었지만 퉁두란의 눈에는 별로 신통한 존재로 느껴지지 않는다. 싸움터에서 잔뼈가 굵은 장수들에게는 말이 많은 문신들이 늘 장애물로 여겨지기 때문이기도 하다.

방원이 중문으로 들어선다. 퉁두란은 황급히 그에게로 다가서면서 조언을 구할 생각이었지만, 방원은 다급해진 심정을 추스르지 못하고 있음이 완연하다.

"장군, 안으로 드시지 않으시고요."

"방에 삼봉과 송당이 있긴 하지만, 책벌레들이라 제대로 말씀을 드릴지가 걱정이 되어 자넬 기다리고 있었질 않았나……."

퉁두란이 정도전과 조준을 불신하는 것을 방원은 수긍할 수가 없다. 큰일을 하기 위해서는 용인用人처럼 중요한 것이 없다는 사실을 방원은 뼈저리게 느끼고 있다. 아버지 이성계와 같이 평생을 군진에서 보낸 장수들에게는 경서經書에 능한 참모가 있어야 한다. 삼봉 정도전의 도도한 문장은 세상과 정치를 살피는 경륜에서 나온다고 판단하였기에 애써 아버님 이성계의 곁으로 모시지 않았던가. 조준은 바로 그 정도전이 천거한 당대의 준재다.

방원의 심드렁한 표정을 살피고서야 퉁두란은 말투를 고친다.

"어서 들어가서 단단히 말씀드리게. 출진보다는 최영을 때려잡는 쪽이 빠르다구."

"……."

퉁명스럽기는 해도 퉁두란의 말에는 가식이 없다. 그러면
서도 전율을 느끼게 하는 긴장감이 실려 있다. 하긴 그렇다.
퉁두란이 누구던가, 명궁명검으로 알려진 여진 장수에다 아버
지 이성계의 절대 신임을 받고 있는 막장이다.

"이번 싸움에서 이기나 지나 손해를 보는 쪽은 아버님일세.
어서 들어가 보라니까!"

말을 마친 퉁두란은 부장들이 모여 있는 중사랑으로 걸음
을 옮긴다. 방원은 그의 건장한 등판에까지 아버지 이성계의
그림자가 서려 있음을 실감한다.

"아버님, 방원이옵니다."

"들어오너라."

방원은 조심스럽게 안으로 들어간다. 정도전, 조준의 시선
에는 반가움이 넘쳐흐르고 있다. 방원이 좌정을 하자 이성계
는 하던 말을 계속한다.

"……내가 떠나고 없더라도 전제의 개혁안만은 서둘러 완
성이 되어야 합니다. 난 두 분만 믿고 떠나렵니다."

방원은 우선 급해진 궐 안 사정부터 전해야겠다는 심정으
로 재빠르게 화두를 돌린다.

"아버님, 세자저하와 비빈들은 내일 아침 일찍 한양성으로
이어한다 하옵니다. 이 일은 우현보 대감께 맡겼다 들었습니

다."

이성계는 조금도 놀라는 기색이 없이 담담한 표정으로 장부의 기질이 넘쳐나는 방원을 주시한다.

"사냥터는 해주 백사정으로 정해졌다 하옵고, 그 진의는 병마를 북쪽으로 옮기는 일이라 하옵니다."

정도전과 조준의 시선은 빠르게 이성계에게로 옮겨진다. 잠시 전 이성계로부터 들은 얘기와 똑같았기 때문이다. 이성계의 입가에는 의미를 알 수 없는 웃음이 잠시 감돌았다가 사라진다.

"아버님, 백사정 사냥에는 불참하심이 어떠하온지요?"

"철없는 것. 성상의 사냥에 불참하는 신하도 있다더냐!"

"사냥이 아니라 요동 공략이기에 드리는 말씀이옵니다."

"백사정 사냥터에서 요동 공략에 나서자면 다시 한 번 조정 공론이 정해져야 할 것이니라."

"늦을 것이옵니다. 거기까지 가신 이상은 요동 공략에 아니 나가실 수가 없을 것으로 사료되옵니다."

이성계와 방원의 대화가 격렬해질 기미가 보이자 정도전이 끼어든다.

"대감, 방원의 말이 옳지를 않습니까?"

이성계는 쓴쓰레한 웃음을 흘리면서 정도전의 말에 부연한다.

"삼봉은 다른 것을 생각하실 겨를이 없어요. 내가 있든 없든, 전제개혁안을 만드는 일에만 전념하시라니까요."

정도전에게는 더 할 말이 없다. 수없이 들어온 말인데도 이성계는 기회가 있을 때마다 같은 말만 되풀이하고 또 다짐해 왔기 때문이다.

"아버님, 무모하다는 사실을 잘 아시면서도 요동 공략의 선봉에 나서고자 하신다면······."

이성계는 아들 방원에게 충직한 신하의 도리를 입에 담는다.

"그것이 하늘의 명이라면 거역할 수 없지를 않겠느냐."

"하오시면 ······ 후일 요동 공략에 대한 책임을 물을 때는 어찌 하시옵니까. 모든 책임을 아버님이 지셔야 하지를 않겠습니까!"

정도전과 조준은 방원의 담력에 놀라지 않을 수가 없다. 아직 성균관에 드나들고 있는 처지이면 백면서생이나 다름이 없는데, 사리의 정확한 판단은 물론이요, 국사에 관한 일까지 자신 있게 거론하고 나선다면, 그의 그릇 됨은 이미 범상함을 넘어선 것이라고 볼 수가 있지를 않겠는가.

이성계는 내심 세상을 읽을 줄 아는 방원의 지혜에 만족하면서도, 아들과 같은 논조로 받아넘길 수가 없다. 더구나 정도전과 조준의 면전이 아니던가.

"허허허, 삼십여 년을 군진에서 살아온 아비가 아니더냐. 네가 걱정하는 일을 살피지 않았을 까닭이 없질 않겠느냐. 아비 일은 걱정하지 말고 네 소임부터 다해야 할 것이야."

방원은 생각해본다. 자신에게 주어진 소임이란 대체 무엇을 말하는 것일까. 책을 부지런히 읽는 일이라고 이성계는 늘 말했지만, 오늘 입에 담은 소임의 뜻은 그것이 아닐 것만 같다. 그때 이성계가 부연한다.

"내가 떠나고 난 다음, 어머님과 아이들을 철현 농장으로 가 있게 해라."

철현은 포천에 있다. 추동에 있는 가족들을 철현으로 옮겨야 한다면 …… 개경에 위험이 따른다는 뜻이 된다. 그 위험이란 어떤 경우를 말하는 것인지 방원으로서는 아버지 이성계의 의중을 헤아릴 길이 없다.

어디선가 첫 닭의 울음소리가 들린다. 잠시 뒤면 새벽이 열릴 것임을 알리는 소리, 이성계는 세상에서 가장 믿을 수 있는 사람들과 함께 운명을 가름하는 도성에서의 마지막 밤을 보낸 셈이다.

"장군, 갑옷 대령하오리까?"

조영규의 목소리가 들린다. 이성계는 말없이 자리에서 일어선다. 갑옷을 입을 모양이다. 정도전과 조준이 뒷걸음질을 치듯 방을 나서자 강씨 부인이 들어선다. 뒤에 갑옷을 두 손으로 받쳐 든 조영규가 따르고 있다.

이성계는 늘 그랬듯이 강씨 부인의 말없는 시중을 받으면서 갑옷을 입는다. 강씨 부인의 손길은 언제나 치밀하고 따뜻하다. 이성계는 그녀에게 몸을 맡긴 채 말이 없다.

강씨 부인은 세세한 손놀림을 이어가면서 속삭이듯 말한다.

"곧 장마철이옵니다."

"비야 내게만 오는 것이 아닐 테지……."

무심한 대답이었지만 이성계는 장마철의 대비를 이미 끝내놓았다. 병사들의 활에 아교 칠을 단단히 하라고 일러둔 것은 그 때문이다.

갑옷을 입은 이성계의 모습은 딴 사람으로 보일 만큼 당당하다. 아니, 본래의 모습을 다시 찾은 것이나 다를 바가 없이 당당하다.

"진지상은 어찌하오리까?"

"……별로 생각이 없고만."

이성계는 장검을 받아든다. 지난 무수한 세월 동안 자신의 분신과도 같았던 칼인데도 오늘따라 만만치 않은 중량감이 느껴진다. 이성계는 말없이 방을 나선다.

마당 안은 이미 열기를 뿜어 올리고 있다. 영기令旗가 펄럭이고 있고, 호위를 맡은 5십여 명의 병사들이 창검을 든 채 장수가 나오기를 기다리고 있었음에랴. 갑옷으로 갈아입은 퉁두란의 모습도 당당하다.

먼저 나온 방원은 방석을 가슴에 안고 있었고, 한 손에는 방번의 손을 잡고 있다. 비록 이복 아우들이지만 방원을 따르는 정감은 친형제들이나 다름없다. 강씨 부인은 언제나 그 점을 흡족히 여겼다.

이성계는 마당으로 내려서면서 방원에게 다가선다. 그리고 눈에 넣어도 아프지 않은 막내아들 방석을 받아 안는다.

"방석아, 어머님 말씀 잘 들어야 한다. 알겠느냐?"

"예."

방석은 또렷하게 대답한다. 이성계는 방번까지 안아들면서 헤어지는 정감을 남긴다.

"네놈도."

이성계에게는 대답 대신 고개만 끄덕이는 방번의 모양이 귀엽기 그지없다.

"이런 녀석을 봤나, 어린 동생도 또렷이 대답했거늘. 아비가 없는 동안 어머님 말씀을 명심하렷다."

"예."

방번은 그제야 또렷하게 대답한다. 이성계는 두 아들을 내려놓고 잠시 강씨 부인에게 애틋한 눈길을 보내고 나서야 병사들 쪽으로 뚜벅뚜벅 발길을 옮긴다.

퉁두란, 조영규가 이성계에게로 다가와서 군령을 받들 듯
허리를 굽힌다. 이성계는 눈빛만으로도 그들을 지휘할 수 있
는 마력을 지니고 있다. 벌써 수십 년을 싸움터에서 생사를
함께 한 사람들에게는 말보다 영감이 먼저 작용하는 경우가
허다하질 않던가.

  방원은 그러한 아버지의 모습에 자신만이 간직하고 있는
새로운 모습을 추가하여 상상해본다. 그의 입가에는 아무도
상상할 수 없는 만족한 웃음이 담기기 시작한다.

  개경 거리는 인파로 뒤덮여 있다. 임금의 사냥 행렬을 보기
위해 남녀노소가 함께 몰려나온 탓이다.

  취타 소리가 요란하게 울리면서 기치창검이 하늘을 찌른
다. 최영은 우왕으로부터 하사받은 은안백마銀鞍白馬 위에 높
이 앉아 있다. 일흔 노장군의 흰 수염이 바람에 날린다. 최영
의 뒤로 우왕이 탄 연輦이 따랐고, 또 그 뒤로는 영비의 가마
가 이어지는 행렬이다. 우왕의 연을 호위하는 근위병사들과
그 뒤를 잇는 보병들의 행렬은 끝이 보이질 않는다.

  이성계의 행렬은 그 뒤를 따르고 있다. 퉁두란, 조영규, 곽
충보 등 부장들도 말을 타고 있다. 이성계 휘하 기마병의 말
굽 소리는 도성거리를 뒤흔들기에 부족함이 없었고, 그 기마
병의 뒤를 따르는 보병들의 수를 합치면 족히 3만을 넘을 듯

하다.

방원도 수하를 거느리고 연도에 나와 섰다. 출신은 미천하였어도 손발이나 다름이 없는 이숙번, 그의 체구는 크고 단단해 보였고, 또 한 사람 마천목馬千牧은 우악스럽긴 해도 꾀주머니로 불릴 만큼 야무진 생김새다.

"형님, 얘기가 안 됩니다. 우리 이 장군님의 병마가 이겁니다."

맷돌같이 큰 숙번의 주먹에 엄지손가락이 솟아올라 있다. 붉은색이 도는 건장한 얼굴엔 함박 같은 희색으로 가득하다.

"아이들을 모아라. 오늘은 이삿짐 좀 날라야겠다."

"형님이 이사하시게요?"

"따라오너라."

이숙번과 마천목은 방원을 따라 추동으로 간다. 잠시 뒤에는 송거신과 목인해도 달려온다. 모두 신분은 보잘것없어도 방원을 위한 일이라면 목숨을 버릴 정도로 충직한 수하들이다. 방원이 이들과 어울릴 때면 같은 또래의 불량한 패거리처럼 말투와 행동거지까지 맞추어 주었던 덕분에, 모르는 사람들이 보면 방원 또한 시중의 잡배로 느껴질 정도로 잘 어울리는 패거리이다.

방원은 아버지 이성계와 달리 시대를 읽어가는 각별한 혜안이 있었고, 사람을 거느리며 다스릴 줄 아는 카리스마를 겸

비하고 있다. 방원의 품안으로 한번 들어온 사람들은 그 품안에서 빠져나가지 못하는 것도 그 때문이다.

"되도록 뉘 집 이삿짐인지 모르도록 하되, 번갯불에 콩 구워 먹듯 눈 깜짝할 사이에 해치워야 한다. 서둘러라!"

누구의 명인가. 숙번이나 거신은 또 그들 나름의 수하들을 거느리고 있다. 게다가 평생을 군진에서 보내면서 검소하게 살아온 이성계나 경처 강씨의 몸에 밴 검소함을 보여주듯 짐이 될 만한 큰 덩어리는 없다.

강씨 부인과 아이들을 철현으로 옮기는 이삿짐은 단 한 번으로 끝날 만큼 단출하고 간소하였다.

방원은 강씨 부인과 이복 아우들을 철현 농장으로 옮겨놓고 새벽동으로 달려간다. 오늘 있었던 일을 어머니에게 전해 드리고 싶은 지극한 효성이다.

"추동 어머님을 철현 농장에 모셔놓고 오는 길이옵니다."

한씨 부인은 주춤 놀라는 기색이다. 방원은 그간에 있었던 개경 거리에서의 일을 소상히 말씀드렸고, 또한 이번 출진의 의미까지도 곁들여 설명한다.

"어머님, 아버님께서 이번에 출진하시는 것은, 작게는 집안의 큰일이요, 크게는 나라의 큰일이옵니다."

한씨 부인은 눈시울을 붉히며 말까지 더듬거린다.

"나야 무엇을 알겠느냐마는 달포 전에 삼봉 어른이 오셔서

상세한 말씀이 계셨느니라."

"만일 일이 잘못되어 아버님께서 요동 공략의 선봉에 서신다면, 우리 집안은 머지않아 멸문지경에 이를 것이옵니다."

"……!"

방원은 비장한 결의로 결국 극단적인 말을 입에 담고야 만다. 어차피 세세히 알고 있어야 할 어머님이 아니던가.

"아버님께도 소상히 말씀 여쭙지 그랬느냐?"

한씨 부인의 얼굴에는 큰 시름과 불안감이 함께 담겨 있다.

"드리긴 했습니다만 …… 이젠 형님들도 아버님의 일을 도우셔야 되는데, 정말 큰일입니다."

방원의 포부는 풍선처럼 부풀어 올라 있다. 한씨 부인은 불안해지는 심중을 달랠 길이 없다. 공교롭게도 바로 그 순간 장형인 방우가 방으로 들어선다. 그는 문 밖에서 두 사람의 얘기를 들은 듯 방원을 쏘아보며 거침없이 뱉어낸다.

"너만 자식이 아니야!"

"……."

방원은 잠자코 방우의 다음 말을 기다린다. 그것이 최선임을 잘 알고 있어서다.

"너와 나는, 아니 방과, 방의까지 집안의 번영을 위한다는 구실로 명문가에 팔려가듯 장가를 들었지 않았느냐!"

방우는 사태가 심각한 이 판국에도 이미 몇 번씩이나 입에 담은 지난 얘기를 다시 쏟아내기 시작한다. 방원은 속에서 울화가 치밀어 오르는 것을 애써 눌러 참으면서도 화두를 바꾸어 나갈 수밖에 없다.

"형님, 그게 아니라 …… 이번 일은 아버님과 최 시중 대감이 싸우는 일입니다. 기왕에 이렇게 된 바에는 이겨야 되지를 않습니까?"

"그건 은혜를 배반으로 갚는 일일 것이니라!"

방우의 불만은 정지된 물체와 같이 예전이나 지금이나 달라진 것이 없다. 그러나 방원은 앞으로의 일을 입에 담지 않을 수가 없다.

"이젠 비켜갈 길이 없질 않습니까. 말 그대로 생사를 결할 일이 눈앞에 와 있다니까요!"

"이런 못된! 네 놈이 역모라도 꾀할 참이더냐!"

방우의 말이 채 끝나기도 전에 한씨 부인의 목소리가 쇳소리처럼 울려 나온다. 최영과의 대결이 끝내 역모로 이어진다면 그보다 더 끔찍한 일이 어느 천지에 다시 있겠는가.

방원은 마지막 결기를 입에 담는다.

"이젠 피해갈 수가 없어요. 그래서 형님도 나서야 한다니까요!"

방원은 마지막 말을 입에 담으면서 불만이 가득한 방우의 기색을 살핀다. 방우는 입을 다물고 있었으나 무엇인가 가슴에 와 부딪히는 것이 있었음인가, 착잡한 감정의 흐름이 얼굴 가득히 번지고 있다. 재빨리 그것을 읽은 듯 한씨 부인이 애원하듯 사정한다.

"방우야, 아버님의 힘이 되어드리자꾸나."

애원하는 듯한 한씨 부인의 말에 방우는 꿈에서 깨어난 듯한 눈빛으로 어머니를 바라본다. 미묘한 감정의 흐름이 꿈틀거리고 있다.

"어머님은 어떻게 하시구요?"

역시 방우는 어머니 한씨만을 걱정하고 있다. 그런 방우의 마음을 모를 리 없는 한씨 부인이다.

"아버님 잘되시는 일이라면 참아야지. 남들도 모두 아버님을 돕는다는데, 지어미인 내가 아니 하겠느냐?"

"어머님의 뜻이 그러시다면, 저 또한 어머님의 뜻을 받들어야지요."

방우의 입에서 마치 안간힘과도 같은 결심의 말이 나오자 방원은 왈칵 눈물을 쏟으면서 덥석 그의 손을 움켜잡는다.

"고맙습니다, 형님. 전 백만 원군을 얻은 것만큼 기쁘옵니다."

방원의 양 볼에는 뜨거운 눈물줄기가 흘러내린다. 한씨 부인도 몸을 돌리며 옷고름으로 눈물을 찍어내고 있다.

밤이 되자 방과와 방의가 와서 합석한다. 형제들은 오랜만에 저녁상에 둘러앉아서 술잔을 돌린다. 방원은 큰형 방우의 잔에 술을 따르면서 또다시 흘러내리는 눈물을 주체할 길이 없다. 두 사람은 마치 상극처럼 갈등을 겪어오지 않았던가. 한씨 부인은 그런 광경이 흐뭇하기 그지없다. 저리고 시린 세월을 보내온 한씨 부인이었지만 오늘 밤은 형제간의 우애만으로도 마음이 밝고 따뜻해지는 것을 어찌하랴.

재벽동 농장의 밤은 오랜만에 웃음소리를 울리면서 깊어가고 있다. 방원은 어머니 한씨의 곁에 잠자리를 편다. 얼마만이던가, 방원은 근래 들어 몸이 편찮으신 어머님의 체온이 느껴지는 지근한 자리에서 아버님 이성계의 건재를 기구하면서 뜻 깊은 밤을 보낸다.

목자득국

우왕의 사냥행렬이 개경을 떠난 지 사흘이 지나면서 도성 안팎에는 요상한 풍설이 나돌기 시작한다. 처음에는 아무 뜻 없이 나도는 풍설이거니 했지만, 날이 갈수록 그 파장은 걷잡을 수 없이 커져만 간다.

— 목자득국木子得國.

풍설의 진원은 이 넉 자에서 비롯된다. 처음 몇 번은 으슥한 골목에 나붙은 이 방서謗書가 사람들의 호기심을 자극하였으나, 하루가 지나고 이틀이 지나면서는 큰길까지 나붙게 되면서 순식간에 사람들의 입방아에 오르기 시작한 형국이다.

"대체 뭔 소리야, '목자득국'이라는 게……?"

"글쎄, 하도 요상해서……."

"요상하다니?"

"아, 보면 몰라! 이씨가 나라를 얻는다는 게 아닌가!"

"이씨가 나라를……?"

"잘 살펴보라니까. '나무 목木' 자와 '아들 자子' 자를 합치면 '오얏 이李' 자가 되는데, 거기에 득국이면 '나라를 얻는다'가 아닌가."

"오, 과연……!"

나라가 어지러우면 맹랑한 풍설이 나돌게 마련이지만, 대개는 사람들에 의해 만들어져서 퍼지게 되는 것이 세상의 이치다. 그런 일들이 민심이라는 이름으로 포장되면 걷잡을 수 없이 요동치게 된다.

"이씨라니? 그 이씨라는 게 대체 누구야?"

구태여 그걸 밝힐 까닭도 없다. 풍설은 시간이 흐르면서 더 요란해지게 마련이고, 또 멋대로 살이 붙으면서 퍼져나가는 게 고금의 이치가 아니던가.

"이성계 장군이 나라를 세운다는군……!"

풍설의 크기가 이 정도로 부풀려지면 이미 풍설의 도를 넘어서게 되고, 더 시간이 흐르면 마치 당연한 일로 굳어지면서 실제로 그런 일이 일어나기를 바라게 되는 것이 민심의 흐름이다.

방원은 먹물이 뚝뚝 떨어지는 붓을 든 채 함박웃음을 온 얼굴에 담고 있다. 곁에는 분신과도 같은 마천목이 먹을 갈고 있다. 방원은 다시 히죽 웃으며 일필휘지한다. 잘 쓴 글자면 들통이 날 위험이 있기에 붓끝은 비뚤비뚤 휘어지면서 흐른다. 글자를 처음 쓰는 사람의 솜씨 같기도 하고, 왼손으로 휘갈긴 글씨 같기도 하지만, 아무리 읽어도 '목자득국'이라고 쓴 것만은 분명하다.

근자 방원은 부인 민씨와 함께 아버지 이성계가 쓰던 사랑방에서 기거하고 있다. 소리 없이 방문이 열리며 주안상을 들고 들어서던 민씨 부인은 온몸이 굳어지는 전율에 젖는다. 도성 안에 나돈다는 무성한 풍설은 들어서 알고 있었지만, 그게 지아비 방원이 꾸미는 야료라는 사실은 경천동지할 충격이 아닐 수 없다.

"허허허, 아니, 당신 왜 그러고 섰소?"

민씨 부인은 태연한 방원의 모습을 지켜보면서 소름이 돋는 충격을 받는다. 서로 살결을 맞대고 살아온 지아비가 아니던가. 그가 품은 불타는 포부를 짐작하고는 있었어도 눈앞에서 벌어지고 있는 광경은 참으로 경천동지할 노릇이 아닐 수가 없다.

담력은 남자 못지않게 크고 지혜가 섬세하여 지아비 방원은 물론이고 시아버지 이성계의 마음까지 움직일 수 있을 만큼 영특하고 지혜로운 민씨 부인이다. 그녀는 다소곳이 다과상을 내려놓으면서 좌정을 한다. 그러면서도 시선이 넉 자의 글씨에 한참을 머문다.

민씨 부인의 첫 반응이 방원을 전율하게 한다.

"이젠 그만 써도 되지 않겠는지요?"

그러나 방원의 대답은 엉뚱하다.

"그 무슨 …… 하도 심심해서 항간에 나돈다는 소문을 적어 본 것뿐이오."

방원은 마치 장난과도 같이 대답했지만 민씨 부인은 눈을 동그랗게 뜨면서 반문한다.

"소문이라니요?"

"헛헛헛, 이 무슨 길조야. 이 글귀를 수백 장 써서 거리거리에 내다 붙이고 싶은 심정이라니까."

민씨 부인은 조금 서운한 느낌이 든다. 자칫하면 삼족이 멸할 대역부도가 되기 십중팔구인 위험지경을 맴돌면서 어찌 지어미의 마음까지도 외면하려 드는가. 그래서 다짐하듯 다시 묻는다. 물론 서운한 마음도 곁들여서다.

"소문이 아니라 당신의 심중이 아니십니까?"

"글쎄, 허허허. 내 가슴속을 맴돌다가 튀어나온 소리 같기도 하고, 하늘에서 내려온 말 같기도 하고, 또 누군가가 분명하게 전해 준 고마운 말 같기도 하고 …… 나도 진원을 찾고 있던 참이었어요. 하나, 분명한 것은 이미 항간에 나돌고 있다는 사실 아니겠소."

듣는 사람에 따라 무척 애매할 수밖에 없는 말을 방원은 태연히 입에 올리고 있다. 민씨 부인은 다시 한 번 지아비의 안색을 살펴본다. 꼭 자신을 속이고 있는 것만 같아서다.

"아이들 와 있습디까?"

"작은사랑에 들었어요. 거기에도 주안상을 냈고요."

"미심쩍으면 그 아이들에게 물어보시구려. 허허허."

민씨 부인은 두근거리는 가슴을 애써 진정하며 다소곳이 자리를 뜬다. 마루로 나서자 민씨 부인의 몸은 사시나무처럼 떨리기 시작한다. 삼족이 멸할 수도 있는 위험천만한 일을 꾸미면서도 아이들 장난같이 희희낙락하는 지아비 이방원의 천 길 같은 내심을 헤아리기 어려워서다. 민씨 부인은 잠시 벽에 몸을 기대야 할 만큼 온몸이 흔들리고 있다.

– 아버님을 보위에……!

민씨 부인은 고개를 세차게 저으며 심기를 가다듬는다. 그리고 조심조심 발걸음을 작은사랑으로 옮긴다.

댓돌 앞에 이르자 방 안에서는 왁자한 웃음소리가 터져 나온다. 때마침 의주댁이 새 술병이 놓인 소반을 들고 다가와 선다.

"이리 주게."

민씨 부인은 술병이 놓인 소반을 받아들고 방으로 들어선다. 소란했던 분위기는 순식간에 가라앉는다.

"허허허, 형수님 고맙습니다요."

"별소릴 다 하네. 잔들 비우게나, 내가 따를 테니까."

"아, 예. 이거 송구스러워서……."

숙번은 두 손으로 잔을 받쳐 든다. 민씨 부인은 술을 따르면서 이들의 면면을 찬찬이 살펴간다. 숙번도 그랬고, 거신도 그랬다. 얼굴엔 취기가 올라 있어도 숨기고 있는 것이 없는 게 분명하다. 인해도 매양 즐겁기만 한 얼굴이다.

"그렇다면……, 그렇다면……!"

'목자득국'이란 넉 자를 방원이 만들어냈다면 이들이 먼저 알고 있어야 당연한데도 도무지 그런 기미가 보이질 않는다. 지아비 방원의 말이 비록 애매했다 해도 마지막 대목은 분명하지를 않았던가.

— 하나, 분명한 것은 항간에 나돌고 있는 소문이라는 점이오.

민씨 부인은 조심스럽게 풍설의 진원을 다시 확인하려 든다.

"도성 안에 요상한 소문이 나돈다는데, 자네들도 들은 바 있는가?"

"소문이라니요, 무슨 말씀이신지요?"

"이런 답답한 사람들을 보았나. 내당에 있는 내 귀에까지 들려오는 소문인데 자네들이 모른대서야 말이 되는가?"

이쯤 되면 듣는 쪽이 답답해지게 마련이다. 민씨 부인은 이들의 궁금증을 마냥 부풀게 해놓고 나서야 소문의 내용을 구체적으로 입에 담을 작정이다.

"'목자득국'이란 풍설이 돌고 있다면, 이씨가 임금이 된다는 소린데 …… 대체 그 진원이 어디라는 것이야?"

"아, 허허허. 형수님도. 이씨가 임금이 된다면 우리 장군 말고 누가 또 있겠습니까. 그런 소문이 집채만 하게 부풀었다가, 또 사실대로 된다면야 저희 같은 처지로야 천천세를 부를 일이 아니겠습니까. 야, 안 그러냐?"

이숙번의 너스레는 이미 너스레일 수가 없다. 잘 훈련된 하수인이나 내뱉을 수 있는 말이 아니고 무엇인가.

마침내 장부 못지않은 민씨 부인의 기질이 여지없이 드러난다.

"저잣거리에 나가거든 한 사람, 한 사람 다짐하듯 물어봐야 할 것일세. 이씨가 나라를 얻는다는 게 무슨 뜻이냐고. 알아들으시겠는가."

"아, 그깐 일이야 식은 죽 먹기가 아니겠습니까. 얘들아, 당장 나가서 마님 의중 받들어야겠다."

숙번의 너스레로 좌중은 웃음바다가 된다. 누가 모르겠는가, 부창부수라는 말의 뜻을 …… 방원의 속내에 바람을 지피는 민씨 부인의 지혜, 그것이 바로 부창부수의 진수가 아니고 무엇이랴.

이 무렵 우왕을 태운 어가御駕는 해주를 지나 같은 황해도 땅인 봉주에 머무르고 있다. 벌판은 군막으로 가득 찼고, 말 발굽 소리로 어수선하기 그지없다.

지휘부를 벗어나 있는 병사들은 조금씩 술렁거리기 시작한다. 이들은 사냥을 떠난 것이라 믿고 있었으나, 사냥은 하지 않고 강행군만 계속되는 것은 뭔가 심상치 않은 일이 벌어지고 있기 때문이라는 사실을 눈치 채기 시작한 것이다. 이런 분위기에서 '요동을 공략할 것'이라는 소문까지 나돌기 시작했다면 병사들의 술렁거림을 제어할 방법이 없다. 바로 이 점이 지휘부를 난감하게 하고 있다.

때를 같이하여 '목자득국'이라는 풍설도 함께 북상하여 병사들의 귀에 들어왔다가 이번에는 또 가슴을 뒤흔들면서 빠르게 옮겨 간다.

더 놀라운 것은 그것이 이미 노래로 변해 있었다는 사실이다.

西京城外火色 安州城外煙光
往來其間李元帥 願言救濟黔蒼

서경 밖에는 불빛이요
안주성 밖에는 연기로세
그 사이를 왕래하는 이원수元帥여
원하건대 백성들을 구제하소.

혼란이 계속되면 백성들은 구심점을 찾게 된다. 처음에는 막연했던 풍설도 그 퍼짐이 깊어지면 점차 구체화되게 마련 아니던가. '목자득국'의 넉 자도 처음에는 막연한 것이었으나 노래로 변형되면서 이씨가 '이 원수'로 구체화되었고, 백성을 구제해달라는 소망까지 담기기에 이른다.

퉁두란으로부터 노래의 내용을 전해들은 이성계는 적이 놀란다.

"그 무슨 해괴한 소린가? 진원을 찾으시오. 어느 놈의 소행인지를 가려내서 중벌로 다스리시오!"

이성계의 목소리에는 노기가 서려 있다. 퉁두란은 잠시 망설이고 있다가 어조를 조금 높여서 이성계의 의표를 찔러본다.

"어차피 엎질러진 물이 아니외까! 잘된 거야요. 기렇게 밀어붙이자요!"

"이봐요, 퉁 장군!"

이성계는 단호하게 제지한다. 그러나 뭔가 세차게 말하려다 말고 굳게 입을 다문다. 퉁두란은 그런 이성계를 무섭게 쏘아본다. 확답을 얻으려는 심사가 아닐 수 없다.

그때 조영규가 급하게 군막으로 들어선다. 영규마저도 문제의 노래를 거론하는가 싶어 이성계는 얼굴부터 찌푸린다.

"전하의 군막으로 듭시라 하옵니다."

워낙 뜻밖의 전언이라 퉁두란이 그 진의를 묻는다.

"최 장군도 거기 와 있갔디?"

"그런 것으로 아오이다."

이성계는 말없이 장검을 들고 군막을 나간다. 두 사람도 뒤를 따른다.

"장군! 그 노래가 바로 민심이외다!"

퉁두란은 사라져 가는 이성계의 등판에 그렇게 소리치고 온몸으로 거칠어진 숨결을 토해낸다.

이성계는 빠르게 걷는다. 눈에 띄는 병사들은 모두가 각양각색이다. 삼삼오오 짝을 지어 수군거리고 있는가 하면, 풀밭에 누워 하늘을 보는 병사들도 있다. 이성계는 그들 사이를 걸어서 우왕의 군막으로 향한다.

1388년(우왕 14년) 4월 1일.

날씨는 초여름으로 접어들고 있다. 우왕의 군막에는 최영이 먼저 와 있다. 이들은 앞으로 닥쳐올 일을 점검하기 시작한다.

"걱정입니다. 이성계가 과인의 당부를 들어줄 것인지……."

우왕의 우려는 깊고 시름에 젖어 있다. 최영은 그의 마지막 결기를 다짐해 보인다.

"전하, 나라의 으뜸이라면 국토와 백성이옵니다. 우리의 영토가 멀리 공험진까지 뻗쳐 있었던 때가 불과 얼마 전의 일이온데 …… 지금은 그 광활한 영토에 오랑캐의 무리가 발을 붙이고 있사옵니다. 이를 어찌 보고만 있어야 하오리까."

최영의 어조는 기름에 불이 붙은 듯 타오르고, 가끔 물기를 보탠 목소리는 떨리기까지 한다.

"명나라를 섬기고자 하는 무리들은 작은 나라로서 어찌 큰 나라를 치느냐고 하오나, 우리의 선조들은 능히 그 같은 일을 해냈음을 신은 알고 있사옵니다. 영토를 지키는 일과 영토를 넓히는 일이옵니다. 노신이 이미 일흔을 넘어 쇠진하였다 할지라도 이 일만은 기필코 달성하여 후손들에게 넓은 영토와 살기 좋은 나라를 마련해 주고자 함이옵니다. 전하, 신은 전하의 성지를 받들 것이옵니다. 신에게 맡겨 주소서."

우왕은 흡족해한다. 당대 제일의 용장인 최영이자 사사롭게는 빙부가 자신에게 눈물 어린 충절을 보이고 있어서다.

"고맙소, 최 시중. 과인에게는 과실이 많소. 과인이 국토를 넓혀놓는다면 지난날의 과실이 오늘의 대업으로 상쇄될 수 있을 것이오."

"이르다 뿐이옵니까, 전하. 오늘보다는 내일을 보시고, 내일보다는 이 나라의 백년대계를 내다보시어 원컨대 큰 성업聖業을 이루도록 하소서."

사사롭게는 빙부와 서랑의 관계다. 두 사람은 서로 가슴을 열어놓고 진심을 주고받고 있다.

잠시 후, 이성계가 들어선다.

"어서 좌정하시오, 이 장군……!"

"성은이 망극하옵니다."

이성계는 최영의 앞자리에 앉는다. 이들 세 사람은 고려의 전부라 해도 과언이 아닐 만큼 막중한 영향력을 행사하는 사람들이다. 요동 공략을 논의함에서는 더욱 그러하다.

우왕은 조심스럽게 입을 연다. 최영과의 대화에서 비롯된 진심의 여운이 맥맥이 이어져 내리는 어투다.

"이 나라 고려는 두 분 장군의 충절로 오늘에 이르렀음을 과인은 잘 알고 있어요. 더구나 두 분께서 문하시중과 수문하시중의 막중한 자리에 계시는데 무슨 시름이 있겠소. 과인은 요동을 쳐서 우리 고려의 자주력을 과시할 것이며, 이 나라의 영토를 되찾고자 하오. 두 분 장군께서는 힘을 합치시어 과인의 뜻을 이루게 해 주시오."

이성계는 눈을 감는다. 하나도 놀라운 일이 아니었기 때문이다. 최영이 우왕의 어명을 다시 지지하고 나선다. 물론 이성계를 타이르고 설득하려는 의도가 분명하다.

"전하, 이제야 우리 고려는 밝은 빛을 찾게 되었사옵니다. 신 최영은 목숨을 아끼지 아니하고 용전분투할 것이옵니다."

결론은 이미 나 있다. 이성계는 심호흡과도 같은 한숨을 놓으면서 감았던 눈을 뜬다.

"이 장군, 장군은 왜 아무 말씀도 아니 하시오. 과인은 장군의 결기를 듣고 싶소."

우왕의 어조는 부드러웠으나 애타게 호소하는 뜻도 담겨 있다.

"신 수문하시중 이성계는 요동 공략이 합당치 못함을 감히 진언 드리고자 하옵니다."

"……!"

아무리 예상하였던 일이어도 최영은 꿈틀하며 이성계를 쏘아본다. 살기마저 느껴지는 날카로운 시선이다.

우왕은 덜컥 겁먹은 얼굴로 반문한다.

"어서 말씀해보시오. 무엇이 합당치 않다는 말씀이오?"

"예."

대답을 마친 이성계는 최영을 쏘아본다. 최영 못지않은 날카로운 시선이다. 그러나 최영은 미동도 하지 않고 이성계의 시선을 물리치고자 하는 결기를 담고 있다.

"최 시중 대감께서는 이 나라 제일의 명장이시옵니다. 소장의 말에 잘못이 있다면 조목을 들어 지적해 주소서."

최영은 대답을 하지 않은 채 이성계를 뚫어지게 쏘아본다.

"지금 군사를 움직이는 데는 네 가지 불가함이 있사옵니다. 작은 나라로서 큰 나라를 거스르는 것이 한 가지 불가함이요, 여름에 군사를 일으키는 것이 두 가지 불가함이며, 온 나라가 멀리 정벌을 가면 빈틈을 타서 왜적이 침공해 올 것이 세 가지 불가함이요, 때가 무덥고 비가 오는 시기라 활의 아교가 녹아 풀어지는 일과 대군이 질병에 시달리는 것이 네 가지 불가함이옵니다. 이러한 까닭으로 지장은 여름에 군사를 발하지 않는 법이옵니다!"

역사는 이 같은 이성계의 말을 다음과 같이 적고 있다.

一曰以小逆大,
二曰夏月發兵,
三曰擧國遠征 倭乘其虛,
四曰時方暑雨 弩弓解膠 大軍疾疫.

이른바 이성계의 요동 공략 '사대불가론四大不可論'이다. 설혹 실지를 회복하고 영토를 넓힌다는 명분이 있다 해도 전략적으로 결함이 있다면 승산은 없다. 이성계는 이 점을 강조하고 나섰다. 최영이 이를 모를 까닭이 없다. 그러나 최영은 이를 수긍하고 나설 처지가 아니다. 이성계는 우왕을 향하여 자리를 고쳐 앉으며 소신을 다시 개진한다.

"전하, 신 이성계는 지난 삼십여 년을 오직 군진에서만 지냈사옵니다. 방금 신이 진언한 네 가지 불가함은 신의 경험으로 얻은 것이기는 하오나, 최 시중 대감께서도 능히 아시는 일이라 사료되옵니다. 통촉하오소서."

"경의 말씀을 듣고 보니 네 가지 모두 버릴 것이 없구려. 두 분이 다시 의논해 보도록 하시오."

우왕은 난감함을 피하듯 슬며시 군막을 나간다. 물론 전략가가 아닌 탓도 있지만 귀가 얇은 것이 언제나 최영을 난감하게 하지를 않았던가.

최영은 이성계를 뚫어져라 쏘아본다. 자신의 명을 거역하는 것을 강력 추궁할 기세가 분명하다. 그러나 이성계가 먼저 언성을 낮추어 입을 연다.

"장군, 소장의 네 가지 불가함에 잘못이 있었다면 지적해 주셨으면 합니다."

"날씨가 무덥고 비가 와서 활의 아교가 풀린다면, 명나라 군사의 것은 풀리지 않고 우리 군사의 활만 풀린단 말인가!"

"명나라는 본진에서 싸우는 것이며, 우린 정벌군이라 군막에서 싸우게 됩니다. 비교도 되지 않는 조건이 아니오이까!"

"질병은 있을 수도 있고, 없을 수도 있질 않은가!"

그것은 힐책이나 다름없다. 장수가 막장에게 책임을 추궁하고 있는 그런 어조다. 이성계는 여기서 그냥 물러설 수가 없다.

"'병을 발할 때 지휘하는 장수는 최악의 경우를 생각하라'는 것은 장군께서 제게 당부하신 말씀이오이다."

최영은 더욱 거세게 힐문하고 나설 수밖에 없다.

"조정이 정벌을 갔다 하여 왜구가 침공을 하다니! 삼남에 소탕군을 편성해 두지를 않았는가!"

"왜구에게 밀리는 소탕군을 어찌 소탕군이라 하오리까. 장군이 아니 계시고, 소장이 없는 소탕군이 왜구를 물리칠 수 있다고 보시오이까!"

"그대는 여름에 싸운 일이 없는가! 여름에 발병하지 말라고 어느 병서에 적혀 있는가!"

"......."

최영의 어조가 점점 거칠어지자 이성계는 잠시 당황하지 않을 수가 없다. 이 격론은 끝이 없을 것만 같아서다. 그런데도 최영은 조금도 늦추지 않고 이성계를 죄어온다.

"그대는 어찌하여 제 나라 땅덩어리를 명나라에 넘겨주려 하는가! 그대는 명나라 사람인가, 고려 사람인가!"

"소장은 다만 외교의 힘을 빌리고자 할 뿐이오이다. 군사를 동원하는 것은 마지막 수단이 아니오이까!"

"외교의 단계는 이미 넘어서지 않았는가! 이제 남아 있는 것은 요동 공략뿐 아닌가. 그대는 정녕 이 점을 모르는가!"

이성계는 대꾸 없이 잠시 생각에 잠긴다. 이 대화를 거칠게 몰아갈 것이 아니라는 생각이 들었기 때문이다. 이성계는 어조를 낮추어 반은 설득으로, 반은 애소하듯 말을 이어간다.

"장군, 작은 나라로서 큰 나라를 거스르기 어렵다 함은 요양성 하나를 치는 것으로 전쟁이 끝나지 않음을 뜻하는 것이옵고, 설사 요양성 하나를 얻는다 해도 뒷일을 감당할 수 없음은 장군께서 더 잘 아시리라 믿사옵니다. 그런 연후 대명 황제로부터 고려에 모든 책임을 물으면서 주모자의 수급을 달라고 할 때, 그때 장군께서는 누구의 목을 내놓으시겠습니까?"

마지막 단판이나 다름이 없다. 패전은 정해진 이치나 다름이 없질 않던가. 승전한 명나라에서 요동공략의 책임을 물어 주모자의 수급을 요구한다면, 당연히 최영의 목을 내주어야 한다. 이성계는 당사자인 최영에게 바로 그 점을 묻고 있다. 그러나 최영의 대답은 당당하기만 하다.

"그대는 무장으로서 나라를 위해 목숨을 바치는 것이 그렇게도 두려운가!"

최영의 어조는 조금도 가라앉지 않는다. 결국 이성계도 언성을 높이고야 만다. 더 이상 당하고만 있을 수가 없어서다.

"소장은 주모자가 아니오이다! 소장은 지금 이 순간도 친명 화친을 주장하고 있지를 않소이까!"

이성계의 반발이 거세어지자 최영은 세차게 탁자를 내리치며 노구를 일으킨다. 이성계도 지지 않고 벌떡 일어선다. 이살기 넘치는 일순의 시간은 용호상박이라는 말로밖에 표현할 길이 없다. 최영의 곁에도, 이성계의 곁에도 장검은 놓여 있다. 어느 한 쪽이 장검을 뽑아든다면 유혈참극이 벌어진다. 그런 긴박한 순간이 얼마간 흐른 뒤에 갑자기 이성계의 눈에 눈물이 괴어오기 시작하더니 마침내 용장의 얼굴에 뜨거운 눈물이 주룩 흘러내린다.

이성계는 두 손으로 탁자를 짚는다. 그리고 사죄를 하듯 허리를 굽히며 입을 연다.

"장군, 소장은 지난 삼십여 년 동안 장군을 하늘처럼 우러러 받들어 왔사옵니다. 장군의 분부라면 곧 하늘의 명이라고 믿어온 소장이옵니다."

"……."

"장군께서 이 같은 소장을 진실로 아끼신다면, 장군께서 성상을 진실로 바로 받들어 모신다면, 장군께서 도탄에 빠져 허덕이는 이 나라 백성들을 불쌍히 여기신다면, 장군께서 이 나라 종묘사직을 반석 위에 올려놓고자 하신다면 …… 요동 공략만은 중지하셔야 하옵니다. 그것이 장군께서 하실 일이라고 소장은 믿고 있사옵니다."

"······!"

"장군, 나라의 흥망이 걸린 일이옵니다. 다시 한 번 재고해 주시옵고, 소장의 무례함을 용서해 주소서."

이성계의 눈물방울이 탁자에 툭 떨어진다. 최영도 잠시 말이 없다. 이성계는 숙인 머리를 들지 않고 계속 서 있다.

"알겠소. 내 성상과 다시 한 번 의논하리다. 장군은 잠시 여기서 기다리시오."

최영은 침통한 모습으로 군막을 나선다. 이성계는 그제야 숙였던 고개를 든다. 온몸에는 식은땀이 흘러내리고 있다.

– 사죄를 드리길 잘했어.

이성계는 그렇게 중얼거린다. 최영은 영비의 군막으로 갔을 것이리라. 자신이 주장한 바를 최영이 바로만 전해준다면 요동 공략이 중지될 것이라는 실오리 같은 기대도 든다.

지루한 시간이 흘러가도 우왕과 최영은 좀처럼 다시 나타나지 않는다. 이성계는 불안해지기 시작한다. 막사로 스며들던 저녁 햇살은 어느새 길게 늘어뜨렸던 꼬리마저 거두어 가 버린다.

어둠이 밀려들고 있다. 늙은 환관이 들어와서 등촉을 밝혀 놓곤 다시 자리를 비운다.

견딜 수 없는 외로움이 이성계의 전신을 휘감고 있다. 문득 혼자라는 생각이 든다. 그런 시간이 또 얼마간 흘렀을까.

"주상 전하 듭시오."

환관의 목소리가 길게 늘어져 들린다. 최영이 먼저 들어왔고 그 뒤로 우왕의 모습이 드러난다. 이성계는 자리에서 일어나 두 사람의 상전을 정중히 맞는다. 우왕이 용상에 앉자 최영과 이성계도 자리에 앉는다. 우왕은 이성계를 조용히 부른다. 이성계는 공손하게 대답한다.

"이제 더 이상 지체할 수 없지를 않소. 지금이 아니면 다시는 때가 오지 않을 것이오. 출진 채비를 갖추도록 하시오!"

청천벽력과도 같은 어명이다. 이성계는 최영을 쏘아본다. 최영은 바윗덩어리와 같은 모습으로 앉아 있을 뿐이다. 이성계는 우왕을 향해 마지막 충언을 입에 담는다.

"전하, 요동 공략과 같은 큰 계책을 성취하시자면 대가大駕를 서경西京에 머무르게 하시옵고, 마땅히 가을을 기다리심이 옳은 줄로 아옵니다."

우왕의 태도는 아까와는 사뭇 딴판으로 달라져 있다. 카랑카랑한 목소리로 왕명을 토해내고 있어서다.

"당장 출진하라지 않았소!"

"전하, 가을이 되면 화곡禾穀이 들에 널려 있어 군량을 충족할 수가 있사온지라 전고를 울리면서 전진할 수가 있사옵니다. 통촉하소서."

"이미 군사를 일으켰질 않은가!"

"전하, 지는 싸움은 먼저 일으키는 것이 아니옵니다. 고려의 군사가 요양성을 점령하였다 하더라도 장마가 서작되어 군사가 전진을 할 수 없게 되면 기강이 해이해지기 쉬우며, 거기에 군량마저 넉넉지 못하다면 나라의 화를 자초하게 됨을 유념하소서!"

우왕은 어느새 악마로 변해 있다. 당연히 최영의 부추김을 받았기 때문이다.

"경은 이자송의 참담한 몰골을 보지 못하였는가!"

"······!"

이성계는 여기서 망설이기 시작한다. 우왕의 왕명을 정상이라고 볼 수가 없어도 왕명임은 분명하다. 게다가 최영은 책임을 회피하듯 외면을 하고 있다.

"경이 이자송의 꼴을 당하지 않으려거든 과인의 명을 따르라! 내일 아침 당장 출진해야 할 것이니라!"

"······!"

"마지막 당부요. 왕명을 시행하고서야 공은 무사할 것이오!"

말을 마친 우왕은 자리를 차고 일어섰고, 잠시 뒤 최영의 인도로 군막을 떠난다.

이성계도 일어서지 않을 수가 없다.

군막 밖에는 땅거미가 밀려와 있다. 습한 밤바람이 목덜미를 스치고 지나간다. 비가 올 모양이다.

이성계는 비척거리는 걸음으로 자신의 군막으로 돌아간다.

기다리고 있던 퉁두란, 조영규, 조인벽 등이 자리에서 일어선다. 이성계는 탁자 앞에 이르러 왈칵 흐느낌을 토하기 시작한다. 통렬하기 그지없는 사나이의 울음이다.

"장군, 대체 무슨 일이웨까! 어드렇게 된 일이냐니까요!"

사태를 짐작한 퉁두란이 추궁하듯 소리친다. 그제야 이성계는 천천히 젖은 얼굴을 든다. 그리고 조용히 가슴에 가득한 통한의 일념을 씹어 뱉는다.

"생민生民의 화禍가 이제부터 시작이다!"

우르르 쾅!

하늘은 이성계의 말이 떨어지기가 무섭게 진동하기 시작한다. 번개는 푸른 섬광으로 산야를 갈랐고, 천둥은 천지를 뒤흔든다. 대단한 뇌성벽력이 아닐 수 없다.

거친 비바람이 몰아치기 시작한다. 빗줄기는 하늘에서 땅까지 이어진 듯 줄기차게 쏟아진다. 이 같은 비는 봉주에만 내리는 게 아니라 개경에도, 한양에도, 포천에도 쏟아지고 있지 않겠는가.

4월 17일에 이르러서야 요양성 정벌군의 진용이 발표된다.

총사령관 격인 팔도도통사 최영, 좌군도통사에 창성부원군 조민수를 삼고 그 휘하에 서경도원수 심덕부와 부원수 이무, 양광도도원수 왕안덕, 부원수 이승원 등을 두게 했다.

우군도통사는 이성계가 맡고 그 휘하에 안주도도원수 정지鄭地와 상원수 지용기, 그리고 동북면부원수 이빈, 강원도부원수 구성로 등을 배치케 했다. 물론 퉁두란도 이성계의 휘하인 우군에 배치되었고, 이성계의 이복형인 팔도도통사 이원계도 우군에 배치된다.

이들 좌우군이 서경을 떠난 것은 4월 18일이었고, 병력은 3만여 명, 심부름꾼인 잡역이 1만1천6백여 명, 말이 2만1천여 필이므로, 통칭 십만 대군이라고 군호軍號할 만한 진용이다.

요동정벌군이 떠나고도 우왕은 마음을 놓을 수가 없다. 네 가지 불가함을 고하던 이성계의 모습이 아직도 생생한데, 위화도에 들어가서도 움직임이 없다는 정보가 연이어 들려오고 있다. 처음에는 비 때문이려니 했으나 시일이 지나면서는 또 다른 야료가 있을지도 모른다는 생각이 들 때도 있다.

우왕의 행재소가 있는 서경은 비가 멎었다. 구름 사이로 쏟아지는 달빛은 투명하리만큼 맑았고, 나뭇잎에 매달린 빗방울은 잉태하듯 달빛을 빨아들이고 있다.

최영은 갑옷 차림으로 우왕의 행재소로 걸음을 옮기고 있다. 위화도에 둔을 친 병마들이 근 열흘 동안이나 움직이지 않고 있다는 장계가 몹시 심란해서다. 앞으로 수삼 일 그 같은 상태가 계속된다면 이성계는 회군해 올 것이라고 최영은 직감하고 있다.

이성계의 회군이 현실 문제로 제기된다면 최영은 강권을 발동해서라도 이성계를 처단해야 한다. 만에 하나라도 이성계가 자신의 명을 따르지 아니한다면 병兵을 동원해서라도 그를 쳐야 한다. 이성계가 3만여 명의 병마를 휘하에 거느리고 역습을 해 온다면, 행재소를 지키는 소수의 병력으로는 대항할 길이 없다. 자신이 열세에 놓여 있음이 분명한 현실 아니던가.

최영으로서는 명예로운 죽음을 택할 수밖에 없다. 최영이 생각하는 명예로운 죽음이란 몸소 위화도에 달려가 요동 공략의 선봉에 서는 일이다. 위화도에 이르러 설사 이성계 군의 복병에게 죽음을 당한다 해도, 충절의 이름만은 만세에 남길 수 있을 게 분명하다. 이 같은 결심을 윤허받기 위해 최영은 지금 무거운 발걸음을 행재소로 옮기고 있다.

놀이를 마친 우왕은 침전으로 들었다. 영비의 시중을 받으며 옷을 벗으려는 참인데 내관의 소리가 들린다.

"전하, 문하시중 대감께서 드셨사옵니다."

"밤이 깊은데 무슨 일이라더냐?"

"화급을 다투는 일이라 하옵니다."

우왕의 눈 꼬리가 꿈틀거린다. 영비가 우왕의 옷깃을 매만

지며 응석을 부리듯 말한다.

"화급을 다투는 일이라 하지 않사옵니까."

우왕은 짜증스러운 걸음으로 협실로 나갔다. 영비도 따른다.

협실에는 이미 최영이 들어와 있다. 갑옷을 입은 최영의 모습에 우왕도 놀라고 영비도 놀란다.

최영은 정중히 허리를 굽히며 우왕이 좌정하기를 기다린다.

"어서 앉으시오. 밤이 이슥한데 웬 갑옷 차림이시오?"

우왕은 심드렁한 목소리를 뱉어내며 자리에 앉는다. 영비도 우왕의 곁에 나란히 앉으며 아버지 최영의 모습을 지켜보고 있다.

"웬일이냐니까요?"

"전하, 신이 위화도로 달려갈까 하옵니다."

최영은 스스로 결기를 다짐하듯 무겁게 입을 연다. 우왕에게는 청천벽력이나 다름없다.

"위화도라니요, 거긴 왜요?"

"좌우군 모두 행길에서 지체하다가, 위화도에 건너가 십여 일째 놀고 있다는 전언이옵니다."

우왕의 두 눈썹이 꿈틀 움직인다.

"신이 팔도도통사가 아니옵니까. 병법에 이르기를 백만 대병이라 하더라도 병을 움직이는 것은 지휘관 한 사람에게 달려 있다고 하였사옵니다. 신이 없어 일이 그런 지경에 이르렀고, 신이 없어 병마가 움직이지 않는다면 마땅히 신이 나아가 독전해야 할 것이옵니다. 윤허하여 주소서."

우왕은 완강해진 목소리로 불윤을 입에 담을 수밖에 없다.

"최 시중은 갈 수가 없어요. 경이 떠나면 나는 누구와 더불어 정사를 살핀단 말이오!"

최영은 물러설 수가 없다. 이성계의 회군을 막지 못한다면 왕실도 조정도 아무 소용이 없어질 것이기 때문이다.

"전하, 국사에 능한 중신은 많사오나, 대병을 움직일 수 있는 무장은 오직 신 한 사람뿐이옵니다. 신이 위화도로 달려간다면 병마는 힘을 얻어 발진할 것이옵니다. 윤허하여 주소서."

최영을 놓아 줄 수가 없었기에 우왕의 목소리는 단호해질 수밖에 없었지만 최영으로서도 더 물러설 자리가 없다.

"전하, 3만의 병력은 결코 적은 수가 아니옵니다. 출진한 병마가 열흘씩이나 놀고 있다 함은 회군의 기미가 있음이 분명하옵니다. 이성계의 휘하는 반원향명을 주장하는 무리들이옵니다. 신이 달려가 저들을 다스리지 않는다면, 저들은 전하의 적이 되옵니다. 통촉해 주소서."

우왕은 잠시 말없이 앉아 있었고, 최영은 기필코 가야 함을 계속 주청한다. 우왕은 마지막 심중을 토로하듯 그의 본심을 드러낸다.

"아버님 …… 선왕이신 아바마마께서 어떻게 승하하셨는지 잊지 않으셨겠지요?"

"……!"

선왕 공민왕의 최후를 입에 담는다면 최영의 가슴은 섬뜩해질 수밖에 없다.

"아바마마께서는 내시에게 시해되시지 않았습니까. 내가 광패狂悖하다 하여 내 목숨을 노리는 무리가 지금도 상존하고 있음을 나는 알고 있어요."

"전하, 그 무슨 당치 않으신 말씀이십니까. 거두어 주소서."

"내가 오늘까지 살아 있음이 누구의 덕이오. 아버님이 한시도 내 곁을 떠나지 않으셨기 때문이 아니오. 이제 아버님마저 내 곁을 떠나 위화도로 가신다면 누가 있어 나를 지켜 주겠소!"

우왕의 목소리는 물기에 젖어 있다. 영비는 눈시울을 적시면서 애원하는 눈빛으로 아버지 최영을 바라본다. 급기야 우왕은 자리에서 일어나 최영에게로 다가선다. 그리고 그의 손을 잡으며 울먹인다.

"아버님이 위화도에 가신다면, 병마는 움직일 수 있어도 나는 죽고 없어요. 제발 나를 지켜 주오. 나를 버리지 마오. 나는 아버님만 믿고 있어요."

마침내 우왕은 조용히 흐느끼기 시작한다. 최영은 자신의 결기가 무참하게 무너지고 있음을 절감한다. 영비의 흐느낌도 최영의 가슴을 파고든다. 어떻게 해서든 이 자리를 모면하고 위화도로 가야 할 최영이다. 수없이 다짐하며 이 자리까지 왔는데 이런 꼴로 주저앉게 되리라고 어찌 짐작인들 했던가.

우왕은 얼굴을 든다. 눈물은 그대로 흐르고 있다.

"아버님, 다른 사람을 보내도록 하세요. 내 전지를 들려서 보내면 되지를 않겠소. 전지가 곧 왕명이 아니오."

"전하, 신의 불충을 용서해 주소서."

최영은 우왕의 발밑에 주저앉고야 만다. 참담한 몰골이 아닐 수 없다. 우왕은 최영의 손을 잡아 일으켜 다시 자리에 앉게 하고 자신은 용상으로 돌아간다.

"아버님, 병마가 움직이도록 전지를 내릴 것이오. 아버님의 친필로 전지를 초해 주시오."

최영은 앞으로 닥쳐올 혼란을 설명해 두지 않을 수 없다.

"전하, 만일 저들이 병마를 돌려 회군하여 온다면 조정은 저들을 단호히 응징해야 하옵니다. 하오나 지금의 조정은 저들의 병마를 응징할 힘을 갖추지 못하고 있사옵니다."

"……!"

우왕의 얼굴은 순식간에 새파랗게 질려가고 있다. 눈시울을 적시고 있던 영비도 고개를 든다. 이 무슨 청천벽력이란 말인가. 우왕은 임금의 체통을 갖추며 안간힘을 쓰듯 내뱉는다.

"어명을 내립시다. 신하 된 자가 어찌 어명을 거역할 수 있다는 게요."

우왕은 단호하게 말하고 있었으나 최영에게는 한낱 허수아비의 잠꼬대로밖에 들리지 않는다. 오늘 낮에도 부벽루에서 철없이 뛰놀았던 우왕이 아니던가. 최영은 다시 한 번 설득을 시도한다.

"저들이 어명을 두려워한다면 지금처럼 놀고 있지 않을 것이오며, 또한 어떠한 어려움이 있어도 회군하지 않을 것이옵니다. 하오나 신은 저들이 회군해 올 것이라 믿고 있사옵니다. 아뢰옵기 송구하오나 우군도통사 이성계의 병마는 여진족이 대부분이옵니다. 그들은 유목민들이라 말에 능하고 활에 능하옵니다. 이들을 다스리자면 신이 위화도로 달려가는 길이 최선이온데, 전하께오서는 이를 윤허하지 않으시니 장차 이 일을 어찌 수습할지 막막하기 그지없사옵니다. 통촉하소서."

최영은 마지막 충성을 다짐하고 있는 것이나 다름이 없다. 또 그것은 죽을 곳을 찾는 장수의 몸부림이기도 하다.

"아무리 그래도 아버님은 못 가십니다. 아버님의 친필로 전교를 적으세요. 다른 사람을 보내겠어요."

만사휴의라는 말이 있다. 모든 것이 끝났다는 뜻이다. 최영의 마지막 충절이 이렇게 무너진다면 여기에 그보다 더 잘 어울리는 말은 없지 않겠는가.

최영은 어전을 물러난다. 온몸이 후들후들 떨려온다. 그대로 쓰러질 것만 같다.

– 자진을 해야 하나.

자진은 스스로 죽음을 택한다는 뜻이다. 그리하면 고려왕조 오백 년 사직은 물거품이 되고 말리라.

최영은 멍한 시선으로 하늘을 쳐다본다. 검은 구름이 용틀임 치며 몰려오더니 마침내 달빛을 가리고야 만다. 잠시 전까지 해맑은 투명함으로 온 누리를 밝게 비추던 달빛이다. 흐르는 검은 구름에 달빛이 묻히는 광경을 지켜보면서 최영은 오백 년 고려 사직의 종말이며, 지금 자신의 처지라고 생각한다.

아무 거리낌 없이 살았고 아무 두려움 없이 살아온 칠십 평생이다. 아버지의 유언에 따라 황금을 돌 보듯 하였고, 의로운 일이 아닌 곳에는 발을 들여놓은 일도 없다. 칠십 평생을 몇 번씩 돌이켜보아도 때 묻은 곳은 없었고 후회스러운 곳도 없는 최영이었으나, 오늘 밤의 비통함만은 감당할 길이 없다.

– 하늘이 이 나라를 지켜만 주신다면…….

인간이란 하늘의 섭리 앞에서는 무력하기 그지없는 미물에 불과하다. 천하에 다시없이 오만한 사람도 곤경에 빠지면 하늘에 기대하고, 하늘에 기원한다. 최영도 사람이라 마지막 기대를 거기에 걸 수밖에 없다.

마침내 회군

다시 위화도.

비가 그친 덕분에 격류에 잠겼던 부교가 물결 위로 떠오르기는 했어도, 떠내려 오다가 걸린 잡동사니로 인해 부교가 아니라 쓰레기더미가 떠 있는 형국으로 보일 정도다. 땀으로 범벅이 된 병사들이 부교에 걸린 쓰레기를 치우고 있었지만, 그 얼굴들에는 시름이 가득하다. '목자득국'의 노래가 여기라고 비켜갈 까닭도 없다. 이래저래 병사들의 마음은 어수선하기 그지없다.

하늘에는 먹구름이 다시 몰려들기 시작한다. 바람이 거칠어지면서 천둥번개도 가세한다. 그리고 장대 같은 빗줄기가 다시 쏟아지기 시작한다.

장수도 병졸들도 지칠 대로 지쳐 있는 때다.

이성계의 군막 안은 그런 와중에도 묵향으로 가득하다.

그동안 퉁두란을 비롯한 무수한 막장들이 회군하기를 청했어도 이성계는 결단을 미루어 왔다. 그 후속 수단이 마땅치 않아서다. 3만의 대군이 위화도를 떠나면 서경을 거쳐야 도성으로 갈 수 있는데, 바로 그 서경에 임금이 이어해 있다. 임금에게는 힘이 없다고 하더라도 천하의 용장 최영과 맞닥뜨려야 한다. 그리되면 내전이 불가피해진다. 승패를 가리기 전에 나라가 두 쪽으로 쪼개진다는 사실을 이성계가 모를 까닭이 없다. 그러나 이제 남은 길은 그 길 하나뿐임을 어찌하랴.

이윽고 이성계는 붓을 들어 임금에게 올리는 장계를 써내려간다. 국가의 흥망을 거론하는 장계이니 길어질 수밖에 없다. 이성계의 이마에는 땀방울이 솟아난다. 쓰고 싶지 않은 내용을 적을 때는 붓끝이 떨리기까지 한다. 설혹 임금의 탑전에 올리는 마지막 충정이라 하더라도 우왕에게는 단 한 줄도 채택될 수 없는 내용들이다. 궁극에 가서는 최영을 물리쳐야 결말이 나는 내용이라면 백 번을 읽어도 무용한 것 아니겠는가. 그것을 모르는 이성계가 아닐 것인데도 온 정성을 다하여, 아니 온 충절을 다하여 장문의 장계를 매듭짓는다.

마지막 구절을 적어놓고 우군도통사 이성계라고 서명할 참이지만, 이성계는 무엇을 생각했는지 앞자리의 여백을 남겨놓고 자신의 이름을 적는다.

붓을 놓는 순간 자신도 모르게 태산 같은 한숨이 쏟아져 나온다. 이성계는 자신이 쓴 글을 세세히 다시 읽어보고서야 아직도 먹 냄새가 생생한 장계를 두루마리로 감는다.

군막을 때리는 빗소리가 갑자기 요란해진다. 퉁두란이 들어섰기 때문이다.

"좌군도통사 조 장군께서 오셨습니다."

"듭시라 이르시오."

이상한 일이다. 거친 비바람으로 장졸들이 희생이 늘어가는 데도 얼굴조차 내밀지 않았던 조민수가 아니던가. 이성계는 장계를 감은 두루마리를 보물 다루듯 한쪽에 옮겨놓는다.

좌군도통사 조민수가 들어선다. 갑옷이 흠뻑 젖어 있다. 이성계는 정중히 조민수를 맞이한다. 직급만으로 보면 상관이기 때문이다.

"아니, 밤늦은 시각에 어인 거동이십니까?"

조민수는 눈짓으로 퉁두란에게 자리를 비켜 줄 것을 명한다. 퉁두란은 슬며시 군막을 나간다. 단둘이 마주하게 되자 조민수는 사뭇 심각한 말투로 토해낸다.

"장군, 언제까지 여기에 머무르고자 하시오?"

이성계는 조민수의 진의를 살필 뿐 아무 대꾸도 하지 않는다.

"탈영하여 달아나는 자가 날로 늘어나고 있지를 않소이까!"

조민수는 안색을 붉히면서도 이성계의 속내를 읽으려는 기색이 완연하다. 이성계는 얼굴에 함박웃음을 담으면서 불쑥 뱉어낸다.

"좌군도통사께서도 요동 땅을 한 번 밟아 보시지요?"

조민수는 화들짝 놀란 표정으로 손사래까지 친다.

"장군, 장군께서 아니 가시는 요동 땅을 어찌 소장이 가겠소이까?"

"아니 가다니요. 당연히 좌군도통사가 선봉에 서서 길을 열어야 내 우군이 따를 것이 아니겠소."

이성계의 말투에는 야유가 섞여 있다. 그동안의 곤경을 풀어가기 위해서라도 여러 차례 회동하는 것이 순리인데도 조민수는 마치 독불장군처럼 거들먹거리고만 있었다. 그러나 지금의 조민수는 무엇을 결심했는지 이성계의 발바닥 밑으로까지 기어들 궁리를 하고 있음이 완연하다.

"장군, 병을 움직이는 일이라면 소장이 어찌 장군을 따르겠소이까."

"그렇다면 회군을 하시든가요."

이성계는 슬쩍 조민수의 의중을 건드려본다. 조민수는 회군이라는 말에 화들짝 놀란다.

"회군이라니요? 다, 당치도 않소이다. 어명을 받은 군사가 어찌 회군을 할 수가 있소이까."

조민수는 이성계의 속내를 알고 싶으면서도 은연중에 그를 경계하는 눈치를 드러낸다. 이성계의 대답은 절묘하다.

"이것도 저것도 아니라면 여기서 사시던가요."

"…… 예?"

조민수는 이성계의 얼굴을 바라보면서도 그 본심을 읽기는 고사하고 천길 미궁으로 빠져들고 있다. 그는 한참 뒤에야 찾아 온 본말을 입에 담는다.

"장군, 소장은 장군의 뜻을 따르오리다."

조민수로서는 최선의 살길을 찾고 있는 것이나 다름이 없다. 비록 고립되었어도 위화도를 가득 메운 3만 여의 병사가 모두 이성계의 군령을 기다리고 있음을 익히 알고 있었음에랴.

조민수의 의중을 분명히 간파한 이성계는 잠시 전에 써 두었던 장계 두루마리를 조민수의 앞으로 밀어놓는다.

"주상께 올리는 장계요. 읽어보시고 합당한 것이라면 서명해 주시오."

조민수는 얼마간 겁먹은 표정으로 장계의 내용을 읽어가기 시작한다.

그 내용을 간추리면 다음과 같다.

신 등은 부교를 타고 압록강을 건넜사오나, 앞에는 큰
강물이 있는데다가 빗물이 넘쳐흐르고 있어서 첫 번째
여울을 건널 때에 이미 표익자漂溺者가 수백 명이 되었는
데, 두 번째 여울은 더 깊고, 이제 여기 섬 안에 머물게
되니 군량의 소모가 많은 것은 고사하고, 여기서 요양성
까지 가려면 큰 강물이 많아서 아무래도 건너기 어려울
듯하옵니다.

그런 다음 첫째, 작은 나라는 큰 나라를 섬기는 것만이 보국
保國하는 길이요, 둘째, 밀직제학 박의중이 명나라에서 돌아오
기도 전에 이렇게 요동을 공략하면 종사와 생민에게 복될 것이
없고, 셋째, 더위와 비 때문에 활이 풀리고 갑옷이 무거워 사
마士馬가 모두 지쳐 있는데도 억지로 달리게 해서 견성堅城을 쳐
봐야 이길 수 없고, 넷째, 이런 때 군량의 보급이 어려워지면
진퇴유곡일 것이라, 하여 반사班師를 청한다는 내용이다.

조민수의 얼굴은 이미 창백하게 바래져 있었고, 읽고 난 장
계를 감는 손끝은 가늘게 떨리고 있다. 그러한 조민수의 모든
동작을 빠짐없이 지켜보고 있던 이성계는 조민수가 먼저 입을
열어주기를 기다린다. 그러나 조민수는 두루마리를 감아서 이
성계의 앞에 공손히 밀어놓을 때까지도 마음의 갈피를 잡지
못하고 있는 게 분명하다.

"조 장군께서는 그 장계의 내용을 어찌 생각하시오?"

급기야 이성계가 먼저 입을 연다. 비록 나직한 목소리였지만 조민수를 짓누르는 옥조이는 위엄이 서려 있다.

"한 마디 한 마디가 뼈에 사무칠 따름이오이다."

"그렇다면 조 장군께서도 서명을 하시겠소?"

"……."

조민수는 당황하는 기색이 완연하다. 설사 빈틈없는 장계라 하더라도 회군을 청하는 내용이다. 만일 이 장계가 어명을 거역한 게 되어 중벌을 면치 못하게 된다면, 그때는 어찌하는가. 조민수는 이 점을 걱정하지 않을 수가 없다.

"조 장군께서 서명을 아니 하신다면, 장계는 내 단독으로 올릴 것이며, 그런 일이 있은 다음에는 나는 우군右軍만을 통솔하여 별도의 행동을 취하겠소이다."

단호한 어조가 아닐 수 없다. 조민수는 이성계의 결기에 질리고 만다. 이성계가 지휘하는 우군이 별도의 행동을 취하겠다는 뜻을 안 이상은 혼자 힘으로 버텨 나갈 수가 없음도 명약관화한 일이다.

"그래서야 되겠습니까. 소장이 좌군도통사인 이상 장계는 소장과 연명으로 올리는 것이 옳은 줄로 아오이다."

"고맙소, 조 장군!"

이성계가 벼루와 붓을 조민수에게 밀어놓았고, 조민수는 의자에 앉으며 이성계가 서명한 앞자리에 좌군도통사 조민수라고 쓴다. 이성계는 조민수가 서명할 수 있는 여백을 비워놓기를 잘했다고 생각하면서 미소 짓는다.

조민수는 쓰기를 마치고 붓을 놓으면서 걱정스럽게 부연한다.

"이 장군, 만일 이 장계가 가납嘉納되지 않고 주상 전하의 진노를 사게 된다면 그때의 일은 어찌 수습하시렵니까?"

"그때의 일은 그때 가서 생각해도 늦지 않겠지요."

이성계의 절묘한 대답에 조민수는 아무 말도 하지 못한다. 그러나 그의 얼굴에는 공연한 짓을 한 건지도 모르겠다는 후회의 빛도 함께 스쳐가고 있다.

이성계와 조민수의 연명으로 된 장계가 서경 행재소에 당도한 것은 그로부터 이틀 뒤의 일이다. 최영은 떨리는 목소리로 장계를 읽으며 오만불손하게만 느껴지는 이성계의 얼굴을 수없이 떠올려본다. 최영은 몸서리쳐지는 상념을 애써 지우면서 마뜩찮은 장계를 끝까지 읽어낸다.

"결국 회군을 하겠다는 것이 아니오!"

우왕이 퉁명스럽게 하문한다.

"그러하옵니다. 회군은 반역이옵니다. 어떠한 일이 있어도 중지하게 해야 할 것으로 사료되옵니다."

참으로 공교로운 일이다. 최영이 안간힘을 쓰듯 위화도 회

군의 부당함을 간하고 있을 때, 이번에는 양광도 안렴사 전리
田理가 보낸 장계가 당도한다.

　왜구가 양광도 전역 사십여 군에 침공해 왔사옵니다. 지
　키는 병사들의 힘이 없어, 왜구들은 마치 무인지경을 밟
　고 있음과 같사옵니다. 원하옵건대 원군을 보내주소서.

　최영은 잠시 몸둘 바를 모른다. 그러나 우왕이 지켜보고 있
는 어전이었으므로 팔다리에 힘을 주며 칠십 노장의 위엄을
갖추려고 무진 애를 쓴다.
　우왕은 짜증 섞인 목소리로 말하지만 추궁하는 어조는 아
니다.
　"최 시중! 이성계의 말이 옳지 않소! 모든 일이 이 장군의
말대로 되어가고 있질 않소!"
　비명을 토하듯 소리치고 싶은 노장군 최영이지만 익히 알
고 있는 우왕의 변덕을 나무랄 겨를이 없다.
　"전하, 왜구의 침공은 새삼스러운 것이 아니옵니다. 지난
오백 년 동안 계속되어 온 일이 아니옵니까. 침공한 왜구는
물리치면 그만이나 위화도에서의 회군은 나라의 흥망이 걸린
중차대한 일임을 통촉하소서."
　그것은 발버둥과도 같은 절규이기도 하다. 어전임도 잊은 듯

최영의 목소리는 카랑카랑하게 높아지면서 떨리기까지 한다.

우왕도 지지 않고 옥음을 높인다.

"왜구의 극성이 거기에 이르렀다면 한양성은 어찌 되오! 한양성에는 세자와 비빈들이 피난해 있지를 않소!"

최영은 거침없이 타개책을 강구한다.

원수 도흥都興, 김주, 조준, 곽선, 김종연 등으로 하여금 양광도에 침입한 왜구를 막게 하는 한편, 한양에 가 있는 세자와 비빈들은 개경으로 다시 돌아오게 한다는 내용이다.

우왕은 이를 가납하면서도 다시 옥음을 높인다.

"그러면 회군하겠다는 정벌군은 어찌하겠소?"

종사에 안위가 걸린 중차대한 문제이다. 최영은 자신이 몸소 나아가 싸우겠다는 결기를 다시 표명한다. 그러나 우왕은 단호하게 최영의 진언을 묵살할 수밖에 없다.

"그건 안 된다질 않았소. 경은 여기서 과인을 지켜야지, 과인을 남겨놓고 대체 어딜 가겠다는 말씀이오!"

최영은 실로 난감하지 않을 수가 없다. 이때 대신 한 사람이 환관 김완을 과섭찰리사過涉察理使로 삼아 위화도로 가게 하여 왕명을 전하게 하자는 진언을 한다.

물에 빠진 사람은 지푸라기도 잡는다고 하질 않던가. 우왕은 지체 없이 가납한다.

"그게 좋겠소. 김완을 위화도로 보냅시다. 최 시중은 김완에게 들려 보낼 교지를 초하시오!"

거역할 수 없는 왕명이기도 하지만, 지금으로서는 이만한 대응책도 찾기 어려운 때다.

최영은 강경하기 그지없는 문투로 왕명을 적는다. 물론 이성계의 마지막 충절에 기대를 거는 애절한 구절도 섞인다.

우왕은 최영이 대신 적은 왕명의 내용에 만족해하면서 김완에게 당장 떠날 것을 채근한다.

"떠나라, 서둘러 떠나라!"

김완은 최영이 써준 교지를 품안에 간직하고 위화도를 향해 말을 달린다. 그는 사내구실을 할 수 없는 고자의 몸이었어도 임금을 호위하는 환관이었던 덕분에 말을 타는 데 능란하다.

잠시 개었던 하늘이 다시 어두워지며 장대 같은 빗줄기가 쏟아지기 시작한다. 김완의 말은 빗줄기를 뚫으며 질풍같이 달리고 있다.

이성계의 군막에도 장대비가 내리고 있다. 문제의 장계를 올린 그날부터 조민수는 이성계의 군막에 기거할 정도로 함께 있기를 원한다. 일이 잘못되는 날이면 따돌림을 당할 위험을 감지하고 있었기 때문이다. 조민수로서는 무척도 초조하고 답답한 나날일 수밖에 없다.

마침내 김완이 당도한다. 비록 환관의 처지라 해도 임금을 지근에서 모시고 있으니 거들먹거리는 천성이 몸에 배어 있다. 이성계에게 왕명을 전하는 김완이 기고만장한 것은 성지를 전하는 왕사王使의 위세를 내뿜기 때문이다.

"장군, 성상께서는 연일 진노하고 계시오이다! 당장 요양성으로 진격하랍시는 어명을 서둘러 시행하시오!"

이성계는 거들먹거리는 김완은 내버려 둔 채 왕명이 적힌 봉서를 살핀다. 짐작한 대로 최영의 필적인데다가 마치 어린아이 다루는 듯한 강압적인 문투일 뿐, 소득이 될 만한 구절은 눈을 닦고 찾아도 없다. 이성계는 머리털이 곤두서는 분노를 느낀다. 동석해 있던 조민수와 퉁두란은 숨을 죽인 채 다음에 올 사태를 우려하지 않을 수가 없다. 그러나 기세당당한 김완은 이성계의 분노를 눈치 채지 못한 듯 언성을 높이면서 거드름 같은 일갈을 다시 토한다.

"어찌하시겠소이까. 난 장군의 확답을 듣고 돌아가야 하오이다! 지금 당장 진군령을 내리시오!"

이성계는 더는 참지 못하고 토해내듯 명한다.

"퉁 장군, 이자를 묶어 하옥하시오!"

이성계의 말이 끝나기가 무섭게 퉁두란은 내시 김완의 멱살을 죄듯 낚아챈다. 김완은 버둥거리며 소리친다.

"장군, 어명을 받든 왕사오이다. 어찌 이럴 수가 있소이까!"

"당장 끌어내라는데도!"

다시 이성계가 일갈하자 퉁두란은 버둥거리는 김완을 군막 밖으로 끌고 나간다. 김완의 비명이 빗소리에 잠기듯 멀어지고, 군막 안은 또다시 정적만 가득하다.

이성계는 미동도 하지 않은 채 군막의 천장 어느 한 곳을 주시하고 있다. 조민수가 조심스럽게 다가선다.

"괜찮겠습니까? 김완이 비록 내시이나 주상의 성지를 받들고 오지를 않았습니까."

이성계는 천천히 고개를 돌리면서 조민수에게 말한다.

"지금 우리가 해야 할 일은 요동을 치는 것이 아니라, 약탈을 일삼는 왜구를 물리치는 일이오. 왜구의 침공으로 인하여 삼남의 백성들은 하루도 마음 편히 살지를 못해요. 왜구를 응징하여 백성들을 생업에 종사하게 하고, 전제를 개혁하여 백성들로 하여금 제 땅에서 농사를 짓게 해야만 조정을 신뢰하면서 그야말로 안거낙업安居樂業할 것이 아니겠소."

"……."

조민수는 한숨을 내쉬면서도 시름을 걷어내질 못한다.

"이러한 마당에 상감은 뱃놀이와 술타령으로 세월을 보내고 있소. 어디 그뿐이오. 무고한 사람들을 마음 내키는 대로 마구 죽이고 다니질 않소."

"한심할 지경입니다."

비로소 조민수는 동감을 표시한다.

"이러한 때에 상국의 지경을 범하여 천자의 노여움을 산다면 조정은 물론이요, 백성들에게 미치는 화근을 무슨 힘으로 누가 감당한다는 말씀이오?"

이성계의 눈빛은 인광을 뿜으며 이글이글 타오르고 있다.

"지당하신 말씀이오이다. 그와 같은 장군의 뜻은 지난번에 올린 장계에 소상히 적혀 있질 않소이까."

"물론이지요. 그럼에도 불구하고 최 시중께서는 다시 요동 공략을 하라니, 도대체 이게 무슨 경우요! 나 이성계는 결단코 요동 공략에 나서지 않을 것이오!"

결기가 넘쳐나는 이성계의 말에 조민수는 비로소 지난 며칠 동안 이성계 곁에 머문 것을 다행으로 여긴다.

"혹자는 내가 최 장군을 밀어내고 문하시중의 자리에 미련을 두고 있을 것이라고도 하겠으나, 나 이성계는 내직의 높은 자리를 차지할 생각은 추호도 없어요. 지금 당장에라도 나더러 왜구를 물리치랍시는 어명이 계신다면 나는 지체 없이 삼남으로 달려가 왜구를 소탕하는 일로 나라에 이바지할 것이오."

조민수는 이성계의 넘치는 충절에 감동하지 않을 수 없다. 그것은 잠시라도 그를 의심하였던 것을 후회하는 마음의 발로가 아니겠는가.

"이 땅의 장수로 태어났다면, 나라를 지키는 일에 일념하다가 나라에 목숨을 바친다 하여 무슨 여한이 있겠소. 그게 이성계의 가는 길임을 헤아려 주셨으면 하오이다."

긴 말을 마친 이성계는 묵묵히 타오르는 관솔불을 바라보고 있다. 밖에는 여전히 번개와 천둥 그리고 폭우가 쏟아지고 있다.

"군막에 돌아가 계시오. 때가 되면 전언을 보내리다."

"……."

조민수는 선뜻 물러설 수 없다. 오직 회군하는 시각까지 이성계와 행보를 같이하고 싶은 마음일 뿐이다.

"전언을 보내드린다니까요."

이성계가 나가달라는 듯 다시 채근하자 조민수는 부모 곁을 떠나는 어린아이 같은 심정으로 멈칫멈칫 뒷걸음치듯 이성계의 군막을 나간다.

쏴아! 빗소리는 더욱더 요란해지면서 귀청을 어지럽힌다.

이미 5월도 중순을 넘어서고 있다.

여름 기운이 밀려와 있다. 조준이 왜구를 소탕하기 위해 삼남으로 떠나면서 방원을 찾아와 서경과 위화도의 사정을 소상히 전해주고 갔다.

그날부터 방원은 뜬눈으로 밤을 새우기가 일쑤다. 한양성으로 피난을 갔던 세자와 비빈들이 돌아온다면 칠점선의 일이 큰일이 아닐 수 없어서다. 칠점선이 한양성으로 가지 않고 방원의 곁에 있었던 것은 그 안에 무슨 사달이 있어도 있을 것이라는 확신이 있어서였는데, 위화도에서의 회군이 아직 확실하지 않다면 예상하지 못했던 급변이 있을 수도 있다.

"이거야 원!"

방원의 고민이 깊어가는 기미를 보이자 언제나 처럼 민씨 부인이 기지를 발휘한다.

"차라리 칠점선을 서경으로 보내시지요."

방원은 정신이 번쩍 든다. 민씨 부인은 조용하지만 당당하게 조언을 이어간다.

"숙번이나 거신을 앞세우면 서경까지는 무사히 갈 것이 아니겠습니까. 주상이 보고 싶어 한양에서 서경까지 걸어서 왔다고 하면 모르긴 해도 큰 은총이 내려질 것입니다."

참으로 간단한 문제다. 이 간단한 문제를 풀지 못하고 있었다니, 방원은 함박웃음으로 고마움을 표한다.

민씨 부인은 방원의 웃음에는 아무 내색도 하지 않고 담담하게 말을 이어간다.

"당신도 의주 땅으로 가시는 게 어떨지요? 재벽동 큰 서방님을 모시구요. 만일 아버님께서 회군을 하시게 되면 은밀한 말씀을 나누실 상대가 있어야 하질 않겠습니까."

"거긴 퉁 장군이 계시질 않소?"

방원은 민씨 부인의 마음을 떠보듯 반문해본다.

"퉁 장군보다는 당신이 계셔야 합니다."

방원의 생각을 충분히 뒷받침하고도 남는 예지가 아닐 수 없다.

"재벽동에 다녀오리다. 칠점선의 일은 부인이 알아서 하시오."

방원은 칠점선의 일을 총명한 아내 민씨에게 맡기고 재벽동으로 급하게 달려간다. 그는 재벽동으로 가면서도 큰 짐을 벗어 던진 듯 홀가분함에 젖는다.

재벽동 농장에는 둘째형인 방과도 마침 와 있다. 사안의 중요성으로 미루어 어머니 한씨가 함께 있는 자리에서 매듭짓는 것이 최선이다.

방원은 서경의 사정과 위화도의 사정을 소상히 입에 담는다.

"아버님께서 회군해 오신다면 최 시중 대감과 정면으로 충돌하게 됩니다. 백성들의 지지를 얻지 않고서는 될 일이 아니질 않습니까!"

"……!"

한씨 부인은 주춤 놀라는 기색을 보였지만, 방원의 말은 거침없이 이어진다.

"백성들의 지지를 얻기 위해서는 아버님의 회군이 정당하다는 것, 그리고 그 길만이 나라와 백성들을 구하는 일임을 알려줘야 할 것으로 압니다. 아버님의 뜻과 백성들의 뜻을 하나로 하기 위해서는 아버님의 군진과 백성들을 연결하는 사람이 필요합니다. 이런 일은 남에게 맡길 수 없습니다. 제 생각입니다만 두 분 형님을 뫼시고 오늘이라도 의주 쪽으로 떠나고 싶습니다."

누구도 대답하지 않는다. 한씨 부인도 방우와 방과의 표정을 살피면서 지극히 조심스러워할 뿐이다.

"형님, 떠나야 하질 않겠습니까! 잠시도 지체할 일이 아닌 줄로 압니다만……."

방과는 방우의 얼굴을 힐끗 쳐다보고 난 다음 대답한다.

"사정이 그렇다면 떠나야지. 가야 하고말고."

방과를 쳐다보는 방우의 시선이 싸늘하게 식어간다. 방과는 다소 움츠리는 듯하면서도 다시 자신의 의중을 개진한다.

"전 아버님의 군진에 여러 해 동안 같이 있어봐서 압니다만, 아버님은 함께 있는 저를 늘 대견스럽다고 말씀하셨습니다."

"왜 아니시겠느냐. 겉으로 뵙기는 무뚝뚝해도 속정만은 깊으신 어른이시니라."

한씨 부인까지 거들고 나섰어도 방우는 묵묵부답으로 시종

할 뿐이다.

"형님, 지난번에 아버님 하시는 일을 도와드리겠다고 약조를 하지를 않으셨습니까!"

방우의 대답에는 가시와도 같은 노기가 실려 있다.

"역모 아닌 일이라면 발 벗고 나설 수 있어!"

"역모라니요! 누가 역모라도 꾀하자고 말씀 여쭙기라도 했사옵니까!"

방원의 목소리가 높아지자 방우는 참을 수 없는 모욕을 느낀 듯 소리치고 나선다.

"회군이 역모가 아니고 뭐야? 최 시중을 치는 것은 곧 주상을 능멸하는 일이 아니더냐! '목자득국'은 또 뭐구! 그 목자득국을 위해 회군한다면 역모가 분명하질 않더냐!"

방우의 노성 일갈은 칼날같이 예리하다. 한씨 부인이 몹시 당황하며 만류한다.

"언성 좀 낮추지 못하겠느냐! 누가 들으면 어쩌려고 역모, 역모 하는 게야!"

방 안은 다시 조용해진다. 잠시 동안 누구도 입을 열려 하지 않았으나 방원은 애써 형님들과 함께 떠나고 싶어 한다.

"형님, 일단 떠나십시다. 그 점이 걱정스러우시면 군진에 가서 아버님께 여쭈어 보실 수도 있는 일이 아닙니까. 만에 하나 아버님께서 역모를 하겠다고 말씀하시면 군진을 박차고 돌아오실 수도 있기에 드리는 말씀입니까."

"……."

"형님, 남에게 맡길 일이 아닙니다. 우리 집안에서 해야 할 일입니다."

한씨 부인도 방원과 같은 생각으로 방우를 설득한다. 모정이 담긴 목소리는 인자하고 간절하다. 또 소망이 깃든 애잔함도 담겨 있다.

마침내 방우가 조용히 결기를 보인다.

"다녀오겠사옵니다."

방원은 안도한다. 위로 두 분 형님을 뫼시고 아버지의 군진으로 간다면 기필코 기뻐해 주시리라는 확신이 들어서다.

5월 22일.

위화도의 새벽이 희붐하게 밝아오면서 군진이 술렁거리기 시작한다. 지난밤부터 알 수 없는 소문이 퍼져 나간 때문이다.

"이 장군이 군사를 거느리고 동북면으로 떠난다."

이성계 휘하의 병사들이야 동요할 필요가 없었지만, 조민수의 지휘를 받는 좌군 병사들은 그들만 남아서 사경에라도 빠지는 듯한 착각에서 헤어나기가 어렵다. 따지고 보면 좌우군 모든 병사들은 이성계 한 사람에게 모든 기대를 걸고 있는 거나 다름없는 사정이 아니던가.

아직 이른 새벽인데도 갑옷을 입은 조민수가 이성계의 군막으로 달려왔다. 몹시 당황하고 있는 몰골이다.

"장군, 오늘 동북면으로 돌아가신다는 말씀이 사실이오이까?"

"……."

"장군! 장군께서 동북면으로 돌아가신다면 소장은 어찌해야 되오이까? 이는 소장을 버리심이 아니오이까!"

이성계는 무겁게 입을 열어서 결단을 밝힌다.

"나는 동북면으로 가는 것이 아니라 서경으로 갑니다. 가서 최영을 처단할 것이오!"

"……!"

조민수는 마른침을 꿀꺽 삼킨다. 내심 타개의 실마리가 열리기를 은근히 기대해 왔으나, 끝내 파경에 이르고 말았음에 속이 타는 것이 분명하다.

"우리가 만일 대국의 영토를 범하면 천자에게 죄를 짓게 되어, 종사와 생민에게 화가 미칠 것이오. 내가 이미 여러 차례에 걸쳐 상서上書하여 회군하기를 청했으나 상께서는 알아듣지 못하였고, 최영 또한 노망하여 들어주지 아니하였소. 그러니 어찌 당하고만 있을 일이오!"

"……."

조민수는 그저 묵묵히 그의 말을 듣고만 있다. 이윽고 이성계는 조민수의 확답을 요구한다.

"장군, 나의 물음에 분명히 대답해 주셔야 할 것으로 압니다."

조민수는 떨리는 목소리로 대답한다.

"어서 말씀하십시오."

"대명 황제의 노여움을 사서 이 나라의 종사가 초토화되는 것이 좋겠소, 아니면 최영을 처단해서라도 나라의 명맥을 유지하면서 번영을 이끌어가는 것이 좋겠소?"

조민수는 물론 나라를 위하는 길을 택하는 것이 옳고 당연하다고 대답할 수밖에 없다.

"고맙소. 오직 나라를 위한다는 일념으로 이 일을 추진해야 할 것이오."

"명심하겠습니다. 이제 이 나라의 종사가 편하고 편치 아니한 것은 오직 장군 한 몸에 달렸습니다. 소장은 장군의 명을 따를 뿐이오이다."

"고맙소."

이성계는 지체 없이 퉁두란을 부른다.

"퉁 장군!"

"예."

"제병에게 이르시오, 지금 곧 회군할 것이라고!"

이성계의 명령을 받은 퉁두란이 군막 밖으로 달려 나간다. 곧이어 군사들의 함성이 요란하게 들려온다. 더러는 만세 소리도 들렸고, 더러는 천세 소리도 들렸다.

장마도 지나간 듯 오늘따라 유난히 햇빛이 밝다.

이성계와 조민수가 마상에 오른다. 기치창검이 하늘을 찌를 듯 소용돌이친다.

"장군이 선봉에 서시오. 강물이 불어나고 있어요."

상류 쪽에 많은 비가 내린 모양으로 강물은 눈에 띄게 불어나 있었고 부교의 흔들림도 더해가고 있다.

조민수가 대열의 앞장을 섰고, 병사들은 줄을 맞추어 부교를 건넌다. 비틀거리며 넘어지는 병사들이 있을 정도로, 부교는 물결을 이기지 못하고 출렁거리고 있다.

이성계는 그 같은 모습을 지켜보며 위화도 쪽 부교 근처에 서 있다. 이성계가 탄 백마는 눈부셨고 철궁에 쓰는 백우전白羽箭도 오늘따라 돋보인다. 의주 쪽 둑에서 이 장관을 바라보고 있는 사람들은 한결같이 입을 모아 말한다.

─ 자고로 이와 같은 사람이 있지 않았고, 금후에도 다시없을 것이라!

모두 이성계를 두고 하는 찬사이다. 결국 이 말은 『고려사』나 『고려사절요』에 모두 적혀 오늘에 전해지고 있다.

이성계는 부교를 위협하며 흐르는 물줄기를 바라보고 있

다. 병사들의 도강이 끝나기 전에 부교가 급류에 휩쓸릴 것만 같아서다. 도강하는 병사들은 떨어지지 않으려는 듯 심하게 흔들리는 부교를 안간힘을 다하며 건너가고 있다. 더러는 밧줄을 잡은 채 어린아이처럼 더듬거리는 병사들도 있다.

이성계의 곁을 지키던 퉁두란이 근심스럽게 입을 연다.

"아무래도 물줄기가 심상치 않소이다. 엄청나게 불었어요."

"상류에 비가 많이 내린 모양이구만."

"부교가 견뎌낼 것 같지가 않은데요."

아슬아슬한 순간이 끝없이 이어지고 있다. 반나절에 걸려 병사들이 도강을 마치자 부교는 한 번 크게 출렁거린다.

위화도 쪽 강둑에 남은 사람은 이제 이성계와 퉁두란 뿐이다.

부교 건너편에 있는 병사들도 이들 두 사람의 모습을 눈여겨보고 있다.

"퉁 장군! 먼저 건너시오."

"알갔습네다!"

퉁두란이 흔들리는 부교 위로 말을 몬다. 부교의 흔들림도 말발굽의 리듬에 따라 춤을 추는 듯하였고, 물결조차도 그 절묘한 움직임에 속수무책인 듯 출렁거릴 뿐이다. 퉁두란이 건너기를 마치자 열화 같은 탄성이 온 강변을 울린다.

이성계는 더 심하게 출렁거리는 부교를 잠시 쏘아본다. 그러나 건너지 않을 수 절체절명의 순간이 아니던가. 이성계는 호흡을 가다듬고 나서 말고삐를 당겨 채며 소리친다.

"이랏!"

이성계의 백마가 부교 위를 달린다. 부교를 달리는 것이 아니라 물 위를 떠가듯 미끄러지는 모습이다. 이성계가 탄 말은 부교와 일체가 되어 물결치듯 달리고 있다. 강 건너에서 바라보는 병사들은 숨조차도 쉴 겨를이 없다. 이성계의 백마가 요동칠 때마다 부교가 물결 위로 치솟았다가 내려가곤 해서다.

"이랏!"

이성계의 고함이 쩌렁하게 울리면서 그가 탄 백마가 의주 쪽 육지로 뛰어오른다. 그제야 안도한 병사들이 두 손을 높이 들면서 만세를 외친다. 바로 그 순간 부교는 격류에 휩쓸려 곤두박질을 치면서 떠내려가기 시작한다.

"놀랍습니다. 장군의 기마술이!"

조민수가 다가서며 경탄하는 말투로 찬사를 보낸다. 이성계는 담담하게 대답한다.

"서둘러야 합니다."

이성계가 지휘하는 3만여 병사들은 의주를 떠나 서경으로 향한다.

칠점선을 맞이한 우왕은 온천물에 잠겨 있다. 자갈 사이로

샘솟는 물은 맑고 뜨겁다. 자욱한 김이 어른거리는 탓으로 사람들의 움직이는 모습이 어렴풋하다. 모두 세 사람이다. 우왕이 칠점선을 안으면 칠점선은 인어처럼 미끄러지듯 빠져 나갔고 영비가 대신 안겨들곤 한다.

칠점선이 젖은 머리카락을 쓸어 넘기며 가쁜 숨을 몰아쉬면, 우왕은 영비를 밀어놓고 칠점선에게로 헤엄쳐 온다. 칠점선은 우왕에게 안겨들며 그의 돌출한 부분을 잡는다. 우왕은 히죽히죽 웃는다.

"마마, 신첩이 보고 싶었사옵니까?"

"이를 말이더냐."

"얼마 만큼이옵니까?"

"허허허 …… 그걸 어찌 말로 다해."

칠점선이 잡고 있는 부위를 힘껏 죄며 나뭇가지를 당기듯 흔든다.

"호호호 …… 이만큼, 이만큼이오니까?"

"암, 암, 그렇다마다 …… 허허허."

저만치서 구경을 하고 있던 영비가 우왕과 칠점선에게 물을 끼얹는다. 한 덩어리가 된 세 사람의 몸뚱이가 물속을 뒹굴고 있다.

"아뢰옵니다!"

물장구 소리가 멎는다. 우왕이 짜증이 실린 목소리를 토해낸다.

"아무도 들지 말라지 않았더냐!"

"위화도에 간 병마가 회군하고 있다 하옵니다."

"마마!"

영비가 사색이 되어 소리친다. 우왕은 잠시 운신할 수 없을 정도로 굳어져 손끝조차도 움직이기 어렵다.

"마마, 환궁하시오소서. 옹주는 무얼 하고 있소!"

옹주 소리를 듣고서야 칠점선은 정신이 든다. 칠점선은 영비를 도와 우왕을 끌어올리듯 탕에서 나온다. 우왕에게 옷을 입히는 영비의 손은 사시나무 떨듯 한다. 우왕도 영비 못지않게 떨고 있다.

칠점선은 영비를 거들면서 뇌리를 스쳐가는 일들을 되새겨 보고 있다. 이성계의 병마가 회군을 시작했다면 방원이 근처에 와 있을 것이라는 생각이 불현듯 떠올라서다.

의관을 갖춘 우왕이 허둥지둥 행재소로 돌아온다. 이때의 행재소는 성주에 옮겨 와 있었다. 행재소를 지키는 병사들은 이미 몹시 동요하고 있다. 이들도 회군하는 병사와 마주치면 이길 수 없음을 잘 알고 있어서다.

최영은 갑옷 차림으로 우왕이 돌아오기를 기다리고 있다. 한나절이 되어서야 우왕은 영비와 칠점선을 거느리고 돌아온다.

"최 시중은 뭘 하고 있었소. 저들이 회군하였다질 않소!"

우왕은 짜증스러운 목소리로 추궁한다. 최영은 초조한 마음을 애써 감추며 진언한다.

"아뢰옵기 송구하오나 어가를 도성으로 모시고자 하옵니다."

"도성으로 가다니요! 먼저 회군해 오는 병마를 물리쳐야 되질 않소!"

"지금은 때가 아니옵니다. 먼저 개경으로 돌아가시어, 병마를 정비하심이 옳은 줄로 아옵니다."

"어디쯤 왔다고 합디까! 회군하는 병마는 지금 어디에 있다는 게요!"

"안주에 이르렀다 하옵니다."

안주는 청천강 남쪽에 있다. 성주는 서경과 안주의 중간 지점에서 서쪽으로 조금 들어가 있는 지역이다. 만일 회군하고 있는 이성계가 성주를 치려 한다면 그리 어려운 일이 아니었으므로, 최영은 더욱더 초조해한다.

"전하, 화급을 다투는 일이옵니다. 귀경을 서둘러 주소서!"

최영은 어전을 물러나 행재소의 호위 병사를 소집한다. 불과 2백여 명에 불과하다. 참으로 한심한 지경이 아니고 무엇인가. 회군하는 병사는 3만여 명을 헤아리는데, 임금의 어가를 2백여 명이 호종하게 되다니, 초라함을 넘어서는 지경이 아닐 수 없다.

우왕의 어가는 개경을 향해 떠난다. 호종하는 최영은 자신의 초라함에 비감을 느끼지 않을 수가 없다. 이들이 성주를 벗어나고 있을 때 방우, 방과, 방원 그리고 퉁두란의 아들인 화상和尚이 그들의 초라한 행렬을 지켜보면서 혀를 차고 있다.

방우는 한숨을 놓으면서 마치 자기 일처럼 참담해한다.

"형님, 아버님이 여기에 당도하셨다면 숨 돌릴 틈도 주지 않고 저들을 궤멸할 수 있지 않겠습니까."

방원은 마치 방우가 들으라는 듯 큰 소리로 방과에게 묻는다.

"생쥐 한 마리를 내몰 때도 나갈 구멍을 열어두는 법이다."

방과의 대답이다. 방과는 이성계의 군진에 함께 있어본 터라 마치 승장과도 같은 아량을 보인다.

"어서 떠나시지요. 이 같은 사실을 속히 이 장군께 알려드려야 하지 않겠습니까."

화상의 독촉이다.

"가시지요!"

방원은 멍청히 서 있는 방우의 옷깃을 잡으며 채근한다. 방우는 시름 같은 한숨을 놓으며 방향을 돌린다. 이들은 안주를 향해 빠른 발걸음을 옮긴다.

이성계의 군막에 모인 퉁두란, 조영규, 조인벽 등은 이성계를 에워싸고 진군을 서두르자고 채근한다. 압록강에서 안주에 이르기까지 이성계가 진군의 속도를 늦추고 있었기 때문이다.

"장군, 이렇게 가다가는 죽도 밥도 안 됩니다. 이게 어디 진군이외까! 놀면서 가는 게지……!"

퉁두란의 어투는 거칠기 그지없다. 그러나 이성계는 미소할 뿐 대답하지 않는다.

"장군! 저들에게 여유를 주어서는 안 됩니다. 싸움터에서의 여유는 전비를 가다듬는 시간입니다!"

조인벽도 나선다. 퉁두란의 말도, 조인벽의 말도 틀린 곳은 없다. 그러나 이성계는 이들을 둘러보고 웃고 있을 뿐이다.

"허허허, 속히 진군하면 반드시 싸우게 되고, 또 그렇게 되면 사람이 많이 다치게 될 것이 아닌가."

이 말에는 아무도 반발할 수 없다. 이성계는 최소한의 희생으로 최대의 성과를 얻으려 하면서도 긴장감은 유지하고 있다.

"진군 채비를 서두르시오."

이성계의 명이 전해지면서 쉬고 있던 병사들이 자리에서 일어선다. 이들의 사기는 충천해 있다. 고향으로 돌아간다는 것, 가족들과의 재회가 이루어진다는 사실만으로도 신나는 일이 아닐 수 없다. 정렬을 마친 병사들 앞에 말을 탄 이성계가 모습을 드러낸다. 퉁두란, 조인벽, 조영규 등이 호위하듯 그를 에워싸고 있다.

"제병들은 들으라!"

이성계의 호령이 쩌렁쩌렁하게 울린다. 병사들은 숨을 멈춘다. 넓은 평원의 생기마저 멈추는 일순이기도 하다.

"너희들이 만약 승여어가乘輿御駕를 범한다면 나는 너희들을 용서치 않을 것이며, 백성의 오이 한 개라도 빼앗는 자가 있다면 이 또한 죄의 경중을 가리지 않고 엄하게 다스릴 것이니라!"

이성계는 여기서 잠시 말을 멈춘다. 병사들은 미동도 하지 않고 이성계를 주시하고 있을 뿐이다.

"사냥을 하면서 진군할 것이니라! 달아나는 멧돼지만은 놓치지 말라!"

"와아!"

병사들의 함성은 하늘을 찌른다. 퉁두란은 입맛을 쩍 다신다. 이성계가 진군의 속도를 더욱 늦추고 있었으므로, 습관대로 수긍과 불만을 동시에 표시하고 있다.

회군하는 병마는 사냥을 하면서 진군한다. 진군보다는 사냥에 주력하는 인상마저 줄 정도다. 부장들은 이 같은 이성계의 작전에 노골적인 불만을 터뜨렸으나 이성계는 오직 모르는 체할 뿐이다. 그러나 백성들의 생각은 다르다. 자식들이 살아서 돌아오는 광경을 보자 술과 안주를 들고 와 이성계에게 진상한다. 이 같은 소문이 퍼지면서 이웃 고을에서도 남녀노소가 몰려와 회군하는 병사들을 위로한다. 뿐만이 아니다. 이성계의 고향인 동북면 사람들도 밤낮으로 달려와 그 수가 1천여 명을 헤아렸다는 기록도 있다.

이성계의 병마가 회군 속도를 늦추는 것은 우왕이나 최영에게는 하늘의 보살핌이나 다름없다.

밤이 된다.

이성계의 군막으로 반가운 손님들이 찾아든다. 방우, 방과, 방원의 형제들이다. 이성계는 찾아온 아들들을 반갑게 맞는다.

"허허허, 이 난중에 너희들이 웬일이야?"

"궁금해서 견딜 길이 있어야지요."

방원이 대답한다. 방우는 아버지 이성계의 안색을 살피는 데 신경을 곤두세우고 있을 뿐이다.

"방우가 큰 결심을 하였구나!"

이성계는 방우를 대견스럽다는 눈으로 바라본다. 방우는 여전히 말이 없다.

"어가는 어디에 멈추어 있더냐?"

"이성에 있을 것이옵니다."

역시 방원의 대답이다.

"이성이면? 그래, 그쪽 사정은 어떠하더냐?"

"최 시중께서는 아버님이 역모를 꾸몄다고 공공연히 떠들고 있으며, 새로이 모병을 하여 공을 세우는 자에게는 큰 상을 내리겠다고 선언했다고 들었사옵니다."

"그래? 한데 방우는 왜 아무 말도 아니 하느냐?"

이성계는 맏아들 방우의 말이 없음과 반항적인 기질을 익히 알고 있다. 그러면서도 오늘의 사태를 묻고 있다.

"말씀드리겠습니다. 이번의 회군이 떠도는 소문대로 '목자득국'을 위한 것이옵니까?"

이성계의 얼굴에 침통한 그늘이 깔리기 시작한다. 그런데도 방우는 정색하면서 말을 이어간다.

"아버님, 이 나라의 전제가 문란해져서 백성들이 생업의 발판을 잃은 것은 엄연한 사실이옵니다. 하오나 그렇다고 해서 수문하시중의 막중한 책무를 지고 계시는 아버님께서 몸소 역모를 꾀하신대서야 백성들의 비웃음만 사게 될 것이 아니겠습니까?"

방우는 자신의 소신을 당차게 토로한다. 방과와 방원은 난감하지 않을 수가 없다. 그러나 이성계의 대답에는 자상하기 그지없는 부정이 서려 있다.

"인석아, 네 눈에는 애비가 그렇게밖에 아니 보이느냐? 이 애비가 정녕 역모꾼으로 보인단 말이더냐?"

방원은 아버지 이성계의 관대하고 정이 넘치는 대답에 감동하고 있었으나, 방우는 끝장이라도 보려는 듯 다시 따지듯이 묻는다.

"아버님, 최 시중 대감을 어찌하시렵니까?"

"내 본의는 아니다만, 최 시중만은 국법에 따라 처단될 것이니라!"

아버지 이성계의 대답이 완강한 것과 마찬가지로 방우 또한 밀리려 하지 않는다.

"아버님, 이 나라 고려에서 아버님을 아끼시는 어른이 누구십니까. 그분이 바로 최 시중 대감이 아니옵니까."

"……!"

방우의 당돌하기 그지없는 항변에 이성계는 잠시 아연해질 수밖에 없다. 그러나 방우의 항변은 그칠 줄 모른다.

"아버님께서 어찌 최 시중 대감을 처단할 수가 있사옵니까. 사람이 세상을 살아가면서 평소에 은혜를 베풀어 준 어른에게 등을 돌려서는 아니 될 일이 아니옵니까!"

이치상으로는 타당한 말이다. 그러나 자식이 아버지 앞에서 입에 담은 말이라면 무례하다 해야 옳지 않겠는가.

방원은 더 참지 못한다.

"형님, 최 시중은 이미 아버님을 역모로 몰았습니다. 아버님께서 최 시중을 처단하지 않으신다면, 아버님이 대신 최 시중의 칼을 받아야 하질 않겠습니까!"

"넌 가만있어!"

방우의 항변이 더 거칠어질 기미가 보이자 다시 이성계가 나선다. 어투는 조용했어도 설득력이 넘친다.

"애비의 생각도 같다. 내가 최 시중의 은혜를 입은 것은 엄연한 사실이요, 그 어른을 배반할 수 없음도 사실이다……."

여기서 잠시 말을 끊은 이성계는 시름을 토하듯 한숨을 놓고서야 조용히 말을 이어간다.

"…… 허나, 이 아비로서는 오백 년 사직이 위급지경에 이르렀음을 간과할 수가 없었다. 나라가 살아나야 최 시중도 있을 것이 아니더냐."

"……."

방우는 말없이 아버지 이성계를 쏘아보기만 한다.

"내 분명히 일러두거니와 회군은 이미 시작되었다. 하나 이 회군이 역모가 되어서는 안 된다. 나는 다만 나라를 구하는 일념으로 최 시중을 처단하고 조정에 새로운 기운을 진작하려 할 따름이니라. 알아듣겠느냐."

방우는 아버지 이성계의 진심 어린 설득을 듣고서도 자신의 고집을 꺾지 않는다.

"전 돌아가겠습니다."

좌중은 놀라지 않을 수가 없다. 마침내 방우는 자리를 차고 일어선다. 그리고 두 아우에게 말릴 틈도 주지 않고 군막에서 나가버린다.

"형님, 형님!"

방원이 따라 나가려 하자, 이성계가 조용히 만류한다.

"가게 내버려둬라. 네 형의 말에는 아무 잘못도 없다. 시세의 흐름을 간파하지 못했다고는 해도, 내가 최 시중을 처단하는 것을 불가해하는 것을 어찌 나무랄 수 있더냐. 그래서 나도 괴로워하는 게구……."

이성계의 말끝은 한숨으로 이어진다.

후일에 있을 일을 조금만 앞당겨 보면, 오늘 밤의 대립은 더 큰 불화로 이어진다.

이성계가 고려왕조를 때려누이고 조선왕조를 창업하였을 때, 맏아들 방우는 당연히 세자의 자리에 올라야 하지만, 그때도 세자의 자리를 극력으로 배척한다. 조선은 아버지 이성계가 불법으로 세운 왕조이며, 그런 왕조의 세자 자리에 오르는 것을 수치스러운 일이기 때문이라고 말하면서 가솔들을 거느리고 자취를 감추고 만다.

이성계의 회군 길은 고달픔의 연속이다. 아무리 민심이 동요하면서 그가 돌아오기를 기다리고 있다 해도, 이성계는 그런 모든 것을 액면 그대로 받아들일 수가 없다. 그러므로 도성으로 향하는 진군 속도는 더욱더 늦춰질 수밖에 없지 않겠는가.

사느냐, 죽느냐

　우왕이 개경으로 돌아오자 백성들은 걷잡을 수 없이 술렁거린다. 그들은 최영을 친 이성계가 한발 먼저 개선하리라고 믿었는데, 우왕과 최영의 무사한 환궁을 보자 일이 잘못되어 가고 있는 것으로 지레짐작한다.

　거리에는 모병방募兵榜이 나붙는다. 역적 이성계를 때려잡기 위해 관병이 돼라는 격문이나 다름없다. 관병으로 지원하는 사람에게는 금은보화를 내릴 것이며, 평민들에게는 관작을 내리고, 죄인들에게는 지은 죄를 사면하겠다는 내용도 포함되어 있다.

　최영은 병마를 지휘하여 성문 안과 연결되는 사대문 앞에 수레를 쌓아 방책을 만들게 하였고, 또 대궐과 이어지는 길목에도 수레를 쌓게 한다.

모병방 앞에는 장정들이 모여 섰다간 헤어지고, 헤어졌다간 다시 모여들었으나, 모병에 선뜻 응하는 사람들은 거의 눈에 띄지 않았고 서로 눈치만 살피며 웅성거릴 뿐이다.

"빌어먹을, 살기 힘든 판국인데 관작이나 하나 얻어볼까?"

허름한 차림새의 한 장정이 땀을 닦으며 말하자, 곁에 있는 사내가 대꾸한다.

"이 장군께서 돌아오시면, 하루 만에 요절이 날걸……."

모두가 이런 식이다. 모병에 응하려는 사람은 살기 힘든 세상을 비관하는 쪽이었고, 거기에 쐐기를 박는 쪽도 천지개벽이라도 있어야 먹고사는 일이 편해질 거라고 기대하는 쪽이다.

햇볕은 쇳덩이도 녹일 만큼 뜨겁기만 하다.

수창궁도 열기에 넘쳐 녹아 흐를 듯이 덥기만 하다. 환관, 상궁들은 물론이요 비빈, 옹주들까지도 이리 몰리고 저리 몰리면서 수군거린다.

"회군하는 병마가 숭인문 밖에까지 왔대요."

봉가이가 사색이 된 얼굴로 말하자 또 다른 궁녀는 맹랑하기 그지없는 입방아를 찧어댄다.

"최 시중 대감께서 이 장군의 화살에 맞았답니다."

유언비어가 난무하면 대궐의 질서도 무너지게 마련이다.

칠점선은 재빨리 수창궁을 빠져나가 민씨 부인이 임시로 기거하는 추동으로 달려간다. 우왕의 주변 정보를 전하기 위해서다.

"이 장군께서 회군하신다는 소식은 성주에서 들었사옵니다. 어가는 서경에 당도하여 재물과 보화를 거두어 실은 다음 대동강을 건너 중화군中和郡에 이르렀사옵니다."

민씨 부인은 아무 반응도 없이 칠점선의 말만 듣고만 있다. 우왕의 행렬이 무사히 개경에 이른 것이 아무래도 이상하게만 느껴지던 터이다.

"중화군에서부터는 지름길로 왔사옵니다. 기탄岐灘에 이르렀을 때 이 장군의 회군을 역모로 몰았고요……."

"어가를 호종한 군사는 얼마나 되었습니까?"

"성주를 떠날 때는 2백여 명이었사온데, 개경에 당도하고 보니 다들 달아나고 50여 기만 남아 있었사옵니다."

이쯤이면 우왕과 최영 쪽의 사정은 알 만했으나, 이성계의 회군 과정이 몹시 궁금하다. 그렇다고 그쪽 사정을 알 길이 없는 칠점선에게 물어 볼 처지도 아니다.

"그래, 모병방을 보고 모여든 병사들은 얼마나 되고요?"

"오늘 아침까지 스물에서 서른 남짓 된다고 들었사옵니다."

"……!"

민씨 부인의 얼굴에 비웃음이 담기는 것을 보고서야 칠점선은 다시 부연한다.

"한양성을 지키는 병사들을 모두 개경으로 불렀다고 들었습니다."

민씨 부인의 얼굴에 비로소 긴장감이 돈다.

"하면, 그 수가 얼마나 되고요?"

그런 구체적인 수까지 칠점선이 알 리가 없다. 다만 한양성을 지키는 병사들이라면 그 수를 어찌 만만하다 하겠는가.

아버지 이성계의 군막을 뛰쳐나온 방우가 개경 거리에 당도한 것은 바로 이 무렵이다. 그에게는 모든 것이 참담하게만 느껴질 뿐이어도 개경이 온통 전운에 휩싸여 있음을 한눈에 알 수 있다. 그것도 외적과 싸우는 것이 아니라 동족끼리의 싸움이 될 것이기에 답답해지는 마음을 추스를 길이 없다. 누가 역적이고 누가 충신인가를 따지기에는 이미 때가 늦었다. 다만 왕권이 풍전등화와 같은 위기에 몰려 있기에 방우의 마음은 답답할 뿐이다.

방우는 날로 황량해지는 개경에 머물고 싶지를 않다. 회군한 아버지 이성계가 최영을 단죄하는 사태는 더욱 목격하기가 싫다. 방우가 가야할 곳은 그래도 재벽동 농장밖에 없다. 평생을 지아비 이성계를 기다리며 살아 온 어머님이 계시는 곳이 아니던가.

"아이구, 서방님, 끝났습니까요? 최영은 때려잡았습니까요?"

방우가 재벽동 농장에 당도하자 숙번이 반갑게 맞이한다. 떠나간 아들들을 대신하여 숙번이 한씨 부인을 모시고 있었던 터이다.

"이런 못된 놈이 있나, 당장 물러가렷다!"

"……!"

숙번이 흠칫 놀라면서 몸을 움츠리는데, 방우의 노성이 다시 면전을 후리고 지나간다.

"꼴도 보기 싫다, 이놈. 당장 물러가라 일렀느니라! 다시는 내 앞에서 얼씬거리지도 말고……!"

완력으로만 따진다면 고려 천지에 숙번은 당할 사람이 없을 것이지만, 아무리 그렇기로 상전의 맏형님과 맞장을 뜰 수가 있던가. 숙번이 뒷걸음질 치며 모면할 궁리를 할 때 한씨 부인이 방에서 나온다.

"대체 어찌된 일이야, 왜 너 혼자고……!"

방우의 대답이 퉁명하게 쏟아져 나온다.

"어찌되긴요? 이제 우린 영락없는 역모꾼의 집안입니다. 얼굴을 들고 다닐 수도 없게 되었다니까요!"

한씨 부인은 방우의 난폭해진 언동을 이해할 길이 없다.

"역모꾼이라니? 그럼 아버님이 하신 일이 잘못되었다는 말이더냐?"

"위화도에서 회군한 게 최영 장군을 처단하고, 조정을 엎어 버리기 위해서라면 역모지, 역모가 따로 있습니까!"

그 순간을 참아 넘기지 못한 숙번이 맷돌 같은 주먹으로 제 가슴을 쾅쾅 치며 광태를 부린다.

"아, 당연하지요. 백성들의 굶어죽는 판국에 호의호식하는 놈들은 남김없이 때려잡아야지요. 최영이라고 다를 게 있습니까. 첩의 딸년을 팔아서 권세를 누리면서 겉으로만 '황금을 보기를 돌같이 하라'는데, 어느 시러배 아들놈이 그런 놈을 살려둔답니까. 우리 이 장군께서는 온 백성들의 여망을 대신하고 계십니다. 뭘 아시고 말을 해야지요!"

"이런 고연 놈이, 감히 뉘 앞에서!"

방우는 곁에 구르는 쇠스랑을 집어 들고 숙번에게 달려든다. 숙번은 뒷걸음치면서도 고래고래 소리친다.

"엎어야 해요. 오죽하면 '목자득국'이 노래로 번집니까. 영감님은 새로 생기는 나라의 세자 노릇 하실 궁리나 하세요. 하늘이 하시는 일은 거역할 수가 없어요! 노마님, 이건요, 민심이 아니고 천심입니다."

달아나면서 소리치는 것을 잡아챌 수는 없다. 방우는 들고 있던 쇠스랑을 집어던지고는 어딘가로 사라진다.

한씨 부인은 시름이 담긴 한숨을 놓는다. 그러나 숙번이 소리친 한 대목 한 대목이 온몸에 칼날처럼 스며들고 있다.

　무척 더운 날씨다. 토담 가에 피어 있는 맨드라미조차도 후줄근히 늘어져 있다. 철현 농장 대청마루에 나와 앉아 합죽선을 흔드는 강씨 부인의 이마에는 땀방울이 솟아나 있다.

　지아비 이성계가 사냥을 빌미로 도성을 떠나간 다음 요양성을 치는 선봉이 되어 위화도에 갔다는 소식, 또 거기서 회군하여 도성으로 돌아오고 있다는 소식, 미구에 최영과 생사를 정하는 결판을 지을 것이라는 소식이 간간히 들려왔어도, 그 모든 소식이 강씨 부인에게는 풍문에 불과하다. 더구나 방원이 서북면으로 떠나간 이후의 소식은 아직 구체적으로 아는 것이 없는데도 지아비 이성계가 회군하고 있다는 소식만은 뇌리에서 떠나가질 않는다.

　"이거야 원……!"

　이럴 때 방원의 내자라도 와주면 얼마나 좋을까. 이래저래 짜증만 나는 판국에 내객이 왔다는 전언이 온다. 그리고 곧 정도전의 모습이 드러난다. 참으로 반가운 노릇이 아닐 수 없다.

　"아니 삼봉 어른!"

　강씨 부인의 얼굴에는 희색이 넘쳐난다. 삼봉이라면 도성이나 조정의 움직임까지도 소상히 알고 있을 것 같아서다.

　"너무 격조하였습니다, 마님."

강씨 부인의 마음은 급하기만 하다. 수인사보다는 지아비 이성계의 근황이 더 궁금한 까닭이다.

"회군 병마는 어디쯤 와 있답니까?"

천하의 정도전이 강씨 부인의 그런 심정을 모를 까닭이 없다.

"평주에 당도해 계시다는 전언이옵니다."

"다들 무사하시구요?"

"이를 말씀이겠습니까. 휘하의 병마도 사기가 충천해 있답니다. 조금도 심려하실 일이 아닙니다."

강씨 부인의 눈가에 물기가 글썽해진다. 그러면서도 여장부의 기질이 거침없이 발휘된다.

"회군 속도가 너무 느리지 않습니까?"

"허허허, 이 장군의 관용이시지요. 살생을 줄이시려는 그 어른의 자애로움이 아니겠습니까."

정도전은 마디마디에 웃음을 섞으며 공손히 대답한다. 강씨 부인은 흡족해하면서 몸을 일으킨다.

"잠시만 기다리세요. 주안상을 보겠습니다."

정도전은 사양하지 않는다. 결전을 앞둔 중차대한 시점이라면 강씨 부인과의 관계도 돈독히 해 둘 필요가 있다. 이성계의 회군이 고려 조정의 왕위까지 관장하게 되는 것이 필연인 까닭이다.

지금 당장은 아니더라도 '목자득국'이 성사된다면 강씨 부인은 당연히 중전의 자리에 오르지 않겠는가. 정도전으로서는 자신의 지혜로써라도 사태를 그렇게 몰아가리라고 다짐에 다짐을 거듭하고 있었던 터이다.

6월 초하루.

마침내 이성계의 병마는 개경 교외에 진을 친다. 이틀 뒤인 초사흗날에는 숭인문 밖 산대암山臺巖에 진을 칠 정도로 수창궁을 장악하기 위한 작전은 빈틈없이 진행되고 있다.

이날 우군의 지문하사 유만수를 숭인문으로 들여보내고, 좌군도통사 조민수를 선의문宣義門으로 들여보냈다. 그 과정에서 개경의 수비병과 최초의 접전이 벌어진다. 이 같은 급보를 전해들은 우왕은 최영을 불러놓고 호되게 나무란다.

"여보시오, 최 시중. 최 시중의 말대로 대궐까지 쫓겨 왔질 않소! 이젠 어찌할 작정이오? 궁을 유린하려는 저들 반역의 무리를 물리쳐야 될 것이 아니오!"

"전하, 심려하실 일이 아닌 줄로 아옵니다. 도성의 사대문은 철통같이 닫혀 있사옵니다. 저들이 어찌 성문까지 부수겠사옵니까."

"못 부술 것도 없질 않소. 저들이 무에 두려워서 성문을 범하지 못한다는 말씀이오!"

"전하, 모든 것을 신에게 맡겨주소서. 신이 목숨을 걸고라도 도성과 대궐을 지킬 것이옵니다."

최영은 온몸을 흥건한 땀으로 적시며 우왕을 설득한다. 우왕은 안도의 빛을 보이면서도 두려움에서 벗어나지 못한다. 숭인문 밖에 이성계의 병마가 있다는 사실, 이 사실을 상기할 때마다 우왕은 전율할 수밖에 없다.

이성계는 군막 안에 있다. 방과와 방원이 자리를 같이하고 있었으나 누구도 입을 열지 않는다. 군막 안은 무더위로 가득 찬 찜통과도 같다.

퉁두란이 땀을 뻘뻘 흘리며 군막으로 뛰어들면서 볼멘소리를 토해낸다.

"장군, 큰일 났쉐다!"

"큰일이라니? 뭐가 또!"

이성계의 반문이 날카로운 만큼 퉁두란의 대답도 거칠게 튕겨진다.

"좌군도통사 조 장군의 병마가 최영의 군사에게 크게 패하여 쫓기고 있다 하외다."

"……!"

이성계는 혀를 끌끌 차면서 말한다.

"그 사람. 왜 그리 서둔다던가. 무엇이 급해서 충돌을 하면서까지 들어가!"

"하여간에 좌군의 패퇴는 우군에게도 영향을 주게 됩네다. 병마의 사기가 떨어지면 끝장 아니외까!"

"퉁 장군이 어서 나가 좌군을 도우시오! 되도록 접전은 삼가야 돼요!"

"알갔습네다!"

퉁두란은 군막을 급히 나간다. 군막 안은 잠시 침묵에 잠긴다. 이성계는 방원에게로 시선을 돌리며 명령하듯 말한다.

"방원은 그만 돌아가야겠다. 재벽동과 철현 일이 영 마음이 놓이지 않는다."

"아버님, 심려하실 일이 아닌 줄로 아옵니다. 아이들에게 단단히 일러두고 왔사옵니다."

이성계는 방원의 용의주도함을 내심 대견해하면서도 칭찬은 하지 않는다.

급기야 방원은 가슴속 깊숙이 간직했던 속내를 드러내 보인다.

"아버님, 회군에 성공하여 최 시중을 처단하게 된다면, 마땅히 성상도 왕씨로 모셔야 할 것이 아니옵니까."

"……."

이성계는 의표를 찔린 사람처럼 흠칫 놀란다. 따지고 보면 이번 회군에서 가장 핵심이 되는 부분이 아니던가. 최영을 처단하는 일은 그리 어려운 일이 아니다. 그러나 최영을 치고

난 다음 우왕을 어찌해야 하는가. 이 일은 위화도에서 개경 교외에 이르기까지 줄곧 이성계를 괴롭혀온 화두이기도 했다.

이성계가 못 들은 체하려 하는데 방원의 의견이 다시 개진된다.

"이 나라 고려의 사직은 왕씨의 것이옵니다. 한데 지금의 성상은 왕씨가 아니라 신가辛哥가 아니옵니까."

우왕을 신돈의 아들로 단정하는 말이 아니고 무엇인가.

"왕씨의 조종祖宗이 신가의 핏줄로 이어졌기에 나라의 기강이 오늘에 이르지 않았사옵니까."

방원의 논리에는 아무 하자가 없다. 이성계는 괴로운 심정을 토로한다.

"성상을 다른 분으로 모신다면 애비의 회군은 역모가 된다. 최 시중 한 사람을 제거하는 일만으로도 애비는 단잠을 청할 수가 없었느니라……."

말끝에 한숨이 따르고 있다. 이성계의 심중이 그러하다면 방원은 자신의 의중을 더욱 확실하게 해 두고 싶다.

"아버님, 아버님께서 보위에 오르신다면 역모가 되옵니다. 하오나 패덕한 신가 임금을 폐하고 왕씨의 핏줄로 새 주상을 모신다면 잘못된 왕통을 바로잡는 충절이 될 것이라 사료되옵니다."

방원의 주장은 여기서 끝나지 않는다. 그는 오랫동안 생각하고 가다듬었던 자신의 의중까지 정연한 논리에 담아서 당당하게 개진해 나간다.

"오백 년 종사가 아니옵니까. 태조 대왕께서 이 나라 고려를 창업하신 이래, 왕씨의 혈통으로 보위가 이어진 세월이 사백육십 년입니다. 이와 같은 왕통이 신돈의 자식으로 바뀐 지도 벌써 십사 년이 흐르지 않았사옵니까. 명나라를 치고자 한 것도 신가의 핏줄이요, 최 시중이 사리를 분별하지 못하게 된 것도 따지고 보면 신가의 혈통 때문이 아니옵니까."

"……!"

방원의 조리 있는 논리는 이성계를 만족하게 하고도 남았으나 이성계는 그것을 내색할 수가 없다.

"아버님께서 최 시중을 처단하신다면, 마땅히 요승 신돈의 자식도 보위에서 물리치셔야 할 줄로 아옵니다. 그것이 이 나라 고려의 조종을 바로잡는 유일한 길이옵니다. 그런 연후에 백성들이 태평성대를 누리게 된다면 그보다 더한 충절이 어디에 있을 것이오며 또 누가 감히 아버님에게 원성을 보내리까."

이성계는 보일 듯 말 듯 고개를 끄덕인다. 자신의 생각이 그대로 드러나고 있어서다.

"고려가 왕씨의 나라임은 온 백성들이 알고 있는 일이옵니다. 다시 왕씨로 보위를 이어가게 하는 것은 모든 백성들이

원하는 일이옵고, 이 성업을 마친 연후에 아버님이 마련하신 안대로 전제를 개혁하신다면 비로소 백성들이 도탄에서 헤어날 것이 아니리까."

이성계는 방원의 믿음직한 충정이 대견하기 그지없었어도 지금 당장 상찬할 생각은 하지 않는다.

"방과는 어서 지필묵을 채비해야겠다."

방과는 서둘러 먹을 갈고, 방원이 하얀 두루마리를 펼쳐 놓는다. 이성계는 잠시 눈을 감으며 깊은 생각에 잠겼다가 조용히 운필을 시작한다. 상소문이다.

우리 현릉께서 지성으로 대국을 섬기었고, 천자가 우리에게 군사를 가할 뜻이 없는데, 지금 최영이 재상이 되어 조종 이래로 대국을 섬기는 뜻을 생각하지 아니하고 먼저 대군을 동원하여 상국을 범하려 하였습니다. 무더운 여름에 군사를 일으키니 삼한이 농기農期를 잃고, 왜구가 빈틈을 타서 내륙 깊숙이까지 침공하여 우리 인민을, 우리 창고를 분탕질하였고, 게다가 한양에 천도한다는 풍설까지 난무하기에 이르니, 지금 당장 최영을 처단하지 않으면 반드시 종사를 그르치는 누를 더하게 될 것으로 아옵니다. 통촉하소서!

쓰기를 마친 이성계는 조영규에게 명해 갇혀 있는 내시 김완을 데려오게 한다. 김완은 초췌한 모습으로 이성계 앞에 끌려나온다. 왕사의 서슬은 간 곳이 없고 비굴한 몰골로 변해 있다.

"내가 네 목숨을 살려 주었으니, 너 또한 내 명을 따름이 마땅할 것이니라."

또 김완이 무사히 성문을 들어갈 수 있도록 호위병사까지 딸려 보내라는 명도 내린다.

우왕의 어명을 받들고 위화도에 가서 나름의 허세를 부리다가 이성계의 노여움을 사면서 하옥되었던 김완이다. 다시 햇빛을 보지 못할 것만 같은 초조와 불안 속을 헤매다가 뜻밖의 살길이 열린 셈이다.

"저 자를 호위하여 무사히 입궐하게 하라."

썩은 나뭇가지에 새순이 돋듯 김완의 얼굴에 생기가 돈다. 그의 입궐을 돕는 호위병사들의 움직임은 일사불란하였다.

김완은 수창궁에 들어서면서 몇 번이고 뒤돌아다 본다. 아무도 따라오는 사람이 없다. 그제야 김완은 온몸을 식은땀으로 적시면서 걸음을 재촉한다.

김완은 편전의 문 앞에 이르러서야 살아 있음을 실감한 듯 내시 본래의 해맑은 목소리를 토해낸다.

"전하. 어명을 받들고 위화도에 갔던 김완이 돌아왔사옵니다."

환관들은 동료가 살아온 기쁨으로 들떴고, 중신들은 불길한 예감에 사로잡힌다.

　이성계가 보낸 상소는 최영에 의해 우왕에게 전해진다. 우왕은 몇 번씩이나 되풀이해 읽으면서 차츰 안도하기 시작한다. 최영을 처단하겠다는 구절은 있었으나, 자신에 대한 언급이 없었기 때문이다.

　"최 시중이 살펴야 할 내용이오."

　우왕의 목소리에는 생기가 돌았고 최영은 심란해지는 심기를 가누기가 어렵다. 그러나 읽지 않을 수가 없다. 최영의 손이 떨리고 얼굴에는 배신감에서 비롯된 분노의 기색이 이글거린다.

　우왕은 아랑곳하지 않고 어린아이만도 못한 투정을 토해낸다.

　"최 시중, 과인의 말을 오해 없이 들어주시오. 이성계의 상소에는 과인을 해치고자 하는 역모의 뜻은 보이지 아니하고, 다만 최 시중만을 제거하겠다고 하질 않았소."

　"……!"

　최영은 잠시 눈을 감는다. 언젠가는 오늘과 같은 참담한 대립이 있으리라 예감하고 있었어도, 그런 현실과 맞닥뜨린 지금의 참담한 심정을 도저히 가눌 길이 없다.

　우왕의 부언은 최영을 더더욱 참담하게 한다.

"과인이 최 시중의 관작을 삭탈하고 멀리 귀양 가 있게 하면 이 위급함을 수습할 수가 있지 않겠소?"

급기야 최영의 몸이 후들후들 떨리기 시작한다. 몸서리치는 배신감을 느낀 때문이다.

"최 시중은 과인의 빙부요. 과인이 경의 관작을 삭탈하고 원지에 유배한다 해도 이는 과인의 본심이 아닌 것이오. 과인의 뜻을 따라 주시오."

최영은 오직 자리를 박차고 나가고 싶을 뿐이다. 우왕 같은 철부지를 위하여 온갖 수모를 감내하면서 여기까지 오지 않았는가. 아무리 그래도 충절의 모습을 흐트러뜨릴 수 없다.

"전하, 신이 전하를 위하여 무엇인들 못 하오리까. 삭탈관작과 원지 유배는 말할 나위도 없고, 어명이 계신다면 능히 사약도 받을 것이옵니다."

"고맙소. 경의 관작을 삭탈하고 원도에 유배케 하겠소!"

우왕은 최영의 생각은 아랑곳하지 않고 자신의 살길만을 찾아 헤매고 있다.

"하오나 전하, 신의 간함은 아직 끝나지 아니하였사옵니다."

"뭐라고요?"

우왕은 짜증스럽게 반문한다. 최영이 왕명을 거역하려 한다고 생각한 모양이다. 최영은 그런 우왕을 잠시 바라본 후에야 천천히 말을 이어간다.

"전하, 신이 관작을 삭탈당하고 원도에 유배되는 것은 어렵지 아니하오나, 이미 도성에 진입한 이성계가 전하를 폐하고 보위를 노리고자 한다면, 전하께오서는 누구와 더불어 옥체를 보존하시고자 하오니까."

우왕은 마른침을 꿀꺽 삼킨다. 더 무서운 일이 닥쳐올 것만 같은 불길한 예감이 들어서다.

"이성계의 상소는 형식에 불과할 뿐이옵니다. 역모의 무리에게 틈을 주시면 아니 되옵니다. 이 나라 종묘사직을 온당히 보전하기 위해서는 신 최영이 저들 앞에 나아가 목숨을 버리는 것이 최선의 일인 줄로 아옵니다. 통촉하소서!"

아무리 못난 임금이지만 사사롭게는 사위가 아니던가. 게다가 최영은 우왕과 함께 고려 왕실을 보전해야 한다는 신념에 젖어 있는 명장 중에서도 명장이다.

우왕은 그제야 자신의 언동이 경박했음을 깨달은 모양으로 창백해진 몰골로 자리를 고쳐 앉으며 사죄의 말을 입에 담는다.

"최 시중, 과인이 잘못 생각하였나 보오. 모든 일은 최 시중께서 알아서 처결하여 주시오."

"성은이 망극하옵니다."

최영은 식은땀을 흘리면서도 안도의 한숨을 토한다. 백척

간두에 서 있던 종묘사직이 간신히 제자리에 돌아온 느낌이다.

"전하, 저들이 비록 반역을 꾀하는 대역무도함을 저지르고 있으나, 저들 또한 이 나라의 신민인지라 다시 한 번 성지를 내리시어 개과천선하게 하심이 옳은 줄로 아옵니다."

"맡기리다. 그리하도록 하시오."

최영은 이성계에게 보내는 교지를 다시 초한다.

왕명을 받아 극경을 나갔다가 이미 절체를 어기고 군사를 돌려 대궐을 범하고 강상綱常을 범하여 오늘과 같은 혼란에 이르게 된 것은 진실로 과인의 부덕일 것이나, 군신의 대의는 고금을 통한 의리에 있음이 아닌가. 경이 글 읽기를 좋아하니 어찌 이를 알지 못하리. 또 강토는 조종에게서 받았으니 어찌 쉽게 남(명나라)에게 내줄 수 있는가. 군사를 일으켜 막는 것만 같지 못하다 하여 여러 사람과 의논하니, 여러 사람이 모두 가하다 하였는데 어찌 감히 경만이 이를 어기고자 하는가. 경이 비록 최영을 핑계하나, 최영이 과인을 호위하는 것은 경의 무리가 아는 바일 것이며, 우리 왕실을 위하여 충절을 바치고 있음도 또한 알고 있을 것이다. 이 교서가 이르면 완미頑迷함을 고집하지 말 것이며, 뉘우쳐 고치는 데 인색하지 말고 부디 함께 부귀를 보존하여 시종始終을 도모하기를 과인은 진실로 바라노라.

이 교지가 진평중에 의해 지체 없이 이성계에게 전해진다. 그러나 이성계에게는 일고의 가치도 없는 종잇조각일 뿐이다. 방과와 방원은 물론이요, 조민수, 퉁두란, 조인벽 등이 결단을 지켜보고 있다.

"방원은 어서 돌아가거라. 길목을 막은 수레를 치우자면 성안 백성들의 내응이 있어야 하질 않겠느냐."

그것은 진군 명령이나 다름없다. 또한 방원으로 하여금 도성 백성들의 협력을 이끌어내라는 군령일 수도 있다. 방원으로서는 기다리고 또 기다렸던 아버지의 모습이다.

"분부 명심하여 거행하겠습니다!"

방원이 날아갈 듯 군막을 뛰쳐나가자, 이성계는 전에 없이 단호한 목소리로 군령을 내린다.

"제장들은 병마를 정비하시오."

이성계의 군진이 부산히 움직이는 것과 때를 같이하여 조정은 개각을 단행한다. 이성계와 조민수의 관직은 삭탈되고, 좌시중에 최영, 우시중에 우현보, 찬성사에 송광미, 평리에 안소, 대사헌에 우홍수가 제수된다. 또한 이성계와 조민수를 잡아오는 자에게는 크게 상을 내리겠다는 교지도 함께 발표된다.

성 안으로 들어온 방원은 도성의 방비가 허술함에 아연해진다. 자신에게는 지극히 다행한 일이었지만, 그것이 위기에 처한 도성의 방비라는 점에서는 혀를 찰 수밖에 없다.

방원이 추동에 당도하자 마침 숙번, 천목, 거신, 인해 등이 먼저 달려와 있다. 또 이들이 거느린 건달들 3십여 명도 대문 앞에서 웅성거리고 있다.

방원은 군령을 전하는 어조로 입을 연다.

"잘들 들어라. 성 밖에서 나팔 소리가 들릴 것이니라. 그때가 되면 너희들은 성문 앞에 놓인 수레를 치우고 성문의 빗장을 열어야 할 것이니라. 도성 사대문이 한순간에 열리자면 따르는 백성들이 있어야 할 것이 아니겠느냐. 당장 시행하되 한 치의 소홀함이나 어긋남이 있어서는 아니 될 것이니라!"

얼마나 소망하며 기다렸던 일이던가. 숙번이 때를 만난 사람처럼 거구를 흔들며 앞장을 선다. 그를 따르는 장정들의 모습은 마치 썰물이 빠지듯 시원해 보인다.

그제야 방원은 중문을 거쳐 내당으로 든다. 민씨 부인이 활짝 웃으며 지아비 방원의 가슴으로 뛰어든다.

"노고가 크셨습니다. 고생스럽지 않으셨는지요?"

"염려해 준 덕분 아니겠소. 이젠 천명을 따르는 일만 남았을 뿐이오."

"어서 들어가세요. 두 분 어른께서 오셔 계십니다."

"그래요?"

방원은 빠른 걸음으로 큰사랑으로 든다. 짐작한 대로 정도전, 조준이 다과상을 받고 있다.

"어서 오십시오. 그러잖아도 찾아뵈려던 참이었습니다."

"허허허, 자네의 그런 뜻을 알고 왔음이 아닌가. 오늘 해를
아니 넘길 것으로 믿고 있었소."

전운이 고조되어 있는 시점인데도 정도전은 자신만만한 표
정에 웃음까지 담고 있다. 조준이라 하여 다를 것이 없다. 방
원은 이들의 의견을 조심스럽게 타진해 본다.

"최영을 치는 일이야 재론의 여지가 없습니다만 …… 상감
을 어찌해야 할지 그 점이 걱정입니다."

"이 장군께서는 어찌 생각하고 계시던가?"

방원은 아버지 이성계와의 대화를 소상하게 전한다. 물론
그 점에 대한 이성계의 확답을 얻지 못했다는 점을 강조하면
서도 자신의 의사만은 분명히 하고 나선다.

"최영 한 사람을 처단한다 하여 지금의 난국을 수습할 수는
없지를 않겠습니까. 왕권을 바로잡아야지요. 왕씨로 새 국왕
을 등극케 해야 할 것이라고 여겨집니다."

조준이 고개를 끄덕인다. 그리고 곧바로 정도전에게 묻는
다.

"이 장군께서 돌아오시기 전에 종친 가운데에서 왕재王材를
물색해 두어야 하지 않겠는가!"

정도전은 이미 생각해 둔 사람처럼 거침없이 대답한다.

"찾으나 마나 한 일이 아니오. 지금으로서는 정창군定昌君밖에 없질 않겠소."

"정창군이라……."

조준이 되씹는다. 정도전은 이미 생각을 굳힌 사람처럼 정창군에 관한 것을 세세히 입에 담는다.

"정창군 요瑤는 신종대왕의 7대손이니까 왕실과는 가장 가까운 분이 아닙니까."

"그렇긴 하지만 정창군은 부귀한 가문에서 살아와서 치재治財는 알되, 치국治國은 모르질 않겠소?"

조준이 다소 미흡하다는 뜻으로 정도전의 의중을 타진한다. 정도전은 잔뜩 웃음을 담은 얼굴로 바로 그 점이 합당한 점이라고 강조한다.

"……오늘과 같은 혼조에 임금이 지나치게 총명할 필요는 없겠지. 치국이야 이 장군이 하시면 될 테니까."

이때부터 방원의 가슴이 두근거리기 시작한다. 심장의 고동 소리가 남에게 들릴까 불안스러웠고, 달아오른 안색을 눈치 채일까 걱정하면서도 두 사람의 뜻을 존중할 수밖에 없다. 아버지 이성계가 회군의 소임을 마치고 정권을 장악한다면 이들 두 사람의 학덕에 의지할 수밖에 없다.

정도전의 말이 다시 이어진다.

"새 임금을 모시는 일은 한 가지 명분밖에 없어요. 왕실에 가까운 종친이어야 합니다. 그래야 백성들이 수긍하지 않겠습니까. 일단 왕재는 정창군으로 정해두는 게 좋아요."

방원은 앞일을 내다보는 정도전의 혜안이 부럽기 그지없다. 그에게 주어진 소임은 전제개혁안을 만드는 것이었지만, 그는 이미 국가의 경영을 설계하고 있다.

방원은 다시 생각에 잠긴다. 시기가 무르익는다면 '목자득국'을 생각하지 않을 수가 없다. 그 막중한 소임도 정도전의 명석한 두뇌라면 하자 없이 이루어질 것이라는 확신이 든다.

방 안에 정적이 이어지면서 매미 소리가 들린다. 맴맴 하는 참매미가 아니라 줄기차게 울어대는 돌매미의 두려움 없는 울음소리다.

창문 밖으로는 검푸른 나뭇잎들이 햇빛을 받아 반짝이고 있다. 푹푹 빠져드는 수렁과 같은 여름 한나절이다.

"서방님, 서방님! 나팔 소리가 들립니다요!"

천목의 우렁찬 목소리가 들린다. 방 안에 있던 세 사람은 일제히 몸을 일으키며 마당으로 달려 나간다.

눈 뿌리를 시큰하게 하는 한낮의 햇빛이 쨍하게 쏟아져 내리고 있다.

"나가봐야 되겠습니다."

방원이 중문 밖으로 급하게 사라지자 천목이 급하게 뒤를 따른다.

회군하는 병마는 정렬을 마친다. 출진을 알리는 나팔 소리는 계속 울리고 있다.

우군도통사 이성계가 마상에서 소리친다.

"저 앞에 있는 작은 소나무를 봐라! 내가 활을 쏘아 저 나뭇가지를 꺾으면 천명이 우릴 따르고 있음을 알 것이니라!"

작은 소나무는 이들로부터 1백 보쯤 떨어진 위치에 있다. 수많은 병사들의 시선이 이성계를 주시하고 있다. 이성계의 활은 보름달처럼 팽팽하게 늘어나 있었고, 소나무를 응시하는 그의 시선은 불을 뿜는 형세다.

이윽고 쉬익 하는 소리와 함께 화살이 날아간다. 모든 병사들이 숨을 죽인 채 소나무 쪽으로 시선을 옮긴다. 명궁 이성계의 시위를 떠난 화살이 갈 곳은 정해진 거나 다름없다. 탁하는 소리와 함께 소나무 가지가 꺾이자 천지를 뒤흔드는 함성이 울려 퍼진다.

진무 이언출은 무릎을 꿇으며 하례를 올린다.

"우리 영공을 모시고 가면 어딘들 못 가오리까. 인도하여 주소서!"

나팔 소리가 다시 울리면서 회군 병마가 움직이기 시작한다.

이성계가 지휘하는 우군의 주력부대는 숭인문으로 향한다. 수레를 쌓아올린 방책은 내응하는 백성들에 의해 이미 말끔히

치워져 있었고, 모든 성문의 빗장도 활짝 열려 있다.

이성계가 먼저 도성 안으로 들어섰고, 병마들이 뒤를 따른다. 성을 지키던 병사들은 이미 달아나고 없다. 조민수의 좌군은 영의서永義署 다리께에 이르러 최영의 군사들에게 패퇴하면서 뿔뿔이 흩어지고 있었으나, 황룡기를 펄럭이며 진군을 거듭하는 이성계의 우군은 선죽교를 거쳐 남산으로 향하고 있다. 북 소리가 천지를 진동하고, 흙먼지는 하늘을 가릴 듯 치솟아 오른다.

급보를 접한 최영은 조민수의 추적을 포기한 채 우왕에게로 달려간다. 우선 급한 대로 우왕과 영비만을 모시고 화원花園으로 피신하겠다는 생각이다. 일단 화원 안 팔각전八角殿에 몸을 숨겼다가 위기를 넘기면 다른 피신처를 물색하면 될 것이기 때문이다. 그러나 최영의 패퇴를 지켜보는 눈들이 있음을 미처 알지 못했으니, 이는 다급함 때문에 일어나는 보이지 않는 하자나 다름이 없다. 궂은 일에 마가 낀다는 속된 말이 실감을 더하는 일이 아니고 무엇이랴.

이성계의 회군 병마는 암방사 북쪽 고개를 거쳐 우왕이 숨어 있는 화원을 겹겹이 에워싼다. 나팔수 송안이 화원 담으로 뛰어올라 나팔을 불자, 회군 병마의 함성이 또다시 천지를 진동한다.

"장군! 최영부터 끌어내자요!"

퉁두란이 이성계에게 다가서며 거칠게 소리친다. 이성계는 착잡한 심경을 가눌 길이 없다. 지난 삼십여 년 동안 최영으로부터 수많은 은혜를 입어왔는데, 지금은 최영의 목숨을 앗아내야 하는 순간에 봉착해 있다.

"장군! 해지기 전에 해치워야디요. 압록강에서 이까지 따라온 병사들의 사기도 고려해야 합네다. 서두르자요!"

퉁두란의 독촉이 성화와도 같다. 둘째아들 방과도 눈초리를 빛내고 있다.

"곽충보를 부르시오."

이성계의 명이다. 조영규나 조인벽을 들여보낸다면 살생을 자행할 것이 분명했기에 성품이 유순한 곽충보를 찾고 있음이다. 이성계는 끝까지 유혈 참극만은 피해가고자 한다. 곽충보가 다가왔다.

"부르셨습니까, 장군!"

"수하 서넛을 거느리고 화원으로 들어가서 최영을 끌어내되, 다치는 사람이 있어서는 아니 될 것이오. 명심하시오!"

이성계의 어조는 천금보다 무겁다. 참고 생각하고, 또 참고 생각한 끝에 명을 내리면서도 마음이 무거운 것을 어찌하랴.

"담을 부숴라!"

퉁두란이 불만스럽게 소리친다. 이미 궁궐 담이랄 것도 없는 화원의 담은 순식간에 무너진다. 곽충보가 화원으로 뛰어든다. 그 뒤로 서너 필의 기마가 따른다. 수많은 시선이 곽충보가 탄 말을 주시하고 있다.

화원에는 사람 그림자 하나 찾을 수 없다. 곽충보의 말만이 빈 전각을 누비면서 달리고 있다.

"어디 있느냐! 최영은 어디 있느냐! 최영은 당장 나와 부복하렷다!"

곽충보의 목소리가 화원 안을 쩌렁쩌렁 울렸으나 아무 기척도 들려오지 않는다. 우왕과 영비는 팔각전에 몸을 숨긴 채 가슴만 조이고 있다. 한여름의 무더위가 이들의 몸을 흥건히 적시고 있다. 부복한 최영도 땀에 젖기는 마찬가지다.

전각 밖에서는 말발굽 소리가 때로는 가까이서, 때로는 멀리서 들려오곤 한다.

"최영은 어디 있느냐. 당장 나와 부복하렷다!"

곽충보의 거친 목소리가 말발굽 소리에 섞여서 들려온다. 우왕과 영비는 가슴을 죄며 최영의 동태를 주시할 수밖에 없다. 어금니를 문 채 어느 한 곳을 주시하고 있는 최영은 한순간의 흔들림도 거부했으나, 충혈 된 눈에는 눈물이 흥건하게 괴어오고 있다. 그 짧은 순간이나마 지나온 칠십 평생을 돌이켜보는 데는 부족함이 없다.

급기야 전각 밖에서 말발굽 소리가 멎는다. 환관들의 비명 소리도 함께 들린다.

"최영은 들으라! 화원은 겹겹이 포위되어 있다. 당장 나와 부복하고서만 목숨을 부지할 수 있을 것이니라!"

이젠 끝장이다. 최영은 눈을 감는다. 최영이 뭔가를 말해 주기를 기다리고 있던 우왕이 먼저 입을 연다.

"아버님, 대체 이 일을 어찌 수습해야 한다는 말씀이오?"

최영은 우왕을 향해 자세를 고쳐 앉는다. 그리고 담담하게 진언한다.

"전하, 신의 불충을 용서해 주소서. 신의 무력함이 오늘과 같은 불충을 저질렀사옵니다. 신이 저들 앞으로 나아가 담판할 것이옵니다."

"담판이라니요, 저들은 아버님에게 부복하라지 않소!"

우왕의 목소리는 떨렸고 물기마저 섞여 있다.

"전하, 신의 한 목숨, 종사와 전하를 위해 버리는 것을 어찌 부끄럽다 하리까. 이 나라 오백 년 사직과 전하의 옥체가 보전된다면 노신은 기꺼이 저들 앞에 나아갈 것이오나, 만일 저들이 종묘사직을 넘본다면 신은 장검을 뽑아 들고 저들과 싸울 것이옵니다. 통촉하여 주소서."

최영의 진언은 비장하다. 당대 제일의 용장된 모습이 역력했고 산맥 한가운데에 솟아난 거봉巨峯으로서도 부족함이 없다.

"최영은 당장 나와 부복하렷다!"

곽충보의 소리가 다시 한 번 쩌렁하게 울린다. 영비는 얼굴을 돌리며 흐느낌을 토한다. 우왕의 얼굴에도 눈물 줄기가 흘러내린다.

"전하, 신 문하시중 최영, 하직인사 여쭙고자 하옵니다."

우왕은 터지려는 울음을 간신히 참고 있다. 눈물로 범벅이 된 얼굴이 경련이 일듯 일그러진다.

최영은 우왕을 향해 두 번 절한다. 그리고 일어서질 못한다. 급기야 최영의 어깨가 흔들리기 시작했다. 흔들림이 점차 커지면서 파도처럼 요동친다.

"전하, 만수무강하시오소서…… 크흐흐흐……!"

마침내 최영은 흐느낌을 토해낸다. 작별의 흐느낌이라기보다 회한에 얼룩진 흐느낌이라 해야 옳다. 최영은 일어선다. 쓰러질 듯이 비틀했다가 간신히 몸을 바로 한다.

"아버님!"

우왕은 빠른 걸음으로 최영에게 다가가 손을 잡는다. 최영 또한 우왕의 손을 으스러지도록 힘껏 잡았다.

"가시다니요! 아버님이 가신다면 전 누굴 의지해야 합니까?"

"전하, 뒷일은 신에게 맡겨주소서. 신의 목숨을 버려서라도 전하의 옥체를 보전하게 할 것이옵니다."

"……."

최영은 우왕의 손을 조용히 밀어놓는다. 그리고 애잔한 시선으로 영비를 바라본다. 영비는 고개를 돌려 외면한 채 흐느낌만 토하고 있다. 바다 밑과 같은 정적이 잠시 이어진다.

"아버님, 정말 난 무사할지요……."

우왕은 끝까지 자신의 안위만을 걱정한다. 최영은 보일 듯 말 듯 고개를 끄덕이고 나서 작별을 고한다.

"이만 물러가옵니다."

최영은 뒷걸음치듯 팔각전의 문을 연다.

눈 뿌리를 시큰하게 하는 강렬한 햇볕이 쏟아지고 있다. 최영은 떠가는 구름에 시선을 맡긴 채 움직이지 않는다.

곽충보는 말 위에 올라탄 채 그 같은 최영을 바라보기만 한다. 곽충보를 호위하고 있는 세 필의 말도 움직이지 않는다. 모든 것이 일순 정지된 듯한 숨가쁜 순간이다. 후텁지근한 바람이 불면서 검푸른 나뭇잎들이 소리 내며 흔들린다.

"최영을 포박하라!"

곽충보의 목소리도 떨리고 있다. 말 위에 있던 부장들이 재빠르게 뛰어내린다. 그리고 조심스럽게 최영에게로 다가선다. 최영이 장검을 뽑아 휘두른다면 세 사람의 부장은 목숨을 부지할 수 없는 거리에 있다.

"장검을 거두겠습니다."

부장은 존댓말을 쓸 수밖에 없다. 최영은 미동도 하질 않았고 대답도 하지 않는다. 부장은 떨리는 손으로 용장 최영의 장검을 풀어 들었다. 나머지 두 사람이 최영을 포박한다.

"가자!"

곽충보의 말이 움직인다. 부장 세 사람이 최영을 인도한다. 팔각전 댓돌에 내려서서 사라져 가는 아버지 최영의 뒷모습을 지켜보고 있던 영비는 우왕의 가슴에 얼굴을 묻는다. 우왕은 영비를 따뜻이 감싸 안았지만, 두 사람의 어깨는 파도처럼 출렁이고 있을 뿐이다.

"와아! 와아!"

병사들의 함성이 들린다. 우왕과 영비는 약속이나 한 듯 소리나는 쪽으로 몸을 돌렸으나 이들의 눈앞에 보이는 것은 울창한 수목과 전각의 지붕뿐이다.

최영은 무너진 화원의 담을 지나 병사들 앞으로 끌려 나간다.

이성계는 천천히 말에서 내린다. 다가가서 맞이해야 하는가, 아니면 최영이 다가오기를 기다려야 하는가를 두고 잠시 망설이는 것도 짧은 순간에 불과하다. 이성계는 최영을 향해 천천히 걸음을 옮긴다. 두 사람의 거리는 점차 좁혀지고 있다.

병사들은 숨소리를 죽이며 지켜보고 있다. 고려의 국방이 두 사람의 힘으로 이루어지던 시대는 이미 아득한 옛날로 잠겨버렸고, 지금은 승장과 패장의 만남이 되었다. 이 현실의 냉혹함이 무더위를 식힐 만큼 차고 단단하다.

마침내 이성계와 최영은 마주 선다. 이성계를 쏘아보는 최영의 눈초리에는 살기마저 돌고 있다.

"장군, 이러한 사변은 내 본심이 아니오이다. 그러나 국가가 편안하지 못하고 신민이 피로하고 고단하여 원망이 하늘에 사무친 때문이니 부득이한 일이 아니오이까."

이성계의 어조는 부드럽기 그지없다. 최영으로부터 받은 헤아릴 수 없는 은혜 때문이기도 했고, 한 나라의 수상에 대한 예우이기도 했다.

"잠시 하옥했다가······."

이성계의 말이 채 끝나기도 전에 최영이 싸늘하게 입을 연다.

"하옥도 좋고, 사약도 좋아. 내 어찌 참수인들 두려워하겠는가. 그대는 내 물음에 확답을 해야 할 것이야!"

"······."

"이 최영에 대한 그대의 처분에는 왈가왈부치 않으리라. 다만 주상 전하를 어찌하려는가? 내가 죽고 난 다음 이 나라 종묘사직을 어찌하려는지 그 점만은 밝혀야 할 것이야!"

당당한 물음이다. 이성계는 최영을 몰아붙이고 싶은 충동이 일었으나 애써 참는다.

"뒷일은 제게 맡겨주시면 되겠지요. 저 또한 이 나라 고려의 백성이 아닙니까. 잘 가시오."

"잘, 가, 시, 오?"

최영이 이성계의 말뜻을 미처 헤아리지 못하고 잠시 중얼거리고 있을 때 이성계는 이미 말에 오르고 있다. 퉁두란과 조영규가 이성계에게 가까이 다가와 선다.

"퉁 장군. 최영을 하옥하시오!"

"예!"

"영규는 좌군도통사를 이리로 뫼셔라!"

"예."

"형님은 주상 전하를 수창궁으로 모셔 주시고요."

"알겠네."

이원계는 대답을 마치고 제자리로 돌아간다. 병사들의 이동으로 암방사 북쪽 고개가 술렁거리고 있다.

해가 지면서부터 횃불이 일렁거리기 시작한다. 개경 거리는 인적이 드물었으나 병마의 말발굽 소리는 요란하다. 이 같은 소용돌이 속에서도 풍설만은 자자하다. 병마를 피해 다니듯 소문은 이 골목에서 저 골목으로 흘러넘치고 있다.

— 최영 장군이 돌아가셨다는군…….

— 상감도 무사하지 않다는데…….

— 이 장군이 임금이 되었다는군.

밤사이 일어난 일들을 어찌 설명할 것이며, 대궐에서 일어난 정치적인 격동이 어찌 백성들에게 소상하게 전해지겠는가. 권력의 주변에 있는 사람일수록 전전긍긍하는 것은 사느냐 죽느냐 하는 문제가 걸려 있기 때문이다. 그러면서도 한 가지 분명한 점이 있었다면, 이성계의 세상이 열렸다는 사실이 아니겠는가.

역전극

수창궁의 밤도 적막 속에서 깊어가고 있다.

여덟 명의 비와 세 명의 옹주는 물론이요, 상궁나인들의 모습도 보이지 않았고, 오직 환관들의 발걸음만 소리 없이 움직이고 있다. 비록 우왕이 무사하다고는 해도 최영이 곁에 없다는 사실에 한순간도 방심할 수 없는 위기감이 소용돌이칠 수밖에 없다.

내시 김완의 뒤를 따르는 우왕의 모습은 발걸음이 휘청거릴 정도로 갈피를 잡지 못하고 있다. 편전에서는 밝은 불빛이 새어나오고 있다. 우왕은 잠시 걸음을 멈추며 숨결을 가다듬는다. 편전에는 위화도에서 회군한 반역의 무리가 가득 차 있을 것이기 때문이다.

우왕은 주춤주춤 안으로 들어가 어좌에 좌정한다.

요동 공략에 출병했던 좌군도통사 조민수와 우군도통사 이성계를 비롯한 36명의 원수들이 좌정해 있다. 갑옷을 입고 있는 장수들에 비하면, 비록 용상에 앉았어도 우왕의 모습은 초라하기 그지없다.

"신 우군도통사 이성계 아뢰옵니다."

이성계는 되도록 공손한 목소리로 위화도에서 회군하지 않을 수 없었던 불가피했던 사정을 고해 올린다. 물론 최영까지 하옥한 마당이라 지극히 형식적으로 들릴 수도 있다. 그렇더라도 지금은 조정을 좌지우지할 수 있는 사람이고, 심하면 임금까지도 능히 바꿔버릴 수 있는 사람임이 분명하다. 아무리 그렇다 하더라도 임금의 위엄까지 내동댕이칠 수는 없다.

우왕은 안간힘과 같은 위엄을 곤두세우면서 어렵사리 입을 연다.

"최 시중은 어디 있소. 또 최 시중을 어찌하려 하시오!"

동북면 원수 조인벽이 최영은 극형으로 다스려야 할 반역의 수괴라고 매도하고 나선다. 목을 쳐서 다스리는 참수형을 뜻함이 아니겠는가.

우왕의 시선은 이성계의 얼굴에 멎어 있다. 이성계의 한 마디가 최영의 운명을 좌우하리라는 사실을 모를 사람이 있던

가. 이성계가 한시라도 빨리 최영을 처단하고서야 다음 일이 하자 없이 진행될 것이라는 사실은 너무도 자명하다.

"전하, 최영이 비록 노망하여 명나라를 치고자 하였으나, 종묘사직에 공헌한 바가 실로 지대하옵니다. 여러 장수들은 참수로 다스릴 것을 청하나, 고봉현高峯縣으로 부처함이 옳은 줄로 아옵니다. 윤허하소서."

"고맙소, 고맙소, 이 장군."

우왕은 숨 돌릴 겨를도 없이 머리까지 숙이며 감격한다. 사약을 내리거나 참수를 하지 않은 것만으로도 감지덕지해야 할 일이기 때문이다.

"전하, 죄인 최영은……!"

"장군!"

이성계는 안주도도원수 정지鄭地의 칼날 같은 목소리를 거세게 제지하고 나선다. 여기서 최영의 논죄를 다시 거론한다면 참수형으로 몰아가게 될 위험이 있어서다.

"최영의 논죄는 이미 전하의 윤허가 계셨질 않았소. 다시 거론할 수 없어요!"

좌중은 물을 끼얹은 듯 조용해진다. 이제 이성계의 의사를 꺾고 나설 사람이 그 누가 있겠는가.

편전의 장지문이 희붐하게 밝아올 무렵에야 어전에 입시하였던 장수들은 자리에서 일어선다.

이날 이후, 장수들은 시각을 가리지 않고 흥국사에 회동하여 조정대사를 논의하곤 하였으나 그 어떤 경우에도 이성계의 결단이 없고서는 이루어지는 것이 없는 하루하루가 흘러간다.

6월 4일.

이날에 이르러 홍무洪武 연호를 다시 쓰기로 결정하였고, 명나라의 복색에 따르기로 하며, 호복胡服을 입는 것을 금한다. 원나라를 멀리하고 명나라와 가까이 한다는 고려 조정의 의지를 표명하고 나선 것이나 다름이 없다.

또 우현보를 파면하고 조민수를 좌시중에, 이성계를 우시중에 임명했으며 조준을 첨서밀직사사겸 대사헌에 제수하였으며, 회군 때 파면되었던 모든 장수들을 승진 복직케 한다. 이로써 회군 이후의 혼란은 잠시 수습되는 듯 보였다.

이성계는 참으로 오랜만에 추동으로 돌아온다. 요동으로 출병한 지 두 달여 만이다.

강씨 부인이 방번과 방석을 앞세우고 천하의 대권을 휘어잡은 지아비 이성계를 장중하면서도 반가이 맞이한다.

"아니, 철현에 가 있으라지 않았는가?"

"오늘 돌아왔사옵니다."

"그러다가 뜻하지 않은 변고라도 당하면 어쩌려고……?"

이성계는 말을 그렇게 하면서도 방번과 방석을 양쪽에 받아 안으며 가족 간의 따뜻한 우애를 만끽한다.

강씨 부인은 미리 마련해 둔 간결한 주안상을 들이고 몸소 첫잔을 따라 올리며 무사히 귀가한 지아비의 노고를 치하한다.

"무더운 장마철이라 고초가 크셨을 것으로 아옵니다."

"고맙소."

이성계는 단숨에 잔을 비운다. 밤바람이 대나무로 만든 발 오리를 누비면서 방 안까지 가득 스며든다.

"백성들의 여망은 대감께서 좌시중이 되시길⋯⋯."

강씨 부인은 이성계의 눈치를 살피다가 말을 이어가지 못한다. 이성계는 근엄해진 표정으로 강씨 부인의 말을 받는다.

"내가 회군한 것은 벼슬을 탐해서가 아니질 않소."

"⋯⋯."

강씨 부인은 마른침을 삼킨다. '목자득국'의 노래를 상기시키려고 할 때 이성계가 부연한다.

"이 나라 고려에 힘이 있었다면 나 또한 최 장군과 뜻을 같이했을 것이오. 하나, 우리에겐 힘이 없었질 않소. 내가 돌아와서 좌시중의 자리에 오른다면 나는 부귀영화 때문에 회군한 것이 되고 말 것이오."

"조 시중이 최영을 처단할 수 있다고 보시는지요?"

강씨 부인은 당돌하리만큼 사태의 핵심을 거론하고 나선다. 조 시중은 조민수를 가리키는 말이다. 결국, 어려운 일은 당신이 하고, 요직은 남에게 주느냐는 불만을 토로한 셈이다. 그리고 또 부연한다.

"최영을 원지에 부처하신 게 누구십니까. 대감이 아니십니까. 제가 아는 일을 백성이 모를 것이라고 생각하시면 아니 되옵니다!"

"의논해 가면서 일을 하면 되겠지……."

이성계는 애써 속내를 드러내지 않으려는 듯 술잔을 비우면서 중얼거렸으나, 강씨 부인은 지아비 이성계에게 경각심을 심어줄 태세로 자신의 의지를 간곡히 피력해 나간다.

"이번 일이 이것으로 수습이 되었다고 보시옵니까?"

"무슨 뜻이오?"

이성계의 목소리에는 날이 서 있다. 강씨 부인은 잠시 고개를 숙여 짧은 한숨을 쉰 다음 다시 얼굴을 든다. 그리고 이성계의 시선과 맞부딪히기를 서슴지 않는다. 부부 간의 사랑의 시선이 아니라 충돌의 눈빛이다.

"대감, 최영이 비록 귀양을 갔사오나 그에게도 휘하가 있을 것이옵니다. 어디 그뿐이옵니까. 상감에게는 아직 상감 나름의 힘이 있을 것으로 아옵니다. 저들에게 남은 힘이 있다면 그 힘을 유용히 쓰고자 할 것이옵니다. 성난 쥐가 고양이를 문다는 속언이 있사옵니다. 저들이 적으로 생각하는 사람이 누구라고 보시옵니까!"

"적이라……."

"적을 정해 두어야 원수를 갚게 되옵니다. 귀양을 간 최영은 고사하고, 광패한 임금에게 원수가 있다면 누구라고 생각하십니까. 오직 대감 한 사람만이 저들의 원수이자 적이 아니옵니까?"

"……!"

이성계는 대답할 겨를이 없다. 강씨 부인의 어디에 이 같은 단호함이 숨겨져 있었단 말인가. 또한 그것은 앞을 내다보는 예지일 수도 있다.

강씨 부인의 단호한 충고가 다시 이어진다.

"내일이라도 서둘러 매듭을 지으셔야 할 것으로 아옵니다. 조민수와 같은 위인을 상전으로 뫼시고 무슨 일을 도모하시고자 하옵니까."

"물꼬는 단숨에 트이는 것이 아닐 테지……."

아니다. 강씨 부인에게는 바로 이점이 지아비 이성계의 우유부단으로 보인다. 여기서 벗어나지 않고는 큰일을 도모할 수가 없겠다는 것이 그녀의 생각이다.

"쇠는 달았을 때 두들겨야 하는 법이옵니다."

역사란 갈등의 흐름이며 언제나 혁명의 불씨를 내포하고 흘러간다. 집권한 자들은 그들의 영화가 영원하기를 바라지만, 여기에는 반대 세력의 저항이 따르게 마련이다. 갈등의 흐름이 존속하는 것은 역사의 흐름이 멈추지 않았다는 증거가 아니던가. 집권하지 못한 자들은 사력을 다해 집권층의 틈을 엿보고, 때로는 그런 틈을 만들어내기도 한다.

시대의 흐름은 때로 커다란 원을 이루어 끊임없이 돌아간다. 시작도 끝도 없는 그 원을 따라 많은 이름들이 명멸하면서 흘러간다. 그래서 역사란 언제나 같은 상황의 반복이라고 말하지 않던가.

밤이 깊었는데도 우왕의 침전에는 등촉이 꺼지지 않는다. 소곤거리는 밀담이 가끔씩 새어나오기도 한다. 칠점선이 그 문 밖을 서성이고 있다. 그녀는 우왕의 잠옷을 두 손으로 받쳐 들고 있다. 돌발 사태를 벗어날 수 있도록 사전 준비를 한 셈이다.

환관 김완은 우왕의 곁으로 다가 앉는다. 우왕의 얼굴에는 아직 눈물 자국이 남아 있다. 흔들리는 등촉 아래, 김완의 눈에는 그것이 확연히 드러나 보인다.

"방도가 없겠느냐. 내 지원극통한 심중을 뚫을 방도가…… 그런 방도는 정녕 없겠느냐……!"

분명히 구원을 청하는 말투였어도 거기에는 결연한 의지가 담겨 있다. 김완이 누군가. 온갖 사람들의 수모를 받으면서도 상감의 주변을 맴돌아 온 내시다. 그런 김완이 우왕의 숨겨진

속내를 모를 까닭이 없다. 그러나 너무도 엄청난 일이었으므로 선뜻 대답할 수가 없을 뿐이다.

"너만은 내 심기를 헤아리리라. 이성계와 조민수를 쳐서 없앨 방도가 정녕 없겠느냐?"

우왕은 서슴없이 본심을 드러낸다. 이성계와 조민수를 쳐서 없앨 수 있다면 최영을 구해낼 수 있을 것이기 때문이다. 그것이 자신이 살 수 있는 마지막 방도가 아니겠는가.

"왜 대답을 아니 하느냐?"

"전하, 신이 어찌 전하의 심기를 모르리까. 하오나 이 일이 잘못되는 날이면 옥체를 보전할 길이 없을 줄로 아옵니다."

김완은 솔직한 심정을 털어놓는다. 마땅히 그렇게 진언하는 것이 환관의 충절일 것이리라.

그러나 우왕은 실로 엄청난 계책을 입에 담는다.

"나를 따르고 너를 따르는 환자들 8십여 명을 모으도록 하라."

"……!"

"서두는 것이 좋을 것이야. 지금 당장이라면 더욱 좋고!"

우왕은 김완에게 부연한다. 환관 8십여 명에게 무장을 시킨 다음 추동 이성계의 집으로 가겠다는 계책이다. 상감의 친어라면 이성계도 우왕 앞에서 허리를 굽혀야 한다. 그 순간을 이용하여 환관 8십여 명이 장검을 휘두른다면 천하의 이성계도 속수무책일 수밖에 없으리라. 이 일이 성사되면 조민수의 집으로 달려가 똑같은 방법으로 그를 제거한다는 당찬 계획이다.

김완은 전신이 떨려 몸을 가눌 길이 없다. 그러면서도 결연한 의지가 함께 타오른다. 왕명을 받고 위화도에 달려갔을 때 이성계는 자신을 하옥시키며 짓밟지 않았던가.

— 이성계 그놈이 내 앞에서 피를 토하고 쓰러진다!

김완의 단순한 복수심이 분연히 타오른다.

"전하, 절묘한 방책이옵니다. 신이 받들어 모실 것이옵니다. 심려치 마소서."

우왕은 자리에서 달려 내려와 김완의 손을 덥석 잡으며 재차 결기를 다짐한다.

"아무도 알아서는 아니 될 것이야. 믿을 수 있는 환관들을 골라 관복을 입게 하고 장검은 보이지 않게 관복 속에 간수하라 이르라. 알겠느냐!"

"명심하겠사옵니다. 전하!"

김완은 소리쳐 다짐하고서야 우왕의 앞을 물러난다.

우왕은 어금니를 물면서 자리를 고쳐 앉는다. 심기가 일전된 듯 홀가분함까지 만끽한다.

김완은 빠르게 전각을 돌면서 궁리를 거듭한다. 그리고 믿을 만한 내시들에게 무장할 것을 지시한다. 김완의 은밀한 지시를 받은 환자들이 하나둘 모여든다. 환관들의 몸집은 크고 우람하다.

환관이 되는 조건은 우선 고자여야 한다. 태어날 때부터 고자인 경우와 태어난 다음 타의로 고환을 제거하는 경우, 혹은 자의로 고환을 들어내어 고자가 되는 경우도 있다. 타의로 고자가 되는 것은 채무를 감당하지 못하여 몸을 팔았을 경우이고, 자의로 고자가 되는 것은 스스로 내시가 되어 부귀영화를 누려보겠다고 자해하는 경우를 말한다. 이 같은 제도는 모두 중국에서 전래되어 왔다.

모여든 환관들은 우왕의 생각대로 8십여 명이다. 김완이 그들에게 임무를 지시한다. 자신들의 지위와 권세를 지키기 위한 거사라고 생각하기 전에, 내시 나름의 의리와 단합력의 과시라고 보아도 무방하다.

마침내 우왕이 타고 갈 연輦이 전각 앞에 당도한다. 김완의 은밀한 고함이 있자 우왕이 전각 밖으로 나온다. 우왕은 환관들의 부액을 받으며 연에 오른다.

"가자!"

우왕을 태운 연은 소리 없이 어둠을 뚫는다. 이들의 행렬은 마침내 궐문을 나선다. 도성의 밤거리는 빈 도시와 같이 썰렁할 뿐 사람의 내왕은 눈에 띄지 않는다.

유월 초엿샛날 밤이다. 칠점선은 흥건히 땀에 젖은 몸으로 방원의 집으로 들어서고 있다. 바우가 반갑게 맞이한다.

"영선 옹주마마, 야심한 시각인데…….."

"서방님 안에 계시는가?"

칠점선은 바우와 노닥거릴 겨를이 없다. 숨은 이미 턱에 차 있다.

"서방님 계시느냐고 묻고 있질 않은가?"

바우는 그제야 심상치 않은 일이 일어나고 있음을 눈치 챈 듯 칠점선을 인도하여 중문으로 들어선다.

"서방님, 영선 옹주마마 드셨사옵니다."

바우의 고함이 끝나자 민씨 부인이 방에서 나오며 화들짝 놀란다.

"아니, 마마…….."

"화급을 다투는 일이옵니다."

민씨 부인은 다급하게 칠점선을 거느리고 안으로 든다. 주안상을 받고 있던 방원은 칠점선의 창백해진 얼굴을 보자 술이 깰 만큼 놀란다.

"주상께서 내시 8십여 명을 거느리고 방금 궐문을 나섰사온데…….."

칠점선은 잠시 말을 이어가지 못한다. 숨이 차기도 했지만 목이 타는 듯 목소리가 탁하게 갈라지고 있다.

"주상의 연을 호위한 내시들은 모두 관복 속에 칼을 차고 있었사옵니다."

"뭐라! 하면 그 연이 어디로 간다더냐!"

방원이 숨 가쁘게 반문한다. 민씨 부인도 칠점선의 얼굴에서 시선을 뗄 수가 없다.

"주상 전하께서 내시 김완을 침전으로 부르시어 은밀한 밀명을 내리셨사옵니다."

방원은 시선을 민씨 부인에게로 빠르게 옮긴다. 조언을 듣고 싶어서다.

"추동이옵니다. 아버님을 모해하고자 함이옵니다!"

방원은 자리를 차고 일어선다. 그리고 튕겨지듯 방을 나간다.

"당장 가서 숙번일 데려 오렷다!"

바우는 질풍같이 중문 밖으로 사라져 간다. 방원의 눈초리는 분노로 이글거리고 있다. 민씨 부인이 방에서 나와 그에게로 다가선다.

"어서 가셔야지요. 지금쯤 당도했을지도 모르는 일이옵니다."

"......!"

"숙번이가 오면 추동으로 보내겠사옵니다."

방원은 의관도 갖추지 못한 채 집을 나선다. 그리고 빠른 걸음으로 추동을 향해 달린다. 비록 밤이었다 해도 유월의 무더위는 방원의 온몸을 땀으로 적신다. 얼마나 달려갔을까. 방원 앞에 우왕의 행차가 움직이고 있는 게 보인다. 방원은 걸음을 멈추어 선다. 그들 앞을 가로지를 용기가 나지 않아서다. 방원의 걸음은 지름길로 빠지면서 뜀박질로 바뀐다.

누가 먼저 당도하느냐에 따라 이성계의 목숨이 좌우된다. 방원이 먼저 당도한다면 이성계는 피신할 수 있을 것이나, 우왕의 행차가 먼저 당도한다면 불문가지의 참상이 벌어지리라.

추동에 조영규가 있다 해도, 또 이성계가 당대 제일의 용장이라 하더라도 무장을 한 내시 8십여 명을 당해낼 수가 있을까.

이성계의 일생에 단 한 번이라 해도 과언이 아닐 최대의 위기가 시시각각으로 밀어닥치고 있다.

추동 이성계의 집 앞에 우왕의 행차가 당도한다. 8십여 명의 환관들은 모두 관복 자락 속에 감추어진 장검의 손잡이를 잡고 있다.

김완이 조심스럽게 대문 앞으로 다가설 무렵, 이방원이 건너편 골목에서 모습을 드러낸다. 순간 이방원은 심장이 멎는 듯한 숨 가쁨을 맛본다. 그는 재빨리 몸을 숨기며 담장을 끼고 돈다. 위기를 모면하기 위해서는 담을 넘을 수밖에 없어서다.

김완이 대문을 친다.

얼마의 시간이 흐른 다음에야 조영규가 모습을 드러낸다.

"주상 전하의 행차시다. 우시중 안에 계시느냐?"

김완은 명령하듯 채근한다. 조영규는 어리둥절한 모습으로 눈앞에 펼쳐진 광경을 살핀다. 8십여 명의 환관들이 우왕의 연을 에워싸고 있다. 그들의 옷자락 속에 장검이 숨겨져 있다는 것은 몰랐다 해도 심상치 않은 분위기임은 눈치 챌 수 있다.

"우시중 대감 안에 있느냐고 묻질 않았느냐!"

김완이 다그치듯 다시 물었을 때 조영규는 정중히 대답한다.

"아직 환저하시지 않으셨소이다."

"환저했음을 알고 왔느니라!"

김완의 엄포다. 조영규는 김완의 목소리만큼이나 큰 소리로 이성계가 돌아오지 않았음을 다시 알린다. 김완은 대답 대신 조영규를 쏘아보고 있다.

"정히 믿지 못하겠으면 들어와서 살펴보시면 되지를 않겠소!"

조영규의 어조가 시비조에 가까워진다. 김완은 몸을 돌려 우왕이 타고 있는 연으로 다가가서 이성계가 아직 돌아오지 않았음을 속삭이듯 고한다.

"연을 돌려라!"

내시들의 행렬은 천천히 오던 길로 사라져 간다.

조영규는 고개를 갸우뚱하며 대문 안으로 들어선다. 방원이 서 있다.

"아니, 서방님 아니십니까. 어디로 드셨사옵니까?"

조영규답지 않은 호들갑이다.

"주상의 연은 어찌 되었소?"

"지금 막 돌아갔습니다."

"지금 당장 좌시중 댁으로 가세요. 가서 좌시중 대감을 뵙거든 서둘러 몸을 피하시라 여쭙고요!"

"몸, 몸을 피하다니?"

"보고도 모르십니까. 내시들이 무장을 했어요!"

방원은 언성을 높이고 내당으로 든다. 방번과 방석은 잠들어 있었으나 강씨 부인은 놀란 가슴을 달래지 못하는 듯하다. 자리에 앉은 방원은 움켜쥔 두 주먹을 부르르 떤다.

"고연 놈들……!"

방원이 불쑥 뱉어낸다. 환관 김완을 두고 하는 소리라기보다 우왕을 두고 하는 말임이 분명하다. 그렇다면 임금을 놈이라 부른 셈이 아닌가.

"어린애 장난도 아니고, 무슨 짓이랍니까."

날카롭기 그지없는 칼날 같은 어조다. 방원은 온몸으로 숨을 쉬듯 거칠게 말을 토해낸다.

"며칠 전에 말씀을 드렸어요. 사후 처리가 미진하시다구요.

최영을 내치면서 그 사위를 그냥 두느냐고요. 최영을 따르는 병사가 있고 …… 임금은 임금 나름의 힘이 있다고요.”

"그때 아버님은 뭐라고 하셨습니까?”

"아무 말씀도 아니 하셨어요.”

"……."

방원은 치밀어 오르는 분노를 참아낼 길이 없다. 최영을 원지에 부처할 때 마땅히 우왕을 폐했어야 옳았질 않는가. 그럼에도 아버지는 듣지 않았다. 그 결과가 우왕의 보복으로 나타났다면 방심이 아니고 무엇인가. 방원은 수하를 거느리고 우왕의 행차를 급습하는 문제를 심각하게 생각해본다. 이숙번, 마천목, 목인해, 송거신 등과 그들의 수하를 동원하여 우왕의 행렬을 습격한다면, 설혹 8십여 명의 내시들이 무장을 하고 있다 해도 승산은 충분히 있다.

방원은 자리를 차고 일어선다. 창백해진 안색에 부르르 몸을 떨고 있는 모양새다. 방원의 성품을 누구보다도 잘 아는 강씨 부인이 다급하게 묻는다.

"어딜 가려고?”

"단칼에 쳐 없애야 되겠어요!”

"안 됩니다. 지금은 때가 아니에요.”

"그렇다고 저런 무도한 자를 어찌 내버려 둡니까. 아버님을 해치고자 한 무리들입니다. 선참후계라는 말이 있질 않습니까."

선참후계란 군대의 기율을 세우기 위해 먼저 처형한 다음 나중에 장수에게 고한다는 뜻이다. 하지만 방원의 선참은 임금을 베는 일이라, 후계할 대상이 없다. 있다면 아버지 이성계뿐이다.

"참으라니까. 마땅히 아버님과 의논한 연후에 해도 늦질 않다니까."

"아버님은 어디에 계십니까?"

"흥국사에 계실 거예요."

방원은 방을 나선다. 중문으로 숙번과 천목이 들어서고 있다.

"부르셨습니까, 형님!"

"따라 오너라!"

방원이 앞장선다. 숙번과 천목이 뒤를 따른다. 이들이 대문 밖으로 나서자 2십여 명의 장정들이 기다리고 있다. 숙번의 수하들이다. 방원은 잠시 그들의 면면들을 훑어본다. 험상궂은 얼굴로 보나 건장한 체구로 보나 하나같이 일당백의 거한들이다.

"형님, 무슨 일입니까? 형수님의 영을 받고 단걸음에 달려온 처지라 아무 영문도 모릅니다."

명령만 있다면 뭐든지 하겠다는 숙번의 결기가 여실하게

드러난다. 방원은 가슴 가득 밤바람을 쓸어 넣는다. 엄청난 지시가 터져 나올 순간이다. 이때 말발굽 소리가 가까워진다. 조영규가 말에서 뛰어내린다. 방원이 먼저 입을 연다.

"어찌 되셨소이까, 좌시중 대감은요?"

"조 대감도 환저를 아니 하셨더군요. 한데 무슨 일입니까?"

방원은 잠시 한숨을 놓으며 안도한다.

"무슨 일이냐니까요?"

"주상의 행렬은요?"

"그냥 돌아가긴 했는데 …… 글쎄 무슨 일이냐니까요."

"아버님과 조 대감을 해치려 했어요. 호종한 내시들은 무장을 하고 있었고……!"

방원의 말을 들은 영규가 울분을 터뜨린다.

"그 말을 왜 먼저 하질 않았소. 그걸 알았으면 그냥 돌아올 조영규가 아니질 않소! 그 정도의 내시쯤은 나 혼자서도 얼마든지 해치울 수 있어요. 내가 해야 할 일이 바로 그런 일이 아니오!"

"형님! 수창궁으로 갑시다!"

숙번까지 나선다. 방원은 망설인다. 이들에게 불을 붙여놓으면 마른 나뭇가지가 타오르는 형국이 될 것이 분명해서다.

"내 명이 있을 때까지 경거망동을 삼가라!"

방원은 그렇게 말하고 영규의 말에 올라 세차게 채찍을 휘두른다. 말은 질풍노도처럼 달려 나간다.

칠점선은 수창궁의 침전 밖에서 우왕을 맞는다. 우왕은 전신의 맥이 풀린 채 비척비척 들어서고 있다.

"전하……."

칠점선이 재빨리 우왕을 부액한다. 온몸이 땀에 젖은 채 사시나무 떨리듯 한다. 떨림이 요동에 가까웠던 탓에 보행마저도 자유롭지 못하다. 칠점선은 그런 우왕을 침전으로 인도한다. 보료 위에 던지듯 몸을 놓은 우왕은 간신히 참고 있었던 흐느낌을 토하기 시작한다. 제왕의 체통은 고사하고 애처롭기 그지없는 몰골이 아닐 수 없다.

"전하……."

칠점선이 울음 담긴 목소리로 불렀어도 우왕의 울음은 그치지 않는다. 칠점선은 우왕의 흐느낌에서 이성계의 무사함을 감지하고 내심 안도한다.

얼마 후, 우왕은 울음을 그친다. 임금의 얼굴을 용안龍顔이라 한다면 임금의 눈물은 용루龍淚요, 옥루玉淚가 된다. 더러는 안수眼水라고도 한다.

이십사 세.

열 살의 어린 나이로 임금의 자리에 올랐다. 등극할 때부터 이론이 분분하지 않았던가. 어렸을 때의 이름은 모니노牟尼奴,

개혁승 신돈의 비첩이며 공민왕의 혼백마저도 앗아낼 수 있었던 반야의 소생이다.

또 다른 풍설에 따르면 반야가 낳은 아들이 죽자, 신돈이 다른 아이를 훔쳐다 길렀는데, 공민왕이 자기의 아들이라 불렀다는 고사도 전한다.

세도가 이인임, 지윤, 임견미 등이 앞을 다투어 진귀한 완호玩好로써 인도하니 임금의 체통을 잃어가게 되었고, 여자를 알고부터는 사대부가의 아녀자는 물론이요, 천민의 딸까지를 범하였으니 왕의 침실이 기방으로 전락했다는 비방까지 들어야 했다.

우왕이 임금의 자리에 있던 지난 십사 년 동안, 서북면과 동북면은 오랑캐의 침범으로 하루도 편한 날이 없었고, 양광도의 해안은 왜구들의 소굴로 변해가고 있지 않던가.

고위 관직에 있는 권문세도는 앞을 다투어 가렴주구를 일삼았으니, 전제는 극도로 문란해졌고 땅을 빼앗긴 백성들은 살길이 막연하다.

이같이 어려운 때에 병마를 동원하여 요동성 공략을 시도한 것은 위기를 자초한 꼴이나 다름없다. 최영이 회군한 병사들에 의해 원지에 유배되고부터 우왕은 고립무원으로 내몰린다.

마침내 우왕은 마지막 수단을 강구했다. 무장한 내시들로 하여금 이성계와 조민수를 급습하여 제거하고자 했으나, 시도로만 끝났을 뿐 뜻을 이루지 못했다. 이제 남은 일은 이성계에게 응징을 당할 일뿐이다.

– 종말인가……!

생각이 여기에 미치자 우왕의 마음속은 비어왔고, 귀에서는 요귀의 울음 같은 요상한 소리까지 들린다.

– 이성계가 날 죽일 테지.

사약을 내릴 수도 있고 목을 칠지도 모를 일이다. 어느 쪽이 되던 스물네 해의 짧은 삶에 종지부를 찍게 된다.

"어서 가서 세자를 데려오너라."

우왕은 세자가 보고 싶어진다. 날이 밝으면 어찌 될지 모르는 처지에 핏줄을 찾는 심정은 인지상정이고도 남는다.

방원은 흥국사 앞을 서성이고 있다. 견딜 수 없는 무더위가 땀이 되어 흐른다. 당장이라도 뛰쳐 들어가고 싶은 심정이었으나 눌러 참으면서 전갈을 들여보낼 사람이 오기를 기다리고 있다.

기마 한 필이 줄기차게 달려오더니 방원 앞에서 멎는다. 정지鄭地다.

"자네 방원 아닌가?"

"오랜만에 뵙사옵니다. 황급히 알려드려야 할 일이 있어서요."

"주상이 환관들을 거느리고 우시중 댁에 간 일 말인가?"

정지는 이미 알고 있다. 그렇다면 마음을 놓아도 될 일이다. 방원은 보자기에 싼 책 한 권을 내밀면서 당부한다.

"송구하옵니다만, 이 책을 어른께서 저희 아버님께 전해 주셨으면 합니다."

"무슨 책인가…?"

"『곽광전』이옵니다."

정지는 흠칫 놀란다. 『곽광전』이 무슨 책인가. 한漢나라의 곽광이 대신의 신분으로 창읍왕을 폐하고 선제宣帝를 세우게 된 과정을 기록한 책이다. 방원은 우왕을 밀어내고 새 임금을 세우자는 뜻을 아버지 이성계에게 부탁해달라고 간청하는 것이나 다름없다.

"허허허. 자네가 드리는 게 아니라, 내가 올리는 것으로 해달라는 것일 테지."

"그러하옵니다."

"심려 말게."

"그럼 전 이만……."

방원은 정지를 향해 깊숙이 허리를 굽힌다. 정지는 말을 몰아 흥국사 경내로 사라져 간다.

방원은 잠시 하늘을 쳐다본다. 푸른빛마저 감도는 높은 하늘에는 무수한 별들이 반짝이고 있다.

– 가을이 오려나.

방원은 중얼거리면서 말에 오른다. 자식으로서의 할 일을 다하고 있으면서도 마음이 개운하지 않은 것은 무슨 까닭인가. 물론 얼마간의 불만이 없는 것도 아니다. 모두가 아버지 이성계의 과묵함과 신중함이 빚어내는 부작용일 것이기에 함부로 나설 수도 없는 것이 답답할 뿐이다.

홍국사 경내는 새벽을 맞고 있다. 상좌는 법당 앞을 쓸고 있다가 일손을 멈추고 합장한다. 법당에서 아침 예불 소리가 들려왔기 때문이다. 이와 같은 광경까지도 새벽안개로 인해 뿌옇게 흐려 보일 뿐이다.

넓은 승방에는 숨소리도 들리지 않는 정적이 감돌고 있다. 상석에 조민수, 그 밑으로 이화, 조인벽, 심덕부, 왕안덕 그리고 이성계가 앉아 있다. 지금 막 정지가 내시들의 준동을 피끓는 웅변으로 설명하기를 마친 때문이다. 함께 자리한 사람들은 심장을 울리며 지나가는 충격을 추스리지 못하는 듯 아무도 입을 열지 않는다.

정지는 이성계와 조민수의 표정을 살피고 난 다음 울분을 터뜨리듯 마지막 진언을 입에 담는다.

"날이 새는 대로 입궐을 해야 하오이다. 궐 안에 있는 모든 병기와 안장이 달린 말을 궐 밖으로 내쳐야 하지 않겠습니까.

그런 것들이 궐 안에 있고서는 또 무슨 변괴가 일어날지 알 수가 없지 않습니까."

조민수는 이성계의 표정을 슬쩍 살핀다. 이성계는 미동도 하지 않고 앉아 있을 뿐이다. 심덕부가 나직한 목소리로 제안한다.

"궐 안에 있는 병기를 치우는 것만으로야 화근의 뿌리를 뽑았다고 볼 수가 없을 터이지요. 새 주상을 모시는 것이 수습의 첩경입니다."

"처음부터 그랬어야 옳았질 않습니까. 최영을 치면서 상감을 살려놓는대서야 말이 되질 않아요. 한데, 우리는 그 말이 되지 않는 일을 하고 말았어요!"

조인벽의 거친 목소리는 충동이나 다름없다. 왕안덕도 찬성하고 나선다. 잠시 후, 이화는 더욱 강한 어조로 동조하였다. 의견을 내지 않은 사람은 조민수와 이성계뿐이다. 이윽고 이성계가 입을 연다.

"좌시중께선 어찌 생각하십니까?"

조민수는 망설이고 있다. 선뜻 대답이 나오지 않는 것은 좌중이 하나같이 이성계의 수하들이기 때문이다. 게다가 위화도에서 회군해 올 때 이성계의 군막에서 수모를 당한 일도 있고, 도성으로 들어오던 날은 최영의 군사에게 패주하기까지 한 처지로는 이들의 의사에 노골적인 반기를 들 수도 없다.

"좌시중 대감. 대감께서 단언을 내려주셔야 할 것으로 아옵니다."

이성계의 싸늘한 독촉이 있고서야 좌중의 시선은 일제히 조민수의 입가에 못 박힌다.

"우시중께서 말씀을 하시지요. 전 대감의 의향을 존중하고 또 따르겠소이다."

급기야 이성계가 좌중을 둘러보면서 입을 연다. 위엄이 실린 단호한 어투였으므로 좌중은 모두 긴장한다.

"날이 밝았으니 유월 초이렛날, 기유일이오. 한 나라의 상감을 폐하는 일을 어찌 이런 자리에서 논하리. 보위에 관한 일은 중신들이 모여 다시 의논할 것이니, 그대들은 지금 곧 입궐하여 궐 안에 있는 병기와 안장이 달린 모든 말을 궐 밖으로 끌어내도록 하시오!"

"명심하오리다!"

대답을 마친 중신들은 하나하나 승방을 나간다. 그제야 정지는 방원으로부터 받은 『곽광전』을 이성계 앞에 밀어놓는다.

"무엇이오?"

"『곽광전』이옵니다. 지금 바로 읽으셔야 할 내용이 아닐는지요."

"……!"

이성계는 아무 대답 없이 책보자기를 받아들고 몸을 일으킨다. 승방을 나선 이성계는 맑은 바람을 가슴 가득 들여 마신다. 위화도에서 회군한 이래 단 하루도 마음 편한 날이 없었다. 다른 모든 사람들이 채근하는 일인데도 마음이 내키질 않았다. 그러나 부장들은 초조한 마음으로 이성계의 마지막 명만을 기다리고 있다. 임금을 내치는 일만 아니었다면 이성계로서도 망설일 일은 아니질 않겠는가.

이화, 조인벽, 심덕부, 왕안덕은 말을 몰아 수창궁으로 달려간다. 궐문은 거침없이 열린다. 모두가 위화도에서 회군하여 온 장수들이다. 아무도 이들의 앞을 막아서거나 명을 거역할 수가 없다. 수창궁에서 쓰는 창검은 물론이요, 내시들이 쓰는 사사로운 창칼에 이르기까지 남김없이 궐 밖으로 실려 나갔고, 안장이 달린 말도 모두 궐 밖으로 끌려 나간다. 소동이라면 소동이고도 남을 일이다.

내시 김완은 우왕의 침전으로 달려가 이 같은 급박한 사태를 진언한다. 우왕은 아무 대답도 할 수가 없다. 그는 아홉 살 난 세자를 당겨 안으면서 몸을 떨고 있을 뿐이다.

"전하, 대궐을 지키자면 병마가 있어야 하고, 창칼이 있어야 하옵니다. 저들의 무례함을 중벌로 다스려 주소서!"

우왕의 입가에 쓴웃음이 스쳐지나간다. 이제 그로서는 거기까지밖에 의사를 표시할 방법이 없다.

"전하!"

김완은 물기 어린 소리로 다시 한 번 소리쳐본다.

"물러가라. 모든 것을 저들에게 맡기고 물러가 있으라!"

"전하, <u>으흐흐흐</u>……!"

김완은 울음을 터트린다. 어찌하여 어젯밤의 모습과 오늘의 몰골이 이리도 다를 수가 있을까. 김완의 어깨가 어느 사이엔가 흔들리기 시작한다. 종말을 향한 마지막 안간힘일지도 모른다.

추동으로 돌아온 이성계는 정도전과 조준을 부른다. 왕재王材를 찾기 위해서다. 그는 자신의 의향을 먼저 밝힌다.

"왕통은 왕실의 핏줄로 이어져야 합니다만, 주상을 물리친다면 세자가 그 뒤를 이어야 하겠지요. 하나, 주상이 신씨라면 세자 또한 신씨가 아니겠소!"

"이를 말씀이옵니까. 신씨의 핏줄로 다시 보위를 이어간다면 주상을 폐할 명분이 없게 됩니다. 이번 기회에 왕실의 어른으로 보위를 잇게 한다면 백성들의 신망을 얻는 일이 될 것으로 압니다."

정도전의 빈틈없는 논리에 조준이 신중하게 동의하고 나선다. 이들 두 사람에게는 이미 심중을 굳혀 놓은 일이다.

이성계는 고개를 끄덕이며 다시 묻는다.

"어떻습니까, 왕실에 보위를 이어받을 만한 왕재는 있습니까?"

"정창부원군이 적임일 것으로 압니다."

정창부원군은 신종의 7대손이다. 왕실의 일원인 처지라 생활이 부유하여 괴로움을 모르는 단점이 있다.

"그분이 비록 왕실의 어른이기는 합니다만, 피폐해진 민초를 다스릴 만한 덕망이 있을는지…….."

이성계가 말꼬리를 흐린다. 조준이 정도전에게 눈짓을 보냈다. 언젠가 거론한 일이 있지 않느냐는 채근의 뜻이리라. 정도전은 이성계의 표정을 살피면서 은근하게 진언한다.

"지금과 같은 사정이라면 나무랄 데 없는 왕재보다는 좀 모자라는 편이 나을 테지요."

"……!"

그 순간 이성계의 미간이 꿈틀한다. 정도전의 말이 다시 이어진다.

"지금의 난국은 대감이 아니고서는 수습할 수가 없습니다. 새 주상은 용상을 지키고, 정사는 대감께서 보셔야 하질 않겠습니까?"

"……!"

이성계는 함부로 대답할 수가 없다. 지금의 고려는 마땅히 그런 절차로 모든 대소사를 처결해가야 한다. 그렇다고 스스로 그렇게 주장하고 나설 처지는 아니질 않던가.

"대감, 아홉 살 난 세자로 보위를 이어가게 한다면 민심의 동요가 있을지도 모릅니다. 그러나 정창부원군은 왕씨의 혈통이요, 나이 마흔 셋입니다. 왕재로는 적임 아니오이까? 지금은 왕씨로 보위를 잇게 하는 대의명분이 무엇보다도 중요하지 않겠습니까."

조준의 보충설명이다.

─ 그렇게 된다면 세상이 날 어찌 볼 것인가.

이성계의 걱정은 여기에 있다. 그는 위화도에서의 회군이 의외로 큰 변화를 몰아오고 있는 것을 부담으로 여기고 있다. 최영만 제거하면 안정을 찾을 수 있으리라 믿었는데, 지난밤에 있었던 우왕의 경거망동이 물줄기를 급격하게 틀어놓은 셈이나 다름없다.

결단해야 할 시각은 점점 다가오고 있다. 조정 중신들과 더불어 새 임금을 맞아들일 논의를 해야 한다. 그러면서도 아직 마음을 굳히지 못하고 있는 이성계다.

창왕

조민수가 수창궁의 전각 모퉁이를 급히 돌아가고 있다. 무엇에 쫓기는 사람처럼 허둥거리는 모습이 완연하다.

조민수는 그렇게 정비定妃의 거처에 당도하고서야 턱에 찬 숨결을 가다듬으며 주위를 살핀다. 늙은 상궁이 깊숙이 허리를 굽히며 고한다.

"대비마마, 좌시중 대감 납시어 계시옵니다."

"듭시라 여쭈어라."

조민수는 전각 안으로 든다. 아직도 미색이 흘러넘치는 정비가 조민수를 맞이한다. 서른여덟 살의 물오른 여인이다.

정비는 안극인의 딸이다. 지금으로부터 이십삼 년 전 열다섯 어린 나이로 입궁했다. 노국대장공주魯國大長公主가 세상을 떠나자 공민왕은 민망하리만큼 허탈해했다. 노국공주만을 생각할 뿐 정사도 보살피지 않았다. 이를 딱하게 여긴 명덕태후 홍씨가 세 사람의 후비를 맞이해 주었다. 이제현의 딸을 혜비로, 왕의의 딸을 익비로 맞아들일 때 정비도 함께 입궁했었다.

정비가 오늘에 이르러 왕실의 윗전이 되기까지 실로 엄청난 파란을 겪어야 했다. 공민왕은 미소년들로 구성된 자제위子弟衛를 거느리고 있었고, 그들로 하여금 세 분의 왕비를 범하게 하여 아들을 낳으면 세자로 책봉하겠다고 약조하였으나, 막상 익비에게 태기가 들게 되자 누구의 자식인가 알고 싶어 관련자를 색출해 보니, 자제위 홍윤, 한안 등이 주범으로 드러난다.

홍윤, 한안 등을 죽여 없애려고 한 하루 전날에 공민왕은 내시 최만생에게 먼저 시해되고 만다. 이 같은 와중에도 정비는 순결을 지켜 왕실의 웃어른으로 남게 된, 그야말로 순결의 상징이나 다름없는 여인이다.

"대비마마, 참으로 오랫동안 문후 여쭙지 못하였사옵니다."

조민수의 문안은 정중했지만 목소리는 떨리고 있다. 정비의 안색이 굳어질 수밖에 없다.

"대비마마, 금상을 폐하고 새 주상을 모시자는 것이 조정의 공론인 줄로 아옵니다."

"……!"

정비는 가슴이 섬뜩하게 식어든다. 위화도 회군 이후의 소요를 알고 있었기에, 드디어 올 것이 왔구나 하는 심정이라 태연하기가 어렵다.

"마마, 마땅히 세자마마를 보위에 모셔야 할 것으로 아옵니다. 허락하여 주소서."

"우시중 대감도 그렇게 생각하고 계시던가요?"

우시중은 이성계다. 정비는 이성계의 의중을 먼저 묻고 나선다. 당연한 노릇이 아니던가.

"이 장군은 정창부원군을 생각하고 계시는 듯 합니다만, 세자마마께서 건재한 터이라 바람직한 일이 못 되는 줄로 아옵니다."

"……?"

조민수는 세자로 보위를 이어가야 한다고 주장한다. 그러나 정비는 조민수의 의중이 이성계의 뜻을 앞지를 수 없음을 너무도 잘 알고 있다.

"우시중 대감께서 선뜻 응해 주실런지요."

"대비마마, 세자마마를 보위에 모시는 일은 저만의 생각이 아님을 유념해 주오소서."

"하오시면 누구와 더불어 의논하셨다는 말씀이오?"

"한산군과 의논하였사옵니다. 한산군은 신료들의 존경을

받는 대유大儒가 아니옵니까."

한산군은 목은 이색의 군호다. 이색은 유림을 대표할 만한 학덕으로 젊은 신료들의 존경을 받고 있다. 조민수는 이색의 이름을 거론하면서 자신의 뜻을 관철하고자 한다. 은연중에 이성계의 기를 꺾겠다는 속내를 드러내고 있음이나 다름이 없다.

"대비마마, 주상 전하의 후사는 당연히 세자저하로 이어가는 것이 왕실만대의 법통인 줄로 아옵고, 지금의 왕실 형편으로는 대비마마의 하교라면 누구도 거역할 수가 없다는 점을 통촉하소서!"

"······!"

정비는 신중하다. 아무리 왕위의 계승이라 하더라도 최악의 경우 유혈참극을 수반한다는 사실을 너무도 잘 알고 있어서다. 정비는 돌다리를 두들기듯 다시 반문한다.

"나도 세자의 등극을 바라고는 있소만 ······ 작금의 여러 사정이 그것을 허용할 계제가 아니질 않소?"

정비는 이성계의 의향을 알고 싶어 한다. 물론 '목자득국'이라는 노래가 나돌고 있음을 알고 있어서다.

"그 점은 심려치 마소서. 저는 유림과 소장 신료들의 뜻을 모아 진언하고 있음이옵니다."

"시행토록 하시오."

정비는 몇 차례나 더 망설이고 나서야 조민수의 주청을 받아들인다. 이는 다시 한 번 혼란을 야기하는 일이었으나, 적어도 조민수만은 천하를 얻은 듯한 기쁨에 들뜬다. 한산군 이색과 같은 유림의 거두들을 등에 업고 나선다면 이성계의 기세쯤은 하루아침에 뒤엎을 수 있다는 객기 넘치는 표정이다.

세자를 임금의 자리에 올려 모시자면 우왕의 처단이 선행되어야 한다.

"일단 강화도에 유배하도록 합시다."

조민수는 조정의 공론을 앞장서 주도한다. 지금과 같은 기회를 놓친다면 자신에게도 화가 밀려올지 모른다는 초조감 때문이기도 했지만, 결과적으로는 자신의 무덤을 파고 있는 것이나 다름없다. 천만다행으로 우왕의 강화도 부처에 대해서는 아무도 반대하는 사람이 없다.

우왕은 놀라지 않는다. 작금의 여러 사정을 감안한다면 사약을 받을 수도 있고, 또 참수형을 당할 수도 있는 처지에 강화도로 유배되는 것은 목숨을 부지하는 일이며, 더 나아가서는 재기의 기회를 살필 수도 있지를 않겠는가.

"영비만은 나와 같이 있게 해 주시오. 만일 영비까지 내친다면 나 또한……."

우왕의 안간힘은 절실하기 그지없다. 조정은 우왕에 대해

관대하였다. 물론 이성계의 묵인이 있지 않고는 불가능한 일이다.

영비와 연쌍비燕雙妃가 우왕을 따라 강화도로 함께 가게 된다.

해는 저물어 서산은 붉은 노을로 물들어 있다. 우왕은 병사들의 삼엄한 호위를 받으며 궐문 밖으로 끌려 나간다. 평민의 차림이다. 십사 년의 영화가 물거품이 되는 순간이 아니고 무엇인가.

"해가 이미 저물었구나……."

우왕은 불현듯 마지막 말을 입에 담으면서 말에 오른다. 호종하는 병사들의 말이 먼저 움직였고 그 뒤로 우왕이 탄 말이 따른다. 우왕이 사라진 다음 회빈문會賓門이 조용히 열린다. 보자기를 든 두 사람의 여인이 모습을 드러낸다. 강화도로 함께 가게 된 영비와 연쌍비의 애처로운 모습이다. 사위는 이들의 모습과 함께 어둠 속으로 잠겨들고 있다.

임금이 없는 대궐은 주인이 없는 빈집이나 다름이 없다.

백관들은 전국보傳國寶를 받들어 정비에게 올린다. 다음 임금을 정해 주십사 하는 요식행위에 불과했지만 그래도 건너뛸 수 없는 과정이다.

정비의 처소에 다녀온 다음에야 이성계는 세자가 주상의 자리에 오른다는 사실을 눈치 챈다. 조민수의 농간임을 모를 까닭이 없다.

　– 기어이 이 자가!

　급기야 이성계는 어금니를 씹는다. 위화도 회군 이후의 조
민수는 언제나 이성계의 앞자리를 차지해 왔다. 물론 이성계
의 배려가 없이는 불가능한 일이다. 그럼에도 조민수는 알게
모르게 이성계의 그늘에서 벗어나 자신만의 세력을 구축하려
고 발버둥을 치곤 한다. 이번 왕위의 계승만 해도 그렇다. 이
성계의 뜻에 따라 정창군이 왕위에 오른다면 자신에게는 아무
힘도 없게 된다. 그런 따돌림에서 벗어나기 위해 세자를 왕위
에 올려놓은 것으로 기선을 잡고자 하였다. 이성계 쪽에서 보
면 참으로 어린애와 같은 투정이나 다름이 없다. 이성계의 대
범함이 아니었다면 이미 오래전에 제거되었어야 할 인물이나
다름이 없지를 않던가.

　마침내 이성계와 조민수가 빈청에서 마주 앉는다. 조민수
는 애써 당황한 빛을 감추려고 태연을 가장하고 있으나, 이성
계의 첫마디는 칼날과도 같다.

　"약조와는 다르지 않소이까!"

　비수와 같은 추궁이었으나 조민수의 대답은 맹랑하기만 하
다.

　"장군, 저 혼자서 정한 것이 아니오이다."

　"아니라면 …… 대체 누구와 의논하였다는 말씀이요!"

"한산군 등 젊은 신료들의 의향을 존중하였음을 헤아려 주셨으면 하오이다."

"……!"

이성계의 얼굴에 노여움이 이글거린다. 왕통에 관한 중차대한 일을 한산군 이색과 의논하기 전에 수문하시중인 자신과도 의논하는 것이 순리이기 때문이다. 그런데도 조민수는 자신의 과실을 인정하려 하지 않는다.

"장군, 세자가 아니 계시다면 당연히 다른 왕씨로 보위를 이어가야 합니다. 하나, 세자가 계신 이때……."

"대감!"

이성계는 쐐기를 박듯 조민수의 말을 끊는다.

"수상이 좌시중이니 수상의 뜻을 따르리다만……, 한산군에게 의논할 수 있는 일이라면 마땅히 나와도 의논했어야 옳을 일이 아니오이까. 내 명색이 우시중이기에 하는 소리외다!"

언중유골이라는 말이 있다. 이성계의 어조가 추궁의 수준을 넘어서고 있음을 조민수가 모를 까닭이 없다.

"그 점은 심히 송구스럽게 되었소이다만……."

"그 점을 아신다면, 그만 되었습니다!"

추궁을 마친 이성계는 빈청을 나간다. 혼자 남은 조민수는 비로소 온몸이 땀에 젖어 있음을 깨닫는다. 그리고 앞으로 밀어딕칠 난제에 대한 고민에 빠져든다.

　방원의 집 중사랑 내당에는 칠점선이 달려와 있다. 우왕의 주변이 풍비박산이 되었다면 칠점선의 임무도 끝난 것이나 다름없다. 방원과 민씨 부인은 차후의 방책을 논의하지 않을 수 없다. 거기에는 물론 칠점선의 쓰임새도 포함된다. 그러나 칠점선의 어투는 맹랑하기 그지없다.

　"조 시중 대감께서 민심의 동요를 획책할 것으로 아옵니다."

　"새삼스럽게 민심이라니! 그 무슨 뚱딴지같은 소리야."

　"목자득국을 뒤엎을 궁리를 하신다니까요."

　"……!"

　방원은 몸을 곧추세우며 긴장의 끈을 당겼고, 민씨 부인의 추궁은 매섭기까지 했다.

　"그 양반이 미치지 않고서야 …… 어찌 그런 엄청난 …….'"

　"어린 세자를 보위에 올려 놓고……."

　"그만 되었느니라!"

　방원의 일갈이 만만치 않다. 위화도에서 회군한 병사들이 개경에 들어섰을 때 가장 먼저 서둘러야 했던 일이 조민수의 체직이었다. 수창궁 앞에서 최영의 병사와 싸워서 패퇴하였을 때 그 책임을 물었어야 했었는데도 오히려 이성계가 그를 두둔한 것이 지금에 이르러서는 자업자득이 된 것이나 다름이 없다.

"민심을 움직인다질 않습니까!"

민씨 부인은 화제를 놓치려 하지 않는다. 어차피 수습은 방원의 몫일 것이라는 생각이 들어서다.

"딱한 사람 같으니. 민심이 아무리 요물이어도, 득이 없으면 움직이질 않아!"

"……하오나."

"허어. 민심이란 돌과 같이 불변하는 것이 아니라 물과 같이 흘러가는 것임을 알아야지. 그래서 민심은 두려워하되 믿을 바는 못 되는 것이야."

민심은 두려워하되 믿을 바가 못 된다는 방원도 그 변덕 심한 민심에 매달려 있지 않던가.

찌르륵찌르륵, 어디선가 귀뚜라미 소리가 들린다. 칠점선은 장지문을 조금 열어놓는다. 시원한 바람이 이들의 열기를 식히면서 지나간다.

"쇤네는 어찌 살아야 하올지요."

방원의 대답이 거침없이 흘러나온다.

"그동안도 어려운 일을 잘해 주었다마는, 앞으로 더더욱 어려운 일이 있을 것이니라. 내당마님의 분부, 하늘처럼 받든다면 네게도 길이 열릴 것이니라, 알겠느냐?"

칠점선은 아무 대답도 하지를 못한다. 딴에는 예단할 수 없는 나날이 버겁기만 한 모양이다.

날이 밝는다. 유월 초아흐렛날이다.

정비의 전교로 아홉 살 난 세자가 왕위에 오른다. 고려왕조로는 서른세 번째 새 임금을 맞은 셈이다.

창왕昌王.

역사는 이분을 창왕이라 기록한다. 임금의 어머니를 높여서 왕대비로 삼는 것은 왕실의 법도. 따라서 이임의 따님인 근비謹妃가 왕대비로 높여진다.

고려왕조가 창업되어 오늘에 이르기까지 사백칠십일 년의 세월이 흘렀다. 공민왕 말년부터 오늘에 이르는 이십여 년은 말로 형언할 수 없는 혼조의 기운으로 팽배하였고, 왕실은 명맥만 유지했을 뿐, 아무 위엄도 권위도 없이 지내지 않았던가. 더구나 폐왕을 신우辛禑라고 불렀다면, 새로 보위에 오른 창왕도 왕씨의 핏줄이 아니라는 수군거림이 온통 도성거리를 어지럽히는 지경이다.

비록 아홉 살 어린아이라 하더라도 조민수에 의해 보위를 이어받았으니 그쪽에 의지할 수밖에 없었고, 조민수 또한 임금의 곁을 떠나지 않는다. 그러면서도 혼자만으로 이성계와 대결하기에는 힘이 부친다는 사실을 누구보다도 잘 알고 있다.

조민수는 이인임을 다시 중용할 생각을 한다. 아홉 살 난 임금이 이인임이 누군지 알 턱이 없다.

"전하, 덕망 있고 경륜이 높은 재상이 필요한 때이옵니다. 원하옵건대 이인임을 다시 부르시어 중용하심이 옳은 줄로 아옵니다."

"그러세요."

임금의 대답은 간단하다. 이 같은 소식이 항간에 전해지자 백성들은 경악하지 않을 수 없다. 임견미, 염흥방 등의 간악한 착취 행위를 처단할 때 함께 중벌을 받았던 위인이기 때문이다.

"이거이 어디 말이나 됩네까. 이인임 같은 놈을 다시 부르다니요. 백성들은 고사하고 대감을 어드렇게 보는 수작입네까!"

퉁두란이 이성계에게 대들듯 쏘아붙인다.

이성계는 아무런 대답도 하지 못한다. 조민수가 창왕을 옹립한 이후, 이성계는 등청마저도 하지 않고 있었던 터이다.

"밀어붙이고 말자요. 조민수 따위를 때려잡는 것은 식은 죽 먹기야요!"

"허허허. 장군의 성미는 날로 과격해지는군⋯⋯."

"백성들의 소리를 들어보라요. 조정이 백성들의 재물 뺏는 일을 다시 시작한다고 야단들이 아닙네까. 기런 꼴 보자고 회군한 거이 아니질 않습네까!"

"허허허, 그렇게 되지는 않는다니까요."

"이인임이 누군데 기렇게 되지를 않습네까. 그 사람 원한이 있는 사람이야요. 수상 자리에라도 앉으면 보복합네다. 두고 보시라요!"

퉁두란의 말에 틀린 곳은 없다. 그러나 이성계는 한 치의 틈도 보이지 않는다. 자신이 가볍게 고개만 끄덕여도 퉁두란은 조민수의 집으로 달려갈 것이기 때문이다.

조민수의 명을 받은 사자들이 이인임의 집으로 달려갔을 때, 이인임은 이미 죽고 없었다. 백성들은 크게 기뻐하며 조민수를 비웃는다. 그야말로 민심의 향배가 아니고 무엇이랴.

조민수는 후회막급이다. 이인임의 생사를 확인하지 않은 불찰을 자책했지만 이미 엎질러진 물이라 쓸어 담을 수조차도 없다. 그날 이후 조민수는 이성계를 만나는 것을 두려워한다. 뿐만 아니라 편히 잠을 이루기조차 어렵다. 바람 소리만 듣고도 깜짝 놀라는 나날이 이어지고 있다. 이성계의 휘하가 자신을 죽이러 오는 악몽이 나날이 깊어가기만 해서다.

이 같은 와중에 박의중이 명나라로부터 돌아온다. 박의중은 요동정벌군이 출병하기 전에 명경으로 떠났다. 철령 이북의 영토를 돌려 줄 것을 청하기 위해서였다.

명나라의 예부는 황제의 명을 받들어 자문을 보내왔다. 그 문장은 안하무인의 무례함으로 가득 차 있었다. 다음과 같은 구절도 포함되어 있다.

역대의 조정이 고려를 정벌한 것을 보면, 한나라는 네 차례를 쳤는데 자주 국경을 침범하기 때문에 쳐서 멸하였고, 위나라는 두 차례를 쳤는데 두 마음을 품고 오나라와 화호를 통하기 때문에 그 도성을 무찔렀고, 진나라는 한 차례를 쳤는데 모욕하고 교만하고 예가 없기 때문에 그 궁실을 불사르고 남녀 5만을 사로잡아 노예를 삼았고, 수나라는 두 차례를 쳤는데 요서遼西를 침범하고 속국으로서의 예를 궐하였기 때문에 쳐서 항복받았고, 당나라는 네 차례를 정벌하였는데 왕을 죽이고 형제가 서로 다투기 때문에 그 땅을 평정하여 도독부를 두었고, 요나라는 네 차례를 토벌하였는데 왕을 죽이고 아울러 반목이 많으며 침범하여 난을 꾸몄기 때문에 그 궁실을 불사르고 강조康兆 등 수만 명을 베었고, 금나라는 한 차례를 쳤는데 사신을 죽였기 때문에 그 백성을 무찔렀고, 원나라는 다섯 차례를 토벌하였는데 도망한 사람을 받아들이고 사자와 조정에서 둔 관리를 죽였기 때문에 군사를 일으켰으며, 그 왕이 탐라로 도망갔으므로 잡아 죽였다. 그 혼란을 보면 모두 고려가 자취自取한 것이요, 중국의 제왕이 병란拉呑을 좋아하고 토지를 욕심낸 것이 결코 아니다.

중국이 스스로 침략사를 밝혀놓은 글이나 다름없다. 이런 식으로 장황하게 늘어놓은 다음, 철령 이북의 영토는 고려의 땅임을 간접적으로나마 시인하였다. 아무튼 요동성을 공략한 후유증이 말끔히 가신 셈이다. 사실 그로 인한 명나라의 보복을 누구보다도 두려워했던 사람은 이성계 아니었던가. 또 그가 회군하여 돌아온 것이 그 때문이기도 했다.

비록 잠정적이라 하더라도 명나라와의 갈등이 가라앉게 되자 이성계는 자신의 역할을 다한 것이라는 안도감에 젖는다. 그리고 우시중의 자리에서 물러날 것을 다짐하면서 사퇴를 원하는 상소를 올린다.

아무것도 모르는 창왕은 이성계가 올린 상소문의 내용을 전해 듣고 좌시중과 의논하겠다는 비답을 내린다. 조민수는 당황할 수밖에 없다. 아직은 이성계가 있어야 조정의 명맥을 유지할 수 있기 때문이다. 그는 서둘러 이색을 찾아가 도움을 청한다.

"대감께서 우시중 대감을 찾아뵙고 만류의 말씀을 드리는 것이 현책으로 아옵니다만……."

이색은 말끝을 흐리면서도 신중하게 반응한다.

"우시중이 비록 장수이나, 지금으로서는 가장 참신한 인물이 아닙니까. 위화도에서의 회군이 그분의 뜻임을 세상이 다 아는 일이기도 하구요."

조민수는 난감하지 않을 수가 없지만, 찾아온 소신을 관철해야 한다는 생각에는 흔들림이 없다.

"목자득국이라는 노래를 들어보셨겠지요?"

"아무렴요. 듣다마다요."

"사실이 그러하다면 우시중이 임금이 되어야 마땅하지를 않습니까."

이색은 잠시 주춤한다. 조민수의 본심이 이성계를 밀어내는 데 있음을 감지했기 때문이다.

"우시중이 그와 같은 흑심을 품고 있다면 좌시할 수 없는 일이 아니오이까!"

마침내 조민수는 이성계의 제거를 입에 담는다. 이색은 난감하기 그지없다. 위화도 회군을 주도한 두 장수가 대결하는 국면이 벌어진다면 쓸데없는 일에 국력을 낭비하게 된다.

이색은 더 이상의 혼란을 원치 않기도 했지만, 지난날 자신이 이성계가 전장에서 돌아올 때마다 무공을 찬양하는 시를 지어 보냈던 일을 떠올리지 않을 수 없다.

"좌시중 대감, 난 이 장군의 인품을 잘 알고 있습니다. 항간에 나도는 풍설 따위에 현혹되실 분은 아닙니다."

"……."

"또 지금은 이 장군과 같은 참신한 인물이 내직에 있어야 할 때라고 생각합니다."

"……."

"오늘 하신 말씀은 아니 들은 것으로 하겠습니다."

조민수는 할 말이 없다. 그는 이색의 집을 나서면서 수습할 방도를 골똘히 생각해본다. 당장이라도 추동 이성계의 거처로 달려가 사임 상소를 철회해 줄 것을 요청하는 게 시급한 일이 었으나, 이상하게도 발걸음은 수창궁으로 향하고 있다. 임금과 의논하여 임금으로부터 불윤하게 하면 그만일 것이라는 생각이 들어서다.

7월로 접어들면서 바람에 찬 기운을 실린다.

추동, 이성계의 집 사랑방에는 조준과 정도전, 그리고 심덕부가 와 있다. 조준은 두툼한 문서를 이성계 앞으로 밀어놓는다. 한눈에 보아도 전제개혁안임을 알 수 있다. 이성계로서는 학수고대하고 있던 사안이기도 하다.

"수고하시었소. 나는 참으로 오랫동안 이 일이 완성되기를 학수고대하고 있었어요."

이성계의 극찬에 조준은 고무되었고, 이를 함께 작업한 정도전이 상기된 얼굴로 부연한다.

"당장 시행을 해도 아무 하자가 없을 것으로 아옵니다."

이성계는 고개를 끄덕인다. 정도전은 그 짧은 순간도 참지 못한다.

"내일이라도 중신들과 의논해야 할 것으로 압니다만……."

"쉬운 일이 아닐 테지요."

새 조정의 흐름을 간파하고 있는 이성계다. 그러나 말썽의 소지가 제거될 때까지 신중을 기하고서야 장차 뜻을 이룰 수 있을 것이라는 것이 이성계의 생각이다.

"쇠는 달았을 때 두들겨야 된다고 하질 않습니까. 단숨에 밀어붙이는 게 좋아요."

심덕부의 제언도 강력하기 그지없다. 그러나 이성계는 웃으면서 화답한다.

"허허허, 쇠든 사람이든 아직은 달지 않았어요. 아직 불도 아니 지펴질 않았습니까."

신중하다기보다는 냉철한 판단이라는 게 옳다. 방 안은 잠시 침묵 속으로 빠져들었으나 이성계는 나름의 생각을 추진하고 나설 모양이다.

"대사헌."

이성계가 정적을 깨듯 조준을 부른다. 조준은 대사헌으로 승차되어 있었다.

"상소문을 초해주시오. 전제개혁이 화급을 다투어야 하는 까닭을 아주 소상히 적어야 할 것으로 압니다."

"……!"

조준은 이성계를 건너다본다. 상소를 올린다 하여 아홉 살 난 임금이 읽을 수가 있겠느냐는 불만이 담긴 시선이다. 이성계가 다시 부연한다.

"전제를 개혁하는 일은 명문거족과의 싸움입니다. 백성들의 논밭을 강탈한 사람이 누굽니까. 그들이 과연 소유하고 있는 논밭을 선뜻 내놓으리라고 봅니까? 결단코 그렇지 않아요!"

이성계는 잠시 말을 끊는다. 끓어오르는 울분을 식히고 있는 기색이 드러나 보인다. 이성계는 목소리를 낮추면서도 강한 의지를 다시 천명하고 나선다.

"상소는 주상이 읽는 게 아니라 좌시중이 읽습니다. 좌시중은 전제의 개혁을 반대할 사람이 아닙니까. 좌시중뿐 아니라 한산군도 반대합니다. 그들 스스로는 부패하지 않았다 해도, 소유한 논밭이 엄청날 것이 아닙니까. 좌시중이 반대하고 한산군이 찬성하지 아니한다면 유림이 이에 동조합니다. 이 엄청난 장벽을 뚫고 나가자면 대소신료들이 모두 모인 자리에서 그 상소문이 읽혀야 하고, 또 분명한 것은, 누구도 반대할 수 없는 정연한 논리가 개진되어야 하질 않겠습니까. 또 그런 말이 고스란히 백성들의 귀에까지 옮겨져야 하지 않겠습니까."

백성들도 알고 있어야 한다는 대목에 힘이 들어가 있는 것으로 볼 때 이는 완벽하고도 치밀한 방도라 아니 할 수 없다. 좌중의 어느 누구도 이성계의 의견에 토를 달 수가 없음은 자명하다.

"그리 알고 서둘러 주세요."

조준은 이성계의 의사가 절절하게 담긴 상소를 초한다. 상소는 그의 학식과 경륜이 동원된 당당하고 도도한 문장으로 완결된다.

간추려 요약하면 다음과 같다.

전제를 바로잡아 국용國用을 족하게 하고, 민생을 후하게 하며, 인재를 가려 기강을 진작하고, 정령政令을 거행하는 것은 오늘날에 당한 급선무입니다. 나라의 운수가 길고 짧은 것은 민생의 괴롭고 즐거움에 달려 있고, 민생의 괴롭고 즐거움은 전제의 고르고 고르지 못한 데 달려 있사옵니다.

서두는 이렇게 시작된다. 이러한 사상은 맹자에게서 비롯되었다. 일찍이 맹자는 "백성은 귀하고, 사직은 그 다음이며, 임금은 가볍다."고 피력한 바 있지 않던가.

조준의 상소는 또 이렇게 이어진다.

한나라가 전세田稅를 박하게 하였기 때문에 천하를 차지한 것이 사백 년이었으며, 당나라가 백성의 밭을 고르게 하여 천하를 차지한 것이 거의 삼백 년이었고, 진나라가 정전井田을 철폐했기 때문에 천하를 얻은 지 불과 2대에 망하였습니다. 신라 말기에도 밭이 고르지 못하고 부세賦稅가 무거웠으므로 도적이 무리로 일어났습니다.

전제의 문란이 곧 망국으로 이어졌음을 역사적 사실을 들어 설명한 다음, 개혁의 골자를 적었다. 그리고 전제의 문란으로 인한 백성들의 고통도 적는다.

밭은 백성들을 기르는 것인데 오히려 백성들을 해하고 있으니 이를 어찌 슬프다 아니 하리. 백성들이 사전의 도조를 낼 때 다른 사람에게 빌려 내고, 그 빚은 아내를 팔고 자식을 팔아도 갚을 수 없고, 부모가 굶주리고 떨어도 봉양할 길이 없으니 원통하게 부르짖는 소리가 위로 하늘까지 치솟아 있사옵니다!

뿐만 아니다. '나라에 삼 년의 저축이 없이는 나라꼴이 아니다'라는 선현의 가르침도 상기시켰고, 가렴주구와 뇌물의 수수는 가차 없이 중벌로 다스려야 한다는 구절도 포함되어 있는 장강과도 같은 문장이다.

아무리 당당하고 도도한 상소문이라 하더라도 임금은 어려서 읽을 수가 없었고, 좌시중 조민수는 읽고서도 아무 대답이 없다. 조정의 중신들조차도 이 같은 조준의 상소문에 대해 거론하는 사람이 없다. 모두가 땅을 가진 사람들이기 때문이다.

조민수가 전제개혁을 요구하는 상소를 묵살한 데는 그 나름의 승산이 있었기 때문이다. 그는 조준의 상소를 이색, 이임, 우현보, 변안열 등에게 먼저 보였다. 이들이 누구인가. 이

색은 유림의 거두였고 이임은 우왕의 장인이다. 우현보는 정
당문학과 대사헌을 지낸 인물이며, 변안열은 이성계의 부장을
지낸 장수다.

"법이란 경솔히 고치는 게 아닙니다."

이색의 의견이 이러하고 보니 누구도 함부로 나설 수가 없
었다. 이같이 땅을 가진 조정의 훈구들이 반대한다면 조준이
올린 상소문은 휴지 조각이 될 수밖에 없다.

추동 이성계의 사랑에서도 격론이 오가고 있다. 방원의 목
소리는 당당하면서도 거칠다. 이성계도 조준도 경청하고 있었
고, 정도전, 심덕부, 퉁두란도 귀를 세우고 있다.

"금년 정월에 있었던 일이옵니다. 염흥방, 임견미의 족당을
내칠 때 조민수는 그 화가 자신에게 미칠까 두려워서 노략질
한 전답의 문서를 주인들에게 돌려주었습니다. 그런 조민수가
회군한 다음 좌시중의 자리에 오르자 그때 돌려준 전답의 문
서를 모조리 다시 거두어들였다고 들었습니다. 이런 자가 좌
시중의 자리에 있고서야 전제개혁이 될 까닭이 없지를 않사옵
니까."

마치 뜀박질을 마친 사람처럼 방원은 숨가빠한다.

"그뿐이 아니옵니다. 조민수는 이미 죽고 없는 이인임을 예
장하고자 하질 않았습니까. 만장을 지어 주고 치제致祭하여 추
증하고자 했습니다. 국법을 어기고 죽은 자를 예장하려 했다

면 조민수는 이인임의 족당이 분명한데, 이런 자를 수상의 자리에 앉혀 놓고서야 전제의 개혁이 아니라 그보다 못한 일도 될 까닭이 없다는 점을 헤아려 주소서!"

"……!"

이성계의 미간이 꿈틀 움직인다. 다른 모든 사람들도 처음 듣는 소리다.

"아뢰옵기 송구스러운 말씀이오나 아버님께서는 우시중의 책무를 소홀히 하고 계셨사옵니다. 좌시중이 변변치 못하면 우시중의 책무가 더 무거워지는 것이 도리가 아니옵니까. 아버님께서 등청을 아니 하시는 사이에 이 같은 일이 벌어지지를 않았사옵니까."

"이 사람 방원이!"

퉁두란이 듣기 민망하다는 뜻으로 방원의 항변을 제지하려 하자 방원의 목소리는 더욱 거칠어진다.

"대사헌 어른께서 올린 상소문은 이미 한산군, 우현보, 이임, 변안열의 사랑방을 한 바퀴 돌았다 들었습니다. 조민수의 교활함이 이런 지경인데 백성들에게서 뺏은 논밭을 내놓으리라 보시옵니까!"

"아니 내놓으면? 백성들이 굶어죽고 있질 않은가!"

심덕부가 나선다. 방원은 여기서도 밀리지 않는다.

"그들이 반대하는 명분이라는 게, 선조들이 정해 놓은 법령은 함부로 고칠 수 없다는 것인데, 이 또한 한산군의 입에서 나왔다고 들었습니다. 저들이 야합을 하고 있고, 그 야합의 두령이 조민수라면 마땅히 내치는 게 도리가 아닐는지요."

왕방울 같은 눈알을 굴리는 방원의 진언은 아버지 이성계의 결단을 촉구하고 있다. 그때까지도 이성계는 허공에 시선을 둔 채 미동도 하지 않았으나, 숨결이 거칠어지는 게 분명했다.

"대사헌 대감!"

조준은 방 안의 화두를 급하게 몰고 가려 하는 방원을 건너다본다. 방원의 눈빛은 여전히 불꽃과도 같은 전율을 느끼게 한다.

"대사헌이 무엇을 하는 자립니까. 대간들이 직분을 다하지 않으면 그들을 힐책해서라도 조정 관원들의 비위를 적발하여 나라의 기강을 바로잡아야 될 일이 아니오이까. 대간들의 입이 열리지 아니하고, 대사헌의 힐책 또한 없다면, 이 나라 고려 조정의 기강은 백년하청이 될 수밖에 없지를 않겠습니까!"

방원은 말을 마치고 좌중을 한 바퀴 둘러본다. 모두 아버지 이성계의 연배들이다.

"용서하소서. 언성이 높고 무례하였사옵니다."

방원은 자세를 고쳐 앉으며 사죄의 말을 입에 담는다. 그러나 화급을 다투어야 할 조정 대사를 충분히 거론하였다는 후

련함과 아버지 이성계의 우유부단함에 대한 불만까지 쏟아놓은 데 대해서는 은근한 만족감까지 느끼고 있다.

바로 그때 탄식이 섞인 이성계의 목소리가 흘러나온다.

"내가 우시중의 책무를 소홀히 했음이야······."

이성계가 자신의 부족한 결단력을 시인하고 나섰으나, 이런 투의 말은 정치권 안에서는 시인이 아니라 명령이 되는 것이 상례다. 조준은 재빨리 알아차린다. 이성계가 우시중의 책무를 소홀히 했다고 털어놓으면, 그것은 대사헌의 책무도 소홀했음을 간접적으로 추궁하는 것이나 다름없다. 결국 조민수의 탄핵이 결정된 셈이다.

"서두릅시다."

심덕부가 먼저 일어선다. 퉁두란도 따라 일어섰을 때다.

"대사헌과 삼봉은 앉아 계세요."

이성계의 당부가 있자 조준과 정도전은 일어서려던 동작을 멈추면서 엉거주춤 다시 앉을 수밖에 없다. 방원도 앉은 채 다음에 진언할 화두를 찾는다.

"좌시중을 한산군 이색에게 맡기도록 하시오."

한산군 이색을 일인지하요, 만인지상인 문하시중의 자리에 제수하라는 명이다. 방원이 한 발 다가앉으며 항변하려 한다.

"아버님!"

"넌 잠자코 있어라."

"아니 되옵니다, 아버님. 한산군은 전제개혁에 찬동할 사람이 아니질 않사옵니까. 쉽게 할 수 있는 일을 어찌하여 어렵게 하시려 하옵니까!"

방원의 목소리는 거칠지만 간곡하다. 정도전이 방원의 말에 찬동하고 나선다.

"대감, 대감께서 수습하심이 옳을 것으로 아옵니다."

"그렇지가 않아요."

이성계는 이들의 진언을 묵살하려 한다.

"정치는 정치를 아는 사람이 하는 게 좋아요."

"대감!"

조준도 이성계의 의사를 받아들이지 않을 태세다. 이성계는 이들을 타이르듯 다시 말을 이어간다.

"이 나라 고려에서 신망이 가장 두터운 사람이 누구냐고 물으면 한결같이 한산군이라는 대답이 나올 것으로 알아요. 또 이 나라 고려에서 가장 학문이 높은 사람이 누구냐고 물어도 한산군이라고 대답하질 않겠습니까."

"……!"

방원의 가슴이 두근거리며 끓어오른다. 그러나 이성계는 소신을 굽히지 않는다.

"나는 전장을 돌아다니느라 내직의 어려운 자리는 이번이 처음이고, 그나마도 석 달 남짓밖에 되지 않았어요. 이런 내가 전제개혁을 앞장서서 실행하게 되면 권력을 남용한다는 비웃음을 사게 됩니다."

"그 무슨 당치 않은 말씀이십니까! 전제개혁이 이 나라 고려를 부패와 도탄에서 건지는 일이라면 당연히 장군께서 하실 일이 아니리까!"

정도전이 항변하듯 진언하자, 방원의 열정이 다시 한 번 방안의 분위기를 압도한다.

"그러하옵니다, 아버님. 학문에 전념하는 사람들은 모든 일을 학문대로만 하려고 하였지 실제의 일에는 소상하지 못하옵고, 더구나 임기응변에 관해서는 고지식하기만 할 것이옵니다. 학자보다는 다스리고 거느리는 일에 능한 사람이 관장하는 게 순리라 여겨지옵니다."

그 밖에도 반대하는 의견들이 개진되었으나 이성계는 끝내 소신을 굽히지 않는다.

"한산군에게 맡기세요!"

이성계의 결론은 언제나 빠르고 짧다. 평생을 군진에서 보낸 사람의 몸에 밴 습관일 것이리라.

"서방님, 손님 드셔 계시옵니다."

조영규의 소리가 들린다. 방원은 아쉬운 마음으로 방을 나선다. 손님은 없었고 조영규만 서 있다.

"손님이라니요?"

"잠시 내당으로 드시라는 마님의 분부십니다."

방원은 내당으로 든다. 강씨 부인은 방 안을 서성이던 그대로 방원에게 타이르듯 말한다.

"아버님 의향에 맡겨두세요."

"……?"

방원은 반발하려고 했으나 강씨 부인은 그런 틈을 주지 않는다.

"전제의 개혁은 논밭을 가지고 있는 쪽에서 나서야 할 일이 아닙니까."

"허어, 한산군은 안 한다니까요."

"그러니 하게 해야지요."

"……!"

"전제의 개혁은 뺏는 것이 아니라 내놓게 해야 성공합니다. 우리처럼 없는 사람이 서두르면 뺏는 게 되고, 있는 쪽에서 서둘러야 내놓는 게 되어요."

방원은 더 이상 대꾸할 말이 없다. 아버지와 강씨 부인이 이미 이 일을 의논한 듯해서다. 또, 한 번 결심이 서면 번의하지 않는 아버지의 성품을 잘 알고 있는 터 아니던가.

창왕이 편전으로 나온다. 아홉 살 난 임금이라 친임하였다기보다 호출되거나 끌려나왔다는 편이 더 어울릴 수밖에 없다. 이미 심덕부, 윤소종, 조준을 비롯하여 몇 사람의 대간이 좌정하고 있다.

조준이 기다렸다는 듯 상소 두루마리를 펴서 읽는다.

요지는 조민수가 이인임의 족당이며, 처음에 토지의 약탈에 앞장섰다가, 화가 자신에게 미칠까 두려워한 나머지 빼앗은 논밭을 그 주인에게 돌려주었으나, 지위가 좌시중에 이르자 권세를 빙자하여 이미 죽은 이인임을 예장하고자 하였고, 전제개혁 상소를 묵살하였으니 용서할 수 없는 위인임을 강조하는 격렬한 내용이다.

어린 임금은 눈을 동그랗게 뜨고 조준을 바라보다가 크게 하품을 하더니 여리고 흰 손등으로 눈물을 닦는다. 잠이 오는 모양이다.

조준은 읽기를 마친 상소 두루마리를 창왕에게 올린다. 내시가 그것을 받아서 어전에 전달한다.

"전하, 좌시중 조민수의 죄가 하늘에 닿아 있사옵고, 백성들의 고초가 날로 더해지는 것은 여기에 연유함이옵니다. 원하옵건대 조민수를 원도에 부처하심이 옳은 줄로 아옵니다. 윤허해 주소서."

심덕부의 우렁찬 목소리가 전각을 쩌렁하게 울린다.

"전하, 전제를 개혁하는 일은 도탄에서 허덕이는 백성들을 구하는 일이옵니다. 원컨대 조민수를 중벌로 다스려 주소서!"

"......."

창왕은 무서워진다. 이들이 달려 나와 자신의 목을 옥죌 것만 같아서다.

"내관은 무엇 하고 섰는가!"

조준의 일갈에 내시는 가는 붓에 먹물을 찍어 창왕에게 올린다.

"무엇이라 써야 하나요?"

"허락할 윤允 자를 쓰소서. 환관은 뭘 꾸물거리는 게야!"

조준의 채근이 있자 환관은 다급히 어좌로 다가가 창왕의 오른손을 잡는다.

"允"

내시의 손이 창왕의 고사리 같은 손을 이끌어 왕명을 정한다.

"전하, 성은이 망극하옵니다."

이따위 행적을 어찌 정치라 하랴만, 1388년 7월, 고려왕실의 정궁인 수창궁에서 태연히 자행되었던 일이다.

좌시중 조민수는 이 같은 절차를 거쳐 창녕으로 귀양을 간다.

한산군 이색이 거처하는 별당에는 정도전이 찾아와 있다. 집주인 이색 말고도 정몽주가 동석해 있다. 정몽주는 창왕 즉위 초에 예문대제학에 제수된 당대의 준재가 아니던가.

이색, 정몽주, 정도전이 한 자리에 모여서 성리학을 논의한다면 고려에서는 따를 자가 없다. 그만큼 학문적 깊이와 덕망을 고루 갖춘 명현이자 준재들이다. 그러나 불행하게도 지금은 학문을 논하는 자리가 아니라 정치를 논하는 자리다.

정도전이 먼저 내방한 진의를 밝힌다.

"대감께서 문하시중 자리를 맡아 주셔야겠사옵니다."

"……"

이색은 뜻밖의 제언에 놀라지 않을 수가 없다. 정몽주라 하여 다를 것이 없다.

"그 길만이 혼란에 빠진 조정을 구하는 일인 줄로 압니다."

이색은 잠시 숨결을 고르고 나서야 오늘 고려가 처한 정치 현실의 근원을 입에 담는다.

"송헌이 맡아야 할 자리가 아닙니까?"

송헌은 이성계의 호다. 그러므로 이색의 반응을 나무랄 수는 없다. 정도전은 마치 예견하고 있었다는 듯 거침없이 대응해 나간다.

"바로 그 송헌의 말씀을 전해 올리겠습니다. 회군한 장수들 모두 대감과 같은 말씀을 올린 것으로 압니다만, 그때마다 송헌의 대답을 한결같았습니다. 이 나라 고려에서 신망이 가장 두터운 사람이 누구냐고 반문하시면서 늘 한산군이라고 말씀하셨습니다. 또 이 나라 고려에서 가장 학문이 깊고 경륜을 갖춘 분을 찾는대도 오직 한산군 한 분뿐이라는 한결같은 개진이 계셨음을 유념해 주셨으면 합니다."

"……."

"대감, 지난날 대감께서는 송헌이 승전하고 돌아올 때마다 송시를 지어 보내시질 않았습니까. 제가 보기에는 그에 대한 보은이라고 생각되옵니다만……."

역시 이색은 묵묵부답으로 일관한다. 정몽주도 이색의 반응을 살피고 있다. 정몽주의 성품은 조용하고 무거운 편이다. 정몽주는 요순의 도를 "움직이고도 조용한 것과, 말하고도 가만히 있는 것에서 올바름을 얻는 것이다."라고 피력한 바도 있다.

"대감, 지금쯤 주상 전하의 윤허가 계신 것으로 아옵니다."

정도전은 이미 이 일이 어전에서도 거론되었음을 입에 담는다. 이색은 비로소 입을 연다.

"좌시중은 부처하기로 하였소?"

"그러하옵니다. 창녕으로 정해졌을 것이옵니다."

"……."

이색은 모면할 길이 없음을 느낀다. 여기서 끝까지 거부하고 나선다면 조정은 이성계의 손으로 넘어가게 된다. 아니, 이미 넘어가 있음이 분명하다 하더라도, 자신이 문하시중의 자리에 있는 한 무장들의 독선을 조금은 저지할 수 있지 않을

까. 또 이성계와의 친분으로 미루어보더라도 의논할 여지가
있을 것이리라.

정도전은 그와 같은 이색의 심중을 정확히 읽고 있다.

"문하시중 대감께서는 두 가지 일을 유념해 주셔야 하실 것
으로 아옵니다."

정도전은 벌써 이색을 문하시중 대감이라고 부르고 나선다.
그의 정치적 수완은 늘 다른 사람들보다 한 발 앞서나간다.

"두 가지 일이라니요?"

"첫째는 전제의 개혁이옵니다. 돌이켜 생각해보건대 선현
들께서 정해 놓으신 법은 함부로 고치는 것이 아니라고 배웠
습니다만, 도탄에 빠진 백성들을 구제하고 조정의 기강을 바
로 세우는 일이라면 한시도 늦출 수 없는 화급한 대사가 아니
옵니까. 그것이 이 나라의 오백 년 종묘사직을 반석 위에 올
려놓는 일이라고 사료되옵니다."

정도전다운 발상이다. 이색이 심사숙고하고 응답해야 할
내용임은 물론, 그것이 조정이 서둘러야 할 대사임을 언급하
고 있다. 그러면서 정도전의 말은 깊이를 더해간다.

"둘째는 왕씨로 보위를 이어가야 할 것으로 아옵니다. 타성
으로 보위를 이은 이가 이미 두 사람이요, 햇수가 십사 년이
옵니다. 국록을 받아온 신하로서도, 글을 아는 선비로서도 심
히 부끄러움을 느껴야 한다면, 이 점 또한 소홀히 해서는 아

니 될 것으로 아옵니다."

결국 이색이 해야 할 소임까지 모두 거론한 셈이다.

"포은은 어찌 생각하시오?"

포은은 정몽주의 호다. 정몽주의 이름에 '꿈 몽夢' 자가 들어 있는 것은 태어날 때부터 얽힌 사연이 있기 때문이다.

어머니 이씨가 임신한 다음 꿈에 난초 화분을 안았다가 갑자기 떨어뜨리고 놀라 깨어났으므로 처음에는 이름을 몽란夢蘭이라고 지었다. 나면서부터 남달리 재주가 뛰어났으며 어깨 위에 검은 점 일곱 개가 벌어져 있는 것이 북두칠성과 같았다. 나이가 아홉 살이 되었을 때는 어머니가 낮에 꿈을 꾸었는데 흑룡이 마당 한가운데 있는 배나무에 올라가므로 놀라 깨어났다. 이때부터 이름을 고쳐 몽룡夢龍이라 하였다가 관례를 올린 다음에야 몽주夢周라고 다시 고쳤다고 전한다.

공민왕 9년에 과거에 응시하여 연달아 세 번 장원하니 문명이 하루아침에 천지를 흔들었고, 일찍이 이성계를 따라 출진하여 삼선三仙 삼개三介를 치는 싸움에 참전하였고, 이색 또한 정몽주의 학문을 일러 '동방이학東方理學의 원조'라고까지 극찬한 바가 있다.

정몽주의 언행은 신중하면서 현실인식이 뚜렷하다.

"대감께서 신중히 생각하실 일이오나 …… 대사성의 진언에도 깊은 뜻이 있사옵니다."

예상했던 대답이다. 위화도 회군이 있은 다음 당장 서둘렀어야 할 일들이 어영부영 뒤로 미루어지고 있음을 이색이 모를 까닭이 없다.

"일간 송헌을 찾겠다고 전해주시게."

"고맙사옵니다, 대감."

정도전은 홀가분한 마음이 되어 이색의 집을 나선다.

시원하던 바람은 한기를 느끼게 하는 찬바람으로 변해 있다.

— 천리天理로세.

정도전은 중얼거리면서 걷는다. 성리학에서는 하늘의 뜻을 천리라고 한다. 자연의 섭리도 하늘의 뜻이니, 천리일 수밖에 없다. 여름이 가고 가을이 오는 것을 사람의 힘으로 어찌 막을 수가 있으리.

음력 8월이 된다.

낙엽이 떨어져 구른다. 바람이라도 부는 날이면 마음까지도 스산해지는 계절이다.

조민수는 창녕현으로 귀양을 떠났고, 최영의 귀양처는 충주로 옮겨진다.

이색이 수상격인 문하시중의 자리에 올랐고, 이성계는 변함없이 수문하시중의 자리를 지키고 있다. 새로운 수상이 취임했다면 전제개혁이 논의되는 게 당연하다. 지금까지 수상은 반대하는 사람이요, 부수상은 찬성하는 형국이었다. 그러나 발의한 사람이 이성계요, 이성계가 부수상의 자리에 있으니 불가항력인 노릇일 수밖에 없다.

참으로 오랜만에 이색과 이성계가 마주 앉는다. 조촐한 주안상을 사이에 두고 당대 제일의 석학과 무장이 마주 앉았다면 그 무게를 가늠할 수 있다.

두 사람은 전제개혁에 대하여 서로 뜻을 달리하고 있음도 알고 있다. 그러나 분위기는 화기애애하다. 이색은 이성계를 당대 제일의 용장으로 존경하고 있었고, 이성계는 이색의 학문과 덕망을 가없이 높은 것으로 믿고 있었기 때문이다.

"목은으로부터 분에 넘치는 시를 받고서도 변변한 인사 한 번 못 드렸습니다."

이성계는 마음 깊이 간직하고 있던 진심을 털어놓는다.

고려 말년에 '은隱' 자를 호에 쓴 세 사람이 있다. 이색이 목은, 정몽주가 포은, 그리고 또 한 사람 길재吉再가 야은이다. 훗날 밝혀질 일이지만 이들 세 사람은 하나같이 새로운 왕조의 주인인 이씨에 의해 희생된다. 그리하여 세 사람은 고려의 삼은三隱이라 불리면서 무한한 존경을 받게 된다.

"분에 넘치다니요. 송시에 거짓이 있겠습니까."

이색의 말에 이성계는 흡족해한다.

"제가 목은을 처음 안 것은 아주 옛날이었지요. 원나라에서 돌아오시던 해던가요, 복중服中에 상서를 하신 일이 계셨어요. 기억을 하시는지 모르겠습니다만……."

"허허허, 기억하고 있지요."

"무예만 능사로 삼아오던 때라 목은의 그 글을 보고 놀랐던 게 어제 일만 같습니다."

"……."

이색은 술기운이 가실 정도로 정신이 번쩍 든다. 이성계가 범상한 사람이 아님을 다시 한 번 느끼는 순간이어서다.

"그 상서에 이런 구절이 있었지요."

"……."

이색은 숨을 죽이고 귀를 세운다. 이성계는 담담한 어조로 이색의 글을 외기 시작한다.

"…… 사백 년 말류의 작폐 가운데 전제田制가 더욱 심하니, 까치가 지은 집에 비둘기가 사는 것이 바로 이것이라 하셨지요."

이색은 술잔을 비웠다. 자신이 이미 말려들고 있음을 감지한 때문이다.

"그로부터 기십 년이 흐른 지금입니다만, 까치가 지은 집에 비둘기가 사는 형국은 조금도 달라진 게 없지를 않습니까?"

"……!"

당대의 이색도 자신의 모순을 헤아릴 수밖에 없다. 이성계의 추궁과도 같은 말은 다시 이어진다.

"더하면 더했지, 나아진 게 없지를 않습니까."

이성계는 설득을 당당하게 이끌어나간다. 이색의 글귀로 이색을 설득하고 있는데도 교만하게 보이지 않는다. 이색으로서도 이성계의 설득이 조금도 거슬리게 느껴지지 않는다.

"한산군, 헐벗고 굶주리는 백성들을 구하는 것이 시들어가는 왕조를 구하는 일 아니겠습니까."

"제게 힘이 있다면 구해야지요."

"한산군께서 나서시면 성사되고도 남는 일이라고 저는 확신합니다."

"글쎄요……."

이색은 정중하면서도 애매한 어조로 자신이 나설 일이 아님을 은연중에 나타내고 있다.

"충분히 알고 있습니다. 조정 중신들이 반대하고 유림들이 반대할 것으로 압니다만, 그렇다고 백성들이 굶어죽는 꼴을 보고서도 모른 척한다면 식자의 도리랄 수는 없겠지요."

"……."

이색은 고개를 끄덕여 보이면서도 끝내 말로는 찬성하지 않는다. 그러나 이성계의 설득은 집요하다. 아니, 설득의 경지를 넘어선 추궁이라 해도 무방하다.

"불과 십여 년 전에 강경한 문장으로 진언하신 일인데, 지금 어렵다고 하시는 것은 대석학께서 일구이언하시는 것이 되지를 않겠습니까!"

천하의 이색도 궁지에 몰린 사람처럼 갈피를 잡지 못한다.

"…… 혼자 정할 일도 아니고, 혼자만 한다 해서 되는 일도 아닐 테구요."

이성계는 짧은 한숨을 놓으며 술잔을 비우고 소금에 구운 송이 한 점을 씹는다. 송악산 송이인가, 산 냄새가 입안에 가득하다.

이색은 송구한 마음을 담아서 오늘의 대면을 끝내려 한다.

"중신들을 불러서 의논해 보지요. 송헌의 의중은 잘 알았으니까요."

이색은 여전히 명확한 대답은 피하고 있다. 조정 중신들 전체가 반대하고 나선다면 이성계의 의향도 꺾이리라는 생각인지도 모른다.

이성계는 자신의 굳은 의지를 다시 확실하게 천명해야 한다고 생각한다.

"한산군, 수많은 오랑캐와 수많은 왜구를 무찔렀던 탓에 사람들은 나더러 고려의 국방을 혼자 맡았다고 과찬들 합니다만, 그런 일이야 무장이면 누구나 할 수 있는 일이 아니겠습니까. 그러나 지금과 같이 어려운 때에 고려의 전제를 개혁하는 일은 아무나 못 합니다. 나는 이 일을 천명으로 알고 목숨을 바쳐볼까 합니다. 물론 성사가 된다면 장부로 태어난 보람이 되고도 남을 것임은 의심하지 않습니다. 저도 중신의 한 사람임을 인정해 주신다면 각별히 헤아려 주시길 간곡히 청합니다."

이색은 가슴이 섬뜩해진다. 유혈참극도 불사하겠다는 결연한 의지가 담겨 있었기 때문이다.

"잘 알겠습니다."

이색이 돌아갈 때 이성계는 대문 밖에까지 나가 전송한다.

– 쉽진 않을 테지……!

이성계는 이색의 속내는 물론 조정 중신들의 의향도 정확히 읽고 있다. 오직 전제의 개혁만이 백성들의 시름을 더는 일이지만, 이는 가진 자의 반발을 제압하지 않고서는 불가능할 일이 아니던가.

그리고 또 며칠이 흐른다. 이성계에게는 지루한 나날이 아닐 수 없지만, 아무리 기다려도 중신들이 모인다는 소식은 들려오지 않는다. 변안열, 왕안덕, 우현보 등이 이색의 집을 수없이 드나든다는 소리가 들렸고, 또 어느 날은 이색이 대비 정비의 거처에 오랫동안 머물렀다는 소식도 들린다.

이 같은 와중에 양광도, 경상도에 왜구가 침범하여 노략질을 일삼는다는 달갑지 않은 파발까지 당도한다. 격분한 이성계가 몸소 출진하고자 했으나 주위의 만류가 극심했다. 그리하여 장수의 소임을 다하지 못한다는 자괴감에 젖기도 했으나, 정지鄭地를 삼도도지휘사로 삼아 현지에 급파하는 것으로 왜구의 처리는 일단 매듭지어진다.

호사다마라고 했던가. 전제의 개혁은 거론도 되지 않은 채 이번에는 창왕의 생일을 맞는다. 9월 무신일이다. 임금의 생일을 맞으면 죄질이 가벼운 죄인을 사면하는 것이 관례다. 그런 와중에 엉뚱하게도 조민수가 방면되어 전리田里로 돌아온다. 따지고 보면 중차대한 문제가 아닐 수 없었으나, 전제개혁안이 확정되기를 기다리는 와중이었으므로 이성계의 주변에서조차 이를 문제 삼지 않았다.

결국 전제개혁안을 놓고 조정은 두 파로 갈리고 만다. 사전을 많이 가지고 있는 구가세족舊家世族들은 자신들의 재산을 보호한다는 명분으로 극력 반대하기에 이른다. 이색, 이임, 우현보, 변안열, 권근 등이 여기에 속했고, 이성계를 필두로 한 조준, 정도전, 심덕부, 윤소종 등만 적극적으로 찬성하고 나선 꼴이다. 다만 정몽주만은 찬성도 반대도 하지 않았다는 소문이다.

"대감, 백관들을 한 자리에 모을 수밖에 없지 않습니까. 물론 어전에서요!"

정도전이 이성계에게 강력히 진언한다. 최후의 수단을 강구하지 않고서는 해결할 방도가 없다는 말이나 다름없다.

"서두르시오!"

수녕궁壽寧宮은 아침부터 술렁거린다. 수녕궁은 수창궁의 별칭이다. 임금의 이름 자에 '창昌' 자가 들었으므로 이를 함부로 쓸 수 없다. 이름에 '창' 자가 들어 있는 사람은 이름을 바꾸어야 하는 것이 고례古例다. 수창궁이 수녕궁으로 불리는 것도 이 때문이다.

이름 그대로 백관회의다. 명성 있는 명문거족 출신의 중신들이 입궐하였고, 이름 없는 신진학사들도 임석하였다. 어전에는 쉰세 명의 백관들이 입실해 있다. 창왕도 어리둥절해한다. 처음 경험해 보는 일이기 때문이다.

대사헌 조준이 전제개혁안을 카랑카랑한 목소리로 설명하고 시무時務의 폐단을 고치는 10조의 소안疏案까지 거론한다. 학문적 깊이의 도도함과 농익은 경륜이 유연하게 흐르는 정도전의 목소리는 오직 나라를 걱정하고, 백성들을 아끼고 사랑하는 의지로 일관되어 있다. 반대할 명분은 눈 닦고 찾아도 없을 만큼 완벽하게 다듬은 논리다.

"다른 의견이 있으면 말해보시오."

이색은 이임을 지목하듯 입을 연다. 창왕의 외조부가 되는 사람이기 때문이다. 이임이 반대 의견을 당당히 개진한다.

"선조들께서 정한 법은 함부로 고치는 것이 아닐진대……."

그 순간 탕! 하고 탁자를 내리치는 소리가 폭음처럼 들린다. 쉰세 명의 시선이 일제히 이성계에게로 쏠린다. 잠시 전 탁자를 내리친 이성계의 손은 이임에게로 향해 있다.

"그래서 고치지 못하겠다고 하시면, 논밭을 강탈하여 차지한 명문거족들은 호의호식하고 백성들은 굶어죽어야 하는데, 그것이 정녕 옳다는 뜻이오이까!"

문자 그대로 호령이다. 그 호령에는 그간 애써 참고 참아온 노기가 들끓고 있다. 자리를 같이한 신료들은 몸을 움츠릴 수밖에 없다. 따지고 보면 그보다 더한 책망과 비난을 들어도 할 말이 없는 세도가들이다.

"가난에 찌든 백성의 논밭을 돈을 주고 산 사람이 있던가. 그것을 강탈하였다면 도둑이 마땅한데, 관복을 입고 거들먹거린다면 그 위세가 영원할 것이라고 믿었는가. 그런 도적의 무리들이 군진에 나가 왜적을 물리치는 등 나라를 위해 몸을 바치고자 한 일이 단 한 번이라도 있었던가!"

이성계의 노기 어린 목소리는 배석한 신료들을 응징할 수도 있다는 극단의 표현까지 담고 있다.

"도둑질한 땅은 본래 임자에게 돌려주는 것이 배운 자의 소임이거늘, 초근목피로 연명하는 백성들의 고초를 딛고도 종묘사직이 온전하게 보전된 일이 있던가. 백성이 노하여 불같이 일어나기 전에 불법으로 강탈한 전답은 마땅히 돌려주는 것이 하늘의 뜻을 따름이 아니겠는가. 백성이 없는 종묘사직이 보전된 일이 있는가! 백성이 없는 나라가 있다는 소리를 들어본 일이 있는가!"

천하의 이색도 할 말이 없다. 글을 배운 것이 부끄러울 정도로 이성계의 다그침에는 한 치의 하자도 없다.

이성계의 어조가 바뀌어도 설득력은 줄어들지 않는다.

"만일 이삼 년 사이에 수재나 한재가 생긴다면 어떻게 백성들을 진휼하시려 하오. 많은 병사들의 양식과 비용을 무엇으로 충당하시려 하오. 전제를 개혁하는 일은 오백 년 사직을 반석 위에 올려 놓는 일이 될 것이 아니오. 이는 공들이 스스로 정해야 할 것으로 압니다. 전제개혁에 찬성할 수 없는 사람은 자리를 비켜주었으면 하오이다."

"......!"

이색은 참담한 표정으로 이성계의 눈치를 살피면서도 감히 일어나 나가지는 못한다. 긴장감이 끝없이 고조되는 와중에 이임이 조용히 일어서서 나간다. 장내는 술렁거리기 시작한다. 권근이 뒤따라 나간다. 그 뒤를 우현보, 변안열이 따른다. 그러고는 아무 움직임도 없다.

"끝났소이까!"

이색이 퇴장을 종용하듯 정적을 깬다. 아랫자리에 앉아 있던 젊은 관원 서너 명이 일어나 나갔을 뿐, 그 이상의 퇴장은 없다. 이쯤 되면 전제의 개혁은 절대 다수의 찬성으로 성립되어가고 있음이 아니겠는가.

"……."

이색은 눈을 감는다. 문하시중의 처지로, 더구나 이성계의 사심 없는 의지에 반기를 들 용기가 나질 않아서다.

급기야 이성계는 이색을 향해 조용한 어조로 자신의 심회를 개진한다.

"좌시중 대감, 백관들의 의사오이다. 만일 백성들에게 물었다면 단 한 사람도 일어나 나가지 않았을 것으로 압니다."

"시행하도록 하지요."

이색의 대답이 비록 힘없이 흘러나왔어도 장내에는 활기가 일기 시작한다. 이성계 쪽의 완벽한 승리나 다름없다. 전제의 개혁은 훈구세력의 퇴진을 몰고 오게 된다. 이는 또한 백성들이 기사회생하는 감격의 일순이 아니고 무엇인가.

송도 거리는 축제 분위기로 들끓기 시작한다. 잃었던 땅을 되찾을 수 있다는 환희와 기쁨을 어디에 비길 것인가. 땅을 빼앗긴 농민들은 되찾게 될 예전의 논밭으로 달려간다. 논둑을 달리고 밭두렁을 구르면서 신명을 풀어간다. 북을 치는 사람도 있고 꽹과리를 치는 사람도 있다. 장구를 멘 사람이 합세를 했고 새납을 부는 사람도 달려온다.

신바람이다. 아낙들도 달려 나와 덩실덩실 춤을 춘다.

이성계의 용명이 삽시간에 천지에 울려 퍼진다. 추동에는 수많은 남녀노소가 몰려와 환성을 올렸고, 더러는 땅을 치고 통곡하며 격한 감정을 표시하기도 한다. 해가 기울고 밤이 와도 군중들은 흩어지지 않는다.

"왜 울어요, 어머님……?"

아무것도 모를 어린 방석이 묻는다.

"아버님이 큰일을 하셨단다. 고마워서 눈물이 흐르는구나……."

강씨 부인의 두 볼에는 눈물이 멈추지 않고 흐른다. 지아비 이성계의 집념과 용단으로 도탄에서 허덕이는 백성들을 구해내질 않았던가. 또 그것은 다른 큰 목표를 향해 굳건히 달려갈 수 있는 큰 길을 마련한 것이나 다름없다.

혼선

백성들의 설렘이 하늘에 치닫고 있을 때, 조정은 사전개혁의 첫 단계인 전지개량에 착수한다.

여러 도의 안렴사를 고쳐서 도관찰출척사로 삼아 교서와 부월斧鉞을 주어서 떠나게 한다. 부월이란 임금이 출정하는 장수에게 형구刑具로 주던 작은 도끼와 큰 도끼를 말하는 것이니, 왕명을 어기는 자를 소신껏 다스릴 권리를 뜻한다.

양광도에는 정당문학 성석린을, 경상도에는 전 평양윤인 장하張夏를, 전라도에는 전 밀직부사 최유경을, 교주강릉도에는 전 밀직상의 김사형을, 서해도에는 제학 조운흘을 각각 파견한다.

조정의 의지가 확고하면 백성들의 흥을 돋우게 된다. 하물며 빼앗겼던 논밭을 다시 찾아주는 일임에랴. 낮에는 거리마다 풍물이 흥청거렸고 밤이면 술청이 떠들썩해진다. 화두는 언제나 하나일 수밖에 없다.

"하늘이 보낸 어른이에요."

"그 어른 아니면 우린 영락없이 죽은 목숨들이 아니었소!"

숙번과 천목은 하루도 쉬지 않고 개경 거리와 주막을 누비면서 그렇게 소리치고 다닌다. 때로는 은밀하게, 또 때로는 싸우듯 요란하게 악을 쓰기도 한다.

"주모, 술값 여기 있수!"

숙번은 한 움큼이나 되는 엽전을 집어던진다. 입을 함박처럼 벌린 채 엽전을 주워 담는 주모의 동태가 폭소를 자아내기도 한다.

인해와 거신은 또 다른 주막을 돌면서 떠들어댄다. 이들은 이색, 이임, 우현보, 변안열, 왕안덕 등이 전제개혁을 반대했음을 분통을 터뜨리듯 입에 담는다.

– 모가지를 비틀어 죽일 놈들 같으니 …….

– 벼락을 맞아 뒈질 놈들!

듣고 있던 술꾼들이 주먹질을 하면서 목소리를 높이면 인해가 선심을 쓴다.

"주모, 돈 받아 …… 오늘 밤 치는 다 내가 낼 테니까."

인해가 선심을 쓴다. 술꾼들은 조정의 사정을 들으면서 술은 공짜로 마신 셈이 된다. 매양 즐거운 노릇이 아니고 무엇이랴.

이성계와 조준 등이 전제개혁에 앞장을 섰고, 이색, 이임 등이 반대했다는 사실은 술청에서 술청으로, 골목에서 큰길로, 그리고 천민의 부엌에서 사대부가의 사랑방까지 줄기차게 흘러넘치기 시작한다.

위화도 회군 이후 시들시들해지던 '목자득국'의 불씨를 다시 살려내려는 여론몰이가 시작되었으니, 이는 방원이 앞장서고 아내 민씨 부인이 뒤따르는 부창부수의 합작품이다. 더구나 숙번의 곁으로 몰려드는 한량, 건달의 수는 헤아릴 수 없이 불어나고 있었음에랴.

서경 밖에는 불빛이요
안주성 밖에는 연기로세
그 사이를 왕래하는 이 원수李元帥여
원하건대 백성들을 구제하소.

누가 일러 민초들을 갈대와 같다고 하였던가. 거센 바람이 불면 꺾일 듯이 흔들리다가도 바람이 멎으면 언제 그랬냐는 듯 제자리에 서 있을 뿐이다. 또 누가 일러 이들을 잡초와 같다 하였던가. 잡초는 아무리 짓밟혀도 본성을 잃는 일이 없다. 갈대의 생리를 읽고 잡초의 끈질김을 아는 것이 민심을 얻는 비책이다.

방원이 점차 식어가던 '목자득국'에 생기를 불어넣는 것은 아버지 이성계로 하여금 나라를 얻게 하려는 것이지만, 그 일이야말로 민심을 바로 읽지 못한다면 이룰 수 없는 개꿈이 되고 만다.

폐왕비의 아버지 이임의 방에는 밤이 깊어도 등촉이 꺼지질 않는다. 우현보, 변안열, 왕안덕이 은밀하게 모여 있다. 전제의 개혁이 결정되던 날부터 이들은 자주 회동하고 있다. 이들은 모두 엄청난 사전私田을 내놓아야 할 사람들이다. 재물과 권세를 지키기 위해서는 조직적인 반격을 시도해서라도 다시 승기를 잡아야 한다.

"선왕마마를 다시 모시는 길밖에 없어요."

선왕마마란 강화도에 부처되어 있는 우왕을 말한다. 그러므로 변안열의 제안은 역모가 될 수밖에 없다. 비록 그것이 어린 아들을 밀어내고 그 아버지를 다시 보위에 모시는 일이라 해도 조정공론이 아닌 밀계를 도모하여 성사가 된다면 역모나 다름이 없다. 그런데도 이임의 눈에는 광채가 돈다.

"선왕마마를 다시 뫼시다니요? 도성 가까이에 계시는 것도 아니질 않습니까.”

이임은 난색을 표명하면서도 더 구체적인 논의를 요구하는 기색이 완연하다.

“중지를 모아야지요. 우선 도성 가까이로 옮겨 오시게 하는 것이 선행되어야 하질 않겠습니까.”

변안열은 마치 이 일을 오래 생각해 온 사람처럼 집요하다.

“그렇게만 될 수 있다면 최선이지. 시작이 반이라고 했으니까.”

우현보가 찬성하고 나서자 왕안덕 또한 듣고만 있을 수가 없다는 듯 더 구체적인 의견을 개진한다.

“어떻습니까, 대감께서 정비마마께 진언해 보시는 것이요?”

“……”

당연히 그게 순서일 것이지만 이임은 잠자코 있을 뿐 아무 반응이 없다. 더 소상한 방책이 나올 때까지 기다려볼 심산이리라.

“아니 되겠습니까?”

변안열이 채근하듯 물었고, 우현보가 다시 거들고 나선다.

“주상 전하의 보령이 아직 어리십니다. 아바마마를 뵙고자 하시는 효성이 지극하시니 가까이에 모시자고 발의하시고, 중론을 모은다면 대비마마께서도 허락하지 않을 수가 없지를 않겠습니까."

이쯤 되면 이미 결론에 도달한 거나 다름이 없는데도 이임
은 여전히 듣고만 있다.

"우선 이렇게 하지요."

변안열이 다시 묘안을 제시할 기미를 보이자 좌중의 시선
은 일제히 그에게로 쏠린다.

"곧 겨울이 됩니다. 설사 부처해 계신다고 해도 선왕마마가
아니십니까. 호종하고 있는 환관들에게 겨울옷을 내리게 하
고, 마마께는 향연을 베풀어드리게 하시지요. 이 일이 성사된
다면 선왕마마를 도성 가까이로 옮기는 일은 그리 어렵지 않
을 것으로 봅니다만……."

이임은 하마터면 무릎을 칠 뻔한다. 완벽에 가까운 비책이
여서다.

"그렇게 되자면 사자使者가 강화 섬에 가야 하는데, 그럴 만
한 사람이 있겠습니까?"

넌지시 묻고 있어도 이미 성사 가능성을 인지한 목소리다.

"대비마마의 허락이 계신다면 제가 가겠습니다."

왕안덕의 대답은 자신감에 차 있다. 그는 한때 이성계의 신
임을 받았던 부장副將이 아니던가.

"허허허, 제가 적임이 아니오이까. 우시중 대감의 내락을
받기도 어렵지 않을 것으로 봅니다."

왕안덕은 이때 찬성사의 자리에 제수되어 있었다. 아무리 재물을 지키는 일이라 해도 위험을 동반하는 일임은 분명하다.

"오늘 논의된 일들은 내가 정비마마와 의논을 하지요. 다만 한 가지, 이 일은 여기 있는 분들만 알고 있어야 할 일일 것이오. 이 점만 명심한다면 우리의 소망은 성취될 것으로 봅니다."

동이 틀 무렵이 되어서야 이들은 한 사람 한 사람씩 이임의 집을 빠져나간다.

이성계가 정비의 부름을 받고 추동을 나선 것은 이날 저녁 무렵이다. 바람은 차도 햇살은 싱그러운 초겨울이다. 자비 위에서 흔들리는 이성계의 뇌리에는 아직 지지부진하게 진행되는 전제개혁에 관한 상념으로 가득하다.

"왕대비마마, 우시중 대감께서 드셔 계시옵니다."

나이 든 상궁의 고함이 있자 정비의 낭랑한 목소리가 들려온다.

이성계는 안으로 든다. 뜻밖에 창왕이 자리를 같이하고 있다. 이성계는 곡배를 마치고 자리에 앉는다. 신하가 임금에게 예를 올릴 때는 정면으로는 절을 하지 못하고 약간 각도를 틀어야 한다. 이런 예법을 곡배曲拜라고 한다.

"찾아 계시옵니까, 마마."

정비는 잠시 망설이다가 어렵게 입을 연다. 약간 떨림이 있는 목소리다.

"곧 겨울이 닥쳐옵니다. 강화에 계시는 선왕께 겨울옷을 좀 보냈으면 해서요."

이성계는 당연히 그럴 수 있는 일이라고 판단한다. 임금의 귀양살이는 대역부도한 죄인의 경우와 같을 수가 없기 때문이다.

"우시중."

그리고 잠시 뒤 창왕의 애절한 목소리가 더해진다.

"아바마마가 보고 싶어요. 날씨가 차가워 오는데 옥체를 어찌 보전하시는지 …… 과인의 불효가 막중하질 않소."

"망극하옵니다."

"아직 나이 어린 몸이라 법도에 소상하지는 못 하오만, 자식이 어버이를 그리는 정만은 헤아려 주세요."

이성계는 이들의 언동에 누군가의 사주가 있었을 것이라고 직감한다. 마치 약속이나 한 듯 화제의 흐름에 빈틈이 없었던 탓이다.

"대감, 주상께서는 요 수삼 일 동안 식음을 폐하시고 계십니다. 지난밤은 문안을 들어서까지 안수로 용안을 적시셨고요."

여기에 물기 어린 창왕의 애소가 더해진다.

"우시중, 과인의 소청을 저버리지 마시오. 생각 같아서는 도성 가까운 곳으로 옮겨 모시고 싶어요."

"......!"

"대감, 도성 가까운 곳으로 옮겨 모시는 일이야 차후에 정해도 늦지 않을 것이나, 닥쳐오는 엄동설한에 대비해서라도 사신을 보내어 주상의 뜻을 전하게 할 수는 있지를 않겠소. 좌시중 대감과 의논해 주셨으면 해서요."

"명심하겠사옵니다."

이성계는 머릿속을 맴도는 의구심을 버리고 흔쾌히 대답하고서야 정비의 거처를 물러나와 빈청으로 발걸음을 옮긴다. 마침 이색이 나와 있다.

이성계의 전언은 이색을 흡족하게 하고도 남는다. 이색은 이미 계획한 대로 왕안덕을 보내면 어떻겠느냐고 부연한다. 이성계로서도 반대할 까닭이 없다. 한때 자신이 신임했던 부장이기 때문이다.

왕안덕을 강화도에 보내는 것은 전제의 개혁을 반대하는 세력들의 은밀한 계책이었고, 이성계는 그들의 음모에 말려드는 실책을 범한 꼴이 된다. 실책이란 언제나 자신감 넘치는 틈바구니에서 일어나게 마련이 아니던가.

왜구의 침공이 잦은 터라 왕안덕을 육도도찰사 삼아서 강화 섬으로 떠나 보낸다. 우왕과 그를 호종하고 있는 시녀와 환관들에게 줄 겨울옷을 실은 수레와 가마가 왕안덕의 뒤를 따르고 있다. 제법 그럴싸한 행렬이다.

강화해협을 가로지르는 바닷바람은 차고 거세다. 말을 탄 왕안덕의 모습은 위풍당당했으나 차가운 바닷바람이 백발이 성성한 그의 수염을 어지럽게 흩날린다.

왕안덕은 심호흡으로 찬바람을 들이마시면서 결기를 다짐하고서야 거룻배에 올라 바다를 건넌다. 마음속 깊숙이 간직한 음모는 잠시도 쉬지 않고 꿈틀거리고 있다.

우왕의 유배처는 보기에도 초라한 삼간초옥, 권력의 무상함을 실감하게 한다.

"전하!"

왕안덕은 폐왕을 전하라고 부른다. 초췌해진 우왕이 달려 나오면서 왕안덕을 반긴다.

"장군, 이게, 대체 이게 얼마 만이오!"

우왕은 왕안덕의 손을 잡으며 눈물부터 쏟아낸다. 어느 사이엔가 영비도 나와 섰고, 연쌍비도 나와 섰다. 두 사람 모두 이 뜻하지 않은 광경에 눈시울을 적시고 있다.

환관들은 왕안덕이 가지고 온 짐을 풀기에 여념이 없다.

방으로 들어가 우왕에게 예를 올린 왕안덕이 만감이 우러나는 말로 우왕을 기쁘게 한다.

"전하, 기뻐하여 주소서. 곧 도성 가까운 여흥驪興으로 거처를 옮기시게 될 것으로 아옵니다."

"정말이오, 그게 정말이오?"

"신이 어찌 거짓을 고하리까."

"……."

우왕은 꿈속을 헤매는 듯 놀라움을 감추지 못한다.

"전하, 춘추 아직 어리신 주상 전하의 효성이 지극하여 전하께 의복과 안마鞍馬를 바치셨고, 호종한 시녀와 환관들에게는 겨울옷을 하사하셨사옵니다. 거두어 주소서."

우왕의 눈이 빨갛게 충혈된다. 사람이 그리웠고, 도성 소식이 궁금하였지만, 오늘 이 같은 기쁨이 있으리라고 어찌 짐작이나 했던가.

"도성 사정은 어떠하오?"

왕안덕은 그간에 있었던 일을 소상히 설명하면서도 전제개혁의 부당함을 특히 강조한다.

"전하, 이성계의 무도한 무리들은 선묘에서 정한 법을 가벼이 여기면서 국법을 문란하게 하고 있사온지라, 백성들은 전하의 옥체 보전을 하늘에 기구하고 있사옵니다. 부디 훗날을 위해라도 자중자애하소서."

"……!"

우왕은 어금니를 씹는다. 턱살이 꿈틀 움직인다. 다시 보위에 오를 수 있겠다는 소망이 생긴 때문이다.

비록 귀양살이를 하고 있어도 임금의 배소다. 게다가 기사회
생할 수 있다는 기쁜 소식이 전해진 날이다. 산해진미로 가득
한 주안상이 들어오면서 우왕의 얼굴에 생기가 돌기 시작한다.

"드십시다, 장군."

왕안덕은 스스럼없이 잔을 받아서 비운다. 우왕이 왕위에
있는 임금이라면 이런 자리가 쉽지 않다. 그러나 지금은 다르
다. 우왕에게는 다시 보위에 오를 수 있는 기회가 다가온 셈
이고, 왕안덕은 재산을 지키면서도 입신양명을 더할 수 있는
호기를 맞고 있질 않던가.

영비는 아버지 최영의 안부를 묻고 싶었으나 좀처럼 입이
열리질 않는다. 우왕과 왕안덕의 화제가 잠시도 끊이지 않았
기 때문이다. 그래도 용기를 낸다.

"장군······."

"예."

"아버님의 소식은 들어보셨습니까?"

영비는 간신히 입을 연다. 순간 우왕도 왕안덕을 주시한다.
자신에게도 큰 관심사가 아닐 수 없어서다.

"처음에는 고봉현에 계셨사옵니다만, 지금은 충주에 옮겨
와 계시옵니다."

"어찌 지내시는지는 모르시구요?"

"세월을 원망하고 계시겠지요."

왕안덕은 그렇게 대답할 수밖에 없다. 그러나 영비에게는 아버지가 무사하다는 것만으로도 시름을 놓을 일이다. 그런데도 눈물은 끊임없이 흘러내린다.

"모두가 내 탓이오, 영비."

우왕이 잔을 비우며 탄식한다. 회한이 깃든 목소리다.

"전하, 원하옵건대 옥체를 보전하여 주소서."

왕안덕은 간절하게 조아린다. 후일을 기약하자는 뜻이리라.

"하면 나는 언제쯤 여흥으로 옮겨질 것 같소?"

"아직은 확답을 올릴 수가 없사오나, 신 등이 서둘 것이옵니다. 조금만 더 기다려 주소서."

"……!"

취기 때문인가. 우왕은 주먹을 불끈 쥐면서 왕안덕을 주시한다. 왕안덕은 우왕의 희망과 용기를 자극하면서도 자중하기를 당부한다.

"전하, 전하를 따르는 신 등이 있음을 믿으시고, 배소를 옮기시는 날까지 자중자애하소서."

"고맙소, 장군!"

밤은 새로운 기대를 안고 소용돌이치며 깊어가고 있다. 바다가 거칠어지는지 파도 소리가 점차 가깝게 들려온다.

우왕은 주위를 물린다. 왕안덕에게 더 자유롭게 말할 수 있는 기회를 주기 위해서다. 그리고 한 발 다가앉으며 실로 엄청난 말을 토해낸다.

"내가 다시 보위에 오를 수가 있겠소?"

"……!"

왕안덕의 얼굴은 창백하게 바래진다. 그러나 우왕은 더 망설이지 않는다.

"만일 내가 다시 보위에 오를 수 있다면 먼저 이성계를 베고, 최 시중을 구할 것이오!"

"전하!"

"나라의 앞날을 어찌 이성계 따위에게 맡기리. 오백 년 종묘사직을……."

우왕이 강화도에 부처된 것은 아직 넉 달이 채 못 된다. 그 짧은 넉 달이 우왕을 절치부심하게 한 것이 분명하다. 옛날의 방탕했던 모습은 이미 보이질 않는다. 바로 그 점이 적어도 왕안덕에게는 찾아 온 보람이 되고도 남는다.

"전하, 신이 듣고자 한 하교이시옵니다."

순간 우왕은 왕안덕의 손을 덥석 잡는다.

"힘이 되어 주시오."

"전하!"

"다시 시작해 봅시다. 이젠 나도 전과 같이 우매한 임금이 아닐 것이오!"

"망극하옵니다."

가을밤이 길다 해도 이들에게는 여름밤만큼이나 짧았다.

창문이 희붐하게 밝아 오더니 곧 우람한 아침 해가 온누리를 밝게 비추기 시작한다.

왕안덕은 작별인사를 고한다.

"전하……."

"장군을 믿고 기다릴 것이오."

"성은이 망극하옵니다."

왕안덕은 우왕을 주상 대하듯 한다.

『고려사』는 이날의 일을 "우禑가 기뻐하여 안덕에게 말 한 필을 사賜하였다."라고 적고 있다.

도성으로 돌아가는 왕안덕의 발걸음은 가볍기 그지없다. 자신을 기다리고 있을 명문사족들에게 실로 엄청난 기쁨을 전하게 되질 않았는가.

— 이성계를 몰아낸다!

— 전제개혁을 파기한다!

왕안덕은 정비의 거처로 든다. 강화도에 다녀온 일을 복명하기 위해서다. 때마침 이임과 우현보가 먼저 와 기다리고 있다.

왕안덕의 복명이 끝나자 이임과 우현보는 뜨거운 시선을 교환한다. 승산을 확인하는 순간이기도 하다.

"다시 모십시다!"

이임의 목소리는 나지막했으나 결기에 차 있다. 우왕을 다시 보위에 모시는 것은, 설혹 아들을 물리치는 일이라도 이성계 쪽의 시각으로는 역모가 분명하다.

"······뜻을 이루자면 이성계의 족당을 치는 것이 선행되어야 하지를 않겠소!"

"······."

정비의 가슴이 콩 튀듯 쿵쿵거린다. 견디기 어려울 정도의 두근거림이다. 그렇다고 섣불리 먼저 나설 일도 아니다.

"우선 전하를 여흥으로 옮겨 모시는 게 급하질 않소이까."

우현보의 의견은 신중하면서도 서두는 기색이 완연하다.

"전하께서 강화도에 계실 때 거사를 해서는 성사가 쉽질 않아요."

강화 섬에 다녀 온 왕안덕이 뒤를 받는다.

"저도 그렇게 생각하오이다. 전하께서 여흥에 옮겨 와 계셔야 밀사의 내왕도 쉽거니와 입궐 절차도 어렵지 않을 것으로 압니다."

이임이 잠자코 있자, 우현보와 왕안덕은 그에게로 시선을 돌린다.

"장군······."

이윽고 이임이 왕안덕을 부른다. 잠시 사이를 둔 뒤에 이임은 어렵게 말을 이어간다.

"먼저 우리의 거사를 지지하는 장졸이 있어야 하지를 않겠소이까."

"그 점은 심려 마소서."

왕안덕의 자신감 넘치는 대답이 이어진다. 무장의 말이라 무게가 실려 있다.

"그렇다면 옮겨 모시는 일부터 추진합시다."

이임의 당찬 어조가 이야기를 매듭짓는다.

"우선 장군이 먼저 우시중에게 다녀와야 하질 않겠소?"

우현보가 왕안덕에게 당부한다.

"저어……."

정비가 손을 조금 들어 올리며 할 말이 있음을 표시한다. 세 사람은 긴장하지 않을 수가 없다.

"나로서도 여러분의 의향에 찬동합니다만 조심하셔야 할 것으로 압니다. 순시라도 쉬운 일이라고 생각하시면 아니 됩니다. 각별히 유념하도록 하세요."

정비는 왕실의 윗전 답게 경솔히 나서지 말 것을 새삼 당부한다. 누구도 거역할 수 없는 윗전의 심려가 아니던가.

세 사람은 정비의 거처에서 물러나온다.

푸드득, 푸드득. 장끼 두 마리가 인적에 놀란 듯 힘차게 날아오른다. 이 무렵, 수녕궁에는 수많은 꿩들이 날아든다. 꿩은 산에서 사는 새다. 그런데도 대궐은 온통 꿩으로 가득하다.

– 길조吉兆로세.

– 무슨 소리, 흉조일 것일세!

뜻밖의 일이 생기면 사람들의 생각도 갈린다. 수녕궁에 날아든 꿩을 두고는 흉조라는 설이 우세하였다.

왕안덕은 지체 없이 추동으로 이성계를 찾았고, 이성계는 기쁘게 그를 맞이한다. 함께 싸움터를 누볐던 부장이기 때문이다.

"수고가 많으시었소."

"하념해 주신 은혜를 입어 무사히 다녀왔사옵니다."

왕안덕의 인사치레는 정중하기 그지없다. 잠시 전, 그를 물리치기 위한 결기를 다지고 온 왕안덕이다. 열 길 물속은 알아도 한 길 사람 속은 모른다는 속설을 실감하게 하는 장면이 아니고 무엇이랴.

"어찌 지내고 계십디까?"

"민망하기 그지없었사옵니다."

이성계는 침통해한다. 왕안덕은 그 기회를 놓치질 않는다.

"바닷바람 때문인지, 옥체라고 해도 될는지 모르겠습니다만 …… 몹시 수척해 계셨사옵니다."

이성계는 엊그제 입궐했을 때 창왕과 주고받은 말을 상기한다. 그때 어린 창왕은 이렇게 말하지를 않았던가.

– 아직 나이 어린 몸이라 법도에 소상하지는 못하오만, 자

식이 어버이를 그리는 정만은 헤아려 주시오.

아홉 살 난 임금의 소청이어서 이성계는 가슴이 뭉클해졌었다. 그런데 오늘 또한 왕안덕으로부터 우왕의 안부를 전해 듣고 가슴아파지는 것을 어찌하랴. 이성계를 가까이에서 섬겼던 왕안덕이 이런 분위기를 감지하지 못할 까닭이 없다.

"대감께 전해달라는 간곡한 당부의 말씀이 계셨습니다."

"당부라 하면……?"

"지난날의 과오를 뉘우쳤으니 도성 가까이에서 살게 해달라 하시면서 눈시울을 적시셨사옵니다."

"……."

이성계는 눈을 감는다. 들릴 듯 말 듯 한숨까지 쏟아낸다.

"대감, 소인의 부질없는 생각인지는 모르오나, 설사 폐왕이 여흥쯤에 옮겨 와 있다 한들 무슨 변이야 있겠사옵니까."

이성계가 번쩍 눈을 뜬 것은 바로 그때다. 왕안덕은 가슴이 철렁 내려앉는다. 그러나 그것은 잠시뿐, 왕안덕은 다시 용기를 내며 소청을 이어간다.

"백성들에게는 몰라도, 훈구명문들에게는 큰 도량이 될 것으로 사료되옵니다."

― 훈구명문들에게 큰 도량이 된다면……!

이성계는 짧은 순간인데도 왕안덕의 말을 수없이 되씹어본다. 전제의 개혁으로 백성들은 들뜨고 있는 반면, 훈구명문들은 의기소침해 있는 것이 요즘이다. 우왕을 여흥에 옮기는 일이 훈구명문들에게 위안이 된다면 못 할 일도 아니질 않은가.

"대감, 곧 겨울이 닥쳐옵니다."

왕안덕은 죽기로 작정을 한 사람처럼 설득을 계속하였고, 인정과 의리를 소중히 하는 이성계의 대답 또한 명쾌하게 개진된다.

"폐왕을 여흥으로 옮기도록 하시오."

"대감, 실로 하해와 같은 대은이시옵니다."

왕안덕은 깊숙이 허리를 굽혔고, 이성계로서는 다소나마 홀가분한 기쁨을 느끼는 순간이기도 했다.

우왕의 귀양처를 강화 섬에서 여흥으로 옮기라는 어명이 내려지자 사람들은 이성계의 관대함에 칭송이 자자하다. 그렇더라도 큰 혼선이 아니고 무엇인가. 그것도 이만저만한 혼선이 아니다. 우왕을 다시 보위에 올리고, 이미 시행하고 있는 전제개혁을 뒤집어엎으려는 세력들의 음모에 이성계가 휩쓸리고 만 형국이나 다름이 없다.

이임을 비롯한 우현보, 변안열, 왕안덕 등 전제개혁의 반대 세력은 겉으로 내색하지 않을 뿐 마음속으로는 쾌재를 부르고 다닌다.

급기야 우왕의 귀양처를 옮기는 날이 온다.

조정에서는 삼사좌사 조인벽과 찬성사 지용기 등을 통진通

津에 보내어 정중히 우왕을 맞이하게 하였고, 객고를 위로하는 향연까지 베풀게 하였다. 울안으로 들어오는 호랑이를 환대하는 꼴이나 다름없다.

우왕은 감격하지 않을 수 없다. 꿈일 것이라고 믿었던 재등극이 현실로 다가오고 있음을 실감한 때문이다.

— 두고 보리라!

우왕은 조인벽이 올리는 술잔을 받으면서 다짐하고 또 다짐한다.

비록 대대적인 향연은 아니어도 전 왕의 예우를 받으면서 우왕은 여흥 땅에 당도한다. 비록 부처된 몸이라도 사람들의 내왕을 보면서 지낼 수가 있다면 사람 사는 격식을 갖춘 것이나 다름이 없다.

— 다시 보위에 오르면……!

우왕은 희망의 끈을 놓지 않는다. 영비도 연쌍비도 가슴 죄는 나날을 보내면서도 초조한 마음을 가눌 길이 없다. 밤이 되면 우현보가 은밀히 다녀간다. 또 어느 날은 변안열이 다녀갈 때도 있다. 이들은 다녀갈 때마다 '잠시만 더 기다려달라'는 말을 남기곤 한다.

우왕은 호화로웠던 지난날을 되새기며 시세의 흐름이 자신에게로 물길을 바꾸기를 하늘에 기구하며 기다리고 또 기다리는 나날을 보내고 있다.

꿈틀거리는 파도

　10월이 되면 명나라에 사신을 보내 황제에게 새해 문안을 올려야 한다. 이런 책무를 안고 떠나는 사신을 하정사賀正使라고 한다.

　하정사의 임무는 새해의 인사만 하는 것이 아니라, 고려에 대한 명나라의 뜻을 천자의 명으로 받아오기도 하고, 고려의 젊은 학사들이 명나라에서 공부할 수 있게 유학생에 대한 편의 제공은 물론, 그 수를 늘려 줄 것을 청하여 허락을 받아오는 일 등도 겸한다. 명나라에 새해 인사를 하기 위해 10월에 떠나는 것은 연경까지의 거리와 시간을 고려하기 때문이다.

　하정사로 뽑히는 것은 큰 영광이기도 했지만, 대개의 경우

명나라에 잘 알려져 있는 학덕을 겸한 신하를 뽑아서 보내는 것이 통례다. 명나라의 관리들이나 학사들과의 접촉이 많은 까닭이다.

이 해에는 문하시중 이색과 밀직사사 이숭인을 정부사로 정한다. 학식과 덕망으로 따진다면 이들을 능가할 사람이 고려에는 없다. 사신으로 임명되면 서장관을 거느려야 한다.

이색은 이성계의 다섯째 아들 방원을 서장관으로 천거한다. 이성계로서는 반대할 까닭이 없다. 거유土儒 이색의 서장관으로 명나라에 다녀온다면 그쪽 명사들과의 교류도 있을 것이며, 중원의 새로운 문물을 배워 올 수 있을 것이기 때문이다. 그러나 삼봉 정도전이 극력 반대하고 나선다.

"아니 됩니다, 대감."

"아니 될 게 무에 있어요?"

"좌시중이 무엇 때문에 방원을 서장관으로 데려가겠습니까. 인질로 데려가겠다는 속내가 아니오이까."

"인질……!"

이성계의 미간이 꿈틀 움직인다. 정도전은 더 거칠어진 목소리로 이색의 내심을 질타하고 나선다.

"대감의 위엄과 덕망이 하늘에 닿았음을 좌시중이 모른대서야 말이 되오이까. 전제를 개혁하고 폐왕을 여흥 땅으로 옮긴 다음부터는 목자득국의 노래가 공공연하게 불리어지고 있는 때가 지금입니다. 좌시중이 방원을 인질로 데려가고자 하는 것은 대감의 손발을 묶어놓고 떠나겠다는 저의가 아니오이까!"

"당치 않은 소리……."

"방심은 금물입니다, 대감. 만에 하나 좌시중이 명나라에 당도한 다음 귀국을 하지 않는다면 …… 방원은 어찌되오이까!"

"허허허. 대사성, 걱정도 팔자라는 말이 있어요."

이성계는 마침내 웃음을 터뜨린다. 정도전은 조금은 멍해진 얼굴로 이성계를 건너다본다.

"공은 내가 역모라도 꾸밀 것이라 믿고 있소? 내가 임금이라도 될 것이라고 믿으셨느냐 이 말씀이외다."

비록 언성은 높지 않아도 이성계는 자신의 속내를 아직도 읽지 못하느냐는 불만을 토로하고 있는 것이나 다름없다.

"신씨 성을 가진 임금을 밀어내고 그분의 아들을 보위에 올려 놓은 것을 자책하고 있는 나이외다. 왕씨의 나라는 왕씨가 다스려야 한다는 것이 내 소신이기도 하고요."

"대감께서는 허심탄회한 의중을 털어놔 주셨습니다만, 저쪽에서는 그렇게 생각하고 있지 않음을 유념하셔야지요."

"하면, 내가 보위라도 넘보고 있다는 게요!"

이성계의 어조에 격정이 더해지고 있었으나 정도전은 소신을 굽히지 않는다.

"대감. 임금이 되고 아니 되는 것을 꼭 당사자만이 정하는
것은 아니질 않소이까!"

"무슨 소리야, 그게……!"

이성계의 어투가 거칠어진다. 이미 엎질러진 물임을 정도
전이 모를 까닭이 있던가. 그의 어조에도 열기가 더해진다.

"임금 노릇을 하고자 해서 할 수만 있다면 못 할 사람이 없
질 않겠습니까. 하나, 아무리 오르고자 해도 오를 수 없는 것
이 임금의 자립니다. 고려의 임금이 되자면 왕씨여야 하지만,
왕씨라 하여 누구나 다 되는 일이 아니질 않습니까. 우선 왕
실의 핏줄을 이어받아야 되는데 그렇다고 아무나 되는 것은
결단코 아닙니다. 우선 세자로 태어나지 않고서는 안 되는 일
이고, 또 세자로 태어났다 해도 천기天氣가 따르지 않으면 그
또한 안 되는 것이 임금의 자리외다. 게다가 꼭 왕씨의 핏줄
만 임금이 되는 것도 아니질 않습니까."

"……."

이성계는 외면하면서 쩝, 하고 입맛을 다신다. 그럼에도 정
도전의 설변은 멈추지 않는다.

"대감. 이씨가 고려왕조의 임금이 될 수 없음은 세상이 다
아는 일이옵니다. 그러나 한 왕조가 영겁을 누린 일은 역사에
도 없질 않습니까. 구 왕조가 쇠진하면 새 왕조가 창업되는 것

도 역사의 흐름입니다. 후백제도 고려도 그렇게 해서 태어난 왕조 아닙니까. 왕조가 쇠진하여 백성을 바로 다스리지 못하고 외침을 막아낼 힘이 없다면 왕씨의 왕조든 김씨의 왕조든 문을 닫게 하는 것이 하늘의 이치인 줄로 아옵니다만…….”

내친김이란 말이 있다. 정도전은 그 기회를 놓지 않고 평소의 소신을, 아니 이성계의 미지근한 생각을 고쳐 놓으려는 듯 열기를 더해 가고 있다.

“고려는 이미 돌이킬 수 없을 만큼 부패하고 쇠진하였습니다!”

“그래서 나더러 새 왕조를 창업하고, 임금이 돼라는 말인가!”

이성계의 노성일갈이 있고서야 정도전은 말을 멈춘다. 그러나 내심으로는 만족감이 넘쳐나고 있다. 시작이 반이라는 속언이 있지 않던가. 시작이 어렵다는 뜻일 테지만, 새 왕조 창업에 대한 의사가 개진되었고 비록 부정은 하였다 하더라도 이성계의 입으로 그 말이 부연되었다면 정도전에게는 일단 대만족이 아닐 수 없다.

주안상을 들고 오던 강씨 부인은 문 밖에 선 채 움직일 수가 없었고 가슴은 콩 튀듯 두근거린다. 얼마나 듣고 싶었던 말이던가. 지혜롭고 총명한 아낙이라, 기왕에 시작된 얘기라면 뿌리가 뽑히기를 내심 바라고 있다.

"대사성, 날 역모 꾼으로 만들지 마시오. 난 그런 사람이 아니외다."

이성계의 나지막하면서도 단호한 결기를 듣고서야 강씨 부인은 인기척을 낸 다음 방으로 든다. 두 사람의 얼굴은 한눈에 알아볼 수 있을 만큼 상기되어 있다.

강씨 부인은 민망해진 심정을 추스르면서 술을 따른다.

"잣술인데 알맞게 익었사옵니다."

이성계가 입가에 웃음을 담으면서 잔을 비운다.

그 순간 강씨 부인과 정도전의 시선이 마주친다. 강씨 부인의 얼굴에는 어려운 말을 잘 꺼냈다는 치하의 빛이 넘쳐나고 있었고, 정도전은 술잔을 비우는 것으로 화답을 대신한다. 경색된 방 안의 분위기는 좀처럼 가라앉질 않는다.

"다섯째 서방님 드셔 계시옵니다."

때마침 조영규의 우렁찬 목소리가 들린다. 강씨 부인에게는 백만원군이나 다름없다. 재빨리 일어서서 방문을 연다.

방으로 들어서던 방원은 심상치 않은 분위기를 눈치 챈다.

"찾아 계시옵니까, 아버님?"

"……음."

이성계의 대답에는 신음이 섞여 있다. 강씨 부인은 정도전에게 눈짓한다. 이성계의 명이 있기 전에 방원의 의향을 타진해 보라는 눈짓이다. 이성계의 일이라면 무슨 일에든 의기가 투합되는 세 사람이다.

"하정사로 가게 된 좌시중 대감께서 자넬 서장관으로 천거했는데, 이건 인질로 데려가자는 뜻이 아닌가!"

"……."

방원은 인질이라는 말에 흠칫 놀란다. 정도전의 눈빛은 이색과 동행하지 말 것을 종용하고 있음이나 다름이 없다. 강씨 부인은 방원의 수긍을 기다리고 있었고, 이성계는 자신이 해야 할 말을 앞지른 정도전을 못마땅한 시선으로 쏘아보고 있다. 그러나 방원의 대답에는 이미 결단이 실려 있다.

"다녀오겠습니다, 아버님."

"……!"

강씨 부인과 정도전이 약속이나 한듯 놀란 얼굴로 방원을 주시하였고, 이성계는 이미 평온을 되찾고 있다.

"중원을 모르고는 큰 인물이 되지 못하옵니다. 더구나 좌시중 대감의 서장관이라면 많은 것을 배울 수 있는 영광 중의 영광이라고 생각되옵니다."

"이 사람 방원이!"

정도전의 언성이 약간 높아진다. 이색의 서장관이 되어서는 아니 된다는 단호함을 드러내고 있다.

"중원을 배우는 게 소자의 꿈이었사옵니다. 더구나 좌시중 대감은 그쪽에도 널리 알려진 인품이 아니옵니까. 따라만 다녀도 큰 소득이 있을 것으로 아옵니다."

"먼 길이니라. 조심해서 다녀오도록 해라."

이성계의 흔쾌한 허락으로 정도전은 더 할 말을 잃었고, 강씨 부인도 씁쓸한 표정을 지을 수밖에 없다.

방원이 이색의 서장관이 되어 연경으로 떠난 다음날부터 하늘은 며칠 동안 찌뿌듯하게 흐려 있더니, 동짓달이 되면서부터 눈발을 뿌리기 시작한다.

하루 앞을 내다볼 수 없는 긴장된 나날이었으나 뜻밖의 일이 또 한 가지 겹치게 된다. 이성계의 맏아들 방우가 연경으로 가게 된 것이다. 그동안 방우는 왕명의 출납을 맡아 보는 밀직부사 자리에 승차되어 있었다. 정삼품의 높은 벼슬이다.

밀직사 강회백을 수행하여 연경으로 가는 것은 아무 문제도 될 수 없는 자연스러운 일이었어도, 이미 방원이 연경에 가 있는 때라 께름칙하다는 생각이 아주 없지는 않다.

방우가 비록 아버지 이성계를 못마땅하게 여기고 있다 해도 집안의 대를 이어갈 장자가 아니던가. 게다가 방원은 이미 형제 중에서 단연 두각을 나타낸 아들이다. 이런 두 아들이 동시에 명나라에 가 있게 된 사실은 이성계의 주변을 얼마든지 당혹하게 할 수도 있는 일이다.

민씨 부인은 조영규의 전갈을 받고 급한 걸음으로 추동으로 달려간다. 강씨 부인은 이미 정도전과 마주 앉아 있다.

"아무 말도 없이 떠나신다 하던가?"

강씨 부인이 급하게 묻는다. 민씨 부인은 정도전의 시선을 따갑게 느끼면서 화제의 진도를 조금이라도 늦추려 한다.

"……말씀이라 하오시면?"

"무슨 대책이라도 세워놓고 떠나셨느냐고?"

"…….."

민씨 부인은 잠시 고개를 숙인다. 어디서 어디까지 대답을 해야 할지 판단이 서질 않아서다.

"소상히 말씀해 주셔야 합니다. 방원이 연경에 간 것까지는 그렇다 치고, 밀직부사까지 연경으로 가게 된 것은 아무래도 마음에 걸리는 일이 아닙니까."

정도전이 부연하고서야 민씨 부인은 고개를 든다. 그리고 망설임 없이 대답한다.

"심려하실 일이 아닌 줄로 아옵니다."

"아니라니?"

강씨 부인은 방원이 생각하고 있는 아무리 작은 일까지도 소상히 알고 싶어 하는 눈치다.

"그 어른이 계실 때나 아니 계시는 지금이나 아무것도 달라진 것은 없지를 않사옵니까."

강씨 부인과 정도전은 시선을 마주친다. 약간은 안도하는 기색이다.

"이임, 변안열, 왕안덕, 우현보의 집은 물샐틈없이 지키고 있사옵고, 여흥 땅에도 아이들이 나가 있고요."

"……!"

정도전은 전율한다. 방원의 치밀함이 여기까지에 이른 줄은 미처 모르고 있었다. 그제야 방원이 서슴없이 연경에 다녀오겠다고 한 심중을 알 것만 같다.

"저희는 아버님의 심중이 어떠하신지 그게 늘 걱정일 뿐 저희가 할 일에는 한 치의 소홀함도 없었사옵니다."

정도전은 이들 두 여인의 총명함에 두려움까지 느낀다. 한 마디를 하면 열 마디 스무 마디를 헤아리니, 일당백이라 한들 부족함이 없다. 그렇다면 이성계와 방원 부자는 일당백의 지어미를 거느리고 있질 않던가.

강씨 부인이 잠시의 침묵을 깨듯 정도전을 부른다.

"대사성 대감."

"예……."

"대사헌과 의논해야 할 일입니다만……."

대사헌은 조준이다. 정도전을 불러놓고 조준과 의논할 일이라는 단서를 붙이고 나선다면 능수능란한 여인이 아닐 수 없다.

"대간들로 하여금 최영을 다시 탄핵하게 해야 되지 않겠습니까?"

"……!"

"최영이 살아 있는 것은 화근이 살아 있는 거나 마찬가지입니다. 나와 같은 아낙이 아는 일을 대간들이 모르고, 대사성이 모른대서야 말이 됩니까!"

민씨 부인은 몸을 움츠린다. 강씨 부인이 방원보다 한 수위에 있음을 서슬 퍼렇게 과시하고 나선 때문이다.

"만일 명나라에서 대국을 범하려 했던 괴수를 살려두었다고 힐문이라도 해 온다면 그땐 어찌 하시렵니까!"

"그 점은 심려하실 일이 아닙니다. 최영을 처단해야 한다는 상소는 연일 올라오고 있습니다."

"그렇다면 지체 없이 서두는 게 도리가 아닙니까."

정도전은 두 아낙의 정치적 감수성에 혀를 차면서 추동을 나선다.

바람에 날리는 눈가루에 눈앞이 흐려진다. 정도전은 그런 밤길을 혼자서 걷고 있다. 잠시 전에 있었던 두 여인의 지략 대결이 후일의 일을 말해 주는 것 같아 불길한 예감까지 들게 한다.

바람이리라. 집채라도 날려버릴 회오리바람의 씨앗이라는 생각을 하면서 정도전은 밤길을 걷는다.

날이 밝아도 바람은 멈추지 않는다.

여흥 땅은 기름지고 풍요로운 곳. 본래는 고구려의 골내근현骨乃斤縣이었으나 뒤에 신라에 병합되었다. 경덕왕은 이 지역의 이름을 황효黃驍라고 고쳤고, 고려에 이르러 충렬왕후 김씨의 고향이라 하여 여흥군驪興郡으로 승격시켰으나, 지금은 우왕이 여기에 부처되어 있다 하여 황려부黃驪府로 다시 승격되어 있다.

해가 지면서부터 바람은 조금씩 잠자기 시작한다. 그러나 추위는 살결을 도려내는 칼날과도 같다.

산길을 타고 내려오는 사내의 그림자가 있다. 나이가 들어 보이는 사내는 발을 헛딛고 쓰러진다. 마치 썰매를 타듯 미끄러져 내리던 사내는 간신히 몸을 일으키며 태연하게 옷자락을 턴다. 몸을 움직일 때마다 하얀 입김이 뿜어져 나온다.

사내는 다시 빠른 걸음을 옮기기 시작한다. 아무리 살펴도 일부러 험한 길을 택하여 스며든 것이 분명하다. 철성부원군 이임이다.

방원이 연경으로 떠나기 전부터 우왕의 거처는 목인해가 지키고 있다. 고을 젊은이들이 말을 고분고분 잘 따라서 아무리 작은 변동도 손바닥 읽듯 파악하고 있었으나, 목인해도 이때만은 방심하고 있었던 모양으로 낯선 사내의 침입을 아무도 눈치 채지 못한다.

우왕의 거처에 당도한 이임은 담장을 넘을 궁리를 한다. 발

자국을 남기지 않기 위해서는 남쪽으로 돌아야 한다. 조심이 지나친 탓일까, 이임은 기왓장을 몇 장 깨고서야 간신히 담을 넘는다.

인기척에 놀란 우왕이 황급히 댓돌을 내려서면서 반긴다.

"아니, 철성부원군이 아니시오?"

이임은 깊게 허리를 굽히며 읊조린다.

"신의 불충이 이만저만이 아니옵니다."

사사로운 정으로 보면 우왕에게는 장인이 되는 처지지만, 부처지를 강화도에서 여흥으로 옮긴 다음 처음으로 만나는 처지라 군신 간의 예의를 깍듯이 갖추고 있다.

"드시지요. 빙부님……."

우왕은 이임의 손을 잡으며 안으로 모신다. 시종하는 환관들이 큼직한 놋화로를 들여온다. 보기만 해도 몸이 녹을 듯한 탐스러운 숯불이 빨갛게 피어오르고 있다.

"왜 이리 소식이 늦었다는 말씀이오. 기다리다가 지칠 것만 같습니다."

우왕의 목소리는 조급하다 못해 애절하게 떨려 나온다.

"전하, 뜻하지 않은 일이 생겼사옵니다."

"뜻하지 않은 일이라니요?"

"불행하게도 최 시중 대감께서 순군옥巡軍獄에 다시 갇히게 되었사옵니다."

"아……."

우왕은 절망이 담긴 비명을 쏟아냈고, 동석한 영비는 소리 내어 흐느낀다.

"무슨 연유로 최 시중이 다시 순군옥으로 옮겨졌다는 말씀 이오. 대체 어느 못된 놈이……!"

"전법典法과 대간臺諫들이 최 시중의 처단을 연일 상소하고 있었사옵니다."

"저런 못된 것들이 있나. 대체 언제부터?"

"동짓달 보름께부터였사옵니다만, 그와 같은 상소는 이성 계를 따르는 조준, 정도전의 사주를 받은 게 분명하옵니다."

"……고이연, 참으로 고연 것들이로세……!"

우왕은 주먹을 불끈 쥐어 보였으나 그것만으로는 힘이 될 수가 없다. 이임이 조용히 우왕을 위로한다.

"전하, 어쩌면 전화위복으로 삼을 수도 있을 것으로 아옵니 다."

"……전화위복이면?"

흐느낌을 토하고 있던 영비도 고개를 번쩍 든다. 비록 눈물 로 젖은 얼굴이긴 해도 기대감이 넘치고 있다.

"어서 말씀해보시오."

"최 시중께서 함거에 실린 몸으로 도성 거리를 지나실 때, 백성들은 땅을 치고 통곡하였사옵니다."

"통곡을……?"

"그러하옵니다."

"영비, 들으셨소?"

우왕은 영비의 손을 잡으며 감격해 한다. 민심이 자신에게 돌아오리라 확신하고 있음이나 다름이 없다.

사실이 그랬다. 최영을 태운 함거가 개경 거리에 들어서면서부터 한 사람, 두 사람 모여들기 시작한 백성들은 마침내 거리를 가득 메우는 인파로 변한다.

비록 죄인의 몸이 되어 함거에 실려 있다 하더라도 최영의 모습은 위풍당당하다. 흰 수염이 겨울바람에 날리고, 눈빛은 형형한 광채로 가득한 명장의 모습 그대로다.

이 광경을 지켜보고 있던 수많은 군중들은 일제히 달려 나가 함거를 막아서며 통곡을 하고 싶은 심정이었으나, 함거를 호송하고 있는 병마의 위엄에 눌린 듯 혀를 차고 한숨만 내쉴 수밖에 없다.

함거의 육중한 바퀴는 얼어붙은 눈길을 삐걱거리며 굴러간다. 돌처럼 굳어진 눈덩이가 깨지고 부서지면서 함거의 속도가 늦추어진다. 바로 그때 노인 한 사람이 함거 앞으로 달려 나와 꿇어앉는다.

"대감! 이 어인 모습이옵니까. 눈물이 앞을 가릴 따름이옵니다."

그리고 온몸을 들먹이며 통곡을 한다. 그것을 신호로 수많은 군중들이 일제히 함거의 앞으로 뛰어나온다. 길이 막힌 함거는 한 발자국도 움직일 수가 없다. 호송하던 병마들로서도 어찌할 수 없는 순식간의 일이다.

"대감!"

"장군!"

모두 땅을 치며 통곡한다. 일흔 살이 넘은 노장군 최영에게 보내는 동정과 존경은 삽시간에 울음바다로 변해간다.

"물러가랏! 당장 물러서지 못하겠느냐!"

호송하던 병사들이 채찍을 휘두르며 소리쳤으나 아무도 거기에 응하는 사람이 없다. 최영은 잠시 얼굴을 들어 허공을 바라본다.

겨울 하늘은 구름 한 점 없이 차고 푸르렀고, 백성들의 통곡 소리만 빈 하늘을 메아리치듯 울리고 있을 뿐이다.

"들으시오. 내 말을 들으시오!"

마침내 최영이 소리친다. 칠십 노장군의 목소리가 아니다. 적진을 호령하는 젊은 용장의 쇳소리와 같은 목소리이다. 통곡은 가라앉기 시작했고, 호송하는 병사들마저도 최영을 주시하지 않을 수 없다.

"나는 주상 전하의 어명을 받들고 있소이다. 함거가 가는 길을 막는 것은 어명을 거역하는 일! 함거가 가지 못하면 내

죄가 더 무거워지지 않겠소. 나를 더 큰 죄인으로 만들지 마시오!"

"대감!"

"장군!"

통곡이 일제히 다시 터져 나온다. 최영은 이들을 책망하듯 큰 소리로 다시 호통친다.

"길을 열라. 최영이 갈 길을 열라. 당장 물러서지 못하겠는가!"

통곡이 가라앉으면서 길을 메우고 함거를 에워싼 군중이 양쪽으로 갈라지면서 물러나기 시작한다. 최영을 태운 함거는 그렇게 순군옥 쪽으로 사라져 갔다.

이임의 고함이 끝나자 우왕의 두 볼에는 하염없이 눈물이 쏟아져 흐른다. 영비라 하여 다를 것이 있겠는가.

"만일 최 시중이 순군옥에서 나와 백성들 앞에 나선다면, 모든 백성들이 최 시중을 따를 게 아니오?"

"그러하옵니다. 최 시중을 따르는 것은 곧 전하를 따름이옵니다. 통촉하소서."

"……!"

우왕은 여흥 땅을 떠나 단숨에 개경으로 달려가고픈 충동을 느낀다. 자신이 편전에 이르러 최영의 석방을 명한다면 누가 감히 거역하고 나서겠는가.

"최 시중을 방면합시다!"

우왕의 결기는 이임의 얼굴로 고스란히 옮겨진다.

"그러하옵니다. 저들에게도 기필코 틈이 있을 것이옵니다. 그때 일거에 밀어붙이면 성사가 되고도 남을 일이옵니다."

"그때가 언제란 말씀이오?"

"전하, 이 일은 우현보, 변안열 등이 은밀하게 의논하고 있사옵니다. 결단코 멀리 있는 일이 아니옵니다. 통촉하소서."

"서둘라 전하시오. 일각이 삼추와 같은 것이 내 심정임도 함께 전하시오!"

두 사람의 뜨거운 결기는 하나가 되어 굳어지고 간직된다.

새벽녘에 이르러서야 이임은 작별을 고한다. 사람들의 내왕이 있기 전에 떠나야 하기 때문이다. 우왕의 거처를 물러날 때도 담장을 넘을 수밖에 없다. 이임은 재빨리 좌우를 살피면서 자신이 넘어왔던 담장을 뛰어넘는다.

사위가 희붐하게 밝아온다. 이임의 발길은 하얀 입김이 바람에 부서지듯 소리 없이 여흥 땅을 벗어난다.

한 해를 마무리하는 세모의 바람은 차갑기 그지없다. 뼛속 깊이까지 스며드는 냉기에도 개경 거리의 화제는 뜨겁게 달아오르고 있다. 최영을 흠모하는 사람들이 늘어만 간다는 풍설이 꼬리를 물고 번져가고 있었기 때문이다.

민씨 부인은 벌써 여러 날째 단잠을 이루지 못한다. 최영을 그리워하는 사람들의 수가 늘어난다면 전제개혁을 방해하는 세력이 그 만큼 늘어나는 것이나 다름이 없기 때문이다.

지아비 방원이 명나라로 떠나고 없는 것이 이리도 답답하고 허전할 수가 없다. 그렇다고 의논할 곳도 마땅치가 않다. 추동으로 달려가 경처 시어머니 강씨를 만나보고자 해도, 그녀의 빈틈없는 성품과 아는 척하며 군림해 오는 것이 싫다.

"어서 친가로 달려가 아버님을 좀 모셔오게."

친정아버지 민제라면 자신의 마음을 헤아리고 어루만져 줄 것 같아서다. 민제는 예의판서로 제수된 조정의 고위 관원으로, 생각이 깊고 신중한 사람으로 평판이 나 있으면서도 앞일을 내다 볼 정도로 학문이 깊은 사람이다.

민씨 부인은 평배로 세배를 마치고, 방원이 명나라에서 돌아올 때까지 함께 있어 줄 것을 간청하였고, 민제는 이를 흔쾌히 받아들인다.

민씨 부인은 친정아버지에게 술을 따르면서 조심스럽게 물어본다.

"거리가 온통 최 시중의 화제라고 들었습니다만……."

"염려할 일은 아닐 것이니라."

민제는 술잔을 비우고 나서 다시 부연한다.

"거리의 화제가 네 시아버님을 비방하면서 최 시중을 흠모

한다면 모르되, 단순한 동정이라면 능히 그럴 수 있질 않더냐."

"아무리 그렇기로 하필이면 지금 최 시중이 백성들의 동정을 사게 되다니요?"

"허허허, 그깟 일이 며칠이나 가려고."

민제는 웃음까지 섞으며 최영에 관한 화두를 애써 흘려 보내고자 한다. 민씨 부인은 얼마간 안도하면서도 좀 더 소상히 알고 싶다.

"그이가 계실 때라면 무에 걱정될 일이겠습니까만 …… 도성을 비운 사이에 불미한 일이라도 있을까 그게 몹시 걱정이 되옵니다."

"허어, 네가 걱정하지 않아도 최영을 처단하라는 상소가 빗발치고 있느니라."

사실이 그러했다. 상소의 내용은 최영을 참수로 다스려야 한다는 강경 일변도로 집약된다. 전법판서 조인옥, 이제 등이 소두疏頭나 다름없이 앞장서 있고, 뒤이어 문하부낭사 허응 등이 극렬한 문장으로 동조하고 있다. 그러면서도 최영의 공을 인정하는 문장이 들어 있다는 사실은 대단히 아이러니한 대목이다.

특히 윤소종의 글이 그러하다.

— 공功은 일국一國을 덮었으나 죄는 천하에 가득 찼다.

아무리 그래도 최영의 처단을 비껴가고서는 전제개혁을 완성할 수 없다. 구 시대를 청산하는 일이기 때문이다.

마침내 비운의 날이 오고야 만다.

섣달의 찬바람도 이날만은 불지 않는다. 최영은 고려왕조 오백 년의 비운을 안고 거리로 끌려나온다. 백옥 같은 수염은 눈부셨고 한순간의 몸놀림도 흐트러짐이 없는 거인의 모습 그대로다.

 – 형刑에 임하여 언사와 안색이 변하지 않았다.

이것이 최영의 마지막 모습을 적은 『고려사』의 기록이다.

73세.

길다면 길고 짧다면 짧은 일생이다. 이날부터 저잣거리의 모든 문은 닫힌다. 어린아이며 아낙이며 젊은이며 노인이며 모든 고려 백성들은 명장 최영을 위해 눈물을 쏟았고, 길을 가던 행인들도 그의 시신 곁에 이르러서는 말에서 내렸다. 도당都堂에서도 쌀과 콩 그리고 포지布紙를 최영의 영전에 부의하였다. 죄인을 처단하고 부의를 내리는 것은 모순이다. 사실이 그러했는지, 『고려사』 개수 과정의 결함인지는 알 수 없으나, 1388년은 그러한 모순을 안고 저물어 간다.

『고려사절요』는 최영의 최후와 그 인간됨을 다음과 같이 적었다.

최영을 베었다. 영은 본관이 철원인데 유청惟淸의 5세손이다. 풍신과 용모가 괴걸위대하고, 힘이 남보다 뛰어났으며, 강직하고 충성하고 청백하였다. 매양 진에 임하여 적을 대하면 신기神氣가 조용하고 한가하여 화살과 돌이 좌우에서 날아와도 조금도 두려워하는 빛이 없고, 싸우는 군사가 한 걸음이라도 퇴각하면 모두 베어서 반드시 이기도록 하였다.

그 때문에 크고 작은 여러 싸움에 향하는 곳마다 공을 세워 한 번도 패한 적이 없어서 나라가 힘입어 편안하고, 사람들이 그 혜택을 받았다.

일찍이 영의 나이 십육 세 때에 아버지 원직이 죽으면서 경계하기를 "금을 보기를 돌같이 하라" 하였다. 영이 이 유훈을 마음속에 간직하여 산업을 일삼지 않으니, 사는 집은 비습하고 좁으며 의복과 음식이 검소하여, 살진 말을 타고 가벼운 옷을 입은 자 보기를 개돼지같이 하였다.

비록 오랫동안 장수와 정승으로 중한 군사를 쥐고 있었으나 청탁이 그에게 이르지 못하였으니, 세상에서 그 청렴한 것을 탄복하였다. 대체大體를 위주하고 세쇄한 사리를 따지지 않아서, 평생에 군사를 맡았으나 휘하 군사 중에 얼굴을 알아보는 자가 수십 명에 불과하였다.

그러나 성품이 좀 우직하고 학술이 없어서 모든 일을 자기 뜻대로 결단하고, 죽이기를 좋아하여 위엄을 세웠으며, 늙어서 정신이 쇠하고 감퇴되니 지식과 사려가 전도되고 착란되어 공연히 요동을 치는 군사를 일으켰다.

겨울의 불꽃

　조용하던 바다가 갑자기 넘실거리기 시작한다. 불어오는 바람도 심상치 않다.

　발해渤海에는 세 척의 객선이 떠 있다. 그 중 한 척에 이색, 이숭인, 이방원 등 연경을 다녀오는 하정사 일행이 타고 있다.

　1389년 4월. 장장 육 개월의 여정을 끝내고 귀국하는 길인데, 바다는 이들을 집어삼킬 듯 요동치고 있다. 세찬 바람이 돛을 내린 맨 기둥을 여린 나뭇가지 흔들듯 휘몰아치기 시작한다. 뱃전에 나와 섰던 이색의 눈에 실로 엄청난 광경이 나타난다. 아득히 먼 바다 끝 쪽에 물기둥이 서 있다. 물보라는 원통을 이루며 휘말리듯 하늘에 치솟아 오르면서도 빠르게 밀려오고 있다.

"대감, 회오리바람이외다!"

이숭인이 사색이 된 얼굴로 말한다. 이색 또한 창백해진 모습으로 입을 열지 못한다. 이들의 옷자락은 널어놓은 빨래조각처럼 펄럭였고, 그때마다 물보라가 뽀얗게 날아올라 사람들을 휘감아 적신다.

"대감, 내려가시지요. 심상치 않사옵니다."

"그러세……."

모두 몸을 움츠리고 선창으로 내려간다. 배의 동요도 예상대로 점점 커지고 있다.

아득히 먼 곳에 있으리라 믿었던 물기둥이 세 척의 객선을 향해 빠르게 접근해 온다. 객선들은 한 조각 나뭇잎에 불과한 듯 넘실거리는 거친 물결에 시달릴 뿐이다.

하늘까지 치솟아 있는 거대한 물기둥을 몰아오는 회오리바람은 이미 바람이 아니라 하늘의 노여움이나 다름이 없다. 마침내 그 노여움이 한 척의 객선을 휘감아 올린다. 사람을 태운 객선은 바람에 휘말리는 순간 물기둥을 따라 하늘로 치솟는가 싶더니 패대기를 당하듯 곤두박질치며 물결 속에 쑤셔박힌다. 파도 소리, 바람 소리 때문에 비명은 들리지도 않는다. 객선도 사람도 형편없는 미물일 수밖에 없는 참담한 모습, 바로 그것이리라.

물기둥은 또 한 척의 객선을 그렇게 집어삼키며 남아 있는 한 척을 향해 달려들고 있다. 선창에 피신해 있던 하정사 일행은 기둥을 잡고 안간힘을 썼으나, 허공으로 날아오르는 듯한 요동으로 온통 속까지 뒤집히는 파김치로 변해 간다.

이숭인은 이미 비명을 지를 수도 없을 만큼 지친 채 패대기쳐져 있었으나, 방원만은 그 엄청난 시련을 견디듯 어금니를 물고 버티고 있을 뿐이다. 이색은 뱃전을 구르면서도 방원의 의연한 모습에 소름이 끼칠 만큼 감동하고 있다.

— 어디서 저 같은!

이색은 몸을 굴리며 똥물까지 토해내는 절체절명의 순간에도 방원의 의연한 모습에 부러움과 감동의 일순을 경험한다. 배는 다시 하늘로 치솟는 듯 하더니 바다 밑으로 쑤셔 박히는 엄청난 요동을 되풀이한다. 그때마다 두 사람의 몸뚱이는 마치 나무토막처럼 이리 구르고 저리 구르곤 하는데, 오직 방원만은 밧줄로 몸을 지탱하며 중심을 유지하고 있다.

용운龍雲이라고도 불리는 회오리 돌개바람이 지나가자 사신들을 태운 배는 간신히 중심을 찾았으나 이미 넝마와 같이 일그러진 나뭇조각에 불과하다.

"무사히 건널 수가 있을지?"

이색이 시름에 잠긴 목소리를 토해냈으나 방원의 대답은 늠름하기 그지없다.

"이미 하늘의 보살핌이 계시질 않았습니까."

배는 일엽편주와 같이 발해를 벗어나 고려의 영해로 들어선다.

이색을 비롯한 사신 일행이 개경으로 돌아온 것은 회오리 돌개바람의 악몽에서 벗어난 지 열흘이 지나서였다.

"노고가 크셨을 것으로 아옵니다."

민씨 부인은 무사히 귀국한 지아비 방원에게 다소곳한 예를 올린다. 그리고 그간 있었던 개경에서의 일을 소상히 고해 올린다. 당연히 최영의 처단이 첫 순서였고 그 다음으로 이숙번, 마천목, 목인해, 송거신 등이 맡은 바 소임을 충실히 시행했음도 상기시켰고, 친정아버지 민제가 함께 있어 준 사실까지도 세세히 고해 올린다.

"장인어른은 뭐라고 하십디까?"

방원이 반문한다. 입궐하면 더러 마주치기는 했어도 좀처럼 자신의 심중을 털어놓지 않은 것이 마음에 걸려서다.

"한 발 앞서 가고 계셨사옵니다."

"오, 그래요!"

"가까이 하신다면 큰 힘이 될 것으로 아옵니다."

방원의 얼굴에는 함박웃음이 피어난다. 장인 민제의 협력은 일당백의 수준을 넘어설 것이기 때문이다.

4월인데도 서리가 내릴 만큼 날씨가 고르지 못하다. 허구한 날 서리가 내리니 비가 올 리가 만무하다.

– 영락없이 흉년일세.

사람들은 마른하늘을 쳐다보며 살아갈 일을 걱정한다. 거기다가 전제개혁을 위한 측량마저도 지지부진하니, 애써 다져온 민심의 이반까지 걱정해야 할 판국이다.

7월이 되자 이색은 이성계에게 신상의 일을 의논한다. 좌시중의 자리에서 물러나겠다는 뜻을 전중한 어조로 밝힌다.

"참아주시오, 한산군……"

이성계는 난감하기 그지없다. 지금의 난국을 수습하는 데 이색만한 학덕을 찾기는 어렵다.

"한산군이 아니고는 이 난국을 수습해 나갈 수가 없어요."

"과찬이십니다."

"한산군께서 좀더 힘이 되어 주셔야지요."

"난 어차피 전제개혁에……."

반대하지 않았느냐는 반문이었으나, 그 말끝을 맺지도 않은 채 후임을 거론하고 나선다.

"송헌, 철성부원군을 맞이하시든가, 송헌께서 몸소 문하시중의 자리에 오르실 때도 되지 않았습니까."

"전 문하시중의 재목이 못 됩니다!"

"……?"

"전 싸움터에서 잔뼈가 굵은 장수 아닙니까. 뒤에서 도와드리면 되는 일이기도 하고요."

이색은 비로소 이성계의 참 마음을 이해한다. 위화도 회군 이후의 일을 거론한다면 이성계는 당연히 수상격인 문하시중의 자리에 있어야 한다. 아니 임금의 자리에 오르고자 한다면 그 또한 말릴 사람이 없을 정도로 막강한 권한을 누리고 있으면서도 아직 한 번도 좌시중의 자리를 탐한 적이 없다. 주위에서 좌시중의 자리에 오를 것을 건의하면 '난 싸움터에서 잔뼈가 굵은 장수에요. 뒤에서 도와드리면 되는 일이기도 하고요.'라는 대답만으로 일관하지를 않았던가.

이색은 이성계의 참 모습을 보는 것 같아 큰 감동을 하면서도 화제를 돌릴 수가 없다.

"하오시면, 철성부원군을 모시든가요."

초록은 동색이라 했던가. 이색은 말을 바꾸면서도 철성부원군 이임을 천거하고 나선다. 이성계가 이임을 마땅치 않게 여기고 있음을 헤아리지 못한 탓이다.

"송헌, 철성부원군은 국구가 아니십니까. 명망도 그만하면 되었고요. 송헌에게는 큰 힘이 될 것으로 압니다."

이성계는 대답 대신 가는 한숨을 놓는다. 설사 이임에게 명망이 있고 그의 신분이 우왕의 국구라 하더라도, 그가 전제개혁을 주도할 만한 인물이 못 된다는 사실을 이성계는 손금을 들여다보듯 알고 있어서다.

"……꼭 사임을 하셔야 되겠습니까."

"송구하오이다."

이성계는 허전해지는 마음을 달랠 길이 없다. 이색과 같은 큰 인물을 가까이 두지 못하는 자신의 모습이 초라해지기까지 한다.

"도리 없지요. 도당에서 논의해 주시오."

"의중에 있는 인물은 없소이까?"

"전 도당의 뜻을 따를 뿐입니다!"

이와 같은 의사가 강씨 부인의 입을 통해 측근에게 알려지자 약간의 소요를 빚게 된다. 문관보다도 무관들이 이런 일에는 민감하게 반응하기 때문이다.

방원의 집 안마당은 고함으로 가득 찬다. 민씨 부인이 황급히 달려 나와 바우에게 묻는다.

"누구누구 계시는가?"

"퉁 장군, 심 장군, 대사헌, 대사성께서 드셨습니다."

"자넨 중문 밖에 나가 있게. 잡인들이 근접해서는 아니 될 것일세!"

바우는 빠른 걸음으로 중문을 나갔고, 민씨 부인은 빗장을 당겨 걸고 돌아서는데 낯선 목소리가 카랑카랑하게 들린다.

"대사헌, 대사성이 뭣 하는 자리야! 이임이 문하시중이라니! 어찌해서 송헌 대감은 백날 수문하시중이야. 전제개혁이 어떻게 시작된 일인데!"

심덕부의 분노는 이미 이성을 잃을 만큼 격하게 타오르고 있다.

"대감께서 극구 사양하셨다질 않사옵니까!"

조준이 정중히 대답한다. 또 그것은 사실이기도 하다.

"보라요! 이임을 데리고 전제개혁이 되갔습네까!"

"되도록 해야지요."

이번에는 정도전이 말을 받았다.

"어림도 없는 소리! 위화도에서 회군해 온 것은 남 좋은 일 시키려는 게 아니었어! 최영을 물리친 게 누구신가! 마땅히 송헌 대감께서 문하시중의 자리에 오르셔야 했고, 또 그래야 전제개혁이 순탄하게 이루어질 게 아닌가. 문관들이 멍청히 앉아 있을 양이면 나 혼자서도 할 수 있어!"

심덕부의 분노는 헤아릴 길 없이 거세게 터져 오른다.

"저도 있질 않습네까!"

퉁두란이 동조하고 나선다. 조준, 정도전은 더 이상 아무 말도 할 수 없다.

"추동으로 가자요!"

"그럽시다!"

퉁두란과 심덕부가 일어서려는 순간이다.

"장군……."

잠자코 있던 방원이 입을 연다. 방 안에는 일순 긴장감이 감돈다. 뜻밖에도 방원의 목소리는 잔잔하게 흘러나온다.

"이번만은 아버님의 의향을 따라 주셨으면 합니다."

"이 사람 방원이. 그렇게 되면 백년하청이야!"

"일을 해 나가는 방법이 꼭 한 가지만 있는 것이 아니질 않사옵니까."

방원은 여기서 잠시 말을 끊는다. 심덕부는 이글이글 타오르는 눈빛을 굴리며 방원을 쏘아보고 있다.

"아직은 시기가 아닌 줄로 아옵니다. 전제개혁은 이미 시작되어 있고요."

"시작되면 뭘 해! 진척이 되어야지!"

"장군, 땅을 차지한 사람들은 훈구대신들입니다."

"그러게 때려눕힐 놈은 단칼에 때려눕혀야 개혁이 성사가돼!"

심덕부의 흥분은 도를 지나치고 있다. 창칼로 도당을 뒤엎고 이성계로 하여금 문하시중의 자리에 오르게 하여 전제개혁을 매듭지어 놔야만 백성들이 '목자득국'의 노래를 다시 부를 것이라고 입에 거품을 물고 토해낸다.

"아버님께도 생각이 계실 것으로 압니다. 이번 일만은……."

"이보게, 방원이!"

심덕부는 또다시 방원의 말을 가로막는다.

"자넨 아버님의 성품을 잘 몰라. 그 어른은 의리 하나를 평생의 신조로 삼아오신 분이야. 하나, 지금의 세태는 의리만으로는 구제하기 어려워. 송헌 대감께서 스스로 벼슬을 탐할 어른이신가. 어림없는 소리. 지금도 사임하실 생각만 하시고 계시질 않는가! 그분의 의향을 존중하고 따르면 그분은 물론이요, 우리 모두가 이선으로 물러앉게 돼. 이게 어디 될 법이나 한 소린가! 위화도 회군은 목숨을 걸었던 일이야! 목숨을 걸어서 성사된 일을 남에게 주다니? 이게 바로 죽 쒀서 개 준다는 게야. 아시겠는가!"

"……."

심덕부의 열변이 지나간 자리에는 고요만 남는다. 누구도 입을 열려고 하지 않았기 때문이다.

"퉁 장군, 우린 갑시다."

"그러지요."

심덕부와 퉁두란은 자리를 차고 일어선다. 방문을 열던 심덕부가 다시 돌아선다.

"방원 자네가 앞장서게. 남에게 맡겨 둘 일이 아니기에 하는 소릴세!"

그리고 방을 나선다. 조준, 정도전은 섬뜩한 느낌이 들 수밖에 없다. 남에게 맡겨 둘 일이 아니라고 하는 것은 자신들을 두고 하는 말일 수도 있겠다는 생각이 들어서다.

심덕부와 퉁두란의 전송을 마친 방원이 다시 들어와 앉는다.

"대사성 대감, 제가 명나라에 간 사이에 아버님과 의논이 계셨다면서요?"

보위에 관한 논의가 있지 않았느냐고 확인하고 있는 것이다.

"있었다네."

"물론 일언지하에 거절하셨겠지요?"

"그렇기는 해도, 거론한 것만으로도 큰 진전이 있었음이 아니겠나."

"그렇긴 합니다만, 다시 한 번 거론해 주실 수는 없겠습니까?"

"지금은 때가 아니네."

"확정을 하자는 것은 아닙니다. 자주 거론할수록 좋은 게 아니겠습니까."

"……."

정도전이 고개를 끄덕이자 이번에는 조준에게 묻는다.

"대사헌 대감은 어찌 생각하시는지요?"

"송헌 대감은 절대로 응하지 않으실 것이네."

"그렇다면 새 방도라도 찾아야 하질 않겠습니까!"

"지금 시급히 서두를 일은 왕씨로 보위를 이어가게 하는 일뿐일세!"

"그 다음은요?"

"서둘지 말고, 도당의 흐름을 송헌 대감 쪽으로 몰아가야지."

"……"

방원의 시선은 허공으로 옮겨가 못 박히듯 멎는다. 정치란 백성들을 구호한다는 명제로 흘러가는 것이지만, 어떤 경우에든 사정私情이나 사욕私慾이 작용하게 마련이다. 단순한 사욕이 사욕邪慾으로 변할 때는 정변이 일어나게 되고, 또 그런 일은 유혈참극을 수반하는 것이 역사의 흐름이다.

추동에 당도한 심덕부와 퉁두란은 이성계의 성품을 휘겼듯 몸소 선봉에 나서 줄 것을 강청하였으나, 이성계는 온 얼굴에 웃음을 담을 정도로 편안하게 자신의 처지만을 설득할 뿐 전과 달라진 점을 눈을 닦고 찾아도 없다.

"허허허. 장수는 정치에 서툴러요. 나는 남을 도울 수는 있어도 내가 나설만한 능력이 없어요."

이성계의 성품에서 남보다 두드러진 점이 있다면 강직하되 사욕私慾이 없다는 점이고, 사욕이 없으니 사욕邪慾이 있을 까닭이 없다.

심덕부와 퉁두란의 간청은 협박으로 보일 만큼 강한 것이었으나, 오히려 이성계는 한 치도 흔들림 없이 이들을 설득한다. 이와 같은 이성계의 성품 탓으로 문하시중의 자리는 이임에게 돌아갔고, 이성계는 다시 전과 같이 수문하시중의 자리에 남게 되었다. 그리고 수상의 자리에서 물러난 이색은 한직인 판문하부사에 머물게 된다.

국가의 정상부가 자주 변하는 것은 혼란의 시대임을 말하는 것이나 다름이 없다. 다른 말로 바꾸면 위화도 회군의 총수인 이성계의 지위가 정착되지 못하고 있음이며, 전제개혁이 지지부진한 것도 따지고 보면 여기서 연유되는 것이나 다름이 없다.

창왕은 이임, 이성계, 이색 세 사람에게 파격적인 예우를 한다. 이들 세 사람은 임금을 찬배贊拜할 때도 칼을 차고 신을 신어도 좋고, 이들의 이름을 함부로 부르지 못하게 하였으며 각각 은 50냥과 채단綵緞 열 필, 말 한 필씩을 하사하였다. 모두 정몽주의 간청을 받아들인 결과다. 전제의 개혁을 정할 때는 찬성도 반대도 하지 않은 정몽주였으나, 위에 적은 세 사람에 대한 예우에는 극진하다 할 만큼 후학의 도리를 다하고 있음이다.

이성계의 주변에서 본다면 이 또한 속이 뒤집힐 일이 아닐 수 없다. 이임과 이색은 훈구명문이며 전제개혁에 반대한 인물인데도 이성계와 똑같은 예우를 받게 되었다면 이성계의 위치가 아직은 허공에 떠 있음이 분명했고, 훈구명문들 주변에서 본다면 이성계를 밀어낼 가능성까지 열려 있는 것이나 다름이 없다.

동짓달에 접어들면서 날씨의 변덕은 더욱 극심해진다. 앞을 볼 수 없을 만큼 짙은 안개가 끼는가 하면 지진이 일기도 한다. 그런가 하면 마른하늘에 뇌성벽력이 일기도 한다.

모든 것을 하늘에 의지하던 시절이다. 일기의 불순은 길흉을 짐작케 하는 핵심이 되기도 한다. 대궐에서 일하는 일관日官들은 물론이요, 백성들까지도 변고가 있을 조짐이라고 웅성거린다.

황려 땅. 우왕의 거처는 초조와 한숨으로 가득하다. 가까운 시일 안에 다시 임금의 자리에 복위하리라 믿었던 우왕의 실망도 헤아릴 길이 없다.

장인인 이임이 문하시중의 자리에 올랐다는 소식을 듣던 날은 잔치를 벌이면서까지 가슴을 부풀렸다. 그런데도 옮겨온 지 다섯 달이 지나도록 아무 구체적인 소식이 없다.

바로 이 무렵, 우왕의 거처에 손님이 찾아왔다. 대호군 김저와 부령 정득후이다. 김저는 최영의 생질이었고 정득후도 최영의 족인族人이다.

"어서들 오시오."

우왕의 기쁨은 헤아릴 길이 없다. 눈물은 하염없이 쏟아져 흘렀고 때로는 어깨가 들먹일 정도의 울음을 토하기도 한다.

김저와 정득후도 울음으로 전 왕의 반겨함에 보답한다.

영비와 연쌍비는 문 밖을 서성이며 방 안에서 새어나올 말을 엿듣고자 가슴을 죄고 있다.

"좌시중은 무엇을 하고 있습디까? 언제까지 날 여기에 버려 두고자 한답디까!"

우왕은 눈물을 쏟으며 이임과의 약조를 되풀이 상기한다.

"내가 다시 보위에 오르면 이성계의 무리부터 모조리 쓸어내겠다고 다짐을 했는데, 좌시중이 그걸 듣고서도 이리 무심할 수가 있는가!"

정득후가 우왕의 눈치를 살피며 조심스럽게 진언한다.

"전하, 지난달에 민제에게 개성윤을 제수했사옵니다."

"민제라니, 그놈은 이성계의 사돈이 아니더냐!"

"그러하옵니다. 사돈을 개성윤으로 제수하는 것은 신 등의 손발을 묶고자 함이 아니리까."

"……!"

방원의 장인인 민제를 개성윤에 제수하였다면, 혹시라도 생길지 모를 도성 안의 소요에 대한 대비가 아닐 수 없다.

우왕의 실망이 큰 것을 나무랄 수는 없다. 또 이것이 이임의 배신이라고 생각하는 것도 무리가 아니다.

"전하, 수많은 사람이 동원되어 이성계를 물리치기는 어려운 일인 줄로 아옵니다. 뜻이 같은 장수 몇 사람으로 그 일을 감당케 하는 것이 바람직한 일이 아니리까."

김저가 간곡히 청한다. 정득후도 김저의 진언에 동조하고 나선다.

"그러하옵니다, 전하. 몇몇 장수들로 하여금 이성계의 일족을 참하게 한 다음, 좌시중으로 하여금 뒷일을 수습케 하시는 것이 어떠할지요?"

"……!"

정득후는 다급해하고 있었고 김저도 그에 못지않게 서두는 기색이 완연하다. 이 두 사람은 최영의 죽음에 원한을 품었고, 복수로 그 원한을 씻고자 하고 있다.

"전하, 전하를 위해 목숨을 버릴 충절이 계시다면, 신 등은 그분의 명을 따를 것이옵니다. 통촉하소서."

"…… ."

"전하, 심중에 담은 분이 계시다면 천거하여 주소서. 신 등은 그 어른의 명을 천명으로 받들 것이옵니다."

어찌해야 하나. 우왕은 깊은 수렁에 빠진 듯 숙고를 거듭하다가 적임일 것 같은 사람을 떠올린다.

"예의판서를 찾아가 보겠는가?"

예의판서는 곽충보다. 바로 지난해 여름 화원에 숨어 있는 최영을 끌어내 포박한 바로 그 사람이다. 김저와 정득후는 놀라지 않을 수가 없다.

"전하, 곽충보는 이성계의 사람임을 유념하소서!"

우왕은 웃음이 담긴 얼굴로 이들을 설득한다.

"그렇게들 생각하겠지. 하나, 곽충보는 나를 따르고 있고 내 말을 거역하지 않을 사람이야."

우왕은 자신감 넘치는 어조로 두 사람을 설득한다. 물론 곽충보가 응해만 준다면 금상첨화가 아닐 수 없다. 이성계의 신임을 받고 있어서다. 그러나 우왕의 말을 어찌 믿을 수가 있겠는가.

"전하, 신 등이 예의판서를 찾아뵙는 것은 어렵지 않으나, 만에 하나라도 이와 같은 일이 누설된다면 …… 화를 자초하는 일이 될 것으로 아옵니다."

"경들은 내 말을 따르라니까. 곽충보는 기꺼이 내 뜻을 따를 것이야."

"…… ."

"거사일은 이번 팔관일八關日로 정하도록 하고."

어느 사이인가 사정이 바뀐 듯 우왕이 더 서두르고 있다. 거사일까지 정할 정도로 적극성을 보인다면 그 조급함을 짐작하고도 남는다.

"팔관일이 되면 나는 도성으로 돌아갈 채비를 마치고 있을 것이니, 그리 알고 서둘러 주시오."

말을 마친 우왕은 벽장문을 열고 장검 한 자루를 꺼내 김저의 앞에 밀어놓는다. 장검은 붉은색 비단 주머니에 싸여 있다.

"내가 소중히 간직하고 있는 보검이오. 이 칼을 곽충보에게 전하고 내 뜻을 소상히 전한다면 기꺼이 따를 것이오!"

김저는 잠시 망설이지 않을 수 없다. 불길한 예감이 들었기 때문이다. 곽충보를 앞장세우느니 차라리 자신이 나서는 것이 비밀이 보장되는 일이 아니겠는가.

"전하, 아뢰옵기 황공하오나 차라리 신 등 두 사람에게 맡겨주소서!"

"그렇지 않다니까요. 경들 두 사람의 결기는 가상하나 …… 경들이 무슨 수로 칼을 차고 이성계를 만날 수가 있겠는가. 이성계도 내가 믿고 있는 것만치 곽충보를 믿고 있음을 알아야지."

우왕의 말에는 빈틈이 없다. 무장한 몸으로 이성계에게 접근하지 못한다면 생각이 아무리 크다 해도 뜻을 이룰 수는 없다.

"내 말을 믿고 따르시오. 거사일은 팔관일이오!"

"명심하겠사옵니다."

두 사람은 우왕의 명을 받고 거처를 물러나 빠른 걸음으로 도성으로 돌아간다. 그러면서도 미심쩍어지는 의구심을 가눌 수가 없다.

"어찌 생각하는가?"

"곽충보가 과연……?"

김저의 물음에 정득후는 명확한 답변을 하지 못한다. 두 사람으로서는 곽충보와 우왕이 어떤 관계로 맺어져 있는지 알 길이 없어서다.

바람이 세차게 분다. 엄동설한의 바람은 칼날같이 맵다.

정득후와 김저가 예의판서 곽충보의 집 대문을 들어선 것은 다음 날 밤, 자시가 다 된 무렵이다. 곽충보는 이들을 조금은 반갑게, 그리고 조금은 의아스럽게 맞는다.

"잡인의 근접을 막아 주셨으면 하오이다."

댓돌에 오르면서 김저가 말한다. 곽충보는 즉시 청지기에게 잡인의 근접이 있으면 안 될 것임은 강한 어조로 명한다. 그리고 세 사람은 조금 다급하게 사랑으로 든다.

황촉이 심지를 태우면서 크게 하늘거린다. 김저는 불빛이 가라앉기를 기다렸다가 비단 보에 싸인 보검을 곽충보 앞으로 밀어놓는다.

"황려에 다녀왔사옵니다."

"……!"

곽충보는 자세를 고쳐 앉으며 김저를 뚫어지게 쏘아본다. 정득후로서도 그런 순간을 놓칠 까닭이 없다.

"황공하옵게도 전하께서 이 보검을 대감께 올리라고 하셨사옵니다."

곽충보는 거침없이 비단 보자기를 들면서 끈을 풀기 시작한다. 눈에 익은 보검이 분명하다. 앞에 앉은 두 사람이 황려로 가 우왕을 만나고 온 것은 분명하다. 또 친히 보검을 내리는 것은 출진하는 장수를 독려할 때나 하는 일이다.

"다른 하교는 아니 계셨는가?"

하교下敎란 임금의 분부를 말한다. 곽충보는 하교라는 말을 썼다. 그것은 우왕을 금상으로 생각하고 있다는 뜻이다. 김저와 정득후는 그제야 안도의 숨을 내쉰다.

"전하께서 내게 이 보검을 내리셨다면 반드시 다른 하교가 계셨을 것이오. 한 자의 가감도 있어서는 아니 될 것으로 알아요!"

곽충보의 언성에는 무게 있게 짓눌러 오는 관록이 실려 있었고, 이들을 앞질러가는 듯한 서두름도 담겨 있다.

"대감, 거사 일까지 정해 주셨사옵니다."

김저는 결론부터 전한다. 곽충보의 의향을 확인하려는 초조함이다.

"……"

곽충보는 얼어붙은 듯 움직이지 않는다. 정득후는 아차 싶은 생각에 온몸이 굳어진다. 곽충보를 좀더 경계하지 않은 것을 후회하고 있음이다.

"전하께서 그와 같은 하교가 계셨다면 마땅히 내가 앞장을 서서 대임을 수행해야 할 것이오. 더 소상히 말씀하시오."

정득후는 비로소 안도하는 기색을 보인다. 세 사람은 마치 약속이나 한 듯, 한 발 다가앉는다. 숨 막히는 순간이다.

"전하께오서는 황려 땅에 계시면서 손발을 묶인 답답함이며, 이대로 죽임을 당할 수 없음을 여러 차례 말씀하시었고, 대감을 도와 이성계를 치라고 하셨사옵니다."

"……"

"보검을 내리신 것은 전하께서 대감을 신임하고 계심이 아니오이까."

곽충보의 턱살이 꿈틀꿈틀 움직인다. 이번에는 정득후가 거사일을 거론하고 나선다.

"거사일은 팔관일로 정하라는 어명이 계셨사옵니다. 전하께서는 그날 도성으로 들어오실 만반의 채비를 갖추고 기다릴 것이며, 거사 후의 수습은 좌시중 대감과 우현보, 변안열 대감께서 맡아 하시기로 되어 있사오이다."

"알겠소. 내가 앞장설 것이오! 팔관일까지는 두 분 모두 내 명을 따르시고, 좌시중 대감이나 우현보 대감과의 접촉도 소홀히 해서는 아니 될 것이오."

"알겠소이다!"

"자아!"

곽충보는 손을 내민다. 김저가 곽충보의 손을 굳게 잡았고, 정득후는 잡은 두 사람의 손을 다시 잡는다. 불같이 타오르는 시선들이 이글거린다.

"이 일이 누설된다면 목숨을 부지할 수 없을 것이오. 거사 일까지는 자중자애하시오!"

곽충보가 엄숙하게 말한다. 김저와 정득후는 고개를 끄덕이며 동참한 무장으로서 각오를 거침없이 드러내 보인다.

왕씨를 임금으로

팔관회.

매년 동짓달이 되면 대궐에서는 받들고 있는 여러 신에게 제사를 지낸다. 대단히 큰 의식의 하나로, 팔관회는 이를 지칭하는 말이다. 행사 자체가 워낙 거국적이라 그 경비를 조달하는 부처를 팔관보八關寶라 할 정도다. 가을에 거두어들인 전곡을 저축하여 공사公私에 이용하게 하고 그 변리를 거두어 모아서 팔관회의 경비에 충당하는 것이 관례로 돼 있다.

이날이 되면 개경 거리가 축제 분위기로 술렁거린다. 그런 술렁거림은 사람들의 긴장을 풀어놓기에 안성맞춤이다. 이성계라 하여 예외일 수 없다.

곽충보는 아침 일찍 일어나 갑옷을 챙기며 무장을 서두른다. 그리고 김저와 정득후가 오기를 기다리고 있다.

"오늘같이 즐거운 날에 웬 갑옷이옵니까?"

"그럴 일이 있구만……."

아내가 미심쩍은 어조로 물었을 때 곽충보는 별일 아니라는 듯 웃음 담은 얼굴로 대답한다.

김저와 정득후가 왔다. 이들은 평상복 차림에 장검을 들고 있다.

"갑시다!"

"예!"

세 사람은 집을 나선다. 거리에는 사람들이 붐비고 있다. 동짓달 싸늘한 바람이 이들을 스쳐지나간다. 낙엽이 구르면서 먼지 기둥을 세우는 번화한 거리도 지난다.

추동 이성계의 집 대문은 활짝 열려 있었고, 이상하게도 인적마저 보이질 않는다. 곽충보 일행이 대문을 들어설 때까지도 제지하는 사람이 없다. 중문께 이르러서야 세 사람은 걸음을 멈춘다.

"두 분은 여기서 잠시 기다리시오."

"……!"

정득후의 눈초리가 빛난다. 의심하는 눈빛이 완연하다. 그러나 곽충보는 비장한 목소리로 속삭이듯 말한다.

"성사되면 소리칠 것이오. 대호군이 조영규를 맡고, 부령이 나머지를 맡으시오!"

대호군은 김저, 부령이 정득후다.

"길어지면 아니 됩니다. 되도록 단칼에 해치우시오!"

말을 마친 곽충보는 성큼성큼 중문으로 들어간다. 김저와 정득후는 강한 시선을 부딪치며 주위를 살핀다. 호위하는 병사들마저도 보이지 않는 그야말로 적막강산이나 다름이 없는 것이 아무래도 이상하다는 생각도 든다.

곽충보가 사랑 밖에 당도했을 때 조영규가 방에서 나오며 반색한다.

"아니, 오늘 같은 날 웬 무장이오이까?"

"계시는가?"

조영규는 아무 의심 없이 안을 향해 소리친다.

"대감, 예의판서께서 납시어 계시오이다."

"듭시라 이르게."

"예 …… 드시지요."

"자넨 내가 나올 때까지 자리를 비워서는 안 될 것일세!"

"아, 예."

곽충보는 성큼 안으로 들어간다.

이성계는 보고 있던 책장을 덮으며 곽충보를 바라본다. 곽충보는 조심스럽게 이성계 앞으로 다가가 앉으며 장검을 풀어

왼편에 놓는다. 단칼에 벨 수 있는 그야말로 지근의 거리다. 그러나 곽충보는 속삭이듯 고변한다.

"대감, 반역이오이다!"

"무슨 소리요!"

"중문 밖에 자객이 와 있사옵니다."

"……!"

이성계의 안색이 싸늘하게 식어간다. 곽충보는 그간 있었던 일을 소상히 고했고, 이성계는 조영규를 가까이에 불러 명한다.

"중문 밖에 서 있는 두 놈을 산 채로 잡아라!"

조영규는 방을 나와 중문 쪽으로 걸음을 옮긴다. 조영규가 다가오자 김저와 정득후는 긴장감을 더하며 칼을 잡은 손에 힘을 준다.

"허허허, 오셨으면 안으로 듭시지 않으시고요."

조영규는 너털웃음을 흘리면서 김저에게 다가간다.

"예의판서 대감께서는……."

김저가 곽충보를 들먹거리는 순간, 조영규의 맷돌 같은 주먹이 김저의 면상을 후려친다. 김저는 비명도 없이 고꾸라지듯 쓰러진다. 눈 깜짝할 사이에 일어난 일이다. 다급해진 정득후는 장검을 뽑아 자신의 목덜미를 빠르게 후린다. 분수 같은 핏줄기가 옷자락을 적신다.

이성계와 곽충보가 달려 나온 것은 이때다.

"산 채로 잡으라 하지 않았느냐!"

이성계가 미간을 찌푸리며 힐책한다.

"자해를 했사옵니다."

"쯧쯧쯧……."

이성계가 혀를 차는 동안 조영규가 쓰러진 김저의 멱살을 잡아 일으킨다. 채 정신이 들지 않은 듯 초점이 흐려진 시선으로 곽충보를 건너다본다.

"저놈을 순군옥에 가두고 대간들로 하여금 문초케 하라!"

이성계 대신 곽충보가 쏘아붙이듯 말하자 김저는 그제야 정신이 든 듯 소리친다.

"네놈이, 선왕마마의 하교를 거역하다니!"

조영규의 넓적한 손바닥이 김저의 입가를 덮치듯 다시 후려친다. 김저의 얼굴은 순식간에 피투성이로 변한다.

"드십시다."

곽충보는 이성계의 뒤를 따라 다시 사랑으로 든다.

순군옥 주위는 타오르는 관솔불로 대낮같이 밝았고, 김저의 비명과 곤장을 치는 소리가 어지럽게 들린다.

김저는 견딜 수 없는 고통 속에서도 의지를 꺾지 않아 오히려 늠름하게 보일 정도였으나, 매질 앞에 장사 없다는 옛말을 뛰어넘지는 못한다.

　전 판서 조방흥만 관련되었다는 자백은 시작에 불과하다. 곽충보로부터 대체적인 윤곽을 들어서 아는 대간들이 그 정도에서 물러설 까닭이 없다.

　"이실직고할 때까지 매우 쳐라!"

　곤장이 수없이 부러져 나갔고, 더러는 살점이 붙어 나기까지 하는 목불인견의 참혹한 문초가 계속되고서야 김저는 비몽사몽을 헤매듯 관련자의 이름을 토해낸다.

　변안열, 이임, 우현보, 왕안덕, 우홍수가 공모하여 우왕을 다시 보위에 모시기로 했다는 사건의 전모가 밝혀진다.

　급보를 받은 중신들이 흥국사에 모여든다. 위화도에서 회군한 장수들은 조정에 어려움이 있을 때마다 흥국사에 모여 타개책을 의논하곤 했다.

　판삼사사 심덕부, 찬성사 지용기, 정몽주, 정당문학 설장수, 평리 성석린, 지문하부사 조준, 판자혜부사 박위, 밀직부사 정도전 등이다. 이들은 하나같이 창왕부터 폐하자 했고, 왕씨로 새 임금을 영입하는 데 대해서도 쉽사리 합의한다. 염원하고 또 염원하였던 일 아니던가.

　명분이 정해지면 왕재를 찾아야 한다. 지난번 창왕으로 보위를 이을 때, 신종의 7대손인 정창군이 물망에 올랐었고, 또 그것이 이성계의 의중이라면 토론의 여지조차도 없다.

"서둘러 대비의 허락을 받읍시다!"

"다함께 몰려갈 일이 아니질 않소."

역시 이성계는 신중하다. 정비에게 갈 사람은 심덕부, 성석린, 조준으로 정해진다. 그러나 이들은 정창군이 아닌 다른 종친 몇 사람을 들러리로 세울 정도로 치밀하였다.

정비는 몇몇 종친들의 이름이 적힌 종이쪽지를 받아들고 가늘게 떨고 있다. 아홉 살 난 창왕을 보위에 앉힌 지 불과 일 년 칠 개월 만이다.

"정창군입니까?"

마침내 정비는 찾아온 사람들의 의중을 정확하게 짚어낸다.

"그러하옵니다."

심덕부가 심드렁한 목소리로 대답한다. 서둘러 낙점하라는 채근이나 다름없다. 정비는 떨리는 손으로 붓을 든다. 그리고 정창군 요瑤라고 적힌 이름 위에 점을 찍는다.

"폐왕 창이 종사를 생각지 아니하고 부귀와 영화만을 노렸는지라 마땅히 서인으로 삼아 멀리 내쳐야 할 것으로 아옵니다. 허락하소서."

"……."

말이 되는가. 겨우 열 살 난 폐왕이 부귀와 영화만을 노렸다는 것이. 정비는 정신이 혼미해 온다. 그렇다고 거부하고 나설 수는 더욱 없다. 심덕부는 자신들이 이미 정해 온 바를 다시 청한다.

"폐왕 우는 강릉江陵으로, 폐왕 창은 강화江華에 안치하여야 하옵니다. 허락하소서!"

"좋을 대로 하세요."

불쑥 뱉어낸 정비는 고개를 떨군다. 눈물방울이 떨어지는 것이 멀리서도 선연하게 보일 정도다.

1389년 11월 15일.

이성계는 흥국사에서 회동한 열여덟 사람을 거느리고 다시 정비궁으로 든다. 정비궁은 병사들로 첩첩이 호위되어 있다. 종친과 백관들이 새로이 보위에 오를 정창군 요를 모셨기 때문이다.

"왕대비마마, 저는 미천하고 용렬하여 보위에 오를 왕재가 못 되옵니다. 교지를 거두어 주소서."

임금의 자리에 오를 정창군이 울음 섞인 목소리로 임금의 자리를 사양하고 나선다. 이런 자리에서는 구태여 중신들은 나설 필요가 없고 구경만 하면 될 일이다.

"정창군은 태조 대왕의 정파인 신왕의 7대손 아닙니까. 나는 도당의 뜻을 받들어 공민왕의 후사後嗣로 삼을 것이오."

정비의 목소리는 조용하고 담담했어도 정무를 살펴온 여인

답게 위엄을 갖추고 있다. 이후에도 정창군은 간곡한 어조로 사양의 뜻을 밝혔으나 위화도에서 회군한 장수들이 뜻을 펼치는 판국이면 비껴갈 도리가 없다.

정비는 정창군에게 옥새를 내렸고, 새로 임금이 된 정창군은 장수들로부터 들은 이야기를 앵무새처럼 토해낸다.

"폐왕 우는 강릉에 부처하고, 그 아들 창은 강화에 추방하여 서인을 삼도록 하시오."

"예……!"

"또한, 이임과 그 아들 귀생도 원지에 유배토록 하시오."

"성은이 망극하옵니다!"

일제히 합창하는 장수들의 목소리에는 생기가 돈다. 혼선을 거듭한 끝에 이제야 자신들의 의지대로 왕씨를 새 임금으로 모시고 자신들의 시대를 열었기 때문이다.

창이 서인이 되었으니 '수녕궁'이라 고쳐졌던 대궐의 이름도 당연히 '수창궁'으로 다시 돌아온다.

정창군의 즉위식은 성대하게 거행된다. 용상에 임어한 새 임금은 하염없이 눈물을 흘리고 있다. 임금의 자리에 오른 기쁨 때문이 아니라 평탄하지 못할 앞날의 일을 두려워하고 있어서이다.

고려왕조의 서른네 번째 임금이자 마지막 임금이 될 공양왕은 이렇게 허수아비 임금으로 등극한다.

임금의 어머니 왕씨를 높여 복녕옹주로 삼고, 아내 노씨를 순비順妃에 봉했으며, 아들 순성군은 당연히 세자에 봉해진다.

새 임금이 왕위에 오르면 죄인을 사면하는 것이 관례다. 죄인의 사면까지 범위를 넓혔다면 겉보기로는 성대한 출발이 아닐 수 없다.

즉위식을 마치자 이성계는 빈청으로 심덕부를 부른다.

"문하시중의 자리를 맡아 주시오!"

심덕부는 흠칫 놀란다. 문하시중의 자리라면 당연히 이성계가 차지해야 할 자리가 아니던가.

"당치 않으신 말씀이옵니다. 문하시중이라면 마땅히 장군께서 오르셔야 할 막중한 자리가 아니오이까."

"잠자코 맡아 주시오."

"아니 되옵니다. 위화도에서 회군해 온 이래 조민수, 이색, 이임 등이 모두 대감의 윗자리에 있었질 않았습니까! 이젠……."

그러나 이성계의 의중은 단호하다.

"나는 문하시중의 재목이 못 됩니다. 누구보다도 내가 잘 아는 일이에요."

"대감!"

"문하시중의 재목은 못 되어도 문하시중을 도와드릴 수는 있어요. 내가 하나 공이 하나 다를 것이 없지를 않겠소. 사양

마시고 맡아 주시오."

"……."

"문하시중, 내 부탁 하나 들어 주시오."

이성계는 심덕부를 문하시중이라고 부르고 나선다. 그리고 정중하게 당부한다.

"변안열, 왕안덕을 요직에 두세요."

"대감, 그 무슨 당치 않은 말씀이십니까. 변안열, 왕안덕은 폐왕의 옥사에 연루되어 있지를 않소이까!"

"죄가 크지 않으면 다독여서 쓰는 것이 좋아요."

"저들은 폐왕을 옹립하여 전제의 개혁마저 혁파하려 들었던 훈구들이에요!"

"지나간 일에 매달리지 마세요. 관용은 대도大道라 하지를 않습니까. 수문하시중인 내가 문하시중 대감에게 청하는 일입니다. 거두어 주셨으면 합니다."

"……."

심덕부는 잠시 입을 열지 못한다. 어느 사이인가 자신은 수상의 자리에 올라 있었고, 이성계가 청이라는 말을 쓰고 있다.

"대감!"

"그렇게 정한 것으로 합시다."

이성계의 얼굴에는 밝은 미소가 담겨 있다. 심덕부는 이성계의 그같이 크고 넓은 도량에서 헤어날 길이 없다.

이어 이성계는 이색을 판문하부사, 변안열을 영삼사사, 왕
안덕을 판삼사사로 삼아 새 조정에서도 중책을 맞게 한다.

폐왕 우는 서인이 되어 강원도 강릉에 쫓겨 와 있다. 최영
의 딸 최씨(영비)도 함께다. 아쉬운 게 없었던 그들이 아니었
던가. 임금의 자리에서 물러나 강화도에 부처되어 있을 때도,
거기서 여흥 땅에 옮겨 와 있을 때까지만 해도 의식이 풍족하
였고 다시 복위하리라는 희망을 안고 살았다. 그러나 지금은
사정이 판이하게 다르다.

부처된 서인의 처지라 초라한 삼간초옥이 그들의 거처였으
나, 천만다행인 것은 인심 좋은 고장이라 마을 사람들이 그들
을 지성으로 돕고 있다는 사실이다.

신우와 최씨는 짬이 나면 외지에서 온 귀빈들이 머물던 동
헌 객사의 정문인 객사문을 둘러볼 때가 많다. 문루는 정교하
고 우람했고, 이른바 천축식이라 불리는 전형적인 고려 양식
의 목조 건물이다. 그러나 이들은 건물을 보러 온 것이 아니
라 편액을 보러 왔다.

'임영관臨瀛館'이라고 씌어 있는 편액의 글씨는 살아서 움직
이듯 꿈틀거리고 있다. 글자만 보고서도 신우는 눈물이 글썽
해진다.

"영비는 저 편액의 글씨가 뉘 필적인지 아시오?"

"모르옵니다."

최씨는 송구스러운 표정으로 대답한다. 명색만 최영의 딸이지 성장 배경은 비천하기 그지없었던 여인이다.

"아바마마의 어필이오."

"......!"

최씨는 놀랍고 감격한 얼굴로 신우를 바라본다. 신우의 얼굴에는 눈물이 넘쳐흐르고 있다.

"내 이런 꼴로 아바마마의 어필을 대할 줄이야."

"망극하옵니다."

공민왕의 글씨는 당대의 명필로 알려져 있다. 남아 있는 공민왕의 필적으로는 강릉의 임영관, 안동의 영호루에 걸린 편액의 글씨가 특히 유명하다.

두 사람은 발걸음을 옮긴다. 동북쪽으로 15리 남짓 걸었을 때 커다란 호수가 이들의 앞에 절경의 모습을 드러낸다. 물이 거울처럼 맑고 깨끗하여 경호鏡湖라고 부른다던가. 호수의 둘레는 20리가량 되는 듯싶다.

호수 북쪽에는 언덕이 있고, 거기에는 절경에 어울리게 누각 하나가 우뚝 서 있었고, 누각에는 경포대라는 현판이 걸려 있다. 두 사람은 누각의 난간으로 나선다. 또 하나의 절경이 이들의 엉긴 가슴을 후련하게 열어놓는다.

동쪽 입구에 판교가 있으니 그것이 강문교요, 다리 밖에 섬이 있으니 죽도라 한다. 길이가 5리나 되는 모래톱은 햇볕에 반짝이고, 사장 밖은 창해만리滄海萬里라 말로 다할 수 없는 아름다움이다.

"천하절경이라 하더니 사실이구려."

"그러하옵니다."

"여기서 달을 맞으면 다섯 개의 달이 뜬다고 들었어요."

신우는 최씨를 정겨운 시선으로 바라보면서 말한다.

"달이 다섯 개나 뜨다니요?"

신우의 목소리는 어느새 생기가 돈다. 최씨를 바라보는 시선도 따뜻하기 그지없다.

"하늘에 하나가 뜨겠지요, 그리고 바다에도 뜨고요, 또 호수에도 뜨질 않겠습니까."

신우는 장난기가 섞인 눈빛으로 잠시 말을 멈춘다. 최씨는 궁금해지는 심정을 감추질 못한다.

"그렇더라도 셋이 아니옵니까?"

"허허허, 나머지 두 개는 어디에 떴을꼬⋯⋯?"

최씨는 골똘한 생각에 잠기는 듯했어도 풍류가 담긴 화두에 미치기에는 역부족일 수밖에 없다.

신우가 활짝 웃으며 최씨의 궁금증을 덜어준다.

"허허허, 하나는 들고 있는 술잔에 뜹니다. 그리고 마지막 하나가 님의 눈동자에 뜨다질 않습니까."

"어머나······."

최씨는 숨을 멈추면서 신우를 바라본다. 참으로 오랜만의 정담이었으므로 최씨의 얼굴에는 티 없이 맑은 웃음이 담겨 있다.

"보고 싶사옵니다."

"이를 말씀이오. 하나, 달이 아무리 곱기로 비妃만이야 하겠소."

"전하······."

최씨는 신우의 곁으로 한 발 다가서며 손을 잡는다.

"또 한 해가 저물어 가는구려."

신우는 한숨 섞인 소리로 중얼거린다. 섣달의 석양빛은 호수 위로 스산하게 내려앉고 있다. 호수 건너편의 소나무 밭은 파란 연기에 잠겨든다.

초당草堂에 사는 사람들이 저녁을 지을 때면 사람들은 그 절경을 초당취연草堂炊煙이라 했고, 이 절경은 경포팔경에 포함되어 있다.

인경 소리가 아득히 들린다. 은은한 종소리다.

"절이 있나 보옵니다."

"한송사寒松寺라고 들었어요."

"그렇다면 '한송모종寒松暮鍾'이라 하겠네요."

"허허허, 한송모종이라 …… 그렇기도 하구만…….."

"어찌 이리도 아름다운 풍경이옵니까."

"쫓겨 오지만 않았던들…….."

신우는 말끝을 흐린다. 천하의 절경이라 한들 어찌 임금의 영화에 비기겠는가.

두 사람은 나란히 호숫가를 걷는다.

얼음같이 찬바람이 이들의 옷자락을 스치고 지나갔으나 한기를 느끼게 하지는 못한다. 훈훈하게 달아오른 마음 때문이다.

두 사람이 호숫가에서 벗어날 무렵 저만치서 기마 한 필이 달려오고 있는 것이 보인다. 신우는 불길한 예감에 사로잡힌다.

"전하!"

최씨도 그런 느낌이었는지 신우의 곁으로 다가서며 숨을 멈춘다.

"……."

신우는 창백해진 얼굴로 달려오는 기마를 바라보고 있다.

"이리로 오고 있사옵니다."

기마는 이들의 앞에 와 멈추어 선다. 갑옷을 입은 병사는 말에서 내리지도 않고 나무라듯 소리친다.

"발길을 서두르시오. 왕사王使가 당도해 계시오이다!"

"……!"

신우와 최씨는 시선을 마주친다. 두려움, 아니 무서움에 가득 찬 눈빛이다.

"왕사라니 …… 무슨 일로 왔다더냐?"

"그걸 내가 어찌 알겠소. 어서 발길을 서두르시오!"

심상치 않은 어조다. 신우는 전신의 맥이 풀리는 걸 느끼는 순간 중심을 잃고 휘청거린다.

"전하, 고정하소서."

최씨가 재빨리 신우를 부액한다. 신우의 전신은 후들후들 떨리고 있었고, 이마에는 식은땀이 솟아나고 있다.

"전하…….."

신우가 초점 잃은 시선으로 허공을 바라보자 말 위의 병사는 다시 한 번 크게 소리친다.

"화급을 다투는 일이라지 않았소!"

최씨는 신우를 부액한 채 무거운 발걸음을 옮긴다. 신우는 끌리듯 영비에게 몸을 맡기고 있을 뿐이다.

관솔불이 여기저기서 타고 있다. 신우와 최씨가 거처하는 낡은 초가집 마당에는 수많은 마을 사람들이 몰려들어 있다. 도성에서 사자가 왔다는 소문이 순식간에 퍼진 탓이다.

― 사약일 테지……!

– 참수일 수도 있어요.

몰려든 사람들이 제각기 한 마디씩 한다. 다들 폐왕 신우를 처형하기 위해 왕사가 당도한 것으로 믿고 있기 때문이다.

최씨에게 부액된 신우가 거처에 당도한 것은 주위를 알아보지 못할 정도로 어두워진 술시戌時가 조금 지나서다. 신우와 최씨는 마당에 들어섰음에도 주춤거리기만 한다. 마당 한가운데 거적과도 같은 낡은 명석이 깔려 있어서다.

그 순간 무장을 한 사내가 댓돌로 올라서며 쩌렁하게 소리친다.

"죄인 신우는 어명을 받들라!"

군졸들이 달려 나와 신우를 명석 위에 무릎을 꿇게 한다.

"전하……!"

최씨의 짤막한 비명이 채 끝나기도 전에 공양왕의 어명을 받든 정당문학 서균형이 댓돌로 올라선다. 누가 보아도 저승사자일 수밖에 없다. 그는 교지 두루마리를 펼쳐든다. 구경하는 사람들도 숨을 죽일 수밖에 없다.

"이흉二凶은 조종의 죄인인지라 왕씨의 신자臣子에게는 불공대천의 원수이며……."

이렇게 시작되는 서균형의 목소리가 신우에게 들릴 까닭이 없다. 눈을 감고 앉아 있는 그의 뇌리에는 지난날의 영화로움이 주마등처럼 명멸해갔고, 귀에서는 가늠할 수 없는 울림만

윙윙대고 있을 따름이다.

사자 서균형은 참수로 다스린다는 왕명을 힘주어 읽는다.

마당을 가득 메운 사람들의 입에서는 탄식이 쏟아져 나온다.

"어명을 시행하라!"

서균형이 마지막 말을 외치자 건장한 무장이 나선다. 그는 신우의 뒤로 옮겨가 장검을 뽑아든다. 지은 죄야 어찌 되었건 한 나라 임금의 목을 치려는 순간이다.

신우는 기진한 상태면서도 흐트러진 몸을 바로 한다. 만감이 교차하는 한숨을 토하긴 했어도 임금의 체통을 지키려는 마지막 안간힘이 지켜보는 사람들의 혀를 차게 한다. 최씨는 사랑하는 사람에게 달려 나가 마지막 포옹으로라도 작별의 뜻을 전하고 싶어도 사시나무 떨듯 하는 몸을 가눌 길이 없다.

칼집을 나온 장검은 허공에 머물지 않고 올라갔다가 떨어지며 가중되는 힘으로 신우의 목덜미를 후리듯 지나간다. 솟아오르는 핏줄기에 실리듯 신우의 목은 멍석에 떨어져 잠시 구르다가 멈춘다.

모든 움직임이, 살아 있는 사람들의 숨소리가 일시에 멈추어지는 짧은 순간이 흐르고서야 최씨가 비척비척 멍석으로 올라가 목이 없는 신우의 몸을 끌어안는다. 그녀의 몸도 순식간에 피투성이로 변한다.

누가 일러 사람의 삶을 일장춘몽이라 하였는가. 신우의 삶은 사사롭게는 후회가 없을 만큼 풍요롭고 사치하였다. 그러나 나라를 다스리는 임금으로는 무능하기 그지없는 파탄의 세월을 보냈다. 국정을 파탄으로 이끌면 그 손실을 백성들이 떠안게 된다. 하늘은 가차 없이 이를 응징한다. 바로 이것이 역사의 흐름이다.

"전하, 으흐흐흑!"

최씨는 처절한 오열을 토해낸다. 혀를 차는 사람도 있다. 달아나는 아낙들도 보인다.

밤바람에 타고 있는 관솔불도 세차게 흔들린다.

"어서 치우지 않고 뭘 하고 있느냐!"

"아니 되오. 내 손으로 거두게 해 주시오!"

최씨가 울부짖듯 소리치며 막아선다. 어찌 천지가 무너진들 이보다 더하랴. 최씨의 울부짖음은 둘러선 사람들의 애간장을 찢어내면서 초가의 비릿한 밤 마당을 적신다.

"전하, 전하. 신첩의 허물이옵니다. 모두 신첩의 아비가 저지른 허물이옵니다. 아, 전하……!"

영비 최씨는 최영의 소실의 몸에서 태어났다. 그녀를 후궁으로 맞이하겠다는 신우의 강청이 있었을 때, 최영은 머리를 깎고 중이 되는 한이 있어도 그것만은 아니 되겠다고 버티질 않았던가. 그러나 끝내 왕명을 거역할 수 없었기에 입궐하게 했었는데, 오늘 이와 같은 참담함을 겪고 있다.

『고려사절요』는 이후 최씨의 모습을 다음과 같이 적고 있다.

> 신우의 아내 최씨가 크게 울면서 말하기를 "첩이 이 지
> 경에 이르게 된 것은 우리 아버지 최영의 허물이다."
> 하였다. 십여 일 동안 먹지 않고 밤낮으로 울며 밤에는
> 반드시 시체를 안고 자며, 쌀을 조금 얻으면 문득 정하
> 게 찧어서 전奠을 드리니, 그때의 사람들이 이를 불쌍히
> 여겼다.

이 같은 처참함은 강릉에서만 있었던 일이 아니다.

신창이 유폐되어 있는 강화도에는 예문관대제학 유구를 보
냈다. 열 살이면 아직 어린아이이다. 여염집에 태어났다면 천
진스럽게 뛰놀 코흘리개에 불과하다. 창에게 죄가 있다면 임
금의 아들로 태어난 것뿐이다. 임금의 아들이라 하여 하나같
이 불행을 겪는 것이 아니라면, 아버지를 잘못 둔 것뿐이다.
누가 자청하여 임금이 되겠다고 했던가.

유난히도 파도가 출렁거리던 날, 창은 아버지와 같이 참수
형으로 어린 목숨을 잃는다. 섬 사람들은 어린 영혼의 승천을
두 손 모아 빌 뿐, 달리 힘이 되어 줄 수도 없다.

이로써 오백 년 고려 사직에 타성他姓으로 보위를 이었던 두
부자는 참혹한 마지막을 고했고, 왕씨로 보위를 다시 이어 명

분을 찾았다 하나, 우와 창이 진실로 신씨의 핏줄이었는지는
확인할 길이 없다.

불타는 사전

1390년 정월.

새해인데도 개경 거리는 침울하게 가라앉아 있다. 거리가 침울하다 하여 세월이 멎지는 않는다. 세월은 흐르고 시대는 움직이게 마련이다.

개성윤에 제수되어 도성의 크고 작은 일을 관장하고 있는 민제의 집에 진귀한 내객이 찾아든다.

"이게 누구요, 호정 아니신가?"

호정은 하륜河崙의 호다. 민제는 하륜보다 여덟 살이나 위였으나, 그를 깍듯이 예우한다. 역학에 밝아 길흉화복을 입에 담으면 웬만한 무당이나 점쟁이도 울고 갈 정도로 맞아 떨어

진다고 학자들 간에도 소문이 나 있을 정도로 인품과 학덕을
고루 갖춘 사람이기 때문이다.

"고생하셨지요?"

민제는 하륜의 귀양살이 안부를 묻고 있었지만, 하륜의 대
답은 엉뚱하기만 하다.

"그 또한 사람이 사는 일이 아니겠습니까."

"허허허, 과연 호정이오."

농담을 한다 해도 하륜을 따를 사람은 없다. 지나가는 말로
주고받는가 싶으면 뜻이 깊었고, 뜻이 깊은 듯하여 되씹어 보
면 농담이 되곤 한다. 그것이 하륜의 화술이자 사람됨임을 민
제는 알고 있다. 이성계의 주위에도 바로 하륜과 같은 인재가
있어야 난제를 풀어가기 쉬울 것이라는 생각을 줄곧 하고 있
기도 했다.

"약주나 한 잔 하시겠소이까?"

"주시겠습니까?"

"당연히 드려야지요."

"사양할 처지가 못 되는 것 같사옵니다."

"그냥 가시면 섭섭해서요."

"그 말씀은 제가 드려야지요."

"허허허, 밖에 누구 있느냐!"

주안상이 들 때까지 두 사람은 가벼운 농담을 주고받는다.

그러나 민제는 그 농담 속에 하륜의 본심이 들어 있을지도 모른다는 생각으로 긴장의 끈을 놓지 못한다.

주안상이 든다. 때가 정초라 찾아오는 내객이 많았던가, 아니면 집주인을 위해 마련해 놓았는가, 조촐하면서도 품위 있는 주안상이다. 비췻빛 청자 잔에 송화주松花酒를 따른다. 그윽한 솔내음이 방 안 가득히 퍼져나간다.

"허허허, 개성윤은 지내실 만한 벼슬이겠지요, 대감."

하륜은 뇌물로 받은 술이냐고 넌지시 묻고 있다.

"허허허, 소나무가 많아 송악산松嶽山이에요."

"허허허."

두 사람은 파안대소하며 잔을 돌린다. 술자리야 친구가 있으면 그만이요, 말솜씨가 좋으면 안주가 없어도 상관없다. 게다가 의기가 투합하면 자리는 즐겁게 달아오르기 마련이 아니던가.

"실인즉, 드릴 말씀이 있어서 찾아뵈었습니다."

하륜이 빈 술잔을 놓으며 정색하고 말하자 민제는 자리를 고쳐 앉을 정도로 긴장한다.

"내게요?"

"대감 아니시고 이 자리에 누가 또 있습니까?"

"허허허, 호정의 청이라면 거역할 수는 없을 테지요."

"서랑壻郎을 한번 만나보았으면 하구요."

서랑은 사위를 뜻하는 말이다. 민제의 사위라면 이방원이 아니던가.

"서랑이면 …… 방원 말인가요?"

"그렇습니다."

"보아서 무얼 하시게요?"

"허허허, 그냥 보기만 하면 됩니다."

"부탁이 있다면 내가 대신 들어드리지요."

"부탁은 없고, 보기만 하면 된다니까요."

"……?"

민제가 하륜의 속내를 알아차린다. 관상을 보고 싶어 함일 것이리라.

"달리 생각하실 일은 아닙니다만……."

그제야 민제는 정신이 번쩍 든다. 하륜이 방원의 관상을 보고 싶어 하다니, 무슨 계기라도 있을 것이라고 민제는 생각한다.

"무슨 맹랑한 소문이라도?"

"아, 아닙니다. 기막힌 소리를 들어서요."

"기막히다니? 대체 그게 무슨 말씀이오?"

민제는 걱정스럽기 그지없다. 최영을 처단하고, 폐왕 부자를 참수한 이후 도성 안의 민심이 흉흉해지고 있는 때가 아니던가.

"허허허, 심려하실 일이 아니라니까요……."

하륜은 명나라에서 돌아오는 길에 발해에서 돌풍을 만나 사신 일행이 모두 사경을 헤매고 있을 때 오직 방원만이 홀로 늠름하게 그 위기를 돌파하더라는 이야기를 진한 감동을 담아 전한다. 하륜의 모습은 무언가에 홀려 큰 감동에서 헤어나지 못하는 것처럼, 방원에게 매료되어 있는 듯 보인다.

"대체 그 이야기를 누구에게서 들었소?"

민제는 먼저 그 출처부터 확인해 두고 싶었다.

"귀띔을 해 주는 중놈이 하나 있었습니다만……."

"중이요……?"

"그렇습니다. 그놈이 좋다는 상이면 좋은 게 분명할 터이지만 …… 아무리 그렇기로 풍설만을 따를 수는 없지를 않겠습니까."

"……."

"범상치 않아서요. 혹 대붕大鵬의 뜻을 품지 않았는지 …… 허허허."

얼버무리듯 웃고 있어도 하륜은 '대붕'이라는 말을 쓰고 있다. 단숨에 곤륜산을 날아 넘는 새가 대붕이다. 생각하기에 따라서 얼마든지 비약할 수 있는 화두이다.

"그 중은 내 사위를 보았다고 합디까?"

"먼발치에서 얼핏 보기는 했다고 합디다만……."

"그래요? 한데, 그 중은 뭐라고 하던가요?"

"얼핏 본 것이라면 상이랄 수는 없겠지요."

민제의 가슴이 두근거린다. 이성계의 다섯 아들 중에 방원 만 한 준재가 없을 것이라는 확신 속에 살아온 민제다. 게다 가 하륜의 관심사라면 뒤로 미룰 일이 아니질 않던가.

"지금 한번 보시겠소이까?"

민제가 서둘러도 하륜은 말려들지 않는다.

"오늘이 아니더라도 …… 볕 좋은 아침나절에 한번 보았으 면 합니다만……."

"볕이 좋은 날 아침이라……."

"기왕에 보는 상이라면 소홀히 하지 않는 게 좋질 않습니 까."

민제는 아쉬운 마음을 달래면서 술잔을 비운다.

"한번 물어나 주세요."

"묻다니요?"

"남에게 상을 보이는 것을 싫어하는 사람도 있을 테니까요. 내락을 받아 두는 게 좋을 것 같아서요."

"그게 좋겠구만……."

두 사람의 대화가 잠시 끊긴다. 얘기의 큰 덩어리가 지나가 면 잠시 쉬는 것이 좋다. 누가 시켜서가 아니라 대개는 그렇 게 되는 것이 뒷날을 위해서도 바람직한 일이다.

다음 날, 민제는 등청하는 길에 방원의 집에 들렀고, 방원은 내당에서 빙부를 맞는다.

"아침 일찍 어인 거동이시옵니까, 아버님?"

민씨 부인이 의아한 얼굴로 묻는다. 민제가 관복을 입고 있었기 때문이다.

"등청하는 길이 아니더냐."

민제가 자리에 앉자 방원도 민씨 부인도 좌정을 한다.

"하륜이란 이름, 들어본 일이 있는가?"

"글쎄요……."

방원은 기억을 더듬듯 숨을 고른다.

"정명征明하자는 얘기가 있을 때니까, 벌써 몇 해 전 일이구만. 그때 정명이 부당하다고 진언했다 하여 잠시 귀양살이를 한 사람인데, 역학으로 말하면 이 나라 고려에선 따를 사람이 없어."

민제는 말을 끊고 방원을 건너다본다. 하륜의 관심의 대상이 될 정도로 기상이 넘치는 얼굴이다.

"그래서요, 아버님……?"

"그 하륜이 자네의 관상을 한번 보았으면 하더구만……."

방원은 불쑥 웃음을 토한다. 관상은 무슨 뚱딴지 같은 관상이냐는 듯 심드렁한 표정이다.

"때가 때이니만큼 한 번쯤 봐 두는 것도 나쁘지는 않다는 생각이 드네만⋯⋯."

"상에 의지하고서야 어찌 큰일을 하겠사옵니까. 상보다는
시운을 타야지요."

"시운이라는 게 바로 상에 담겨 있질 않겠나."

방원의 입가에 쓴웃음이 지나간다. 별로 내키지 않는다는
기색이 완연하다. 그때 민씨 부인이 부연한다.

"그분이 어떤 분이신지요?"

민제는 방원의 표정을 살피면서 하륜의 사람됨을 입에 담
는다.

"모르는 게 없는 사람이라고나 할까. 천문지리에서 산학
에 이르기까지 모두 통달했지. 그러자니 경서역학에도 훤할밖
에⋯⋯."

외면한 방원도 귀담아 듣고 있는 게 분명하다.

"등과를 할 때는 시험관이 조카사위로 삼았을 정도니
까⋯⋯."

"시험관이 누구셨는데요?"

"이인복이라고 들었다만⋯⋯."

민씨 부인은 천천히 방원에게 시선을 돌린다. 관상을 보기
를 권하고 있는 눈빛이다.

"사람이 귀한 때가 아닌가?"

민제가 말하자, 민씨 부인도 부연한다.

"관상이야 보시든 아니 보시든, 그만한 분이라면 사귀어 두어서 해될 것은 없을 것으로 아옵니다."

민제가 진지하게 다시 설득한다.

"자네, 조금 전에 관상보다야 시운을 타야 한다고 했네만 …… 따지고 보면 그런 것까지를 알아보자는 게 아닌가."

"……."

"만나라도 보시지요. 관상이 아니라 해도 가까이에 둘 만한 인물일 듯싶사옵니다."

방원은 잠시 동안 미동도 하지 않은 채 앉아 있다가 다시 입을 연다.

"관상을 보고 싶지는 않습니다만 …… 만나는 보겠습니다."

"알겠네. 일간 한번 데려오겠네."

민제는 일어선다. 등청하는 길이라 만류할 수도 없는 형편이다.

장인의 전송을 마친 방원은 사랑으로 들었고, 민씨 부인은 내당으로 돌아오면서도 하륜이라는 인물의 환상에서 깨어날 길이 없다.

그날 공양왕은 이성계를 비롯한 아홉 사람의 중신들에게 공신의 녹권을 내린다. 힘에 대한 굴복이 아닐 수 없다. 이른바 9공신의 녹권을 받은 중신들이란 창왕을 폐하고 공양왕을 옹립한 아홉 사람을 말한다.

이성계를 분충정난광복섭리우명공신奮忠定難匡復燮理佑命功臣으로 삼아 화녕군개국충의백和寧郡開國忠義伯으로 봉작하고 식읍 1천 호에 실봉 3백 호, 밭 2십 결, 노비 2십 구를 하사했다.

심덕부는 청성군충의백靑城郡忠義伯으로 봉작하고 밭 1백 50결과 노비 15구를 하사하였으며, 정몽주, 설장수 등의 일곱 사람은 모두 충의군忠義君으로 봉작하여 각기 밭 1백 결, 노비 10구를 하사한다.

이 같은 논공행상은 이성계의 지위를 공고히 굳혀 주는 일이며, 이색의 관직을 깎고 조민수, 권근 등을 변지로 옮겼으니 명실상부 새 권력층에 힘을 실어주는 일이고도 남는다.

정도전이 정당문학이 되고, 김사형이 밀직사와 대사헌을 겸하였으며, 이방원이 우부대언의 자리에 올라 왕명을 출납하는 요직을 차지하였고, 한상질이 우상시를 맡게 되었으니, 도당의 모든 의결권이 이성계의 측근으로 옮겨 온 것이나 진배가 없다.

"자네 나좀 보세."

이방원의 지명을 받은 나이 든 제조상궁이 방원의 앞에 이르러 깊숙이 허리를 굽힌다. 그의 벼슬이 우부대언의 자리에 있어서가 아니다. 이성계의 권한을 대물림할 사람이라면 조정의 2인자나 다름이 없다.

불타는 사전　377

"긴요한 당부가 있다네."

"하교해 주소서."

"자넬 도와 줄 상궁 한 사람을 천거할까 하네."

"……?"

늙은 상궁은 잠깐 놀라는 듯했으나 정중히 허리를 굽힌다. 방원의 당부를 소홀히 한다면 상궁 노릇도 하기가 어렵기 때문이다.

"영특하고 착한 아일세. 자넬 찾아가라고 이를 테니 날 대하듯 보살펴주시게."

"명심하겠사옵니다."

"지밀至密의 일을 맡겼으면 하네."

지밀이 무엇인가. 임금을 지근의 거리에서 받드는 상궁을 말한다. 늙은 상궁은 주눅이 들 수밖에 없다.

"허튼소리 퍼뜨리지 말고……."

"……?"

늙은 상궁은 의아한 얼굴로 방원을 쳐다본다. "허튼소리 퍼뜨리지 말라"는 것이 무슨 뜻이냐고 묻고 있음이다. 방원은 짓누르는 듯한 어조로 다시 한 번 같은 말을 다짐한다. 늙은 상궁은 명심하겠다는 듯 깊숙이 허리를 숙여 보인다.

방원은 입가에 회심의 미소를 담으면서 방을 나선다.

바람은 차가웠다. 방원은 수창궁의 뜰을 거닐면서 미구에 세워질 새 왕조의 새 바람을 상상한다.

이로부터 수삼 일 후 칠점선은 상궁의 복색으로 다시 입궐을 한다. 놀란 것은 늙은 상궁이다.

"아니, 아니 …… 자네!"

우왕의 사랑을 받던 칠점선이 방원의 뜻을 받아 다시 입궐했다. 궐 안에 함께 있었던 상궁이나 무수리들이 칠점선의 얼굴을 모를 까닭이 있던가. 늙은 상궁은 눈이 휘둥그레질 수밖에 없다.

"아, 아니 자네?"

"……!"

늙은 상궁은 칠점전이 지밀상궁이 된다는 사실에 천지가 무너질 듯한 의구심을 품었지만, 전혀 모르는 척하는 칠점선의 시치미도 놀랍기 그지없다.

"뭔가 잘못……!"

눈을 똑바로 뜬 칠점선의 대담한 항변을 듣고서야 늙은 상궁은 비로소 심상치 않았던 방원의 협박과도 같았던 목소리를 상기한다.

– 까닭이야 어찌 되었건 이일로 허튼소리가 나돌아서는 아니 될 것일세!

늙은 상궁은 숨을 멈출 수밖에 없다. 이 뻔한 일을 모르는 것으로 숨길 수가 있던가. 더구나 대궐 안의 참새들이라 일컬어지는 상궁 무수리들의 입방아를 어찌 감당해야 될지 난감하기 그지없는 노릇이다.

음력으로 4월이면 초여름이다.

햇볕은 싱그러웠고 나뭇잎은 윤기를 더해간다.

하륜이 민제의 뒤를 따라 방원의 집에 들어선다. 그야말로 하륜이 말한 햇볕이 잘 드는 아침나절이다.

방원은 장인 민제와 함께 들어서는 사내가 하륜임을 한눈에 알아본다.

"지난번에 말한 호정일세."

민제가 하륜을 소개한다. 방원이 정중하고도 당당하게 자신이 집주인임을 밝힌다. 어차피 관상을 보기 위해 온 사람이 아니던가.

"우대언 이방원이옵니다."

"하륜이라 하오이다."

하륜이 마흔세 살, 방원이 스물세 살이니 이들 사이에는 이십 년의 세월이 가로 놓여 있다. 나이로만 따진다면 부자 관계라 해도 좋을 정도였으나 방원은 당당하였고, 하륜 또한 '하게'를 쓰지 않는다.

"관상을 보실 생각은 마셨으면 합니다."

"허허허, 이미 본 것을요."

"……!"

방원은 허를 찔린 사람처럼 하륜을 정면으로 쏘아본다. 그런 표정이면 관상을 보기에는 안성맞춤이다. 하륜은 찬찬히 방원의 얼굴을 다시 뜯어보고 있다.

민제는 그런 하륜의 모습을 소상히 살핀다. 안색의 변화까지도 집요할 만큼 추적하지만, 하륜의 얼굴에는 아무 변화도 없다.

"허허허, 관상을 보기에는 참으로 빛 좋은 아침이 아닙니까?"

민제가 경색되어 가는 방 안 분위기를 풀어보려 해도 하륜은 전혀 반응이 없다.

"호정, 방원일 좀 도와주시오."

하륜은 잠시 숨결을 가다듬고 나서 정중하게 입을 연다.

"자중자애 하셨으면 하오이다."

방원의 대답은 마치 어깃장을 놓듯 퉁명하다.

"애초에 그럴 사람이 못 됩니다."

하륜은 입가에 쓴 웃음을 담으며 화두를 돌린다.

"문득 한산군의 말씀이 생각납니다."

"듣고 싶지 않소이다!"

"그래서 드리는 말씀이 아닙니까."

"듣고 싶지 않다니까요."

"왜요? 한산군이 죄인이 되어섭니까?"

"아시면 되었질 않소이까."

방원은 단 한치도 밀리려 하지 않는다. 하륜에게 상을 빼앗긴 게 마음에 걸리는 모양이다. 그러나 하륜은 태연하게 한산군 이색의 말을 입에 담는다.

"나라에 일이 없어 편안할 때는 재상의 말도 가볍게 여길 수 있으나, 나라에 일이 있어 어려움에 부딪혔을 때에는 하찮은 필부의 말이라도 태산보다 중하게 여기라 하셨소이다."

방원에게는 너무도 뼈아픈 충고가 아닐 수 없다. 얼굴이 벌겋게 달아올랐고, 가슴은 쿵쿵거리며 울린다. 이십 년 연상에게 예절을 갖추지 못한 자신을 힐책해 보았지만 이미 때가 늦었다.

방원은 비로소 자리를 고쳐 앉으며 머리를 숙인다.

"제 무례를 너그럽게 헤아려 주소서."

"아니에요. 그런 말씀을 듣고자 한 것이 아니오이다."

"⋯⋯?"

방원이 어찌할 바를 모르고 있는데도, 하륜의 경륜이 장강과도 같이 펼쳐진다.

"세월과 시대는 다른 것이지요. 세월은 무심히 흐르나 시대는 꿈틀거리며 다가옵니다."

"⋯⋯!"

방원의 정신이 점점 맑아지기 시작한다. 하륜의 말이 깨달음을 불러들이는 채찍과도 같아서다.

"시대를 움켜쥐고자 하는 것은 범부들의 과욕이랄밖에요. 시대란 사람을 소명召命해서 쓴다는 사실을 잊지 마셨으면 합니다."

"어찌하면 시대의 소명을 받을 수가 있사오이까?"

방원이 묻고 싶은 말을 민제가 먼저 묻는다.

"허허허, 그거야 소명하는 시대의 뜻일 테지요. 저야 한갓 떠돌이 아니오이까."

하륜의 마력이 여지없이 드러나고 있다. 당당하기만 했던 방원은 자신의 무력함에 한계를 느낄 수밖에 없다.

민씨 부인이 참한 다과상을 들고 들어선다. 민씨 부인으로서도 하륜이 쏟아내는 말에 관심을 두지 않을 수가 없다.

"다식이 좀 있어서요……."

"허허허. 송화다식은 참으로 오랜만입니다."

하륜은 매화꽃 모양으로 빚어진 노란 송화다식을 입에 넣는다. 그리고 음미하듯 아주 천천히 씹는다. 세 사람은 그런 화륜의 모습을 지켜볼 수밖에 없다.

민제가 사위 방원의 관심사를 다시 입에 담는다.

"호정, 세상이 어찌 돌아가고 있소이까?"

하륜의 대답이 거침없이 쏟아져 나온다.

"태백성太白星이 한낮에 보이는 때가 아닙니까."

평범한 사람들은 이 같은 말을 알아듣기가 어렵다. 그래서 민제가 다시 묻는다.

"듣자 하니, 호정 혼자만 알고 있을 일이 아닌 듯 싶소이다."

"허허허, 그 다음에는 큰불이 한 번 날테지요."

"불이라니요? 어디에 말씀이오이까?"

"허허허, 그야 송도 한복판에서가 아니겠습니까."

"……!"

방원의 긴장감은 한없이 깊어지기만 한다. 하륜이 뱉어낸 말을 소상히 알아듣지 못했다 하더라도, 뭔가 심상치 않은 일이 일어날 것이라는 짐작은 얼마든지 할 수 있었기 때문이다.

"송도에 큰불이 난다면 대궐이라도 탄다는 말씀이옵니까?"

민씨 부인이 조심스럽게 묻는다. 시세의 흐름이 자신들과 무관하지 않다는 말로 들린 때문이다.

"아뢰옵니다."

바우의 소리가 들린다. 심각했던 분위기가 일시에 무너진다.

"무슨 일인가?"

민씨 부인이 밖을 향해 묻는다.

"추동 마님 오셔 계시옵니다."

민씨 부인은 화들짝 놀란다. 이직은 이른 아침인데 강씨 부인이 예까지 왔다면 심상치 않은 일이 분명하다. 방원의 생각도 다를 것이 없다.

"잠시 내당에 다녀오겠사옵니다."

방원이 양해를 구하고 방을 나선다. 민씨 부인도 방원의 뒤를 따른다. 민제는 기회가 왔다는 듯 하륜의 곁으로 다가앉으며 화두의 본줄기로 들어간다.

"어떻소이까, 방원의 상이? 보신 대로 소상히 말씀해 주셨으면 하오이다."

"자중자애하시라 하오소서."

하륜의 대답은 짤막했어도 경고의 뜻을 담고 있다. 민제의 얼굴에는 시름의 그림자가 어른거린다. 솔직한 심회를 드러내자면, 지금은 방원이 자중자애할 정도로 모든 여건이 편하지가 않아서다.

내당으로 달려 간 방원은 아버지 이성계가 사임을 청했다는 소식에 온몸이 떨린다.

"무슨 까닭으로요?"

"그걸 알고자 예까지 오질 않았는가."

강씨 부인의 반문이 이 정도이면 이성계의 독단이 빚어낸 파문이 분명하다.

"서면으로 말씀이옵니까?"

"그렇다네."

방원은 짧은 순간인데도 조정의 분위기를 간파한다.

"심려하실 일이 아닌 줄로 아옵니다."

"아니라니? 새 주상은 얕잡아 볼 만큼 어린 사람이 아니질 않은가."

잠자코 듣기만 하던 민씨 부인이 나선다.

"그 같은 말씀은 언제부터 하셨는지요?"

"며칠 되었네만 …… 설마설마 하였질 뭔가."

강씨 부인이 지난 며칠 동안의 일을 소상히 전한다. 전제개혁을 위한 측량이 대충 마무리되었다는 조준의 보고를 받고 그 자리에서 사임할 뜻을 밝혔다고 한다. 물론 조준의 만류가 간곡했어도 이성계의 의지가 집요하더라는 전언이다.

"정작 전제의 개혁은 지금부터가 아닙니까. 이런 시기에 사임하신다니요. 천만부당한 말씀이오이다."

"허허허, 이젠 내가 해야 할 일은 모두 끝나질 않았소?"

"대감!"

"이젠 내가 없어도 전제개혁은 단행됩니다."

"아니 되오이다, 대감!"

조준의 간곡한 만류가 여러 번 되풀이되었으나 이성계의 결심은 흔들리지 않더라는 것이 강씨 부인의 부연이었고, 서둘러 심덕부, 정도전, 한상질, 심지어 퉁두란까지 불러들여 이성계의 사퇴를 만류했으나 아무런 효과가 없었다는 설명이다.

"아버님은 지금 어디에 계시옵니까?"

"활터로 가셨어요."

"다녀오겠습니다."

"활터보다는 어전으로 가셔야지요."

"……?"

"주상의 윤허가 계시면 끝장이에요."

"알겠습니다."

방원은 관복으로 갈아입고 수창궁으로 달린다. 초여름의 날씨였다. 방원의 온몸이 땀으로 흥건히 젖어든다.

궐문을 들어서자 중관中官들이 나오고 있다. 중관이란 임금의 심부름을 맡은 환관의 별칭이다.

"어찌 되었는가? 이 시중 대감의 상소 말일세."

방원이 다급하게 묻는다.

"추동 이 시중 대감 댁으로 가는 길이옵니다."

"불윤이신가?"

"아홉 분 공신에게 교서가 내렸사옵니다."

"따르게!"

방원은 되돌아서서 빠르게 내닫는다. 중관들은 방원의 빠른 걸음을 따르기 위해 몹시 허덕거린다.

탁!

이성계의 철궁을 벗어난 화살이 과녁 한가운데를 여지없이 뚫는다.

"대감, 다섯 번째 관중이옵니다."

"허허허, 무념無念일 테니까."

이성계는 사임한 덕에 화살이 적중하고 있다고 믿는다. 그만큼 마음이 홀가분해진 덕분이기도 하다.

기마 한 필이 쏜살같이 달려와서 멎는다. 심덕부가 말에서 내리면서 급히 다가와 선다.

"환저 하셔야겠어요, 대감."

"사직 상소는 어찌 되었다고 합디까?"

"중관이 추동으로 떠났다 하오이다."

이성계는 일이 잘못되어가고 있다고 직감하면서도 확인해 두고 싶다.

"윤허가 계셨소이까?"

"중관을 맞아보시면 아실 테지요. 영규는 뭘 하고 있는가, 환저 채비 서둘지 않고……!"

심덕부는 대답 대신 영규를 나무란다. 영규는 재빨리 이성계의 말을 대령한다.

"서두르시지요. 왕명을 받든 중관들입니다."

이성계는 서둘러 말에 오르면서도 내키지 않는 표정을 짓는다.

중관은 비록 환관이었지만 큰사랑 상석에 자리하고 있다. 이성계는 관복으로 갈아입은 다음, 중관의 앞에 정좌한다.

"주상 전하께오서는 아홉 분 공신에게 말 한 필, 백금 5십 냥, 비단 다섯 필을 하사하시고, 좌시중 대감과 우시중 대감에게는 따로 금대金帶 한 벌씩을 내리셨습니다."

여기에 부수하여 장문의 교서가 내려졌다고 한다. 교서의 내용이 이성계와 심덕부의 공적을 극찬하고 있으니, 결국 이성계의 사임은 불윤이 된 거나 다름없다.

이 같은 사실이 밖으로 전해지자 방원과 강씨 부인은 뜻깊은 미소를 나누며 안도한다.

"다시 이 같은 일은 없을 것입니다."

방원이 새삼스럽게 다짐하자 강씨 부인은 조심스럽게 내심을 개진한다.

"가슴앓이 그만하고 바로 진언 드리셔요."

"아직은 때가 아닙니다."

"아니라니? 다들 수긍하는데 아버님만 아니 된다고 하시질 않는가."

"아직은 한 가지 남은 일이 있습니다."

"남은 일이라니?"

"전제의 개혁을 완벽하게 매듭지어야 합니다. 그보다 큰일은 다시없을 것으로 압니다."

"……."

강씨 부인은 할 말이 없다. 따지고 보면 새 왕조의 창업은 이미 기정사실화되어 있는 것이나 다름이 없다. 방원을 중심으로 심덕부, 조준, 정도전, 한상질, 퉁두란 등이 이성계의 마음이 변하기만을 기다리고 있었으나, 이성계의 성품이 이를 묵살하고 있던 시절이었다.

여름으로 접어들면서 날씨는 가늠할 수 없을 정도로 변화무쌍해진다. 태백성이 한낮에 괴기한 빛을 뿜어냈고, 새파랗게 갠 하늘에 번개가 쳤으며 천둥까지 천지를 뒤흔들 듯 요란하게 울린다. 장마철이 아닌데도 강물이 붉게 끓어오르며 흐르는가 하면 월식까지 나타난다. 사람들은 너나없이 변괴가 일 것이라고 수군거린다.

― 만만치 않은 사람이군!

방원이 중얼거린다. 하륜을 두고 하는 말이다. 지난 정초에 세상이 어찌 돌아가느냐고 물었을 때, 태백성이 낮에도 보이는 시절이라고 했었다.

과연 태백성이 낮에도 빛나고 있다. 그때 하륜이 부연하지 않았던가. 도성 한복판에 큰불이 날 것이라고. 그러나 아직 불은 나지 않았다.

천지에 괴변이 있다면 누구나 불길함을 느끼게 마련이다. 방원도 불안한 심경을 달랠 길이 없다. 순조롭지 못한 기운이 아버지와 자신에게 밀려오는 액운처럼 느껴져서다.

9월 초하루. 이날에는 개기일식마저 나타난다.

조정 중신들이 흰옷을 입고 하늘에 제사를 올린다. 일식을 하늘의 노여움으로 믿고 있던 시절이다.

이런 일이 있으면 사신史臣들은 상소를 올려 임금으로 하여금 덕을 쌓아야 한다고 진언한다. 또한 이런 일을 빙자하여 마음에 들지 않는 중신들을 탄핵하여 내쫓기도 한다. 그것이 곧 하늘의 노여움을 달래는 방도라 믿었던 시절이기도 하다.

전제개혁을 위한 토지 측량을 마친 것도 이 무렵이다.

창왕의 즉위 초년에 시작된 일이었으니 장장 이 년 간에 걸친 측량이다. 측량 결과는 이러하다.

도성을 중심으로 한 경기 일원은 실전實田 13만여 결, 황원전荒遠田 8천여 결이었고, 외방 지역은 실전 49만여 결, 황원전 16만여 결이다.

이와 같은 논밭을 다시 백성들에게 나누어 주기 위해서는 공전公田과 사전私田의 문적文籍부터 없애야 한다.

조정은 그 모든 문적을 태우기로 결정한다.

"모든 백성들이 보는 앞에서 불태워야 할 것이외다. 더 이상 논밭으로 인한 불만이 없을 것임도 확연히 해야 옳을 것이오!"

이성계는 주위를 돌아보며 선언하듯 말한다. 평생을 염원했던 소망이 이루어지는 순간 아니던가.

넓은 길거리 한가운데에 원한에 사무친 전적田籍들이 쌓이기 시작한다. 순식간에 산 같은 하얀 봉우리가 몇 개나 생긴다. 이성계를 비롯한 조정 중신들이 나와 섰고 수많은 백성들이 모여들었다.

마침내 그 하얀 종이 산에 불을 지른다. 비록 종이에 쓰인 글자에 불과했으나 그로 인해 수많은 백성들이 이백여 년 동안 피눈물을 쏟아야 했었다.

지금 그 원한의 전적이 불타고 있다.

송도 전체가 뜨거운 열기를 느낄 만큼 큰불이 아닐 수 없다. 백성들은 당연히 기뻐서 날뛰어야 했는데도 넋이 나간 모습으로 지켜보기만 한다.

전제를 개혁하여 가난한 백성들에게 논밭을 고루 나누어 준다. 이런 말을 처음 들었을 때 백성들은 춤추고 노래하며 기뻐하지 않았던가. 그리고 이 년 동안이나 잠잠히 기다렸던 일인데, 지금 눈앞에서 그 원한의 문적들이 불타고 있다.

불길은 맹렬하게 회오리치며 타오른다. 훈구명문들이 독점하고 있던 재산이 백성들 눈앞에서 불타고 있는 것이나 다름이 없다.

불빛이 어른거리는 이성계의 얼굴에 눈물이 주룩 흘러내린다.

"장군, 위화도에서의 회군이 이제야 열매를 맺기 시작하질 않습네까."

곁에 있던 퉁두란이 울먹이는 목소리로 말했을 때도 이성계는 타오르는 불길만 쏘아보고 있을 뿐 아무 반응이 없다.

타오르는 불길은 수창궁에서도 보인다. 온 송도가 타는 듯 하늘은 붉었고, 타 버린 검은 종잇조각이 바람에 난무한다.

공양왕은 왕비의 부액을 받으며 대전 마루에 나와 선다. 사전적이 불탄다는 전갈을 받는 순간부터 운신할 수도 없을 만큼 맥이 풀렸던 터이다. 공양왕은 검붉은 하늘을 바라보는 순간부터 눈물을 쏟아내고야 만다.

똑같은 불을 보며 흘리는 눈물이라 하더라도 이성계의 눈물과 공양왕의 눈물은 판이하게 다르다.

"전하, 어찌 저럴 수가 있사옵니까."

왕비가 망극하다는 듯 위로하였고, 공양왕은 힘없이 중얼거린다.

"조종祖宗의 사전이 과인의 대에 이르러 사라지다니, 내 부덕이 하늘을 찌르는구려."

공양왕의 이 말은 여러 사서에 두루 적혀 있는 의미심장한 표현이다. 공양왕은 임금이 되고자 하지 않았다. 그에게 옥새가 전해지는 날도 완강히 사양하지 않았던가. 조종의 사전이 자신의 재위 중에 잿더미가 된다는 것, 그것은 고려왕실의 종말을 의미하는 것이나 다름이 없다.

사가史家들은 사전적이 타오르는 불길이 고려왕조의 붕괴를 상징한다고 적었다.

불길은 수삼 일 동안 꺼지지 않고 타오른다. 하기야 한 왕조가 단 하루 만에 다 타버릴 수야 없지 않겠는가.

사전의 문적을 태워버린 다음, 새로운 전제를 운영하게 되는 것은 이로부터 일 년 후인 공양왕 3년 9월에 이르러서야 완결된다. 그것은 곧 관료층의 재조직이며, 새 왕조의 경제적인 기반 공작의 완성을 의미한다.

추동 이성계의 사랑방에 조준과 정도전이 초대되었다. 전제개혁을 주도한 핵심 인물들이기 때문이다. 이성계는 손수 이들 두 사람의 술잔에 철철 넘치도록 감로주를 따른다.

"두 분의 노고를 어찌 치하해야 할지 입이 열리지 않소이다."

이성계는 진실로 고마워한다. 그리고 자신의 심중을 토로한다.

"아니 되리라 믿었어요. 흐지부지 끝나리라 믿기도 했고요……."

"대감이 아니 계셨으면 못 할 일이었습니다."

조준이 말하자 정도전도 부연한다.

"이 쾌거에 고려가 무너지고 있음이옵니다."

이성계는 이들 두 사람을 뚫어지게 바라본다. 그러나 정도전은 두려움 없이 말을 이어간다.

"어찌 이 일이 고려왕조를 위한 일이겠습니까!"

"하면, 누굴 위한 일이었소?"

조준이 직설적으로 묻는 것은 '이성계를 위한 일'이라는 확실한 의사를 천명해 줄 것을 요구하는 것이나 다름이 없다. 그러나 이성계 또한 이들의 속내를 모를 까닭이 없다.

"모두 백성을 위한 일이었질 않았소."

"그 백성이라는 것도 고려의 백성이 아니라, 당연히 대감의 백성이기에 드리는 말씀입니다."

"말을 삼가라!"

이성계는 더 참지를 못한다. 그는 세차게 연상을 내리치면서 화통 같은 노성일갈을 토해 내고야 만다.

"다시 그 같은 불충의 말을 입에 담지 말라!"

이성계가 단호하게 의중을 밝히고 나서는데도 정도전은 굽히지 않는다.

"시운이 대감을 소명하고 있지를 않습니까!"

"허어, 말을 삼가라지 않았는가!"

잠시 동안 정적이 흐른다. 이성계로서는 괴롭기 한량없는 순간이었지만, 정도전의 달변은 그치질 않는다.

"제도의 개혁이란 늘 있는 일이옵니다. 하나, 이번 전제개혁은 항용 있어온 그런 개혁이 아니질 않습니까. 썩어빠진 훈구명문을 쓸어내는 일이 아니옵니까. 사전이 불탔사옵니다. 지금까지 있어온 고려의 국책이 새로운 국면을 맞은 것이 분명합니다!"

조준까지 부연하고 나선다.

"대감, 원나라 왕실의 여인들이 이 나라의 곤위를 이어가질 않았습니까. 남의 나라 아낙을 고려의 국모로 받들면서 망국으로 이어지는 부패가 시작되었습니다. 한데, 그 원나라가 어찌되었습니까. 중원에서 밀려난 지 이미 오래되지 않았습니까. 대감께서 주도하신 위화도에서의 회군이 친명 화친이었고, 불타 버린 사전의 임자들이 친원하는 부패세력이었다면, 그들은 이미 몰락하고 없습니다. 이것이 오늘의 현실이라면 이미 고려는 지난날의 고려가 아닌 줄로 아옵니다."

"새로운 고려를 만들어야지요!"

"누구에게 의탁해서요?"

"……."

"힘없는 왕실을 믿고 새로운 고려가 만들어진다고 보시오이까!"

"……."

"백성들이 힘없는 왕실을 따른다고 보시오이까?"

"……."

정도전과 조준은 마치 적군의 수괴를 고문하듯 이성계의 우유부단함을 극렬하게 몰아세우고 있다. 언젠가 한 번은 딛고 넘어가야 할 대사이기에 사전이 불탄 것을 계기로 완결하고 싶은 것이 정도전과 조준의 마음이다.

"저희는 대감의 분부에 따라 전제를 개혁했사옵니다. 지금 아니면 후대에 쓰일 것이라고 하신 분이 대감이 아니십니까."

"어찌 되었거나, 나는 새 나라의 창업을 찬성할 수 없어요!"

이성계는 단호한 어조로 핵심 측근의 말을 묵살한다. 방 안이 천길 물속처럼 가라앉기 시작할 때 조영규의 소리가 들린다.

"둘째 서방님 납시어 계시옵니다."

"들라 이르라."

갑옷을 입은 방과가 들어와 정중한 예를 올리고 좌정한다. 삼남지방에 창궐한 왜구를 소탕하고 오는 길이다.

"수고가 많았다."

"당치 않으시옵니다, 아버님."

"그래, 그쪽 사정은 어떠하더냐?"

"항구적인 대책이 있어야 할 것으로 아옵니다."

"……!"

이성계는 고개를 끄덕인다. 삼남지방을 어지럽히는 왜구에 대한 항구적인 대책을 마련하는 것은 이성계 평생의 염원이나 다름없다.

"왜구의 침공이 있다는 파발을 받고 나서야 출진을 하게 되니 피해는 이미 피해대로 늘어날 따름이옵니다. 토벌군이 당도하여 가까스로 왜구를 퇴치하면 새 왜구가 다른 곳에 침공해옵니다. 언제까지 이런 악순환을 되풀이해야 하는지 난감하기 이를 데 없사옵고, 백성들은 백성들대로 조정을 믿고 따르려 아니 하고 있사옵니다. 유념해 주소서."

"……."

이성계는 한숨을 토한다. 이미 삼십여 년 전에 이성계는 그와 같은 생각을 조정에 건의했었다. 그런데도 지금까지 대책은 수립되지 않고 있다.

"서둘러 재벽동으로 가봐야겠다."

이성계가 불쑥 뱉어낸다. 방과는 불길한 생각이 든다. 자신이 왕명을 받들어 삼남으로 떠날 때 어머니 한씨가 시름시름 앓고 있었기 때문이다.

"네 형이 등청을 아니 하고 있다. 3품의 벼슬에 있으면서 등청을 아니 하는 것은 맡은 책무를 소홀히 함이 아니더냐."

"……."

"내려가거든 단단히 일러둬라. 정히 마음에 맞지 않는 일이면 사임하는 게 좋아!"

좌중은 놀랄 만큼 긴장한다. 이성계가 책무를 소홀히 하는 자는 큰아들이라도 용인하려 하지 않아서다.

"한 나라의 정사가 제대로 되자면 책무를 소홀히 하는 관원이 있어서는 아니 되는 법, 직의 높고 낮음이 무슨 상관이냐. 국록의 소중함을 알아야지. 알겠느냐?"

"명심하겠사옵니다."

경색된 분위기는 이후에도 풀리지 않고 계속된다. 서로 어색한 시선만 마주치다가 끝내는 일어설 수밖에 없다.

서산마루는 짙은 노을에 잠겨들고 있다. 추동을 나서는 조준과 정도전은 착잡한 심경을 달랠 길이 없다.

정도전이 한숨을 토해 낼 정도로 아쉬워한다.

"송당, 더 세게 밀어붙일걸 그랬어……."

"글쎄……."

정도전이 일을 급하게 몰아가는 편이라면 조준은 생각을 깊이 해 보는 편이다. 성격이 판이한 두 사람이 같은 일에 종사하게 되면 의견을 달리하는 경우가 왕왕 있게 마련이지만, 이들 두 사람의 석학은 언제나 같은 결론에 도달하곤 한다.

임종, 그 한

비는 며칠째 쉬지 않고 내린다.

단비가 아닐 수 없다. 비를 기다리던 사람들은 하늘에 감사하며 춤을 추듯 논두렁을 분주하게 오간다.

흠뻑 젖은 몸으로 재벽동 농장에 들어서던 방과는 물씬 코를 찌르는 탕약 냄새에 심신이 오싹해진다. 아니나 다를까 어머니 한씨는 머리에 수건을 동인 모습으로 자리에 누워 있다. 눈언저리가 꺼져 있어 검게 보일 만큼 수척한 얼굴이다.

방우가 간병을 맡아 하고 있었던 듯 여전히 어머니의 머리맡에 앉아 있다. 방과가 들어서자 방우도 반가워했고, 어머니의 기쁨은 푹 꺼진 눈자위에 눈물이 고일 정도다.

방과는 깊숙이 예를 올리고, 어머니의 손을 잡는다.

"좀 어떠시옵니까, 어머님?"

"늘 이 모양인걸 …… 집 나가면 고생일 테지 …… 무사히 돌아와 줘서 고맙다."

어머니 한씨는 방과의 손을 꼭 쥐는 듯했으나, 그 손은 이미 기력이 쇠진해 있음을 알아차릴 수 있을 만큼 힘이 없다.

"형님, 송구하옵니다."

어머니의 간병에 대한 고마움과 자신의 죄송함을 그렇게 표현한다. 방우의 대답은 뜻밖으로 조용하고 담담하다.

"내게 이보다 소중한 일이 어디 있겠느냐?"

"그렇기는 하옵니다만 …… 그동안 등청을 아니 하셨다 들었사옵니다."

"나가 본들 무슨 할 일이 있어야지……!"

퉁명한 대답이다. 방과는 그동안 부자간에 심상치 않은 일들이 있었을 것이라는 짐작이 든다. 그렇다고 형에게 그 일을 꼬치꼬치 물어볼 수도 없다.

"아버님은 뵙고 왔느냐?"

한씨가 물기 어린 목소리로 묻는다.

"어머님 일을 몹시 심려하시면서 일간 들르시겠다는 분부가 계셨습니다."

"……."

그 반가운 소식에도 한씨는 고개를 돌리면서 외면한다. 눈물을 보이지 않으려는 모정이 아니고 무엇인가.

"칼로 권세를 잡으면, 칼로 망하는 것이 하늘의 이치임은 삼척동자도 아느니라!"

방우가 몸을 일으키며 불쑥 뱉어낸다. 아우 방과 들으라는 말일 테지만, 아버지 이성계를 향한 불만일 터이다. 어머니 한씨는 방과의 눈치를 살피면서 시름 같은 한숨을 놓는다.

마침내 이성계가 문하시중의 자리에 오른다. 부수상격인 수문하시중의 자리에는 정몽주가 연이어 제수되었으니, 고려는 새로운 국면으로 접어들 수밖에 없다.

새해. 그러니까 공양왕 3년 정월이 되자 5군으로 나뉘어 있던 병제를 3군으로 줄이고 도총제부를 설치하여 서울과 지방의 군사軍事를 관장하게 하면서 이성계가 그 도총제사가 된다. 비록 배극렴을 중군총제사에, 조준을 좌군총제사에, 정도전을 우군총제사에 제수하였다고 하더라도 고려의 모든 병권이 이성계의 손 안에 들어온 것이나 다름없다.

또 지방에 유배되어 있던 심덕부를 풀어 청성군 충의백으로 다시 삼아도 아무도 불만을 가지는 사람이 없으니, 명실상부하게 고려 조정의 전권을 이성계가 장악한 것이나 다름이 없다면 큰아들 방우의 모든 예측이 들어맞은 셈이다. 방우는

'칼로 흥한 자는 반드시 칼로 망한다'고 단언하지 않았던가.

추동 앞 큰길이 갑자기 술렁거린다. 임금의 거동을 알리는 벽제 소리가 요란해서다.

"주상 전하 납시오!"

환관들이 먼저 들어와 주상이 왔음을 알린다. 임금이 수상의 사저를 방문하는 일, 그것은 예삿일이 아니다.

"전하, 어인 거동이시옵니까?"

이성계는 맨발로 달려 나와 공양왕을 맞는다. 강씨 부인도 방번과 방석의 손을 잡고 나와 허리를 굽혔다.

"뵙고 싶어서요. 진작 왔어야 할 일이었기도 하고요."

"망극하옵니다, 전하."

이성계는 공양왕을 사랑으로 인도한다. 강씨 부인과 방번, 방석도 들어와 예를 올린다.

"돌연 폐를 끼치게 되었어요."

"당치 않으시옵니다. 평생의 광영이라 사료되옵니다."

군왕과 수상의 대좌였으나 마치 십년지기가 마주 앉은 것 같은 화기애애한 분위기가 빚어지면서 신변잡사에서 맴돌던 화제가 정사로 옮겨간다.

"이 시중."

"예."

"당부가 있어요."

"황공하옵니다, 전하."

"앞으로는 수상의 직을 사임하시겠다는 전箋을 올리지 말아주시오."

"……!"

"믿을 사람이 없질 않소. 이 시중이 사임을 하신다면 나는 누구와 더불어 정사를 의논한다는 말씀이오."

"전하……."

이성계는 자신의 사임이 진심이었음을 고하려 한다. 그러나 공양왕은 그럴 틈조차도 주질 않는다.

"알고 있어요, 이 시중. 이런 말씀을 드려서 어떨지 모르겠으나, 이 시중의 사임 상소를 볼 때마다 과인은 무서움에 떨곤 했어요."

"전하, 천만부당한 말씀이옵니다. 신은 군진을 떠돌아다니던 무장이옵니다. 무장은 나라의 방패가 되는 것으로 소임을 다하는 것이옵니다. 수상의 자리는 마땅히 학덕 높은 문신이 맡아야 하는 것으로 알고 있사옵니다."

"이 시중……."

"수상의 자리는 높은 경륜으로 전하를 바로 보필하고……."

"이것 보시오, 이 시중."

"예, 전하……."

공양왕은 이성계에게 두려움을 느끼고 있음을 드러낸다.

"이 나라의 종묘사직이 누굴 의지하고 있소이까. 오직 이 시중만 의지하고 있지 않소이까. 이러한 때에 이 시중의 사임이 자주 거론되는 것은 백해무익임을 아셔야지요."

"당치 않으시옵니다, 전하."

"경이 정녕 이 나라 오백 년 종묘사직을 위한다면 다시는 사임한다는 말이 있어서는 아니 될 것이오. 아시겠소!"

"……."

이성계는 고개를 떨군다. 그럴 수밖에 없는 것이, 이성계의 사임 상소는 지나치리만큼 잦았다. 그렇다고 물러나지도 않는 것이 공양왕을 불안하게 하고 있었음이 드러난 셈이다.

"전하, 그로 인해 전하의 심려를 어지럽혔다면 신이 용렬한 탓이옵니다. 굽어 살펴주소서."

"나는 경을 용렬하다고 생각한 일이 없어요. 다시는 사임 상소를 아니 올리겠다고만 확약해 주시오."

"……."

이성계는 짧은 한숨을 놓는다. 당장이라도 물러나고 싶은 것이 그의 심중이지만 주상의 면전이라서 버티기가 어렵다. 공민왕은 다시 채근한다.

"경의 대답을 듣고자 하여 예까지 온 나요. 확약해 주시오."

공양왕은 어린애가 보채듯 졸라댄다. 이성계는 어찌할 수 없다는 듯 대답한다.

"명심하겠사옵니다, 전하."

"고맙소. 이제야 시름을 더는구려."

"망극하옵니다, 전하."

"밖에 누구 있느냐?"

"대령해 있사옵니다."

환관의 소리가 들린다.

"풍악을 울리도록 하라."

"전하!"

이성계가 만류하고자 했으나 마당에서는 이미 풍악이 드높이 울리기 시작한다. 대악서大樂署의 악사들을 거느리고 온 모양이다. 신라시대에는 대악감大樂監이라 불렸던 것이 지금은 대악서로 바뀌어 있다.

"문을 여는 게 좋겠어요."

사사롭게 말해도 왕명임은 분명하다. 이성계는 문을 연다. 풍악은 한층 가깝게 들린다. 잔치나 다름없다. 그것도 임금이 악공을 거느리고 수상의 집 내정에서 베푸는 것이라면 각별한 경우가 아닐 수 없다.

추동에서의 잔치.

이것이 이성계의 지위를 굳혀 놓은 결과가 되었다면, 우대언 방원의 지위도 덩달아 확고해지는 게 당연하다. 그러나 호사다마라는 말도 있다. 이성계의 지위와 방원의 위세가 하늘로 치솟고 있을 때, 재벽동 농장에서 향처 한씨의 병환이 위중하다는 전언이 당도한다. 이성계에게도 놀라운 일이었지만, 방원의 심려는 이만저만이 아니다.

부모가 위중하면 사임을 한 다음에야 간병에 나설 수 있다. 부모의 상을 입으면 군왕도 입사를 청하지 않는 것이 당시의 풍속이며 법도다. 그러나 공양왕은 이방원의 사임을 허락하지 않는다. 관직에 있는 몸으로 간병할 수 있다는 것은 파격적인 예우이며 영광스러운 일이 아닐 수 없다.

천보산은 빨갛게 물든 단풍으로 불타고 있다. 재벽동은 천보산 조금 못 미쳐 있었고, 수원산과 축석현에서 흐르는 물은 고교천이 되어 흘러간다. 이 아름답고 단출한 재벽동에 이성계의 전장田莊이 있다.

한씨는 극도로 쇠약해진 몸으로 지아비와의 재회를 기다리고 있다. 지아비 이성계가 돌아오기를 기다리며 살아온 한평생. 효성 지극한 맏아들 방우가 지성을 다하여 간병하고 있었어도 한씨는 이성계만을 기다리고 있다. 둘째 방과, 셋째 방의, 넷째 방간, 다섯째 방원, 여섯째 방연이 어머니의 위중함을 알고 모여들었다. 두 딸도 달려와 있다.

지아비가 문하시중의 자리에 있고 자식들이 장성하여 관직에 나가 있다면 부러울 게 없는 인생이랄 수도 있겠으나, 이성계는 신혼 초기부터 군진을 나돌았다. 그것이 왕명을 받드는 일이요, 나라의 초석을 놓는 일이라면 탓할 수도 없다.

경처 강씨를 맞이하고부터는 더욱더 지아비의 발길이 뜸해졌다.

— 바쁘실 테지…….

늘 그렇게 생각하며 살아온 한씨가 아니던가.

"오십니다, 곧 오실 겁니다."

방원은 어머니의 곁에 앉아 눈물을 흘리면서 위로한다.

"시중의 자리에 계시질 않느냐. 바쁘실 것이니라."

"어머니, 오신다니까요."

한씨 부인은 지나온 세월처럼, 바쁠 것이라는 생각만으로 체념하면서 살고 있다. 방원은 그런 어머니의 모습에서 여인의 한을 읽는다.

한씨 부인은 새벽이 되도록 잠을 이루지 못한다. 숨결도 고르지 못하다.

"어머니, 드리고 싶은 말씀이 있어요."

방원이 말하자 한씨 부인은 있는 힘을 다해 눈을 뜬다.

"하루 속히 쾌차하시어 지난날의 모진 세월 다 잊으시고 영화를 누리셔야지요."

"……?"

한씨 부인은 보일 듯 말 듯 고개를 끄덕인다.

"어머니, 이제부턴 아버님 곁에 계실 수가 있어요. 아버님은 아무 데도 아니 가신다니까요."

"……."

"어머니도 같이 계셔야 해요. 그런 날이 눈앞에 와 있어요, 어머니."

방원은 아버지 이성계의 등극이 멀지 않았음을 알리고 있다. 아버지가 보위에 오르면 어머니는 중전이 된다. 어디 그뿐인가. 수창궁에 옮겨 가서 살게 될 것이 아니겠는가. 수많은 상궁나인들이 시중을 들어 주고, 만백성들이 국모로 받들 것이 아닌가. 바로 이 같은 영화가 눈앞에 와 있음을 알려드리고 싶은데 좀처럼 입이 열리지 않는다. 큰형인 방우가 어디선가 엿듣고 있다가 뛰어들 것만 같은 불안 때문이다.

"방원아……."

이윽고 한씨 부인이 방원을 부른다.

"예, 어머님."

"지붕을 성글게 이으면 빗물이 새듯이, 마음을 조심해 가지지 아니하면 탐욕이 그것을 뚫는다고 하질 않았더냐."

임종을 눈앞에 두고 있으면서도 『법구경』의 한 구절을 들려주는 어머니의 자애로움. 지금의 방원에게는 가장 필요한 충고이고도 남는다.

"심려 마세요, 어머님. 어머님의 가르침 잊지 않고 있어요."

"아버님께 누가 되는 일일랑은 하지 말구⋯⋯."

방원은 왈칵 눈물을 쏟고야 만다.

— 賢婦令夫貴 惡婦令夫賤.

어진 아내는 지아비를 귀하게 만들고, 모진 아내는 지아비를 천하게 만든다는 강태공의 말이다.

따지고 보면 한 번쯤 이성계를 원망해도 무방한 한씨 부인이다. 그러나 한씨 부인은 오늘에 이르기까지 단 한 번도 지아비를 원망한 일이 없다. 오히려 걱정하며 받들고만 있다. 바로 이 점이 방원에게 눈물을 쏟게 하는 까닭이다.

홰를 치고 우는 닭소리가 들린다.

동녘 하늘이 뿌옇게 틔어올 때 말발굽 소리가 아련하게 들려오기 시작한다. 한씨 부인의 얼굴이 밝아지는 듯하다. 식솔들은 약속이나 한 듯 마당으로 나선다.

아버지 이성계다. 땀으로 흠뻑 젖은 모습이었으나 말에서 내리는 길로 방으로 뛰어 들어간다.

"이 사람아⋯⋯."

"⋯⋯."

지아비의 속삭임을 들은 한씨 부인의 눈에 흥건하게 물기가 괸다.

"원망이 많았을 테지⋯⋯."

"원망은요⋯⋯."

"내가 임자의 마음을 모를 까닭이 있나."

"……."

"어서 털고 일어나야지."

한씨 부인의 얼굴에는 눈물이 주룩 흘러내린다. 이성계는 맨손으로 지어미의 눈물을 닦아내고 있다.

"추동 사람은……."

"쓸데없는 생각 말구!"

한씨 부인은 이성계가 올 때마다 강씨 부인의 안부를 물었었다. 이성계는 그때마다 얼버무리곤 하질 않았던가.

"최 장군의 말씀이 생각납니다. '이 장군만이라도 군진에 계세요. 내직에 들어오시면 물이 들어요.' 그런 말씀이 계셨질 않습니까."

"……."

이성계는 수긍하듯 끄덕였고, 한씨 부인은 그제야 얼굴에 웃음을 담아 보인다. 생각해보면 얼마나 사무친 회한의 세월이었던가. 그런 세월이 한씨에게만 있었던 것은 아니다. 이성계에게도 자신의 의지대로 세상을 살아온 것은 얼마 되지 않는다.

쌍성을 회복했을 때가 이십일 세.

박의를 잡아 죽인 것이 이십칠 세.

최유의 군사를 대파한 것이 삼십 세.

최초의 벼슬이랄 수 있는 동북면 원수, 지문하성사로 제수
된 것이 삼십오 세.

　여진 천호 퉁두란의 투항을 받아들인 것이 삼십칠 세.

　지리산에서 왜구를 대파한 것이 사십삼 세.

　운봉에서 왜구를 대파한 것이 사십육 세.

　동북면 도원수가 된 것이 오십 세.

　함주에서 왜구를 대파한 것이 오십일 세.

　위화도에서 회군한 때가 오십사 세.

　아내의 임종을 지켜보고 있는 지금은 오십칠 세.

　이렇게 생각해보면 자의대로 살 수 있었던 세월은 불과 삼
년여에 불과하다. 거기에 비해 군진을 전전한 것이 삼십육 년
이다. 그 삼십육 년 동안 지어미 한씨와 단란하게 마주 앉을
수 있었던 날은 채 일 년도 되지 않을 것만 같다. 어찌 회한이
없을 수 있으랴.

　"말이 아니었어, 임자의 고생이……."

　"……."

　"정작 이제부터가 아닌가."

　"……."

　"임자의 고마움을 헤아릴 수가 없어요. 장성한 자식들이 그
걸 말해주고 있질 않은가."

　한씨 부인은 회한에 찬 지아비의 속삭임을 가슴속 가득히

받아들이면서 조용히 눈을 감는다. 향년 쉰다섯 살.

천보산 단풍잎이 만산을 불태우던 1391년 9월 23일의 일이다.

아무리 역사에 가정을 두는 것이 금물이라 하더라도, 한씨 부인이 십 개월만 더 살 수 있었다면 왕비의 몸으로 세상을 뜰 수가 있었길 않았는가. 바로 이 점이 방원의 가슴에 통한을 새기고 있다. 지난밤 그 점을 말씀 드리지 못한 것이 더욱 통한에 사무칠 따름이다.

방원은 땅을 치며 통곡한다. 입관을 마친 다음에는 관을 치며 통곡을 하였어도 어머님이 다시 살아올 까닭이 없다. 그 울음은 지켜보는 아버지 이성계의 가슴을 찢어놓고도 남을 만큼 처절하였다.

"어머니, 어머니, 어머니!"

이성계는 방원의 통곡 소리를 들으면서 하늘을 쳐다본다. 청명하게 높은 가을 하늘에는 조각구름이 흘러가고 있을 뿐이다.

무상과 허무.

생자필멸이란 말이 『열반경』에 있고, 소동파는 평생의 모든 일이 만족한데 오직 죽음만이 흠이라고 했다. 이성계의 심중은 그런 구절들로 가득할 뿐이다.

장지는 풍덕 북쪽에 있는 속촌으로 정해진다.

문하시중 이성계의 배상이라면 떠들썩하고도 남을 일이지

만, 방원의 마음에 그려지는 허무함과 애통함을 어찌 헤아릴 길이 있으랴.

이로부터 열 달 후, 이성계는 새 왕조의 첫 번째 임금으로 등극한다. 그때에 이르러 한을 남기고 떠나간 한씨를 승인순성 신의왕후에 책봉하고 무덤은 제릉齊陵으로 높여 부르게 된다.

향처 한씨를 잃은 이성계는 매사에 의욕을 잃는다. 산다는 것, 그것이 이리도 허망한 것인지 미처 몰라서다.

"그렇게 하도록 하라."

"좋을 대로 하라."

중신들이 진언하는 것이 있으면 한결같은 대답만 쏟아내는 지경이니 조정대사가 제대로 굴러갈 까닭이 없다.

방원의 생활도 아무 의미 없이 흘러가기만 한다. 두 사람의 주위의 뜻있는 사람들은 하나같이 조정의 일을 걱정한다. 이성계가 아니라면 누구도 나설 수 없는 것이 조정의 몰골이다.

아직 바람은 쌀쌀했지만 날씨는 화창하다. 눈앞에 우뚝한 송악산은 보랏빛으로, 춘색이 완연하다.

"아니, 우대언 아니시오?"

방원은 걸음을 멈추고 뒤돌아선다. 하륜이 다가서고 있다.

"언제 오시었소?"

"잠깐 다녀갈 일이 있어서요."

하륜은 전라도 도관찰사에 제수되어 있다.

"잘 참으셨소이다."

대체 뭘 참았다는 말인가. 방원은 섬뜩한 생각이 든다. 그러나 하륜은 방원의 내심을 정확하게 읽고 있다.

"어떠신지요, 약주라도 한잔 대접했으면 합니다만……."

방원은 얼버무리듯 말한다.

"허허허, 시정을 알려면 주막이 제격이지요."

두 사람은 사복을 하고 있었기에 허름한 주막에 들어도 사람들이 알아볼 까닭이 없다. 하륜과 방원은 방으로 든다. 안주로 들어온 산채나물에서 봄 냄새가 물씬 풍긴다.

"자중자애하셔야 합니다."

"허구한 날을 자중자애, 자중자애라니요? 제게 주시는 말씀이 그것 뿐이오이까?"

"그렇습니다. 그 점은 이 시중 대감에게도 드리고 싶은 말씀이기도 하고요."

방원은 말없이 잔을 비운다. 그 순간 하륜의 형형한 시선이 자신에게 멈추어져 있음을 감지한다.

"3월 한 달만이라도 길을 떠나지 마시오."

"길을요?"

"낙마할 겝니다."

"……!"

"허허허, 믿을 바가 못 되어도 더러는 맞는 경우도 있질 않겠습니까."

하륜은 껄껄거리며 마시고 있었어도 방원은 그의 말을 귀담아 듣지 않을 수가 없다.

"언젠가 개경에 큰불이 날 것이라고 하였는데 …… 얼마 아니 있어 사전적이 타는 큰불이 있었습니다만, 그때 말씀하신 게 그 불이었사옵니까?"

"허허허, 불은 불이지요. 불이 나면 타게 마련이구요. 자, 자, 드십시다."

이후, 하륜은 좀처럼 입을 열지 않는다. 방원이 진지하게 물었지만 하륜은 너털웃음을 웃으면서 술 사발을 들어 보일 뿐이다.

— 낙마를 한다.

방원은 하륜의 말을 곰곰이 새겨본다. 방원이 말을 타지 못하는 것은 아니었으나 자주 타는 편은 아니다. 그렇다면 아버지 이성계를 두고 하는 소리일지도 모른다.

— 3월 한 달 길을 떠나지 말라.

이건 지켜지지 않을 일이다. 방원은 짬만 있으면 어머니의 무덤으로 달려가고 있어서다.

"아!"

방원은 하마터면 탄성을 지를 뻔한다. 그는 어머니의 산소가 있는 풍덕으로 갈 때면 언제나 말을 타고 간다.

"대감, 정 시중의 주변을 알고 싶소이다마는……."

방원이 정몽주의 근황을 알고자 했을 때였다.

"그만 가시지요. 낮술이라 많이 취합니다."

하륜이 손사래를 치면서 먼저 일어선다. 방원은 서운한 마음을 가눌 길이 없었으나 따라 일어설 수밖에 없다.

"또 언제 뵐지는 기약할 수 없으되, 자중자애하세요."

"……."

방원이 미처 대답하기도 전에 하륜은 주막을 나서고 있다. 방원이 서둘러 뒤따랐으나 이미 하륜은 유유히 사라져 가고 있다.

방원의 마음은 불길한 생각으로 가득하다.

― 3월 한 달 길을 떠나지 마시오.

― 낙마하리다.

이 무슨 불길한 예언인가. 방원은 어머니의 묘소를 찾아 수 없이 풍덕으로 가야 한다. 그것도 말을 타고…….

선죽교

　요 며칠 동안 방원은 집 안에 틀어박힌 채 『자치통감』을 읽고 있다. 어머님 한씨의 무덤이 있는 풍덕에 가지 않게 되자 시간이 남아돌았기 때문이다. 등청을 하지 않아도 수창궁의 움직임은 소상히 알 수 있다. 이 무렵에 이르러 칠점선의 활동이 더욱 능란해져 있었기 때문이기도 하다.

　약칭 『통감通鑑』이라 불리는 『자치통감』은 고대 제국인 주나라의 열왕으로부터 송나라에 이르는 천삼백육십이 년간의 통사를 편년체로 엮어 놓은 역사책이다.

　『자치통감』은 그 제목이 말하고 있는 것처럼 치도의 자료가 되고, 역사의 거울이 된다. 더구나 정치나 인물의 득실을 소

상하게 적은 터이라 한번 손에 들면 놓기가 어려운 책이기도
하다.

"접니다."

민씨 부인의 조심스러운 목소리가 들린다.

"드세요."

민씨 부인은 발소리를 죽이면서 방원의 곁으로 다가와 앉
는다.

"아버님께서 황주로 떠나신다 하옵니다."

"아니, 거긴 무엇 하러요?"

"세자 저하의 출영이라 하옵니다."

"누가 동행을 한답디까?"

"왕제王弟 우와 함께라고 들었사옵니다."

"자청하셨다고 합디까?"

"어명이 계셨다 하옵니다."

"추동에 다녀오리다."

방원은 거침없이 몸을 일으킨다. 민씨 부인은 뒤를 따르면
서라도 몇 마디 더 나누고 싶었으나 방원의 모습은 이미 사라
지고 없다.

추동 집은 어수선하기 그지없다. 백여 명의 병사들이 몰려
와 있었고, 모두 무장을 하고 있다. 세자의 마중을 나가면서
무장이라니, 방원은 그런 생각을 하면서 사랑으로 든다.

이성계는 활을 손질하면서 아들 방원을 건너다본다.

"아버님……."

"사냥을 가려고 …… 허허허. 산야를 달려본 지도 오래되질 않았느냐. 무장이 집 안에만 들어앉아 있자니 가슴에 응어리만 커지는구나."

이성계는 웃음을 담은 얼굴로 담담하게 자신의 심회를 토해낸다.

"한 사날 동안 산야를 돌고 난 다음에 세자 저하를 출영할 생각이다……."

방원은 아버지의 심정을 헤아릴 수 있다. 우울하고 답답한 심회를 사냥으로 풀어보려 한다면 우려할 일이 아니다. 그러나 왠지 모르게 방원으로서는 이번 사냥만은 만류하고 싶다. 무슨 예견이 있어서가 아니라 그냥 말리고 싶었는데, 좀처럼 입이 열리지 않는다.

"조심해 다녀오소서……."

"허허허, 염려할 일이 아니질 않으냐 …… 내 발길이 닿지 않은 강토가 있다더냐."

이성계는 손질을 마친 활줄을 당겨본다. 만월같이 휘어지는 강궁을 보면서 방원은 아버지의 건재를 만족해한다.

해주 땅, 광석천은 양옆으로 꽃나무가 즐비하다. 골이 깊고 무성하긴 하였으나 안으로 들어가면 십여 명이 둘러앉을 수 있는 반석이 있고, 부서지는 듯한 물소리는 듣기만 해도 손이 시리다.

광석천을 지난 이성계의 사냥 행렬은 용수산 중턱으로 오르고 있다.

"이름 그대로 용머리가 아니외까."

퉁두란이 산의 형세를 둘러보면서 말한다.

"해주의 진산鎭山이니까."

"시원하시외까?"

퉁두란은 이성계의 우울함을 알고 있었기에 아첨보다는 우정이자 진실을 실어 말한다.

"살 것 같소. 산골에서 자란 까닭인가, 난 지금도 산이 좋아요."

"전 산보다 말이 좋쉐다."

"허허허, 장군은 여진의 피를 받았으니까……."

병사들의 급한 목소리가 들려온다.

"노루다! 노루닷!"

이성계는 소리 나는 쪽으로 다급하게 말을 본다. 퉁두란과 조영규가 뒤를 따랐으나 거리는 좁혀지질 않는다. 이성계가 말에 앉으면 하늘을 달리는 용마龍馬의 모습과 같다는 세간의 말이 괜한 소리가 아닐 만큼 이성계의 승마술은 신의 경지나 다름없다.

용수산을 벗어난 이성계의 말은 눈 깜짝할 사이에 십 리 길을 달려 우이산의 험준한 골짜기를 내달리고 있다. 이성계는 병사들이 외친 노루가 아니라, 눈앞을 스쳐간 호랑이를 쫓고 있다. 이미 이성계의 손에는 철궁이 들려 있다. 나뭇가지가 어른거리며 뒤로 뒤로 빠르게 흘러간다. 내리막길로 달리던 호랑이가 방향을 튼다.

이성계는 철궁에 화살을 메겼다. 활이 만월처럼 둥글게 원을 그리며 늘어나는 순간이다.

"장군, 장군! 위험하외다!"

뒤따르던 퉁두란이 소리치는 순간, 이미 이성계의 몸뚱이는 이미 허공을 날고 있었고, 말은 나동그라지며 구른다. 이성계는 활을 든 채 바위에 한 번 부딪힌 다음 열 길이 넘는 절벽을 굴러 내려간다. 모두 눈 깜짝할 사이에 일어난 일이다.

"장군!"

퉁두란과 조영규가 계곡으로 내려와 부축했을 때 이성계의 전신은 피투성이로 물들어 있었으나, 불 같은 두 눈을 부릅뜨고 두 사람의 부축을 밀어낸다.

"아니 됩네다, 장군!"

이성계는 안간힘을 썼지만 일어설 수가 없다. 적어도 이성계에게 낙마란 있을 수 없다. 절벽으로 미끄러져 떨어지려는 말을 갈기를 잡아 끌어올린 일이 있는 이성계다. 웬만한 나뭇가지쯤 몸을 날려서 뛰어넘은 다음, 달려오는 말에 사뿐히 내려앉기도 하는 기마술이 아니던가.

그런 이성계가 말에서 떨어졌다. 이 무슨 불길한 징조냐.

퉁두란과 조영규는 칡덩굴을 걷어서 간신히 지혈을 시켰으나, 업을 수도 없는 중상이라 하산할 방도가 없다.

"안 되겠어. 들것이 아니고는……."

"마련해 보겠습니다."

조영규는 마을로 향해 달린다. 퉁두란은 이성계를 바로 눕힌 다음 머리맡에 앉는다.

"나이 탓이야……."

이성계가 쓸쓸하게 뱉어낸다.

"말 잘못이야요. 제가 보았다니까요."

"말을 다스리지 못함도 내 탓이거늘……."

그러면서도 이성계는 이를 악물며 고통을 참고 있다. 퉁두란의 눈에 눈물이 고인다. 나이 탓이라는 말이 가슴에 멍을 들게 한 탓인지도 모른다.

해가 지면서 어둠이 깔려온다. 천하의 이성계도 더 이상 견디지 못하겠다는 듯 신음을 토해낸다.

횃불들이 밀려오는 것이 보인다.

"장군! 옵네다, 다들 온다니낀요."

이성계는 신음 소리를 내는 것마저도 힘들어 하는 기색이
완연하다.

"대감, 대감! 이 무슨 청천벽력입니까!"

조준이 다가서며 울부짖듯 소리쳤어도 이성계의 얼굴에는
고통을 참지 못하는 기색만 가득할 뿐이다.

"중상입네다. 하산을 서둘자요."

횃불이 앞장을 선다. 반듯하게 누워 있는 이성계를 실은 들
것이 뒤를 따른다. 그 뒤를 퉁두란, 조준, 남은, 조영규가 침
통하게 따르고 있다. 어둠은 점점 깊어가고 있다. 우이산을
내려가는 횃불만이 무수히 반짝일 뿐이다.

해주의 객사客舍에는 의원들이 먼저 와 대기하고 있다가 이
성계를 맞는다. 이성계는 의원들에 의해 객사의 큰 방으로 옮
겨진다.

수십 개의 촛불들로 방 안은 대낮같이 밝다. 세 사람의 의
원들이 번갈아가며 진맥을 하고 상처를 살피기는 했으나, 모
두 고개를 저을 뿐 누구도 시원하게 말하는 사람이 없다. 그
만큼 중상인 모양이다.

추동 강씨 부인에게 이 같은 급보가 전해진 것은 이틀 뒤
다. 차도를 기다리며 하루를 허비했다는 전언도 함께 왔다.

"얼마나, 얼마나 다치셨기에 운신조차 못 하시는가?"

강씨 부인은 울부짖듯 묻고 있었으나 조영규는 꿇어앉은 채 흘러내리는 눈물만 손등으로 닦아내고 있을 뿐이다.

조영규가 다녀간 방원의 집도 충격에서 벗어나지 못한다.

"호정 대감의 말씀이 생각나옵니다."

방원은 하마터면 비명을 지를 뻔한다. 하륜의 예언이 적중해서다.

― 3월 한 달만이라도 길을 떠나지 마시오.

― 낙마할 겁니다.

그때 방원은 그것이 자신에게 주는 경고인 줄로만 알았다. 그래서 출입을 삼가며 책을 읽고 있었다. 이를테면 자신에게로 다가오던 액운이 아버지 이성계에게로 옮겨 간 것이라고 여겨지면서 자신의 부족함이 뼈에 사무치는 것을 어찌하랴.

"어서 떠나셔야지요."

"가야지. 가긴 가야 하는데 도성 일이 마음에 걸려……."

"아무리 그래도 촌각도 미룰 일이 아니질 않습니까."

"정몽주 쪽의 움직임이 아무래도 심상치 않아……."

정몽주가 수상의 자리에 오르면서 정도전은 봉화현으로 추방당했고, 심덕부와 설장수는 세자를 따라 명경으로 떠나고 없는 시절이다. 게다가 퉁두란, 조준, 남은마저 아버지를 따라 사냥을 나갔다면 도성은 비어 있는 것이나 다름없다.

이성계의 중심 세력으로는 오직 방원만이 개경에 남아 있었는데, 방원마저 해주로 떠나간다면 도성 안에서 무슨 일이 일어날지도 모르는 일이 아니던가.

"임자……."

"예."

"숙번일 두고 갈 것이오. 칠점선으로부터 전언이 있으면 지체 없이 해주로 보내주시오."

"심려치 마시고 어서 떠나소서."

방원은 서둘러 해주로 떠난다. 목인해가 호종을 한다. 말을 타고 떠나면서 방원은 하륜의 말을 다시 상기하지 않을 수가 없다.

─ 3월 한 달만이라도 길을 떠나지 마시오. 낙마할 겝니다.

방원은 개경 거리를 벗어나면서 몇 번이고 뒤돌아본다. 자신마저 개경을 떠나는 지금, 새 왕조의 창업을 꿈꾸는 핵심세력들은 단 한 사람도 없는 거나 진배없었기 때문이다.

해주의 객사.

이성계의 병세는 차도가 없다. 공양왕이 보낸 전의의 보살핌이 있었고, 왕실에서나 쓰는 당재로 달인 탕제까지 쓰고 있었으나 효험은 아직 없다. 방원은 한시도 아버지 이성계의 곁을 떠나지 않고 간병에 열중하고 있다.

"세자 저하는 …… 세자 저하는 어찌 되셨느냐?"

잠에서 깨어난 이성계가 방원에게 묻는다.

"심려 마소서. 무사히 환궁하셨다는 전언이옵니다."

"이런 불충이 있나……."

이성계의 안색이 창백해지고 있다. 명나라에서 돌아오는 세자를 마중하고자 했던 일이 아니던가. 우울하고 답답한 심경을 달래기 위해 사냥에 나섰는데 자신은 운신할 수조차도 없는 몸이 되어 누워 있고, 그동안 세자는 다른 사람의 마중을 받으면서 환궁을 했다면 이만저만한 불충이 아니다.

"아버님, 그 같은 심려는 마시고, 하루 속히 환도하셔야 하옵니다. 도성의 일이 마음 놓이지 아니하옵니다."

"……."

멀리서 말발굽 소리가 들려오고 있다. 방원은 행여나 불길한 전언일까 불안해한다.

숙번이 민씨 부인의 서찰을 전한다. 방원은 자신의 눈을 의심하면서 몇 번이고 다시 읽은 다음에야 몸서리치는 울분에 떤다.

조준, 정도전을 원지에 유배하고 남은, 윤소종, 남재, 조박의 직을 삭탈하여 원지에 유배했으니 화급한 조처를 강구해야 할 것이라는 내용이다.

"이런 못된 놈들. 이런 잡아 죽일 놈들이 있나!"

퉁두란이 소리친다. 주위에 둘러서 있던 조준과 남은 등 피해 당사자들은 흐트러진 숨결을 바로 가누지도 못한다.

"심덕부는 뭘 하고 있었던 게야! 그놈이 아직도 정신을 못 차렸구만 …… 모두가 정몽주의 농간이야! 내래 이놈을 당장!"

퉁두란은 빠른 걸음으로 마사로 달려간다. 방원이 따라가 옷깃을 잡는다.

"참으시라니까요!"

"참다니, 어드렇게 참네! 이거 놓으라우!"

"왜 이러시오이까, 장군!"

"손발을 끊어내질 않네. 단숨에 달려가서 목을 쳐야질 않네. 비키라우!"

"참으세요. 장군!"

퉁두란의 분통은 조금도 가라앉지 않는다. 조준과 남은이 이들 가까이로 다가와 선다.

"어찌하면 좋겠소? 시중 대감께 사실대로 고해야 되는 일이 아니오이까?"

남은의 목소리에도 분노가 실려 있다.

"아직은 고할 수 없어요!"

방원이 단호한 어조로 말린다.

"하면, 구경만 하자는 것인가?"

남은이 반발하고 나선다.

"아버님에게 고하는 것이 급한 게 아니에요. 개경으로 돌아가는 것이 급하지 않소이까. 개경을 비워둔 게 화근이었어요!"

"그렇기는 하네만, 지금 형편으로는 이 시중을 옮길 수가 없지를 않은가?"

조준이 신중론을 펴고 있다.

"옮기셔야 합니다. 하늘이 무너져도 아버님은 개경에 계셔야 한다니까요!"

"기딴 소리 하지 말라우. 어드렇게 옮기겠다고 그러네!"

퉁두란이 방원의 말을 힘으로 누르려는 듯 소리친다. 그러나 방원의 대답은 간절함을 넘어서는 애원과도 같이 이어진다.

"이번만은 제 말씀을 따라 주세요. 더 이상 개경을 비워 둘 수는 없사옵니다. 가는 도중에 변을 당하는 일이 있어도 아버님을 개경으로 모셔야 하오이다!"

방원의 어투는 간절하면서도 힘에 넘치고 있다. 또 다른 말발굽 소리가 다가오고 있다. 모두 객사의 마당으로 달려나간다.

내시가 말에서 뛰어내린다.

"무슨 일인가!"

방원이 다급하게 소리쳐 묻는다.

"주상 전하께서 하사품을 내리셨사옵니다. 쾌차를 빈다는 어명도 계셨구요."

공양왕은 이성계의 병세를 위로하고 백은 1정錠과 비단 각한 필을 하사했다.

"빌어먹을, 병 주고 약 주는 꼴이구만……."

퉁두란이 불쑥 뱉어낸다. 이성계의 수족들은 삭탈관직하고, 이성계에게는 하사품을 내린다, 뭔가 잘못되어 가고 있음이 분명하다. 임금과 조정이 따로 움직이고 있는 증좌가 아니고 무엇인가.

방원이 이성계의 환저를 서두르자 의원들의 만류가 이만저만이 아니다. 절대로 움직일 수 없다는 고집들이다.

"닥치지 못하겠느냐! 너희가 뭘 안다고 나서는 게야!"

방원의 호통이 있고서야 의원들은 잠잠해진다.

"목수들을 불러 모아라!"

방원의 명이 있기가 무섭게 목수들이 동원된다. 방원은 그들로 하여금 편하게 누울 수 있는 자비를 만들라 이른다. 자비가 완성될 기미가 보이자, 방원은 또 다른 주문을 한다.

"바퀴를 달아봐라……."

방원의 주문은 기상천외한 것이었지만, 만들어진 자비는 바퀴가 달린 수레로 쓸 수도 있고, 사람이 메는 가마일 수도 있는 여러 기능의 탈것이 완성된다. 비단으로 휘장을 치고 차일을 달아 햇볕을 가리게 한다.

마침내 이성계를 태운 자비는 조심스럽게 해주를 떠난다. 길이 평평하면 수레로 굴러가고, 길이 험하면 사람이 메고 가는 탈것으로 바꾼다. 행렬은 무거운 발걸음으로 개경을 향해 옮겨가고 있다.

이성계를 태운 자비가 벽란도에 이르렀을 때, 해는 뉘엇뉘엇 넘어가고 있다. 여기서 하룻밤 쉬어 가자는 의견이 나온다. 교군들의 고통보다 이성계의 괴로움을 덜어 주어야 한다는 견해다.

"그렇게 한가하질 않아요!"

방원은 단호하게 거절한다. 촌각을 아껴야 하는 상황이 아니던가. 자비는 방원의 의지로 움직이고 있다 해도 과언이 아니다. 자비는 밤길을 뚫고 개경으로 향하고 있다.

동이 튼다. 풀잎에 맺힌 이슬이 영롱하게 빛나고 있다. 이슬은 교군들의 짚신을 적시면서 떨어져 나간다.

떠오르는 아침 해는 찬란하다.

초여름의 무더위가 기승을 부리기 시작한다. 자비를 멘 교군들은 모두 지쳐 있다. 자비 위에 반듯하게 누운 채 흔들리고 있던 이성계가 고통스러운 얼굴로 뭐라고 중얼거린다.

"자비를 멈추어라!"

방원은 자비를 멈추게 하고 아버지 이성계에게 다가선다.

"무슨 말씀이신지요?"

"쉬, 쉬……!"

이성계의 말은 알아듣기 어려웠으나 방원은 그것을 감지한다.

"쉬어 가시고자 하시오니까?"

"……."

이성계는 고개를 끄덕인다.

"아버님, 아니 되옵니다. 촌각도 지체할 수가 없는 위난지경이옵니다."

이성계의 눈빛이 무섭게 방원을 쏘아본다.

"정몽주가 아버님의 수족을 잘라냈사옵니다. 집안을 해치고자 하옵니다."

"……."

이성계는 아무 대답도 하지 못한다.

"서둘러라!"

방원의 목소리가 쩌렁하게 울리면서 자비는 다시 움직이기 시작한다. 이성계의 신음 소리를 들으면서 움직여야 하는 자비의 행렬은 침울하기 그지없다. 오직 방원만이 불빛처럼 번득이는 눈알을 굴리며 한 발 한 발 앞서 나가고 있을 뿐이다.

이성계가 당도한 추동 집은 붐비지 않을 수 없다.

공양왕을 대신하여 세자가 문병을 다녀가고부터 조정 중신들이 줄을 이어 문병을 온 탓이다.

흩어져 있던 가솔들이 모여들어 정성을 다해 간병을 했고, 명성 높은 의원들이 모두 다녀간 덕으로 이성계의 상태는 눈에 띄게 호전되어 간다. 가족들의 부액을 받으며 일어나 앉을 수 있게 된 것은 추동에 돌아온 지 이틀이 지나고부터다.

"어찌하시겠사옵니까, 아버님? 형세가 위급지경에 와 있사옵니다."

방원이 이성계의 의사를 타진한다.

"살고 죽는 것은 명에 있으니 다만 순하게 받을 뿐이니라."

참으로 담담한 대답이다.

사흘째 되는 날 방원은 이화와 이제를 부른다. 화는 이성계의 아우요, 제는 이성계의 사위이니, 방원에게는 매제가 된다. 그리고 이성계의 분신과도 같은 퉁두란도 자리를 같이한다.

"기왕에 모인 것이니낀, 방원이가 먼저 말해야디."

방원의 속내를 헤아리고 있는 퉁두란의 채근이다.

"정몽주를 없애야 하는 것은 기정사실이나, 아버님의 허락이 내리지는 않을 것 같아서……."

"기렇다면 선참후계해야디 어카간!"

퉁두란은 뻔한 얘기를 여러 번 반복하기 싫다는 듯 결론부터 내고 만다. 화가 거들고 나선다.

"이씨가 왕실에 충성한 것은 세상이 다 아는데, 정몽주 따위에게 악평을 받았으니 후세에 이르면 누가 이를 분별하겠는가!"

"서두릅시다, 형님!"

제도 지지 않고 한 마디 한다. 방 안의 모든 시선이 방원에게로 몰린다.

"제가 알아서 하겠습니다."

방원의 불 같은 성품을 잘 알고 있는 사람들이라 누구도 이의를 제기하지 않는다. 이 같은 사실은 순식간에 누설되고야 만다. 이성계에게는 원계라는 이복형이 있다. 그 이원계의 사위인 변중량이 이 사실을 정몽주에게 고스란히 전했기 때문이다. 정몽주는 마침 추동으로 문병을 가려던 참이었으나 전혀 괘념하지 않는다.

"대감, 문병을 중단하심이……."

"중단하라니. 그 무슨 당치 않은 소린가."

"대감을 모해하고자 한다는 풍설이오이다."

"……!"

"소인의 진언을 거두어 주소서."

"허허허, 내게 무슨 잘못이 있다고 문병마저 피하리 ……그건 도리가 아닐세."

정몽주는 변중량의 밀고를 묵살한다. 그리고 추동으로 향한다.

시임 문하시중의 지위에 학덕까지 고루 갖춘 정몽주의 문병이라면 어느 한 곳도 소홀이 대할 수가 없다. 정몽주는 이방원의 정중한 인도로 사랑으로 안내된다.

"이만하시기가 천만다행이 아니오이까."

"심려해 주신 은혜를 입음이지요."

이성계와 정몽주는 친분 이상으로 다정한 얘기를 나누고 있다. 스스럼없이 이야기를 주고받던 두 사람은 소리 내어 웃기까지 한다. 방원은 문 밖에서 서성이며 정몽주가 나오기만을 기다리고 있다. 이제가 다가서며 작은사랑에 주안상이 마련되어 있음을 전한다.

잠시 후, 정몽주가 밝은 얼굴로 마당으로 내려선다. 기다리고 있던 방원이 정중하게 청한다.

"대감, 소찬이옵니다만 주안을 마련했사옵니다."

"오, 그래요."

방원은 정몽주를 작은사랑으로 인도한다. 두 사람은 주안상을 사이에 두고 자리를 함께한다. 숙명의 대좌라면 어떨지 모르겠다. 방원은 술병을 들어 정몽주의 잔을 채우면서 머리를 숙인다.

"고맙사옵니다, 대감."

"우대언의 노고가 컸다고 들었어요."

"수고라니요, 당치 않으십니다."

술잔이 두세 차례 오고 간 다음 방원은 정몽주의 심중을 타진한다.

"대감, 아뢰옵기 송구하오나 조준, 정도전, 남은 대감의 유배를 풀어 주셨으면 하옵니다만……."

"글쎄, 대간들의 탄핵이 빗발 같은데, 낸들 무슨 수로……."

정몽주는 태연히 잔을 비우면서 조정의 공론임을 내세운다.

"아버님께서도 서운해 하셨사옵니다."

"아침에 난 왕명을 저녁에 거둔대서야 누가 조정을 믿고 따르겠는가."

조금도 빈틈을 보이지 않는 정몽주다. 방원은 돌이킬 수 없는 일이라고 다짐한다.

"대감을 뵈오니 문득 시 한 수가 떠오르옵니다. 들어 주시겠사옵니까?"

"암, 듣다마다……."

방원은 잠시 허공을 보고 있다가 조용히 심중을 토로한다.

이런들 어떠하며 저런들 어떠하리
만수산 드렁 칡이 얽혀진들 어떠하리
우리도 이같이 얽혀 백년까지 누리리라.

정몽주는 지그시 눈을 감은 채 경청하고 있었고, 암송을 마친 방원은 당연히 정몽주의 화답을 기다리고 있다. 정몽주는 조용히 잔을 비우고 나서야 화답을 한다.

이 몸이 죽고 죽어 일백 번 고쳐 죽어
백골이 진토 되어 넋이라도 있고 없고
님 향한 일편단심이야 가실 줄이 있으랴.

읊기를 마친 정몽주는 미소가 담긴 얼굴로 방원의 의향을 물어본다.

"허허허, 화답이 되었는지 모르겠구만……."

"되다마다요. 고맙게 받겠사옵니다."

방원은 상체를 굽혔고 정몽주는 일어선다. 방원은 흐려 있던 하늘이 개어오듯 마음이 홀가분해진다.

정몽주의 모습이 대문 밖으로 사라지자 방원은 기다리고 있던 조영규에게 눈짓한다. 신바람이 난 조영규는 철퇴를 감아쥐고 말을 몬다. 그 뒤를 이숙번, 마천목, 목인해 등이 따른다. 질풍노도와 같은 기세가 아닐 수 없다.

정몽주는 가벼운 발걸음을 옮기고 있다. 날씨는 청명하였고 오늘따라 새소리도 맑게 들린다. 정몽주가 좌견리 북쪽에 있는 선죽교에 이르렀을 때 뒤에서 말발굽 소리가 요란하게 들려온다.

정몽주는 돌아선다. 한 필도 아닌 서너 필의 기마가 줄기차게 달려오고 있다. 정몽주가 선죽교의 난간으로 비켜서려는 순간, 선봉을 달리던 조영규가 철퇴를 세차게 휘두른다.

퍽!

둔탁한 소리가 나면서 정몽주는 피투성이가 되어 쓰러진다. 저만치까지 달려갔던 서너 필의 기마는 유유히 다시 돌아오고 있다. 조영규가 말에서 내려 쓰러진 정몽주를 건드려본다. 마지막 안간힘을 쓰듯 꿈틀했을 뿐, 눈을 부릅뜬 채 정몽주는 숨을 거둔다.

오백 년 고려사에 마지막 충절로 기록된 정몽주의 최후는 이같이 비참했다.

향년 오십육 세.

큰 별이 떨어진 거나 다름없다.

조영규로부터 성사되었다는 보고를 받은 방원은 큰사랑으로 들어 이성계에게 사건의 전말을 고해 올린다.

이성계는 온몸을 떨면서 자리에서 일어선다. 성한 사람보다도 민첩한 동작이다. 몸을 떨면서 손을 뻗는다. 손끝은 방원의 얼굴까지 뻗어나갔고 눈은 충혈되어 있다.

"못된 것. 못된 것! 너희가 대신을 주살하였으니, 나라 사람들이 어찌 이를 내가 몰랐다고 하겠느냐!"

피를 토하는 듯한 진노다. 방원은 미동도 하지 않은 채 앉아 있을 뿐이다.

"네 이놈. 이노옴! 우리 집안이 본래 충효로 이름 높았거늘 너희가 어찌 감히 불충함을 이같이 하리! 이같이 하리!"

"……."

미동도 없는 방원의 모습을 뚫어질 듯이 쏘아보며 노성을 토해 내던 이성계는 들고 있던 손을 내리며 가슴 가득히 차올랐던 분노를 힘없이 쏟아놓은 뒤 쓰러지고 만다. 방원은 조용히 이성계에게 다가가서 조심스럽게 입을 연다. 신념에 찬 소신이다.

"아버님, 정몽주가 우리 집안을 모해하려 하는데, 어찌 가만히 앉아서 망하기를 기다리겠사옵니까."

"……."

"마땅히 군사를 동원해서라도 궤멸해야 할 일이기에 소자가 하였사옵니다."

이성계는 고통을 못 견뎌 하면서도 방원의 소행을 나무라지 못한다. 그것이 운명의 흐름이라면 명장 이성계로서도 수긍할 수밖에 없다.

"아직 끝난 것이 아니옵니다. 비록 정몽주가 없다 해도 또다른 변란이 있을지도 모릅니다. 마땅히 사전에 막아야 하는 것이 천명인 줄로 아옵니다."

"이, 이……고연!"

이성계는 방원의 뺨이라도 때릴 듯 안간힘을 쓰면서도 그대로 다시 쓰러지고 만다. 방원은 그 같은 아버지를 바로 눕히면서 차후의 대책을 진언했고, 이불을 고쳐 덮어 드리면서도 방책을 강구한다. 방원의 열혈과도 같은 의지에 감동했음인지 마침내 이성계는 힘없이 고개를 끄덕여 보인다. 차후의 일을 방원에게 일임한 것이나 다름없다.

이성계와 방원의 명을 받들어 조준, 정도전, 남은 등을 탄핵한 대간들에게 죄 주기를 청한다. 그러나 조정은 쉽사리 응해 주지 않는다. 방원은 둘째 형인 방과로 하여금 공양왕을 만나 주청하게 한다.

"전하, 만약 몽주의 당을 심문하지 아니하시겠다면 …… 신등에게 중벌을 내리셔야 할 것으로 아옵니다!"

신하가 임금을 협박하는 것이나 다름없다. 정몽주까지 죽고 없다면 공양왕으로서는 더 이상 버티어 나갈 힘이 없다.

"대간들에게 죄가 있다면 외방으로 유배함이 옳을 터인즉, 다만 국문하는 일만은 없도록 하시오."

"당치 않으시옵니다. 국문을 아니 하고 어찌 죄상을 알 수 있으리까!"

"……."

"마땅히 국문을 하여 죄상을 밝힌 연후에 죄의 경중을 가려야 할 것으로 아옵니다. 윤허해 주소서."

"좋을 대로 하시오."

판삼사사 배극렴과 순군제조관 김사형이 국문에 나선다. 끌려나온 김진양은 순순히 자백한다.

"정몽주, 이색, 우현보가 이숭인, 이종학 등을 신 등에게 보내어, 이 시중이 공을 믿고 권력을 마음대로 하는데 지금 말에서 떨어져 병이 위독하니 마땅히 그의 우익인 조준 등을 제거한 후에야 도모할 수 있다 하였습니다."

이 정도면 충분하다. 정몽주의 목을 베어 저잣거리에 매달고 그 곁에 방을 붙인다.

— 사실에 없는 일을 꾸며서 대간을 꾀어 대신을 모해하고 국기를 요란하게 했다.

백성들은 혀를 찬다. 최영의 참변 때 저자에 모여들었던 백성들이 정몽주의 죽음을 무심히 볼 까닭이 없다. 그러나 민초들에게는 힘이 없다. 불만을 토로할 곳도, 하소연을 할 곳도 없음을 어찌하랴. 뿐만 아니다. 이성계의 막하 장수들은 쉬지 않고 상소를 올려 정몽주의 집과 재산까지 적몰하고야 만다.

『고려사』는 정몽주의 인간과 행적을 이렇게 적고 있다.

몽주는 타고난 자질이 지극히 높고 호방하여 충효의 큰 절개가 있었다. 어려서 학문을 좋아하여 게으르지 않았으며 성리를 연구하여 깊이 깨달은 바가 있었다. ……
몽주가 비로소 사서士庶로 하여금 주자가례를 모방하여
종묘를 세워 선조들의 제사를 받들게 하였다. …… 도성
내에 오부학당五部學堂을 세우고 외방外方에는 향교를 설
치하여 유술儒術을 일으켰다.

죄인에 대한 찬사로는 상당한 것이 아닐 수 없다.

후일 조선왕조가 창업되고 난 다음, 정몽주에게는 엄청난
직첩이 증직되기도 했다.

대광보국숭록대부, 영의정부사, 수문전대제학 겸 예문춘추
관사 익양부원군. 그리고 '문충文忠'이라는 시호도 내려졌다.

정몽주가 없는 고려는 생각할 수조차도 없던 그런 시절에
마지막 대들보가 무너지듯 그마저도 처참한 최후를 마치니 고
려 조정은 껍질만 남은 꼴이나 다름없게 된다.

새 왕조 탄생

　정몽주가 선죽교에서 참변을 당한 이후, 유배되었던 사람들이 도성으로 돌아와 크게 중용된다. 조준이 판삼사사, 방과가 삼사우사, 남은이 동지밀직사사, 윤호, 성석린이 각각 찬성사에 올랐으니 이성계의 휘하들만으로 조정이 운영된다 해도 과언이 아닌 형국이다.

　더구나 새로 우시중에 제수된 배극렴은 누구보다도 더한친 이성계 노선을 걸어온 원로가 아니던가. 따라서 이성계가임금의 자리에 오르는 것은 이미 기정사실화 되었고, 다만 언제 어떤 방법으로 보위에 올라야 할지 그것만이 남아 있는 상태나 다름이 없다. 바로 이 천지개벽에 앞장선 사람이 배극렴이다. 그는 이성계보다도 열 살이나 연장이다.

배극렴의 집 큰사랑에는 밤낮을 가리지 않고 사람들이 몰려들고 있다. 조준, 정도전, 남은, 방원 등이 단골손님이다. 이들이 자리를 같이하면 화제는 언제나 같다. 더구나 오늘은 퉁두란까지 동석하고 있다면 화두는 격해지게 마련이다.

"아버님께서는 보위에 오르실 의향이 없으시다 하옵니다."

방원이 심드렁한 목소리로 아버지 이성계의 의향을 전하자 퉁두란이 볼멘소리로 토해낸다.

"헛, 그거이 어디 하루 이틀이어야디. 벌써 몇 년째야!"

사실이 그렇질 않던가. 이성계는 어느 한시도 자신이 보위에 올라야 한다는 사실에 찬성은 고사하고 동조한 일조차도 없다. 아무리 당사자의 의향이 그렇다고 하더라도 그 일을 이렇듯 노골적으로 입에 담을 사람 또한 퉁두란이 아니고는 불가능하다.

"이 시중께서 보위를 이어받아야 한다는 것은 삼척동자도 알고 있디를 않나. 기런 마당에 차일피일 미루고만 있으면 민심이 동요해. 이젠 이 시중의 의향을 따를 거 없어요. 배 시중께서 일을 저지르시라요!"

"사실이 그렇다 하더라도 이 시중의 의향이 확실하지 않으시면……."

조준이 배극렴을 대신하여 반대 의사를 개진할 기미를 보이자 퉁두란은 더욱 언성을 높인다.

"이것들 보라요. 정몽주를 때려잡은 것이 민심을 자극하고 있어요. 정몽주가 누굽네까, 이 방 안에 정몽주만 한 인품이 있습네까. 그 학문 그 인품이 백성들의 마음을 차지하면, 우린 오도 가도 못해요. 그런 일이 있기 전에 보위를 차고 앉아야디, 늦추면 우리가 당해요. 서둘지 않으면 이 장군이고 뭐고 우리 모두가 당한다니낀!"

일순 방 안은 바다 밑처럼 조용하게 갈아 앉는다. 정몽주를 지지하는 세력이 백성들의 뜻을 모아 다시 정권을 차지한다면 이성계의 휘하는 모두 탄핵의 대상이 된다는 점은 어린아이들도 아는 이치다.

퉁두란은 마지막 방도를 제시한다.

"보라요. 옥새를 내 오자요. 내 와서 이 시중에게 가져다 드리면 되는 일이 아니외까. 이거이 무에 어렵습네까. 배 시중 혼자서도 할 수 있는 일이 아니외까!"

"……."

배극렴은 이때까지도 아무 반응이 없다. 정도전이 잔기침을 몇 번 한다. 좌중의 시선은 그리로 쏠린다.

"제가 알기로는 주상께서도 양위의 뜻이 있는 것으로 압니다. 하나, 그렇게 되면 보위는 세자로 이어지게 되질 않겠습니까. 아무래도 이후의 일은 배 시중께서 맡아 하심이 옳을 것으로 압니다만……."

배극렴은 상기된 얼굴로 방원의 의향을 타진한다.

"아버님의 의향을 우리 뜻으로 옮겨 모실 수는 없겠는가?"

"이젠 시중 대감께서 한 번 더 타진해 보시는 게 최선의 방책일 것으로 압니다."

남은의 제안이다. 퉁두란이 다시 목청을 돋운다.

"이 시중의 의향을 따르다가는 백년하청이라니껜! 배 시중께서 해서 안 될 일이 무에 있습네까. 지금이라도 정비궁으로 가서 끝내 버리자요!"

"……."

배극렴은 고개를 끄덕이면서도 확답은 피하고 있다. 방 안은 다시 바다 밑처럼 가라앉으면서 간간히 한숨소리만 들릴 뿐이다.

7월이라지만 아직도 무더위가 기승을 부린다. 그러나 그늘에 들어서면 바람은 서늘하다. 대자연의 섭리가 보여 주는 신묘함이다.

추동 이성계의 집은 내시와 상궁들로 붐비고 있다. 공양왕이 거둥하였기 때문이다. 전에도 한두 번 있었던 일이지만, 오늘의 거둥은 아무래도 심상치가 않다. 도열한 대소신료들의 얼굴에도 아무 표정이 없다. 세상 돌아가는 이치를 모를 까닭이 없어서다.

큰사랑 상석에 공양왕과 이성계가 마주 앉았다. 이들 앞에는 소담한 주안상이 놓여 있다. 두 번째 잔을 비우면서 공양왕이 운을 뗀다.

"이 시중."

"예."

"경과 동맹을 맺어야 하겠기에 내가 초안을 잡아왔어요."

이성계는 당황하지 않을 수 없다. 어찌 임금과 신하가 동맹을 맺을 수 있던가. 그러나 공양왕은 초안이 적힌 문서를 꺼내들면서 이성계에게 읽기를 권한다.

"살펴 봐 주시오."

이성계는 공손히 손을 뻗어 초안을 받아서 읽는다.

不有卿 予焉至此 卿之功與德 予敢忘諸 皇天后土 在上在旁 世世子孫 無相害也 予所有負於卿者 有如此盟.

경이 없었던들 내 어찌 이에 이르렀으랴. 경의 공과 덕을 내 어찌 잊으랴. 황천과 후토后土가 내 위에 있고 내 곁에 있으니 대대의 자손들은 서로 해하지 않을 것이다. 내가 경에게 저버림이 있으면 이 맹세와 같을 것이라.

이성계의 얼굴이 벌겋게 달아오른다. 이게 어디 말이 되는

가. 이 같은 사실이 조정은 고사하고 백성들에게 알려진다면 이성계의 오만과 불충만 커질 것이 아니겠는가. 그런데도 공양왕의 채근은 마치 성화와도 같다.

"어떻소?"

"전하께서 가납하신다면 신에게 어찌 다른 뜻이 있으리까."

"고맙소. 이대로 정하도록 합시다."

"망극하옵니다."

이윽고 동맹의 잔이 가득히 채워진다. 공양왕과 이성계는 잔을 높이 들었다가 단숨에 비운다.

"천지신명의 보살핌이 있어 나와 경이 동맹을 맺게 되었소. 오늘부터 나는 아무 시름없이 밤잠을 청하게 되었어요."

"망극하옵니다."

"오늘은 취하도록 마시고 싶소이다."

공양왕은 주저 없이 잔을 비운다. 모든 시름을 잊고자 하는 모습이 역력하다. 이성계와 동맹을 맺음으로써 영원한 안위를 누릴 수 있다고 확연히 믿고 있는 모습이 아닐 수 없다.

"이 시중이 아니 계셨다면 보위는 지금도 타他 성으로 이어지고 있을 게 아니오. 왕실의 흐름을 바로잡아 주신 이 시중의 은혜를 나는 잊지 않을 것이오."

이성계는 공양왕의 기뻐함을 처음에는 흐뭇하게 받아들이고 있었으나, 시간이 흐름에 따라 앞날의 일이 걱정되기 시작한다. 공양왕의 본성이 오늘 밤과 같다면 이분을 믿고 정사를 펴갈 일이 걱정되기까지 해서다.

공양왕이 이성계의 집에 이르러 주연을 벌이고 있는 바로 그 시각에 배극렴, 조준, 정도전, 남은 등은 정비의 거처인 왕대비궁으로 향하고 있다. 이들의 걸음걸이는 활기에 넘쳐 있었고 얼굴은 모두가 상기되어 있다.

"왕대비마마, 조정 중신들 납시어 계시옵니다."

나이 든 상궁이 고하자 정중히 모시라는 정비의 목소리가 들린다.

"드시오소서."

상궁이 문을 열자 이들은 서둘러 정비의 앞에 이르러 열을 지어 앉는다.

"왕대비마마, 우시중 배극렴 아뢰옵니다."

배극렴의 목소리는 예의에 벗어날 만큼 들떠 있다. 정비의 얼굴에는 어두운 그림자가 드리워지기 시작한다. 심상치 않은 기미를 느꼈기 때문이다.

"왕대비마마, 인심이 날로 조정에서 멀어지고 있는 것은 주상이 혼암昏暗하기 때문인 줄로 아옵니다."

"……!"

정비는 혼미해지는 정신을 가다듬기 위해 치맛자락을 움켜쥐며 안간힘을 쓰기 시작한다.

"왕대비마마, 주상이 혼암하여 임금의 도리를 이미 잃었는지라, 인심이 조정에서 떨어져 나갔사옵니다. 이는 주상이 사직과 백성의 주主가 될 수 없음이오니, 마땅히 혼주昏主를 폐하는 것이 인심에 보답하는 길인 줄로 아옵니다. 통촉하소서."

정비에게는 청천벽력이나 다름없다. 안색이 파랗게 질리면서도 분한 마음에 파들파들 입술을 떨고 있다. 이젠 그녀로서도 이 위급한 사태를 그냥 보고 넘길 수가 없다.

'금상을 폐하자는 것이 아니라 오백 년 사직을 폐하자는 게 아니오!'

이렇게 소리치는 것이 왕대비의 소임이요, 당연한 위엄이겠으나 입은 열리지가 않고 치맛자락을 잡은 손만 사시나무 떨리듯 할 뿐이다. 배극렴은 더욱 목소리를 높이며 왕대비를 옥조이고 나선다.

"왕대비마마, 한시도 지체할 수 없는 조정대사이옵니다. 윤허하소서!"

이미 몰아내기로 한 임금이다. 정비의 허락 없이도 얼마든지 할 수 있는 일이었으나, 이들은 불법이 아님을 과시하기 위해서라도 요식행위만은 갖추고자 한다.

정비는 정신을 가다듬는다. 그리고 안간힘을 다해 묻는다.

"하면, 누구로 보위를 이어 가시려 하오?"

"주상을 폐한 다음 감록국사監錄國事를 두고자 하옵니다. 허락하여 주소서!"

"……뭐라!"

참으로 제멋대로가 아니던가. 임금을 폐하면 지체 없이 다음 임금을 맞는 것이 도리인데도 감록국사를 두겠다니, 아무리 감록국사가 임금을 대신하여 국정을 관장한다 하더라도 발칙하기 짝이 없는 발상이 아닐 수가 없다. 그렇다고 종사의 실권을 장악한 무법자들과 아귀다툼을 할 수도 없다.

"나이 든 아낙이 종사에 크나큰 죄를 짓는구려. 죽지 않고 살아 있음이 심히 욕되고 부끄러울 따름이오."

정비는 왈칵 눈물을 쏟으면서도 왕실 어른으로서 소임을 다하고 있다.

"이만 물러가옵니다."

"무엇이 정해졌다고 물러가겠다는 것이오. 난 허락하지 않았어요!"

마지막 안간힘이 아닐 수 없다. 그러나 중신들은 소임을 다했다는 듯 당당하게 물러나고 있다.

"저, 저런 못된……!"

정비는 반쯤 몸을 일으켰다가 털썩 주저앉으면서 통곡하기 시작한다. 오백 년 고려왕실을 지켜내지 못한 통한의 설움이 아니고 무엇이랴.

"왕대비마마……!"

그제야 둘러섰던 상궁들도 통한의 울음을 쏟아놓는다. 그 울음은 고려왕실이 무너지는 마지막 소리나 다름이 없다.

불타올랐던 노을은 간데없이 사라지고 어둠이 밀려오고 있다. 하루 종일 햇볕에 달아오른 지표는 숨 막히는 마지막 열기를 뿜어내고 있음이나 다름이 없다.

왕대비 전을 물러나온 배극렴 등 불한당 같은 신료들은 또 어디로 달려가 무엇을 해야 할지 정하지 못한 채 허둥거리기만 한다.

"어찌하겠소? 이 시중 댁으로 먼저 가야 하는가?"

배극렴이 땀에 젖은 얼굴로 묻는다.

"임금을 폐하는 것이 급하질 않습니까!"

정도전의 대답이 채 끝나기도 전에 배극렴은 빠르게 판단한 듯 거침없이 앞장을 선다. 칠십을 바라보는 고령인데도 걸음은 힘차고 빠르다. 따르는 조준, 정도전, 남은 등은 땀으로 흥건히 젖은 옷자락을 펄럭이며 그의 뒤를 따른다.

빈청에 이르러서도 이들의 행동은 무엇에 쫓기는 사람들처럼 전광석화와 같이 빠르게 진행된다. 임금을 폐한다는 왕대비의 교서 또한 거리낌 없이 작성되었고, 채 먹물도 마르기 전에 폐왕에게 전할 사람들까지 정해진다.

문하평리 정희계가 남은을 따르기로 한다. 만일의 사태에 대비하여 약간의 병사들을 보내 이들을 호종하게 하는 등 모든 일은 일사불란하게 진행된다.

추동 이성계의 집에서 자손만대에 이르기까지 서로 보전하고 해치지 않겠다는 동맹을 맺은 공양왕은 북천동에 있는 시좌궁에 돌아와 있다. 임금이 거처하는 임시궁전을 시좌궁이라 한다.

밤이 깊어가고 있는 시각인데도 거나하게 취한 공양왕은 이성계와의 동맹문을 중전 노씨에게 자랑삼아 내보인다.

"이걸 보시오, 중전."

임금과 신하가 동맹한다는 것을 말로는 들은 바 있어도, 이를 협약하는 문건을 보는 것은 처음이다.

"허허허, 이젠 마음 놓고 살 수 있게 되지를 않았소. 이를 두고 천지신명의 보살핌이 계셨다고 하는 게요."

중전의 눈에는 흥건하게 눈물이 괴어오른다.

"중전, 중전은 과인의 괴로움을 미처 모르셨을 게요. 내 그동안……."

중전은 얼굴을 들어 공양왕을 쳐다본다. 그 얼굴에 눈물이 주룩 흘러내리고 있다.

"아니 중전, 이 기쁜 날에 웬 눈물이란 말씀이오?"

"전하, 이를 어찌 기쁜 일이라 하오리까."

"……!"

"군신이 동맹을 맺다니요. 이성계, 그자가 어찌 이럴 수가 있다는 말씀입니까."

"중전, 내가 원한 일이었다니까요."

"아무리 그래도 그렇지요. 설사 전하께서 원하는 일이라 하더라도 그자가 충신이라면 이럴 수는 없음이옵니다."

"고정하시오, 중전. 지금이 어느 때라고 그 같은 말을 입에 담아요."

"전하, 신첩은 오직 지원극통할 따름이옵니다. 이럴 수가, 으흐흐흑……."

중전 노씨의 흐느낌은 단장의 오열이나 다름없다. 어찌 임금이 체모가 이렇게 무너질 수 있느냐는 항변이 아니겠는가.

바로 그때 청천벽력과도 같은 고함 소리가 들린다.

"폐왕은 어서 나와 교지를 받으시오."

중전은 몸을 일으키며 울음을 그친다. 망연자실한 모습이 아닐 수 없다.

"폐, 왕……!"

공양왕은 중얼거린다. 조금 전에 이성계와 동맹을 맺고 왔는데, 그 맹약문의 먹물도 채 마르지 않았는데, 이 무슨 청천벽력이란 말인가.

"어서 나와 왕대비마마의 교지를 받드시오!"

"전하……."

중전이 애잔하게 공양왕을 부르는 가운데 공양왕은 몸을

일으키다가 비틀거린다. 중전 노씨가 재빨리 부액한다.

"짐을 벗음이오. 무거운 짐을 말씀이오."

공양왕은 부액한 중전을 조용히 밀치면서 중얼거린다.

"전하!"

공양왕은 중전의 애잔한 목소리를 남겨두고 방을 나선다.

마당은 병사들이 들고 있는 횃불로 대낮같이 밝다.

공양왕은 부복한다. 아무리 왕대비의 교지를 받기 위한 일이라도 임금이 신하들 앞에 무릎을 꿇는대서야 말이 되는가.

남은의 눈짓을 받은 문하평리 정희계가 교지 두루마리를 펼친다.

금상이 혼암하여 군도君道를 이미 잃고 인심이 이미 떠났으니 사직과 생령의 주초가 될 수 없으므로…….

공양왕에게는 아무 소리도 들리지 않는다. 오직 동맹을 맺으면서 '전하의 어의를 따르겠다'고 조아리던 이성계의 모습만이 눈앞을 어른거릴 따름이다. 그러면서도 눈물이 쏟아져 흐른다. 어느새 교지의 낭독이 끝난 모양이다.

"하실 말씀은 아니 계시오?"

남은이 묻는다.

"내가 본시 임금이 되고 싶지 않았는데 여러 신하들이 나를 강제로 왕으로 세웠소이다. 내 성품이 불민하여 사기事機를 알지 못하니 어찌 신하의 심정을 거스른 일이 없었겠소이까……."

더 이상 말을 이어가지 못했으나, 이것이 고려의 마지막 임금이 마지막으로 남긴 말이 되고 만다.

왕건이 고려를 창업한 지 사백칠십오 년이 흘렀고, 보위를 이어 임금의 자리에 오른 분이 서른네 분. 그 서른네 번째인 마지막 임금이 공양왕이니, 임금의 자리에 있은 지가 4년이며, 이때의 나이는 마흔 일곱이었다.

고려왕조의 마지막 날은 가뭄이 극심했던 무더운 여름날 밤이 되고야 만다.

폐왕은 원주로 떠나갔다. 비와 세자, 그리고 빈이 함께 따른 것만도 다행이라면 다행이다. 행렬은 초라하기 그지없다. 논밭은 타들어 가고 있었고 농부들은 맥을 놓은 채 한숨짓고 있던 시절이다. 폐왕의 행렬이 지나가도 농부들은 관심을 보이지 않는다. 하룻밤 사이에 일어난 일이었으므로 미처 모르고 있기 때문이기도 했다.

원주에서의 유배생활도 길지는 않았다. 간성군으로 옮기라는 명이 있었기 때문이다. 거기서 삼 년을 지내다가 삼척 땅으로 다시 옮겨와서 세상을 떠나니 춘추 쉰이었다. 도당은 그를 공양군恭讓君으로 봉했다.

공양왕이 왕대비의 교지를 받들어 왕위에서 물러난 날이 7월 12일, 그리고 이성계가 새 왕조의 임금으로 즉위한 날짜가 7월 16일. 그렇다면 고려가 망하고 새 왕조가 창업되기까지 사 일간의 공백이 있었음을 알 수 있다. 비록 짧은 시일이라 할지라도 임금이 없었던 기간이라면, 삼천리강토가 주인 없이 버려져 있던 기간일 수도 있다.

고려왕조가 망하고 새 왕조가 창업되기까지 사 일 동안이나 공백기가 있었다는 사실을 우리는 유념하지 않으면 안 된다.

그리고 7월 13일, 백관들은 전국새傳國璽를 받들어 왕대비전에 맡기고 다시 왕대비의 교지를 받아 이성계를 감록국사로 삼는다. 비록 임금은 없으되 모든 정사는 이성계의 손으로 넘어와 있는 것이나 다름이 없다.

"뭣들을 하고 있음이야. 대체 뭣들을 하고 있었던 게야……!"

이성계는 진노할 수밖에 없다. 자신도 모르는 일이 공공연하게 성사되었기 때문이다.

"대감, 저희는 오직 왕대비마마의 전교를 받들었을 따름이옵니다. 감록국사의 책무를 소홀히 마소서."

배극렴이 주눅 든 목소리로 진언한다. 그러나 이성계의 반응은 단호할 뿐이다.

"왕재를 찾으시오. 어찌 한시인들 보위를 비우리!"

"심려하지 마소서. 왕재는 이미 정해져 있사오나, 다만 그 분의 뜻을 받들지 못하고 있을 따름이옵니다."

"……!"

이성계는 어금니를 문다. 턱밑 살이 꿈틀꿈틀 움직인다. 정도전이 한 발 앞으로 나서며 비장한 목소리를 토해낸다.

"전하!"

분명 '전하!'라고 불렀다. 이성계의 불을 토하는 듯한 격노가 터져 나온다.

"물러들 가라. 불충하는 무리들은 당장 물러들 가라! 다시는 내 앞에 얼씬거리지도 말라!"

이성계는 연상을 내리치며 대노한다. 감히 누구도 맞설 수 없는 엄청난 노여움이다. 일이 잘못되면 이성계가 칼을 뽑아들 수도 있는 위험한 순간이기도 하다.

"이만 물러가오이다."

배극렴이 조아린다. 이성계가 고개를 돌려 외면하자 방 안에 들었던 사람들은 모두 썰물 빠지듯 밀려나간다.

눈 뿌리가 시큰해지는 한여름의 햇살이 마당 가득히 쏟아져 내리고 있다. 마당으로 내려선 중신들은 잠시 망연하게 서 있을 뿐 누구도 입을 열지 못한다.

어찌 되었거나 임금이 없는 나라, 보위가 비어 있다면 고려는 망하고 없다. 그렇다면 지금 당장은 무슨 나라이고, 뉘 나라란 말인가. 새 나라를 열겠다는 사람들이 이렇듯 터무니없는 공백사태를 빚어내고 있다면 참으로 한심한 노릇이 아닐 수 없다.

"모두 돌아가셨다가 내 전언이 있거든 다시 들르시라요!"

퉁두란이 한숨에 섞인 비장함을 입에 담는다.

"하면, 장군께서는요?"

"죽을 자리를 찾아야디. 살 만큼 살았쉐다!"

퉁두란은 잠시 멍청한 모습으로 서 있다. 비록 여진에서 귀화했어도 이성계의 신임이 두텁고, 또 이성계의 마음을 가장 정확히 읽을 수 있는 사람은 퉁두란뿐이다.

퉁두란은 중신들이 돌아가는 것을 확인하고서야 이성계의 방문 앞으로 다가간다.

"장군……."

대답이 있을 까닭이 없다. 그러나 퉁두란은 조용히 문을 열고 방 안으로 들어간다. 이성계는 외면하는 기색이 완연하다. 퉁두란은 말없이 이성계의 연상 앞으로 다가가 앉는다.

기다려도 기다려도 이성계의 말문은 열리질 않는다. 바우가 들어와 등촉을 밝혀놓고 나간다. 강씨 부인이 조촐한 주안상을 놓고 갈 때까지도 오직 침묵으로 일관할 뿐 누구도 입을 열지 않는다.

퉁두란이 술잔을 채워서 이성계의 앞으로 공손히 옮겨놓는다. 이성계는 말없이 술잔을 비우고 퉁두란에게 빈 잔을 돌린다. 퉁두란은 비로소 상체를 굽히며 쫓아내지 않은 것에 대한 감사를 표한다.

"제수씨는 잘 있소?"

이성계의 화두는 엉뚱하고 잔잔하다.

"제 집안이 무고한 것은 모두 대감의 은혜십네다."

이성계는 회한을 푸는 어조로 화두를 풀어간다.

"다행이군, 늘 마음이 쓰이면서도 다정한 말 한 마디 나눌 겨를이 없었어요."

"시생은 그 모든 것을 이심전심으로 믿을 따름입네다."

"허허허, 이심전심 …… 하긴, 바람은 이미 잦아들었을 테니까."

"감읍합네다."

"오늘은 우리 사사로운 얘기나 합시다. 긴 세월이었으니까……."

"아, 예……."

퉁두란의 본 이름은 투란티무르豆蘭帖木兒였다. 여진 천호 아라부카의 아들로 태어나 아버지의 세직世職을 받아 천호가 되었고 그 용명이 여진 천지를 뒤흔들었으나, 이성계의 무술과 사람됨에 감동하여 휘하 1백 호를 거느리고 이성계의 군진으로 투항해 왔다. 그때가 공민왕 때였으니 벌써 삼십여 년의 세월이 흘렀다. 그때부터 퉁두란은 이성계를 그림자처럼 따라다니며 대공을 세워온 처지다.

그 무렵, 판서 김세덕의 아내 윤씨가 오랫동안 과부로 살면서 그 행실이 아름답지 못했다. 남의 눈이 무섭다고 느낀 윤씨의 어머니는 홍주목사 서의에게 개가를 시켰다. 그러나 윤씨는 개가한 지 수일 만에 지아비를 미워하며 밖으로 나돌았다. 사헌부가 그녀를 탄핵하고, 군졸을 보내어 그 집을 지키게까지 했다. 이때 퉁두란이 공이 컸으므로 윤씨를 퉁두란의 아내로 삼게 했다.

이성계가 '바람은 잦아들었을 테니까'라고 농을 걸었던 것은 그런 윤씨를 두고 하는 말이 아니겠는가.

"더 취하기 전에 드릴 말씀이 있어요."

퉁두란은 의아해진 얼굴을 들어 이성계를 건너다본다. 이성계는 담뿍 웃음을 담은 얼굴로 말한다.

"삼십 년 우정이오. 내 장군에게 이름을 하나 지어 줄까 하오. 마음에 들지 모르겠소."

이성계는 큼직한 서안 서랍에서 봉투 하나를 꺼내 퉁두란에게 건넨다.

"열어보시오."

퉁두란은 조심스럽게 봉투를 연다.

'이지란李之蘭'이라고 씌어 있다.

"장군……."

퉁두란의 감동은 이만저만이 아니다. 어찌 이 같은 은혜가 있음이던가.

"허허허, 내가 임금이 아니니 사명賜名이랄 수는 없어도 내 집 성을 드리는 것은 장군과의 정을 만세에 기리고자 함에서요."

"장군……."

퉁두란은 자리를 고쳐 앉는다. 두 손으로 방바닥을 짚고 깊숙이 허리를 굽혀 마음으로부터 우러나오는 예를 올린다.

"장군, 제게 오늘이 있음은 오직 장군의 대은 덕분인데, 이 같은 은혜를 다시 입게 되니 눈물이 앞을 가릴 따름이옵니다."

"그만 되었어요, 장군. 앞으로 군진에 나가도 같이 나가고, 농사를 짓게 되어도 같이 지읍시다."

"명심하겠습네다."

"자, 들어요, 이지란 장군."

"예."

두 사람은 단숨에 잔을 비운다. 그들은 삼십여 년에 걸친 우정을 오늘 더욱더 돈독히 하고 있다.

이성계는 주위에서 벌어지고 있는 일들을 의식적으로 피하려 하고 있음이 완연하다. 오늘 일만 해도 그러하다. 배극렴과 조준이 찾아와 보위에 올라야 한다고 졸랐을 때도 불 같은 노여움으로 추방하듯 내몰지 않았던가.

취흥을 돋우며 밤은 깊어만 가고 있다. 퉁두란은 자세를 낮추면서 자신이 해야 할 소임을 비로소 밝힌다.

"장군, 긴말 하딜 않갔습네. 이젠 막료들의 의사를 따르셔야 합네. 장군의 의지가 끝까지 꺾이질 않는다면 그들 모두 죽게 되질 않갔습네까. 설혹 그들이 국법으로 죽는다 하여도 결국은 장군이 죽인 것이 되지를 않갔습네까."

뜻밖으로 이성계는 퉁두란의 말을 경청하고 있다. 그의 말에는 사욕이 없음을 잘 알고 있기 때문이다.

"따르는 수하들의 진언을 존중 하셔야디요. 그들의 희생까지 딛고 뭘 더 하시갔습네까. 또 전제개혁의 근본에는 백성들을 구휼하시갔다는 포부가 있었딜 않았습네까. 장군께서 짊어지신 업보라고 생각하셔야디요. 나라를 다스리는 일에는 희생이 따릅네. 자신의 희생은 물론 혈육의 희생까지도 각오하디를 않고서는 제왕의 길은 열리지 않습네. 제 말씀에 하자가 있다면 제 목을 치신다 해도 달게 받갔습네. 통촉하소서."

"……!"

이성계는 말없이 술잔을 비운다. 퉁두란은 남은 소임을 다했다는 생각으로 작별을 고하였고, 이성계의 허락이 있기 전에 조용히 자리에서 물러난다.

퉁두란의 마음은 홀가분하기 그지없다. 이성계로부터 이름을 지어 받은 영광과 자신의 소임을 충분히 다하고서도 아무 노여움도 당하지 않은 것이 얼마나 다행인지 모른다.

같은 무렵, 지밀상궁 칠점선은 방원의 집으로 들어서고 있다. 그녀의 치마폭이 바람을 일으킬 정도로 펄럭이고 있다. 조정대사를 옮기는 바람이나 다를 것이 없다. 민씨 부인은 다과상을 사이에 두고 칠점선과 마주 앉아 대궐에서 있었던 여러 변동을 귀담아 듣고 있다. 방원이 아직 귀가하지 않고 있어서다.

"그래, 상궁나인들은 이번 일을 어찌 생각하고 있습디까?"

"이 시중 대감의 등극만을 기다리고 있사옵니다."

"그게 어김없는 사실입니까?"

"어느 안전에서 거짓을 고하리까."

"호호호, 마마님께서 책무를 다하고 계심이지요."

따지고 보면 칠점선의 활약도 만만치가 않다. 처음 얼마 동안은 영선 옹주가 상궁으로 들어왔다 하여 상당한 경원을 받은 게 사실이지만, 그녀가 방원과 자유롭게 만나고 있음이 알려지자 동료들은 어느 사이인가 칠점선을 따르면서 아첨까지 하는 지경에 이르러 있다. 또 방원은 그 같은 결과를 예견이나 한 듯이 아무 데서나 칠점선을 불렀고, 할 말이 없을 때는 잡담을 해서라도 친분을 과시해 두었다. 칠점선은 또 이성계가 등극해야만 하는 까닭을 그럴싸하게 퍼뜨리고 다니기도 하였다.

방원이 집으로 돌아온 것은 새벽녘이다.

"왜 이리 늦었사옵니까. 영선 옹주 납시어 계시옵니다."

"그래요."

방원은 곧장 내당으로 든다. 칠점선은 밝게 웃으며 방원에게 예를 올린다.

"너 마침 잘 왔다. 그렇잖아도 사람을 보낼까 하던 참이었느니라."

두 여인은 잔뜩 기대에 찬 모습으로 긴장감을 높여간다.

"아버님께서 오늘 입궐하시게 되느니라."

"나리······!"

민씨 부인이 흠칫 놀라며 다시 묻는다.

"허락이 계셨사옵니까?"

"문무백관들이 일단 추동으로 가서 아버님을 뫼시고 함께 입궐하기로 했어요."

"······!"

"임자는 날이 밝는 대로 대소가의 모든 식솔들에게 알려서 추동으로 오게 해 주세요."

"명심하겠사옵니다."

"그리고 넌⋯⋯"

"예."

"내일부터 지밀 안 모든 일을 네가 맡게 될 것이니 각별히 유념해야 할 것이니라. 명심하렷다!"

"감읍하옵니다."

"임자는 물을 좀 받아주시오."

"예."

우물가에 있는 큰 함지에 넘치듯 물이 찬다. 방원은 알몸으로 함지에 들어가 앉는다. 비록 한여름이었지만 새벽 우물물은 한기가 스밀 만큼 차갑다.

무수한 별들이 반짝이는 하늘이었고 미리내는 흐르는 강물처럼 뿌옇게 보인다.

─ 오늘이 있기를 얼마나 기다려왔던가.

─ 목자득국의 노래가 불린 지 사 년, 숨쉴 틈도 없이 지내온 세월이 아니던가. 아버지의 낙마로 앞일을 내다볼 수 없는 어둠도 있었으나.

─ 날이 밝으면 ⋯⋯ 날이 밝으면 ⋯⋯.

방원은 그렇게 중얼거리며 첨벙첨벙 물장구를 치기 시작한다.

7월 16일.

만조백관들이 추동 이성계의 집을 찾아가 왕위에 오를 것을 합사合辭하는 날이다.

아침이 되자 대소가의 식솔들이 하나하나 추동으로 모여들기 시작한다. 이성계는 아직 영문을 모른다. 단순히 자신의 몸이 쾌차했음을 알고 찾아온 것으로 짐작하였는데, 방과가 관복을 입고 모습을 드러내자 이성계는 비로소 미간을 찌푸리기 시작했고, 방원의 모습 또한 관복임을 보고서야 불 같은 노기를 드러내기 시작한다.

"아무도 아니 만날 것이니라. 영규는 어서 대문을 닫아걸라!"

"예……."

조영규는 대답을 하면서도 머뭇머뭇 물러가지 않는다.

"내 명이 없이 대문을 여는 자 살아남지 못하리라. 당장 시행하렷다!"

조영규는 방원의 눈짓을 받고서야 대문께로 사라져 간다. 이후, 이성계는 사랑으로 들어가 굳게 문을 닫는다.

"아무도 만나지 않으리라!"

벼락을 치는 듯한 이성계의 노성이 흘러나온다. 집 안은 죽은 듯 고요해진다. 잠깐 동안의 일이다.

대문 앞이 웅성거리기 시작한다. 관복 차림의 만조백관들이 행렬을 지어 다가오고 있었기 때문이다. 앞장을 선 배극렴은 두 손으로 어보御寶를 받쳐 들고 있다.

이 골목 저 골목에서 사람들이 쏟아져 나온다. 구경거리라도 보기 드문 구경거리가 아니겠는가. 이런 기막힌 광경은 궐 밖에서는 볼 수 없는 일이다. 게다가 이성계가 타고 갈 연까지 당도했음에랴.

"어보가 당도하였느니라. 받자오시라 여쭈어라."

배극렴이 눈처럼 흰 수염을 날리며 소리쳤어도 굳게 닫힌 대문은 열리지 않는다. 다만 조영규의 목소리가 울려 나올 뿐이다.

"송구하온 말씀이나 대문을 열 수가 없소이다."

"그 무슨 방자한 소리!"

"대감의 허락 없이 대문을 여는 자, 살아남지 못할 것이라는 엄명이 계셨소이다."

"……!"

어보를 받든 배극렴의 얼굴이 창백하게 바래진다. 어보가 궐 밖으로 내왔다는 사실 하나로도 중벌을 면치 못할 대죄임을 안다면 실로 난감한 노릇이 아닐 수 없다.

보다 못한 이지란이 행렬에서 벗어나 대문 앞으로 다가선다.

"영규는 듣거라!"

"예 …… 장군."

"전하의 어명을 지키려는 널 어찌 나무라겠느냐. 당장 우대언 모시어 오렷다!"

"예!"

사라져 가는 조영규의 발소리를 들으면서 이지란은 배극렴에게로 다가가 정중한 말로 위로한다.

"시중 대감, 너무 심려하실 일이 아닌 줄로 압네다. 밀직부사와 우대언이 이미 들어 있을 것이 아닙네까."

배극렴은 한숨을 놓으며 고개를 끄덕인다.

지금 대문 앞에 모여 선 백관들의 면면은 이러하다.

배극렴, 조준, 정도전, 김사형, 이제, 이화, 정희계, 이지란, 남은, 장사길, 정총, 김인찬, 조인옥, 남재, 조박, 오몽을, 정탁, 윤호, 이민도, 조윤, 박포, 조반, 조온, 조기, 홍길민, 유경, 정용수, 정담, 안경공, 김균, 유원정, 이직, 이근, 오사충, 이서, 조영무, 이백유, 이부, 손흥종, 심효생, 고여, 장지화, 함부림, 한상경, 황거정, 임언충, 장사정, 민여익 등 48명, 모두가 이성계를 따르는 중신, 기로耆老 한량들이다.

"아뢰옵니다."

조영규의 목소리가 대문 안에서 흘러나온다.

"우대언은 모셨느냐?"

"큰사랑에 듭시어 계시는지라 아직 아뢰지 못하였사옵니다."

"이거 큰일 나질 않았는가……."

배극렴은 난감하기 그지없다. 양손에 어보를 받들고 있는 수상의 지위가 아니던가. 일이 잘못되면 모든 책임이 자신에게 돌아온다는 것을 모를 까닭이 없다.

길고 긴 여름 한나절이라도 시간은 멈추지 않고 흐른다. 말 없이 서 있는 신료들의 관복자락이 땀으로 흥건해지지만, 행렬을 이탈할 수가 없으니 지칠 노릇이 아닐 수 없다. 그러나 기다려도 기다려도 아무 소식이 없다.

해는 이미 중천을 넘어가고 있다. 옥새함을 든 배극렴에게 다가서는 조준도 지친 모습이 완연하다.

"잠시 더 기다려 보시지요. 우대언이 애를 쓰고 있을 것으로 사료되옵니다."

배극렴은 신음을 토할 뿐 아무 대답이 없다. 그에게는 옥새함의 무게가 천근이나 다름없다. 그렇다고 누구에게 대신 들게 할 수도 없질 않은가.

"바꾸어 들라 하리까?"

조준은 안타까워진 심정으로 고해 본다.

"당치 않은 소리. 내 아닌 누가 어보를 들 수 있으리……."

배극렴은 어보함을 힘겹게 당겨 안으면서 헛기침까지 토한다. 견딜 수 없는 무더위가 이들의 몸뚱이를 휘감고 있다. 누구라 할 것 없이 땀으로 온몸이 젖어들고 있다.

방과와 방원 형제가 아버지 이성계의 방에 꿇어앉아 있다.

"아버님, 연로하신 배 시중께서 어보를 받들고 계시옵니다. 아버님께서 돌아가라 하신다 해도 돌아가실 어른이 아니질 않사옵니까!"

"일흔에 이른 재상이 어보를 들고 궐 밖을 나서다니. 그 사람이 어디 제정신이더냐!"

"받들고 나오신 어보는 아버님께 올리자는 것이지 다른 일로 나온 것이 아닌 줄로 아옵니다. 통촉하소서."

"닥치지 못할까!"

"아버님, 아버님께서는 국새가 궐 밖으로 나온 것을 책망하고 계시오나, 국새는 이미 아버님의 것이옵니다."

"네 이놈, 그게 뉘 앞에서 지껄이는 소리야!"

이성계의 노성일갈에 방원이 주춤거리자 이번에는 방과가 간절하게 다시 진언한다.

"아버님, 천기가 아버님께 와 있사옵니다. 보위를 비워 둔 게 벌써 나흘째가 아니옵니까. 주상이 없는 나라라면 주인이 없는 나라인데 …… 언제까지 이런 꼴을 내버려 두시고자 하시옵니까."

"……."

이성계는 이들을 외면한 채 거친 숨결만 내뿜고 있다.

"아버님, 옥새를 거두시는 게……."

"물러가라지 않았느냐!"

이성계의 마음은 끝내 열리지 않는다. 방과와 방원은 난감하기 그지없다. 대문 밖의 사정이 눈에 보이듯 훤하기 때문이다.

"우대언께 아뢰옵니다."

조영규의 목소리가 전에 없이 쩌렁하다.

"무슨 일입니까?"

"배 시중 대감께서 뵙기를 청하옵니다."

"알았습니다."

방원은 이성계의 눈치를 힐끔 살피며 자리에서 일어선다.

"네가 대문을 연다면 부자의 연을 끊으리라!"

방원을 쏘아보는 이성계의 눈에서는 불꽃이 튕겨지고 있다.

마당에는 강씨 부인, 민씨 부인이 영규의 곁에 서 있다. 이들은 방원이 댓돌을 내려설 때까지 아무도 입을 열지 못한다.

방원은 시름과도 같은 한숨을 놓으며 이들 앞에 잠시 멈추어 선다.

"어찌할 참인가?"

강씨 부인이 채근하듯 묻는다. 대문을 여는 것이 자네의 소임이며 또 그것이 자식된 도리를 다하는 것임을 그야말로 찌르듯 인지시키고 있음이나 다름이 없다. 그런데도 방원은 불같은 자신의 감정을 용케 자제하고 있다.

"……."

"왜 대답을 아니 하는가!"

"일단 배 시중 대감부터 뵙겠습니다."

방원은 강씨 부인의 따가운 시선을 피하듯 뚜벅뚜벅 중문을 지나 대문께로 발걸음을 옮긴다.

– 네가 대문을 연다면 부자의 연을 끊으리라!

아버지 이성계의 목소리가 다시 귓전을 찌렁하게 울리면서 지나간다. 마침내 방원은 대문으로 다가선다. 오늘 따라 빗장이 크고 무거워 보인다. 방원은 바로 눈앞에 있는 빗장을 쏘아보면서도 감히 손을 대지 못한다.

"시중 대감, 우대언께서 납시어 계시옵니다."

보다 못한 조영규가 소리치자 신료들이 웅성대는 소리가 들린다.

배극렴을 비롯한 몇몇 중신들이 대문 가까이로 다가서는 느낌도 완연하게 감지된다.

"아버님의 의중이 어떠하신가?"

배극렴의 소리다. 방원은 대답 없이 잠시 서 있다. 이번에는 이지란의 노기 어린 목소리가 들린다.

"대문을 깨부수는 거이 좋간……!"

이지란이라면 충분히 대문을 깨부술 수 있는 사람임을 방원이 모를 까닭이 없다.

"와 대답이 없네!"

방원은 망설이고 있다. 그렇게 하는 것이 좋겠다고 대답한다면 대문의 빗장은 순식간에 꺾이고 말 게 분명하다.

"어떡하간!"

마침내 이지란은 한두 번 대문에 발길질을 하면서 소리친다.

"어려우시겠지만, 잠시만 더 기다려 주시면 다시 한 번 고해보겠습니다."

"보라우! 칠십 노상老相께서 옥새를 받들고 계시지 않네. 이건 경우가 아니야. 알간!"

"잠시만 더 기다리시라니까요!"

방원이 거칠게 대답하고 중문을 향해 급하게 사라진다.

이 같은 내왕이 몇 번이나 반복되면서 기나긴 여름해도 속절없이 기울고, 집 안에 있는 사람이나 밖에 있는 사람들이나 모두 지쳐가기 시작한다.

집 안팎으로 관솔불이 밝혀진다. 이젠 누구에게나 더 버틸 여력이 없다. 더구나 칠십 노구의 배극렴은 쓰러지기 직전이나 다름이 없다. 오히려 지켜보고 있는 사람들이 더 불안한 지경이다.

"대감, 대문을 부수갔소이다!"

"……"

배극렴은 눈을 감으며 고개를 끄덕이고 만다. 더 이상 버틸 여력이 없어서다. 이지란이 행렬의 뒤쪽을 향해 손을 번쩍 들자 젊은 관원들이 우르르 달려 나온다.

"밀자요! 하나, 둘, 영차!"

이지란은 딱 벌어진 어깨로 대문을 힘껏 민다. 젊은이들이 가세한다.

"하나, 둘, 영차!"

"하나, 둘, 영차!"

똑같은 동작이 수십 번 반복되자 대문은 삐걱거리기 시작한다.

"한 번 더! 한 번만 더!"

이지란의 소리에 맞춰 젊은이들이 혼신의 힘을 다하자 와지끈 하며 대문이 통째로 안으로 넘어진다. 구경하고 있던 백성들은 탄성을 지른다. 환호성이나 다름없다.

"날래 치우라!"

젊은 병사들이 쓰러진 대문을 걷어내듯 담 벽에 세운다.

"드시지요."

조준이 인도하듯 앞장을 선다. 옥새를 높이 받쳐 든 배극렴이 뒤를 따랐고, 중신들도 열을 지어 뒤를 잇는다. 이성계가 거처하는 큰사랑 마당에도 수많은 관솔불이 밝혀진다.

강씨 부인은 깨끗한 소반을 대청에 놓았고, 민씨 부인과 조영규는 재빨리 마당에 멍석을 편다.

배극렴은 놓인 소반 위에 옥새를 모시고 뒤로 물러나와 멍석 위에 선다. 기라성 같은 조정 중신들이 그의 뒤에 도열한다. 구경하던 백성들까지 들어와 마당을 가득 메우고 있다.

이천우를 앞세우고 조준과 정도전이 사랑으로 든다. 이성계는 뚫어질 듯이 이들을 쏘아보고 있을 뿐이다.

"전하, 옥새를 거두어 주소서."

"어느 놈이 대문을 열었느냐!"

이성계는 불덩이와 같은 노여움을 토하며 대문을 연 자를 찾는다.

"누가 연 것이 아니라 신 등이 대문을 부수었사옵니다."

"……!"

이성계는 눈을 감는다. 대문을 부수고 들어왔다면 그 괴수를 찾아 혼찌검을 내면 될 일이지만, 지금의 사태는 이미 그런 지경을 넘어서고 있음을 이성계가 모를 까닭이 없다.

"전하, 신 등이 뫼시겠사옵니다."

"물러가라!"

"지금 그르치시면 영원히 그르치게 되옵니다. 신 등의 소청을 따라 주소서……."

이천우가 조용히 이성계에게로 다가가 부액하며 속삭인다.

"작은아버님, 만조백관들이 부복하고 있사옵니다."

"……."

"이 나라 억조창생을 굽어 통촉하소서."

장조카 이천우의 목소리는 물기에 젖어 있고, 또 간곡한 소망이 담겨 있다. 이천우가 이성계의 겨드랑을 끼고 몸을 일으킨다. 이성계는 전신에 힘을 놓은 듯 비틀거리며 몸을 세울 수밖에 없다.

"어보를 옮기소서……."

조준과 정도전이 장지문을 활짝 연다. 이성계는 장조카 이천우에게 부액된 채 끌리듯 방문을 나선다.

"천, 천, 세……."

만조백관들이 천천세를 외치며 환호하자, 마당을 메운 백성들이 이에 동조한다. 장엄한 합창이나 다름없다.

마침내 이성계는 이천우에게 부액된 채 옥새 앞에 선다.

강씨 부인과 민씨 부인은 나란히 선 채 약속이나 한 듯이 눈물을 훔치고 있다. 기다리고 또 기다렸던 염원이 이루어지는 순간이 아니던가.

이윽고 부복한 배극렴이 두루마리를 펼쳐든다. 숨소리 하나 없는 정적을 깨고 배극렴의 목소리가 낭랑히 울려나온다.

"나라에 임금이 있는 것은 위로는 사직을 받들고 아래로는 백성을 편안하게 할 뿐입니다. 고려는 시조가 건국함으로부터 지금까지 오백여 년이 되었는데, 공민왕에 이르러 아들이 없이 갑자기 세상을 떠나셨습니다. 그때에 권신이 권세를 마

음대로 부려 자기의 총행寵幸을 견고히 하고자 하여, 거짓으로
요망스러운 요승 신돈의 아들 우를 공민왕의 후사라 일컬어
왕위를 도둑질한 지가 십오 년이 되었으니, 왕씨의 제사는 이
미 폐해졌습니다.”

배극렴의 지친 목소리가 조심조심 이어진다. 우왕의 광패
함과 위화도에서의 회군, 그리고 정창군이 왕위에 올라 공양
왕이 되는 과정을 소상히 설명해 나간다.

칠흑 같은 어둠을 몰아내고 있는 환한 횃불 아래 부복한 만
조백관들은 물론이요, 운집한 백성들은 숨을 죽일 수밖에 없다.

이성계는 옥새 앞에 선 채 눈을 감고 있다.

“정창군은 스스로 임금의 도리를 잃었고 백성의 마음이 이
미 떠나서 사직과 백성들의 주재자가 될 수 없음을 들어 알고
스스로 물러나 사저로 돌아갔습니다. 다만 군정과 국정의 사
무는 지극히 번거롭고 지극히 중대하므로 하루라도 통솔이 없
어서는 아니 될 것이니, 마땅히 왕위에 오르시어 신과 사람의
기대에 부응하여 주소서.”

배극렴이 낭독을 마치자 만조백관들은 일제히 고개를 들어
이성계를 바라본다.

이성계는 그제야 눈을 뜨면서 조용히 입을 연다.

“예로부터 제왕이 일어남은 천명天命이 있지 않으면 되지 않
는다. 나는 실로 덕이 없는 사람인데 어찌 감히 이를 감당하

겠는가."

이성계는 자신의 소신대로 수락하지 않겠다는 뜻을 밝힌다. 만조백관들은 밤이 깊도록 떠나지 않은 채 왕위에 오르기를 간절히 주청한다. 마치 바위를 향해 소리치는 듯한 형국이 오래도록 계속된다.

"밤이 이미 깊었소. 밝은 날 논의합시다."

말을 마친 이성계는 방으로 들려는 듯 몸을 돌린다. 이천우가 그 앞을 막아서며 비명처럼 소리친다.

"전하!"

"……."

"밤이 깊다 하여 어찌 종사의 일을 소홀히 하리까. 깊이 통촉하소서."

이성계의 움직임이 멈추는 것을 보자 배극렴이 다시 고한다.

"전하, 이 나라 억조창생들에게 밝은 빛과 큰 은혜를 내려주소서."

이성계는 다시 사위를 둘러본다. 만조백관들은 지친 채 부복해 있었고 백성들은 숨을 죽이고 있다.

"날이 밝으면 입궐하리다."

"성은이 망극하오이다."

백관들은 허리를 굽히면서 감읍했고, 백성들은 두 손을 높이 들며 천천세를 다시 외친다.

방원의 얼굴에 비로소 뜨거운 눈물이 쏟아지듯 흘러내린다. 치밀어 오르는 격한 감정을 가눌 길이 없어서다. 그는 발걸음을 돌려 후원으로 나선다.

지나온 5년 세월.

가슴 죄며 살아온 세월이 아니던가. 오직 목자득국에만 일념하였던 세월이 켜켜이 쌓이면서 꿈에서까지 염원하였던 그것이 이루어지려는 환희가 눈앞으로 다가와 있다. 날이 밝으면 그 모든 소망이 이루어질 것이 분명하다.

1392년 7월 17일.

이성계는 백관들의 인도를 받으며 옥새를 앞세우고 수창궁으로 거동한다. 새 임금을 맞이하는 중신들은 궁문 서쪽에 도열해 있다가 일제히 허리를 굽힌다.

이성계는 말에서 내려 전각 쪽으로 걸음을 옮긴다.

"용상에 오르소서."

배극렴이 정중히 청한다.

"아니에요. 여기가 좋아요……."

"전하……."

이성계는 끝내 어좌를 사양하고 기둥 안쪽에 선다. 대신들은 송구하기 이를 데 없다. 몇 번이고 용상에 오르기를 청하여도 이성계는 한사코 마다한다.

"육조의 판서 이상은 전상殿上으로 오르게 하시오."

요직에 있는 중신들은 전상에 올라 조하朝賀를 올린다.

둥, 둥, 둥!

전각 밖에서 영고靈鼓가 울리기 시작한다.

"천, 천, 세!"

만조백관들은 천천세를 부르며 신왕의 등극을 하례한다. 마침내 이성계가 입을 연다. 임금의 옥음이라 하여도 이젠 조금도 이상할 것이 없다.

"내가 수상이 되어서도 오히려 두려워하는 생각을 가지고 항상 직책을 다하지 못할까 두려워하였는데, 어찌 오늘날 이 일을 볼 것이라 생각했겠는가? 내가 만약 몸만 성하다면 필마를 몰아 적봉賊鋒을 피할 수 있지만, 마침 지금은 병에 걸려 손발을 제대로 쓸 수 없는데도 이런 지경에 이르렀으니, 경들은 마땅히 각자 마음과 힘을 합하여 덕이 적은 이 사람을 보필하라."

"망극하옵니다."

"또한 이르노니, 고려왕조의 중앙과 지방의 대소신료들은 추호도 동요함이 없이 맡은 바 소임을 다하라."

"성은이 망극하옵니다."

이성계는 전상에서 내려와 전각 밖으로 나온다. 그리고 배극렴의 부액을 받으며 말에 오른다. 고삐를 당기자 말이 천천히 움직이기 시작한다. 많은 환관들이 호종한다. 그 행렬은 추동까지 이어질 정도로 끝이 없다.

　이성계가 앉게 된 용상은 어느 나라의 임금이 앉는 자리인
가. 엄격하게 따진다면 공양왕의 뒤를 이은 고려왕조의 용상
임이 분명하질 않던가. 그러나 방원을 비롯한 그를 추종하는
세력들은 새 왕조가 창업되었다고 믿고 있다. 그렇다면 새 왕
조의 나라 이름은 무엇인가. 아직은 정해진 것도, 논란된 일
도 없다. 굳이 말하자면 정체성이 없는 나라로 보아도 무방하
다. 나라에 정체성이 없으면 존립의 가치가 무너진다. 지식인
들이 새 왕조에 참여하지 않는 것도 그 때문이다.
　그 불참의 물결은 이성계의 가족들로부터 시작되었다. 비
록 애매한 나라라도 이성계가 임금의 자리에 올랐다면 맏아들
방우는 마땅히 세자의 자리에 올라야 하지만, 그는 불법으로
쟁취한 임금의 자리를 인정할 수 없다면서 가솔들을 거느리고
행방을 감추고 만다.
　"찾으라. 백방으로 수소문해서라도 찾아야 할 것이니라!"
　이성계의 채근이 서릿발 같은데도, 상속자여야 할 방우의
모습은 끝내 찾아지지를 않았다. 이 일은 훗날 두 차례에 걸
친 왕자의 난으로 이어질 엄청난 비극의 시작이나 다름없는
골육상잔의 씨앗으로 잉태된다.
　떠나가는 사람들이 어찌 방우뿐이랴. 충신은 두 임금을 섬

기지 않는다는 말은 지식인이 걸어야 할 숙명의 길이다.

　　오백 년 도읍지를 필마로 돌아드니
　　산천은 의구한데 인걸은 간데 없네
　　어즈버 태평연월이 꿈이런가 하노라.

　　친구 이성계의 간곡한 소청까지 사양한 야은 길재는 이 같은 한이 담긴 노래를 남기면서 경상도 상주 땅으로 모습을 감추었고, 목은 이색은 귀양처에서 시를 읊어 이성계의 왕위찬탈을 서운해 하였다.

　　松軒當國我流離
　　夢裡何曾此事知
　　二鄭況聞參大議
　　一家完聚更何時

　　송헌이 나라를 맡더니 나는 떠나가는 몸이 되었네.
　　꿈속엔들 어찌 이럴 줄을 알았으랴.
　　두 정씨가 대의에 참여하였다니,
　　우리 가족은 어느 때나 다시 모일꼬.

　　참으로 애틋하고도 답답한 심정이 잘 그려져 있다. 송헌은 이성계의 호다. 첫 줄과 둘째 줄은 각별히 친했던 이성계를 원망하고 있고, 셋째 줄의 이정二鄭이란 정도전과 정총을 두고 하는 말이다. 두 사람은 이색의 문인이었으면서도 스승을 배반하고 이성계를 도왔다는 뜻이며, 마지막 줄은 자신은 물론이요, 자식들마저 귀양에 처했으니 다시 모일 날이 아득함을 입에 담고 있다.

이와 같은 지식인들의 동태는 이성계를 몹시 당황하게 한다. 다들 떠나가고 숨어 버린다면 누구와 더불어 새 왕조를 이끌어가야 하는가. 허탈해진 이성계는 방원을 불러 당부한다.

"서둘러 운곡을 찾아가 내가 좀 뵙잔다고 여쭈어라. 네 스승만이라도 함께 있고 싶은 심정이니라."

"……."

방원이 스승인 운곡 원천석의 거처에 당도했을 때는 해가 저물고 있는 저녁 무렵이다. 원천석은 괴나리봇짐을 꾸리고 있었고 하인 종속들은 책인 듯한 보따리를 지게에 얹고 있는 중이다.

"선생님."

방원은 댓돌로 내려서는 스승을 향해 깊숙이 허리를 굽힌다.

"치악산으로 가려네."

"……!"

"개경은 내가 있을 곳이 못 돼."

방원은 물기에 젖은 목소리로 스승인 원천석에게 애써 고한다.

"고려는 썩어 있었사옵니다. 누군가가 나서서 고통에 시달리는 백성들에게 살길을 열어 주어야 하지를 않았사옵니까."

"그 일이 꼭 임금의 자리에 올라야 하느냐!"

"……."

"나라가 어지럽다 하여 그때마다 새 임금이 나온다면 백성들의 고초는 더해갈 뿐 아니겠느냐!"

"……."

"고려의 종묘사직은 오백 년 동안 맥맥이 이어져 왔다. 한때는 국사가 무인들의 사랑에서 처결되기도 했으나, 그렇다고 해서 권세 있는 자가 각기 임금의 자리를 탐했다면 어찌 종묘사직이 오백 년이나 지탱할 수가 있었겠느냐!"

"선생님!"

"어찌 이씨가 고려왕실의 보위를 이어갈 수가 있으리!"

"선생님, 이미 고려가 아니옵니다. 새 왕조는……."

"말을 삼가렷다!"

"……."

"그게 큰 도둑이 아니더냐! 너희가 작은 도둑을 잡아 나라의 기강을 바로 하겠다고 하더니, 마침내 큰 도둑이 되어 고려왕조의 어보를 강탈하지 않았느냐!"

방원은 숨이 막힌다. 스승 원천석이 이성계의 등극을 도둑
질에 비유하고 있어서다.

"장차 너희들 입으로 충절이라는 말을 쓸 수가 있겠느냐.
너희를 밀어내고 또다시 새 왕조를 세우겠다는 사람이 있다면
너희가 그들을 역적이라 부를 수 있겠느냐!"

"……."

"내 말 명심해서 들으렷다. 나는 너희가 어보를 찬탈하여
너희들 임의로 세운 나라는 나라가 아님을 글로 적어 남길 것
이니라! 내 글이 많은 사람들에게 읽힌다면 고려왕조가 잠시
중단되어 있을 뿐, 너희 왕조는 왕조가 아니었음이 백일하에
밝혀질 것인저!"

여기서 후일담 한 가지. 강원도 원주 땅, 치악산으로 거처
를 옮긴 운곡 원천석은 이성계가 불법으로 왕위를 찬탈한 과
정을 소상하게 적어서 한 권의 책으로 묶는다. 그러나 그 내
용이 세상에 알려진다면 살아있는 가족들이 위해를 당할 위험
이 있다. 운곡 원천석은 그 문건을 돌함石函에 넣고 땅에 묻으
면서 말했다.

"내가 죽고 백 년이 지나지 않았거든 열어보지 말라."

가족들은 그 내용이 궁금하여 견딜 길이 없다. 그리하여 운

곡 원천석이 세상을 떠나자 그 후손들이 돌함을 꺼내 열고 문건의 내용을 확인하면서 놀라움을 감추지 못한다. 멸문지화를 당할 내용이기 때문이다. 겁이 난 가족들은 그 문건을 불살라 없애버린다. 남아 있던 돌함은 후일 고려대학교 박물관에 보관되었다가 6·25의 전란을 전후하여 행방이 묘연하게 되었다고 한다.

방원은 댓돌을 내려서는 스승 원천석의 앞으로 한 발 다가서며 간곡하게 고해 올린다.

"주상께오서는 선생님이 학덕으로라도……."

"내게는 주상일 수 없음이야."

"선생님……!"

운곡 원천석은 앞을 막아선 방원을 조용히 밀어내면서 하인들 곁으로 다가선다.

"갈 길이 멀다. 서둘렷다!"

하인 종속들이 지게를 지고 일어선다. 저녁놀이 아름답게 서쪽 하늘을 물들이고 있다. 방원은 원천석의 갈 길을 막듯 다시 앞으로 다가선다.

"선생님, 날이 저물고 있사옵니다. 가시더라도 밝은 날 떠나심이 옳은 줄로 아옵니다."

스승을 위하려는 제자의 따뜻한 마음씨였으나 원천석은 비웃듯 받아넘긴다.

"지조 있는 선비는 도둑의 땅에서 아니 사는 법. 가자…….."

원천석이 앞장서서 걷는다. 서너 명의 하인들은 책을 지고 뒤를 따른다.

"……."

방원의 얼굴에 눈물이 범벅이 되어 흘러내리고 있다. 원천석은 뒤도 돌아보지 않고 사라져 간다.

눈에 보이는 모든 것이 고려의 것인데도 나라는 이미 고려가 아니다. 방원이 사내됨을 그토록 아끼고 사랑하던 스승 원천석은 옛 친구 이성계와 애제자의 간곡한 만류를 뿌리치고 개경 땅을 떠나간다.

그리고 훗날, 운곡 원천석이 이때의 심중을 담은 시조 한 수가 개경에 전해지면서 뜻있는 사람들의 마음을 적시게 된다.

흥망이 유수하니 만월대도 추초秋草로다.
오백 년 왕업이 목적牧笛에 붙였으니
석양에 지나는 객이 눈물겨워 하노라.

〈끝〉